古诗词课

叶嘉莹

生活·讀書·新知三联书店

图书在版编目（CIP）数据

古诗词课／（加）叶嘉莹著. —北京：生活·读书·新知三联书店，2018.1（2025.1 重印）
ISBN 978－7－108－06033－4

Ⅰ. ①古…　Ⅱ. ①叶…　Ⅲ. ①古典诗歌－诗歌评论－中国
Ⅳ. ① I207.22

中国版本图书馆 CIP 数据核字（2017）第 167679 号

责任编辑　王　竞
装帧设计　蔡立国
责任印制　卢　岳
出版发行　生活·讀書·新知 三联书店
（北京市东城区美术馆东街 22 号 100010）
网　　址　www.sdxjpc.com
图　　字　01-2017-7673
经　　销　新华书店
印　　刷　河北松源印刷有限公司
版　　次　2018 年 1 月北京第 1 版
2025 年 1 月北京第 24 次印刷
开　　本　635 毫米 × 965 毫米　1/16　印张 27
字　　数　348 千字
印　　数　331,001–351,000 册
定　　价　58.00 元
（印装查询：01064002715；邮购查询：01084010542）

目　次

上编　诗

下编　词

古诗词课目次

上编　诗

下编 词

新版前言

我已经九十多岁了，回顾我平生走过的道路，是中国的古典诗词伴随了我的一生，我也为它投注了我大部分的生命。我有两个最大的心愿，一个是把自己对于诗歌中之生命的体会，告诉下一代的年轻人，一个是把真正的诗歌吟诵传给后世。

这本《古诗词课》，就是接续我的第一个心愿。于我而言，诗词的研读并不是我追求的目标，而是支持我走过忧患的一种力量。我亲自体会到了古典诗歌里边美好、高洁的世界，亲自通过诗歌触碰到了那些伟大的心灵和感动。而现在的年轻人，他们走不进去。我真心希望能为他们打开一扇门，把不懂诗的人接引到里面来，让每个人都有机会感受诗歌中所传递出的那种对宇宙人生万物之关怀的不死的心灵。这正是我一辈子不辞劳苦在做的事情。

这本《古诗词课》整理自我历次讲授诗词的讲稿，曾以《诗馨篇》为题出版。二十多年后再次推出，特地还原为授课时的样貌，每堂课讲授一部作品或一位作家，起自《诗》《骚》，终于南宋末词人王沂孙，通过这古诗词三十六课，希望能让朋友们对中国古典诗词的发展、演进脉络有一个大致的了解，由此可以获得进一步一窥古典诗歌堂奥的钥匙。囿于篇幅的限制，每位作者的优秀作品无法尽涵，特在每课后补充了“作品选注”进行简评，方便朋友们进一步阅读。

我讲课时常常对同学们说，真正伟大的诗人，都是在用自己的生命来写作自己的诗篇的，都是在用自己的生活来实践自己的诗篇的，这些诗篇中蓄积了这些伟大诗人的心灵、智慧、品格、襟抱和修养。而我所要做的，就是通过讲述这些伟大诗人的伟大作品，使这些诗人的生命心魂得到又一次再生的机会。在这个再生的活动中，会带着一种强大的感发作用，使我们这些讲者与听者或作者与读者，都得到一种生生不已的力量。这种强大的兴发和感动的力量，正是我们中国古典诗歌所具含的一种极可宝贵的质素。它既可以培养我们有一颗美好的活泼不死的心灵，也真的可改变一个人的气质和格局。在这三十六课中，我在讲述每一位诗人每一部作品的时候，所要传达的，可以说都是我所体悟到的诗歌中的一种生命，一种生生不已的感发的力量。

最后，我想再说一次我在序说中的话：在中国的古典诗词中，确实存在有一条绵延不已的感发之生命的长流，希望朋友们可以不断地加入，来一同沐泳和享受这条活泼的生命之流，而这正是我们中华文化所特有的一份珍贵的宝藏。

叶嘉莹

2017 年 8 月于迦陵学舍

序　说　中国古诗词的特质

《诗馨篇》结稿后，编者要我为丛书中的此一部分文稿写一篇序言。首先我要说明的是，我虽曾为这部分文稿提供了材料，并做了最后审订，但真正执笔的撰写人则并不是我。事情的经过是这样的，早在一年多以前，当编辑部向我邀稿时，我因工作忙碌且即将赴各地开会讲学，日期皆已前定，心知无法担当写作此一部分文稿之重任，因此迟疑不敢应承。邀稿人以为我早在 1979 年回国讲授诗词时，即曾写有“书生报国成何计，难忘诗骚李杜魂”之诗句，而且四十多年来在各地讲学，都以透过诗词来介绍和弘扬中华之优秀精神文化为职志，如此说来，则对于此一部分文稿之撰写，自当以责无旁贷之心情，勇敢地担负起来才是。邀稿人的话非常使我感动，不过事实上是我赴各地之行程既皆已排定，根本已无法安排时间来撰写此一文稿。于是遂商得了邀稿人的同意，采取了一个折中的办法，就是由我提供近年来在各地讲授诗词的一些系列音带，交给国内的三位友人，由她们根据音带来加以整理和撰写。这三位友人的名字分别是安易、徐晓莉和杨爱娣，她们都是天津师大中文系的校友。自从我 1979 年第一次回国在天津南开大学讲学，她们就曾在班上听课，以后每当我回来讲学，她们都来旁听，当我于 1988 年在北京举行“古典诗歌欣赏”之系列讲座时，她们更曾自天津来北京听讲，并协助整理录音之讲稿，因此我对她们整理讲稿之能力深具信心。此文稿能及时顺利完成，实在全赖她们的合作，这是我首先要在此说明和感谢的。

本书之内容共分三十六课，前二十课是关于诗的介绍，始于《诗》《骚》，终于晚唐之李商隐；后十六课是关于词的介绍，始于晚唐之温庭筠，终于南宋末之王沂孙。这种选择，就中国诗词的整体而言，自不免有过于简略不够全面之病，不过在字数与时间的限制下，这已是我们所能做出的最好安排。至于宋代以下之诗，及金元以后之词，虽然也有不少著名的作者和作品，但毕竟都已是余波嗣响和别干新枝，在种种限制下，势难做全面之介绍，我们对之就只好割爱了。至于我们所介绍的作者与作品，则在每课之前都各有一个大标题和副标题，对我们所要介绍的重点都已做了明白的标示，在此就不再对之加以重复了（本次三联版对这些标题有所调整，即直接以作者、作品为题，每课辅以导言。——编者注）。

除去每一课前面的正副标题以外，在第一课介绍《诗经》之前，与第二十一课介绍温庭筠词之前，我们分别各录了几句所谓"名言"，对于"诗"与"词"两种文类之特质，做了简单的提示。在"诗"的部分，我们所录的乃是《毛诗序》中的"正得失，动天地，感鬼神，莫近于诗"几句话；在"词"的部分，我们所录的乃是"词之为体，要眇宜修，能言诗之所不能言"，及"词之雅郑，在神不在貌"两段话。青少年朋友们初看到我们所引的这些话，也许会颇不以为然。因为《毛诗序》所谓"得失""天地""鬼神"之说，既似不免流于教条和迷信，《人间词话》所谓"要眇宜修"及"在神不在貌"之言，也似乎不免过于模糊影响，难于做具体的掌握和了解。但我们愿在此诚恳地告诉青少年朋友们，这些话中确实包含了我们古典诗词中的一些精谛妙义，了解这些话，我们就如同获得了可以使我们顺利进入中国诗词之宝库的两把门钥。而且这些看似"教条""迷信"和"模糊影响"的话语，事实上与西方现代最新的文学理论，还恰好有着不少可以相通的暗合之处。因此下面我们就将透过这些足可被视为"门钥"的话语，来对我们古典诗词中的一些精谛妙义，略做现代化的理论的说明。

首先我们要谈到的当然是《毛诗序》中"正得失，动天地，感鬼神，莫近于诗"几句话。这些话若只从文字表面的意思来看，自不免似有"教条"与"迷信"之讥。不过，古今之时代意识不同，文学的语言与科学的语言也不同，如果能超越于古今意识之差别与文字表面之拘限以外，而用一种"得意忘言"的态度来看这几句话，我们就会发现所谓"得失"之"正"，与"天地""鬼神"之"感""动"，其所强调的实在乃是诗歌的一种强大的兴发和感动的力量。而兴发感动的力量与作用，则正是我们中国古典诗歌所具含的一种极可宝贵的质素。这在中国传统的诗论中也早就已经被注意到了，即如《毛诗序》述及诗歌之创作时，即曾提出过"诗者，志之所之也"及"情动于中而形于言"的说法。可见内心情志之有所兴起感发的活动，实在乃是诗歌之创作的一种基本动力。至于引起内心情志之感动兴发的因素，则《礼记·乐记》也早曾有"人心之动，物使之然也"的说法。

其后到了齐梁之世，一般文士对于文学之创作与欣赏，既有了更为深刻细密的反思，于是当时的文论家对于诗歌中的这种兴发感动的作用，也就有了更为明确的认知，即如刘勰在其《文心雕龙·明诗》篇中，就曾提出"人禀七情，应物斯感。感物吟志，莫非自然"。而与刘勰时代相近的钟嵘在其《诗品·序》中，对于引起人兴发感动的"物"，则曾有更为具体明白的叙述。他把使人感动的"物"分成了两大类：一类是自然界的物象，所谓"气之动物，物之感人"，如"春风春鸟，秋月秋蝉，夏云暑雨，冬月祁寒"，这是自然界一年四时的各种现象，所谓"斯四候之感诸诗者也"。另一类则是人事界的各种遭际的事象，钟嵘对此也曾举例说"嘉会寄诗以亲，离群托诗以怨。至于楚臣去境，汉妾辞宫……塞客衣单，孀闺泪尽；或士有解佩出朝，一去忘返；女有扬蛾入宠，再盼倾国"，这种种人世间的悲欢离合的现象和遭际，当然更使人感动，所谓"凡斯种种，感荡心灵，非陈诗何以展其义？非长歌何以骋其情？”所以中国诗歌中创作生命之由来，可以说乃是源于一种对宇宙人生万物之关怀的不死的心灵。而当这种不死的心灵表现在诗篇中以后，遂可以凭借着诗篇而将之世世代代地传给千百年以后的读者，使千百年以下的人读到这些诗篇时，不仅仍可以同样感受到当日诗人的感动，并且还可以因当日诗人的感动，而引生出今日之自己的更多的感动。所以中国的诗歌传统，不仅在诗人创作时重视一种兴发的感动，就是在读者读诵时也同样重视一种兴发的感动。

关于读诗之注重感发的作用，中国同样也有着一个悠久的传统。在《论语》的《泰伯》篇中，就曾记载有“子曰：兴于诗，立于礼，成于乐”的话；《阳货》篇也曾记载有“子曰：小子何莫学夫诗，诗可以兴，可以观，可以群，可以怨”的话，本文因篇幅字数所限，在此不能对这两段话做详尽的阐发，但孔子论诗之注重兴发感动的作用，则是显然可见的。此外，《学而》篇中还曾记载有孔子与他的弟子子贡的一段谈诗的话；在《八佾》篇中也记载有孔子与他的另一个弟子子夏的一段谈诗的话。从这两段话中，我们更可以见到孔子所赞美的“可与言诗”的弟子，都是能从诗句中得到兴发感动而且能以生活实践的体验来做印证的人物（请参看《中国词学的现代观》90~92页）。所以在中国文化之传统中，诗歌之最可宝贵的价值和意义，就正在于它可以在从作者到读者之间，不断传达出一种生生不已的感发的生命。

前些年我在大陆讲授古典诗歌时，就曾有学生问我说：“老师，你讲诗的课我们也很爱听，但我们读这些古典诗歌有什么用呢？”我当时就回答他们说：“读诗的好处，就在于可以培养我们有一颗美好的活泼不死的心灵。”现代人过于重视物欲，一切只看眼前的利益，因此遂失去了人之所以为人的那一颗关怀宇宙人生万物的活泼美好的心灵。而这也正是社会人心之所以日趋于堕落败坏的一个重要的原因。我们作为一个现代人，虽然不一定要再学习写作旧诗，但是如果能学会欣赏诗歌，则对于提升我们的性情品质，实在可以起到相当的作用。

本书所选录的作者和作品，就中国诗歌的数千年之传统而言，原不过只可能算是尝鼎一脔，当然不够全面。不过我们的选录和评说，却基本上可以说掌握了两个重点，其一是我们希望所选录的作品，可以大致掌握到中国诗歌由《诗》《骚》以迄于晚唐此一演进和发展之阶段中的一些重要的线索；其二是我们希望我们所做的评说介绍，可以大致传达出诗歌中的兴发感动的生命和作用。这也就是我们何以选用了《毛诗序》中特别强调诗歌中之兴发感动之作用的几句话，放在了诗的部分的开端，来作为有关“诗”的名言的缘故。

如果青少年朋友们以为这几句话过于古老，已经不合于现代的观念，那么我们愿在此诚恳地告诉青少年朋友们，有些我们文化中的古老的智慧的结晶，却恰好有合于现代西方文化中的一些新论。即以文学作品的感化作用而言，西方的读者反应论（reader-response）与接受美学（aesthetic of reception）的一些学者们，对此就都曾提出过他们的看法。即如沃夫冈·伊泽尔（Wolfgong Iser）就曾经说“文学评赏的行为，不仅只是一种阅读的进行，同时也是一种新的品德的强调（a new moral emphasis）”。在这方面，伊氏与另一位时代较早的学者沃尔克·吉布森（Walker Gibson）的意见颇为相近，吉氏就以为阅读有一种治疗（therapeutic）的作用，阅读不仅可以带领人对于自己有更充分的了解（leading to fuller knowledge of the self），甚至还可达成一种自我的创造（self-creation）。希望青少年朋友们不要因为我们引用的是古典，就将之视为保守落伍。我们民族的文化历史悠久，有些数千年前就已被我们前代的哲人智者所领悟出来的道理，说不定却与西方近代才开创出来的某些新论，恰好有着可以相通的暗合之处。读书，特别是读诗，尤其是读中国的古典诗歌，是果然可以有一种兴发感动足以变化人之气质的作用的。这是我们对于诗之部分的开端，所选录的几句“名言”的一些说明。

其次我们要谈到的，则是我们在词之部分的开端所选录的《人间词话》中的“词之为体，要眇宜修，能言诗之所不能言，而不能尽言诗之所能言”及“词之雅郑，在神不在貌”两段话。不少人往往以为诗与词都是抒情的韵文，在本质上没有什么不同，其实二者间实在存有很大的差别。如我们在本文前面所言，诗之创作乃是以“情动于中”和“志之所之”的作者之显意识活动为主体的。可是词在初期时，却原来只是文士们在歌筵酒席间按照乐调而填写的给歌女们去歌唱的歌辞。在作者的显意识中原不必有什么言志和抒情的用心。

最早的一册歌辞之词的集子，是五代时后蜀赵崇祚所编选的《花间集》。这一册集子对于词之“要眇宜修”之特质的形成，具有极大的影响。因为这一册集子中所收录的大多是以叙写美女与爱情为主的作品，这一类作品，在中国文学传统的诗以言志及文以载道的衡量之下，自然都是属于被鄙薄和轻视的所谓淫靡之作。然而，就在这一类淫靡之作的小词中，却产生了一种奇妙的现象，那就是虽然同是叙写美女与爱情的作品，但其中有些作品却似乎蕴含了一种足以引人产生言外之想的要眇深微的意蕴。

我在《论令词之潜能与陈子龙词之成就》一文中，曾经借用了一个西方接受美学的术语，将令词中所蕴含的这种引人产生丰富之联想的意蕴，称为令词中之“潜能”（potential effect）。“花间”词人中最富于“潜能”的作者，自当推温庭筠、韦庄二家。我在文中也曾对温、韦二家词之所以蕴含了这种“潜能”的缘故做过简单的论述。我以为温词之所以具含了此种潜能，乃是因为他在叙写美女之姿容衣饰时所用的一些词语，如“蛾眉”“画眉”之类，既与中国文学中以美女为托喻的叙写，有着某种“语码”的暗合；而作为一个怀才不遇的知识分子的感情心态，也与伤春怀人的闺中怨女的感情心态，有着某种情绪上之暗合的缘故。至于韦词之所以具含了此种潜能，则是因其劲直真切的写情之口吻既足可以造成一种直接感发的力量，而且他所写的相思怨别之情词，又都有着一种乱离忧患之时代遭遇为其背景之底色的缘故。

而与“花间”词相映相成的，还有南唐的一些词人。在南唐词人中，冯延巳与中主李璟之作风较为相近，他们所写的都显示有一种感情之意境，虽然也是伤春怨别之词，但却已不似“花间”词的秾艳拘狭，而且还隐含有一种由国势之危岌所引发之忧患意识的无心的流露，这自然是使得他们的词都蕴含有丰富之潜能的一个重要的缘故。

到了北宋的晏殊和欧阳修两家，则在南唐之词风的影响下，也同样在词中写出了一种感情的意境，而且也蕴含了极丰富的潜能，只不过他们词中所呈现的已不再是忧患的意识，而是作者自己的学养和襟抱了。

正是由于以上所叙及的这些因素，所以中国的词从“花间”以来就形成了一种特质，那就是以具含一种幽微要眇的言外之潜能者为美。这种潜能虽可以引人生言外之联想，然而却又极难于做具体之指陈，与诗之出于显意识之情志的叙写，有着很大的分别。《人间词话》的作者王国维，就是对词之此种特质深有体会的一位说词人，所以他才会提出了“词之为体，要眇宜修，能言诗之所不能言”的说法。而另一方面，则言志抒情的诗篇中之叙事发论的长篇巨制，当然也不是篇幅短小的词所能做到的，所以王氏乃又说词“不能尽言诗之所能言”。而且词之佳者既贵在有一种“言外”之潜能，因此词的深浅优劣与其表面所叙写之是否为美女与爱情实无必然之关系，所以王氏又说“词之雅郑，在神不在貌”。王氏的这些话，当然都不失为可以引领我们进入词之殿堂的有见之言。

只不过，词的发展却并没有只停留在歌辞之词的小令阶段，如我在《对传统词学与王国维词论在西方理论之观照中的反思》一文之所曾论述，中国的词自晚唐五代历经两宋，其发展之次第似可分为歌辞之词、诗化之词、赋化之词三个阶段。王国维《人间词话》中所提出的“要眇宜修”与“在神不在貌”两段话，就其狭义言之虽然似乎只适用于对“歌辞之词”的欣赏，但若就其广义言之，则词之以具含有引人深思的言外之意蕴者为美的一点，实在是三类词之佳者所共同具有的一种特质。只不过到了诗化之词与赋化之词中，其所以引人产生言外之联想的因素已经有所不同罢了。

先谈诗化之词。如果以自我抒情写志作为“诗化”之特色而言，则南唐后主亡国后所写的一些直抒哀感的词，可以说已经是“诗化”之滥觞，所以王国维在《人间词话》中，乃谓后主词“遂变伶工之词为士大夫之词”了。其后柳永的羁旅行役之作，则又拓变了歌辞之词中的春女善怀之情；而写出了秋士易感之慨，这当然也可以说是一种“诗化”之现象。至苏轼之词出，更乃“一洗绮罗香泽之态”，使词达到了“诗化”的高峰。其后南渡词人的激昂愤慨之作，则又为诗化之词开辟了另一天地。至辛弃疾之词出，乃更在诗化之词中树立了另一巅峰。这些诗化之词，自表面看来虽然似乎已经失去了歌辞之词透过美女与爱情之叙写而引人生言外之想的要眇幽微之意致，但事实上这一类词之佳者，则原来也仍是以具有一种深层之意蕴为美的。即如李后主词之佳者，在个人亡国的悲慨中却写出了古今人类所共有的人生长恨；柳永词之佳者，在登山临水的秋士之感中，也往往表现了一种可以“破壁飞去”的“神观飞越”之致；苏轼词之佳者，则更在“天风海涛之曲”中，寓含了“幽咽怨断之音”；而辛弃疾词之佳者，则在“龙腾虎跃”的英姿豪气中，还表现有一种“欲飞还敛”的悲郁之情和缠绵之致。像这些诗化之词，其风格内容虽然各异，但其所以为佳，则却是同样由于其各自都具有一种耐人深思联想的言外之意蕴。所以《人间词话》所说的“要眇宜修”之美，与“在神不在貌”的评赏之言，就广义来说，对诗化之词应该也是适用的。

再谈赋化之词。我在《论周邦彦词》之《论词绝句》中，曾写有“顾曲周郎赋笔新”之句，提出了周邦彦以赋笔为词的看法。所谓“赋笔”，我的意思是指一种以思力铺排为主的写作方式。周氏长于为赋，早年曾经写过长达万余言的《汴都赋》。就中国之文学传统言之，写赋与写诗之主要区别，乃在于诗之写作重在直接的感发，而赋之写作则重在思力的铺排。所以前人评词，如周济之《介存斋论词杂著》，就曾称“美成思力，独绝千古”。又云“钩勒之妙，无如清真”。陈振孙《直斋书录解题》亦曾称周词“长调尤善铺叙”。而且周氏又精于音律，往往好用拗折的句子，当然就更要重视思力的安排。夏承焘在《论唐宋词字声之演变》一文中，即曾云“至清真益出以错综变化，而且字字不苟”。凡此种种，当然都与早期令词之以直接感发为主的写作方式，有了很大的不同。而这种以思力铺排为主的写作方式，则实在是词之长调在发展中的一种必然的趋势。因为长调之写作一定要重视铺排，柳永词长调之铺叙，本可以视为赋笔为词的一种滥觞，不过柳词之铺叙乃大多以平直之叙事为主，如此有时就不免失之于平浅。而周词之铺叙，则往往用倒叙或跳接的手法，为词之写作方式增添了种种变化，甚至即使是旧传统的词学家，对周词之错综变化，也往往有不尽能掌握了解之处。即如陈廷焯在其《白雨斋词话》中，就曾说“美成词操纵处，有出人意表者”。又说“美成词有前后若不相蒙者”，而也就是周词的这种以思力安排为主的赋笔为词的写法，遂给南宋后来的作者，如姜夔、史达祖、吴文英、王沂孙等人，造成了极大之影响。这一类赋化之词中的失败之作，虽不免有堆砌晦涩之病，可是这一类词之佳者，却也往往正因其思力安排的繁复变化，遂使之也同样具含了一种词所特有的幽微深隐、引人生言外之想的特美。王国维对于这一类词，本来不大能够欣赏，因为王氏之词论较重直接之感发，所以王氏所最为称赏的词人，实在乃是南唐之冯、李，与北宋之晏、欧诸家。我们在词之部分的开端所引的两段名言，当然也最适用于对此诸家之评赏。不过如我们在前文之所论述，赋化之词的佳者既然也同样具含了一种深微幽隐之特美，则其所谓“要眇宜修”与“在神不在貌”之言，就其广义来说，对赋化之词自然就应该也是可以适用的了。

以上我们既然对诗之部分与词之部分开端所引之“名言”都已做了简单的解说，而且提出了词之所以异于诗之特质，乃是由于诗之源起，主要重在直接的感发，是一种显意识之活动；词之源起则只是合乐之歌辞，并不必然为作者显意识之活动，但却又往往有一种潜意识之流露，所以乃形成了一种幽微要眇之特质。但当词“诗化”和“赋化”了以后，于是早期歌辞之词中潜意识之流露，乃随其“诗化”而转化为显意识之抒写，又随其“赋化”而转化为有意识之安排。只不过词之佳者更具有一种幽微要眇之特质而已。而无论其为诗，为词，为显意识之抒写安排，为潜意识之呈现流露，总之中国之韵文一向是以抒情为其主要之传统的。

关于中国诗歌之抒情传统，以及中国传统与西方传统之差别，近二十多年来已经有不少学者对之做过相当的探讨。早在60年代，美籍华裔学者陈世骧教授就曾发表过《中国的抒情传统》一文，以为西方之以史诗与戏剧为主的文学传统，与以抒情诗歌为主的中国文学传统，代表了两种迥然相异的文化（陈氏之说见台湾1972年志文出版社《陈世骧文存》)。最近台湾大学教授张淑香女士在其所写的一篇题名为《抒情传统的本体意识》的讲演稿中，则更想透过中国诗歌抒情传统之表面现象，而追寻出隐藏在此种现象之后的基本根源。她首先从东西方文化形态之差异谈起，以为西方传统受希腊哲学与基督教思想之影响，其宇宙观乃是二元两分的。本体与现象，天堂与尘寰，理性与感觉，界限分明，而绝对的价值与权威则只在前者之中。至于从文学方面来说，则因为崇拜半神之英雄，乃有叙述高贵英雄之丰功伟业的史诗，又因为宗教的缘故而发展出戏剧，呈现为人与外界或命运之冲突的主要形式。所以西方的史诗与戏剧两种文学形式，始终主宰了西方文学的传统，实与其文化性格及特质是相关的。而中国人文传统之面貌，则与之相异。相对于希腊之诸神与基督教之上帝，中国的盘古开天辟地之创世神话，则谓天地混沌如鸡子，盘古生其中，阳清为天，阴浊为地，盘古在其中（见《艺文类聚》卷一引《三五历纪》）。而盘古垂死，乃化身为风云日月，山岳江河，及黎甿百姓（见《绎史》卷一引《五运历年纪》）。如此则是人与神及人与人以及人与万物，都在同体之中。这种血气相通的关系，意谓着人间世界就是实现终极价值之所在，生命的意义就在人世之中。而这种万物一体之感，本质上就是一条感觉与感情的系带，它系连了个人与社会，并扩充到自然界。而当这种浑然一体之情，从时间上纵向地延展下来，就产生了连绵不断的历史意识，透过记忆之长流，把现在与过去结成了一体，并奔向了未来。

张女士的说法，与我一向以兴发感动之作用来说诗的论点甚为相合。本文在前面所曾举引的"情动于中而形于言"，以及"人禀七情，应物斯感"和"气之动物，物之感人"诸说，就正说明了人与宇宙人世万物一体之关怀相感的基本的情怀。更在举引"诗可以兴"与"兴于诗"诸说中，说明了不仅写诗的作者贵在有一种感发的作用，就是读诗的读者也同样贵在有一种感发的作用。而且这种感发不仅是一对一的感动而已，更且贵在感动之外还可以引起一种兴发，于是一可以生二，二可以生三，乃至于生生不已以至于无穷。所以孔子与他的学生子贡谈到"贫而乐，富而好礼"的修养，可以使子贡联想到"如切如磋，如琢如磨"的诗句；而孔子与他的另一学生子夏讨论"巧笑倩兮，美目盼兮，素以为绚兮"的诗句，又可以使子夏联想到"礼后乎"的修养。而在词的方面，则张惠言论词可以从"风谣里巷男女哀乐之辞"联想到"贤人君子幽约怨悱不能自言之情"。王国维论词也可以从晏、欧的相思怨别之辞，联想到"成大事业大学问的三种境界"。凡此种种，都可以说明，在中国的诗词中，确实存在有一条绵延不已的感发之生命的长流，而这也就正是中华文化所特有的一份珍贵的宝藏。诸位青少年朋友们，希望我们所撰写的这部文稿，能够带领你们，使你们不仅可以体认到这条生命的长流，而且可以加入到这条长流之中，来一同沐泳和享受这条活泼的生命之流所给我们的最大的乐趣，我们等待你们的加入，才能使这条生命之流永不枯竭。

1991年5月12日深夜1时

叶嘉莹写于台湾清华大学文学研究所

上编 诗

正得失，动天地，感鬼神，莫近于诗。

——《毛诗序》

第一课　诗　经

《诗经》是我国最早的一部诗歌总集，收入了从公元前 11 世纪到公元前 6 世纪五百多年间的三百零五篇诗歌。这些诗歌分为“风”“雅”“颂”三个部分。“风”是国风，基本上都是各地的民间歌谣；“雅”分大雅和小雅，其中除了民间歌谣之外，还有贵族的作品；“颂”是用于宗庙祭祀的乐歌，其中有一部分是史诗。在先秦古籍中，这些古诗被称为“诗”或“诗三百”。但由于孔子曾整理过这些诗并用来传授弟子，所以后来就被尊为儒家的“五经”之一，称为《诗经》。“赋”“比”“兴”是《诗经》中的三种基本表现方法。在《毛诗·大序》中，它们与“风”“雅”“颂”并列，被称为诗之“六义”。但“赋”“比”“兴”具体应该怎样解释？历代学者众说纷纭。有的说：“赋之言铺，直铺陈今之政教善恶；比，见今之失不敢斥言，取比类以言之；兴，见今之美嫌于媚谀，取善事以喻劝之。”（郑玄《周礼·春官注》）有的说：“文已尽而意有余，兴也；因物喻志，比也；直书其事，寓言写物，赋也。”（钟嵘《诗品序》）有的说：“赋者，敷陈其事而直言之者也”；“比者，以彼物比此物也”；“兴者，先言他物以引起所咏之词也”（朱熹《诗集传》）。如果我们不用旧日经学家牵附政教的说法，只从“赋”“比”“兴”这三个字最简单最基本的意义来解释，则比较一致的意见是：“赋”有铺陈之意，是把所欲叙写的事物加以直接叙述的一种表达方法；“比”有拟喻之意，是把所欲叙写之事物借比为另一事物来加以叙述的一种表达方法；“兴”有感发兴起之意，是因某一事物之触发而引出所欲叙写之事物的一种表达方法。那么我们把这三种表达方法总结一下就会发现，它们实际上都表明了诗歌中情意与形象之间互相引发、互相结合的几种最基本的关系和作用。所以，“赋”“比”“兴”事实上乃是中国最古老的诗论，是古人对诗歌中的感发作用及其性质的一种最早的认识。这种诗论与西方分类细密的诗论功夫不同，然而却各有千秋。现在，我们就来结合《诗经》中的几首诗，对这三种古典诗歌中最基本的表达方法分别做一探讨。

首先我们来看《小雅》中的《苕之华》：

> 苕之华，芸其黄矣。心之忧矣，维其伤矣。
>
> 苕之华，其叶青青。知我如此，不如无生。
>
> 牂羊坟首，三星在罶。人可以食，鲜可以饱。

“苕”是一种蔓生植物，又叫“凌霄”，开紫红色的花朵，到秋天花将落的时候就完全变成了黄色。而“芸”正是黄色的样子。凌霄花的这种憔悴黯淡的样子，实在比狂风吹落满地残红更加令人看了难受。因为古人有诗说：“美人自古如名将，不许人间见白头。”花也是一样，被狂风吹落，只会令人产生对一个美好生命突然夭折的惋惜之情；而枯萎在枝头，则使人清清楚楚地意识到所有的生命都要由盛而衰、由衰而灭的这个残酷的事实。所以，看到变黄了的苕花，早已深感人生悲苦无常的诗人，就不觉发出了“心之忧矣，维其伤矣”的沉重叹息。这就叫作“见物起兴”，属于“兴”的表现方法。从形象和情意的关系来看，“兴”是诗人先看到外物，由此引发心中的情意。它的感发层次是由“物”及“心”的。

诗人由苕花的憔悴而起兴，引发出对人生悲伤的感慨，这二者之间的因果关系并不难理解。然而在“兴”的作品中，“心”与“物”之间形成联系的因果关系并不都这么简单，有时候是很难用道理解释清楚的。这首诗的第二章就是一个明显的例子。“苕之华，其叶青青”，是说苕的叶子长得十分茂盛。但面对这茂盛的绿叶，诗人何以会发出“知我如此，不如无生”的哀叹？这确实有些费解。于是《毛传》就推想：那是因为花落了，只剩下青青的叶子，所以引起了诗人为花的消失而悲伤；而朱熹的《诗集传》则推想：那是因为叶子眼前虽然茂盛，但不久也将凋零，所以引起了诗人为绿叶不能长青而悲伤。但是，“心”与“物”之间的感应本是极微妙朦胧的，虽然这种作用之中必然有某种感性的关联，但并非每一种感性的关联都可以做理性的解说。它们之间有的是情意的相通，有的是声音的相应，有的是反面的相衬，有的恐怕连作者自己都未必能说出个所以然。就以这种因绿色所产生的悲哀而言，我们还可以举出李商隐《蝉》诗的“一树碧无情”，韦庄《谒金门》词的“断肠芳草碧”等不少例子。那些触发完全属于一种无意中的感情的直觉，丝毫没有理性的思索比较存于其间。因此，对于这种种关联我们能够从感性上有所体会也就够了，并不一定非得给它们找出一个理性的说明来。这就是“兴”的表现方法在感发性质上的特点：它全凭直觉的触引，并不一定有理性的思索安排。

这首诗的第三章是诗人对忧苦生活比较具体的叙写。“牂羊”是母羊，“坟”是大的意思，羊很瘦所以就显得脑袋很大。“罶”是捕鱼的用具，罶中的水平静得能照清天上的星星，说明里面并没有鱼。在这种饥荒的岁月里，人只能够勉强活着，很少有吃饱肚子的时候。这一章完全是直接叙述，属于我们下面将要讲到的“赋”的表现方法。但结合诗人在第一章由苕花憔悴而引起的生之忧伤和在第二章由苕叶茂盛而引起的死之向往来看，这一章也不一定非得落实到物质的饥馑。因为人为万物之灵，除了吃饱肚子之外还会有很多其他的欲望，这些欲望得不到满足都会带来痛苦，而人的一生就注定了要生活在这种永远不会得到满足的痛苦之中。“人可以食，鲜可以饱”这两句，可以说是写尽了人生的悲哀。

下面我们再看《魏风》的《硕鼠》：

> 硕鼠硕鼠，无食我黍！三岁贯女，莫我肯顾。逝将去女，适彼乐土。乐土乐土，爰得我所。
>
> 硕鼠硕鼠，无食我麦！三岁贯女，莫我肯德。逝将去女，适彼乐国。乐国乐国，爰得我直。
>
> 硕鼠硕鼠，无食我苗！三岁贯女，莫我肯劳。逝将去女，适彼乐郊。乐郊乐郊，谁之永号。

在这首诗里，“硕鼠”是指肥大的老鼠；“女”同“汝”；“三岁”并不一定指三年，而是很多年的意思。从表面上看，这首诗同《苕之华》一样，也是在诗的开端就写出了一个物的形象。然而接下去就与上一首不同了。诗人说：大老鼠呀大老鼠，你今后别想再吃我的粮食！我侍奉了你这么多年，你却一点儿也不顾及我，现在我要离开你，去找一个能够安居乐业的地方！——这显然不是在写一只真的老鼠。诗人用的是“比”的表现方法。他心中恨的是那些一味剥削重敛、不顾老百姓死活的家伙们，可是他不直说，却用“硕鼠”这个形象来打比方。老鼠是一种令人生厌的东西，而且它最大的特点就是贪婪地把粮食搬到自己的洞里。用这个形象来比喻剥削重敛者再恰当不过，读者一看就能明白。这首诗的后两章基本上是第一章的重复，这种形式在《国风》中很普遍。因为《国风》是各地民谣，重叠的形式是为了适合反复吟唱。从形象和情意的关系来看，这首《硕鼠》在感发的层次上是由“心”及“物”。就是说，作者心中先已存有某种情意，然后寻找一个外物来作比喻，写出心中那种情意。另外，我们还可以看出，“比”这种表现方式是有着理性思索安排的，与“兴”的全凭直觉在性质上显然不同。

下面我们再看《郑风》中的《将仲子》：

将仲子兮，无踰我里，无折我树杞。岂敢爱之，畏我父母。仲可怀也，父母之言，亦可畏也。

将仲子兮，无踰我墙，无折我树桑。岂敢爱之，畏我诸兄。仲可怀也，诸兄之言，亦可畏也。

将仲子兮，无踰我园，无折我树檀。岂敢爱之，畏人之多言。仲可怀也，人之多言，亦可畏也。

这首诗是一个女子对她所爱之男子的叮咛告诫之词，她并没有假借什么外物的形象，而是直接把内心的感情表达出来了。这种表现方法就是“赋”。提到赋，有一点应该加以说明：也许有人会以为赋体的作品既然都是对情事的直接叙述，就必然缺少像“比”和“兴”那种以形象来感动人的力量和艺术性。这种看法是片面的。在我们中国的传统中，所谓“形象”的“象”，并不仅仅局限于目之所见的具体外物。在儒家经典《周易》中，一些听觉的感受、历史的典故、假想的喻象，都属于“象”。这首《将仲子》中的“象”，就都是“事象”而不是“物象”，但是它同样传达了一份真纯的感情，能给读者留下鲜明的印象。

首句“将仲子兮”不过是这个女子对她所爱之男子的一个称呼，但仅仅四个字中就用了“将”和“兮”两个语气助词，充分表现了女子柔婉的口吻，这就已经借语气传达出一种感发。这个女子说：“仲子啊，你不要跳过我住处的里门，也不要折断我们种的杞树。”这里，尽管这女孩子说话的口气十分委婉，但所说的内容毕竟是连续的两个拒绝和否定，这也许会伤了对方的心。于是，她接着就来挽回了："我哪里是舍不得那些东西啊，当然爱的是你！可是我怕被我的父母知道。"这是在肯定之后又一个委婉的拒绝和否定。可接着她又说："你当然是我所怀念的，可父母的责备我也是害怕的呀！"又一个肯定，然后接一个否定。你们看，叙述的口气一下子推出去，一下子拉回来，一下子又推出去，一下子又拉回来。就在这翻来覆去的口气之中，女孩子内心的感情已经生动地表现出来了。

这首诗第二章和第三章的内容、口气基本上是一样的，只是把"畏我父母"换成了"畏我诸兄"和"畏人之多言"。这种形式和《硕鼠》一样属于重章叠句，为的是反复吟唱。现在我们可以看出，"赋"实在也是诗歌中一种很有用的表现方法，它并不需要借助草木鸟兽之类的外物，直接就能传达出内心的感发。也就是说，在感发的层次上，"赋"是即物即心的，它所写出的形象本身就是作者心中的情意。

需要指出的是，我们以上所讲的三首"赋""比""兴"的诗例都比较典型，其中形象和情意的关系是比较单纯的。但对整个《诗经》中的大部分作品来说，区分"赋""比""兴"就不是这么简单了，前人有许多不同的说法，甚至有"兴而比""比而兴"的模棱两可的说法。这就需要我们运用形象和情意的关系去慢慢体会，然后做出自己的判断。另外，当我们评论诗作的时候，往往说其中某一句是"比"，某一句是"兴"，某一句是"赋"，我以为在这个时候所用的"赋""比""兴"的含义和诗之"六义"的"赋""比""兴"的含义，在着重点上也有所不同。前者的重点在于分析表达情意的技巧；而后者则除了技巧之外，更着重于对作者情意感发的由来和性质做出一种区分。因为，作者情意的感发需要传达给读者，使读者也产生感发，所以作者用什么方式带领读者进入他的感发之中就是很重要的。正由于这个原因，诗"六义"的"赋""比""兴"，特别注重在开端时感发的由来。这与在一首诗的中间偶然使用一些"赋""比""兴"

的技巧手法是不同的。例如本课作品选注中《硕人》的第二章，虽然用了许多比喻，但从这首诗的开端和它感发的基本性质来说，却不属于“比”而属于“赋”。再如《鸱鸮》，从表面看是用“赋”的叙述手法，其实却是属于“比”的作品。为了避免在观念上引起混淆，后来人们就把诗“六义”中“赋”“比”“兴”的名目加上一个“体”字，分别称为“赋体”“比体”和“兴体”，以此来表示它们与诗篇中随意使用的“赋”“比”“兴”技巧有所不同。

那么现在我们就可以来总结一下了。中国的诗歌是以抒写情志为主的，而情志感动的来源有两个：自然界的感发和人事界的感发。诗人如何表达这些感发呢？古人认为有三种方法：第一是“赋”的方法，“赋”是直接叙写，即物即心；第二是“比”的方法，“比”是借物为喻，心在物先；第三是“兴”的方法，“兴”是因物起兴，物在心先。这三种方法都注重用形象触引读者的感发，但“赋”多用人事界的“事象”，“兴”多用自然界的“物象”，“比”则既可以是人事界的“事象”，也可以是自然界的“物象”，也可以是假想的“喻象”。我想，这些很可能就是古人对诗歌中感发的作用和性质的一种最早的认识。

在这一课结束的时候，我还要说几句题外的话。那就是，东西方诗歌传统不同，中国早期诗歌以抒情为主，早期希腊的诗歌则以叙事史诗和戏剧为主。因此，中国的诗重视自然感发，西方的诗重视人工安排。西方的文学批评看起来比中国细密，在西方诗论中，对“形象”的使用模式就曾立有许多名目，然而对这些模式的名目，我们都可以找出相应的中国古典诗歌为例证来加以说明。比如，李白《长相思》中有一句“美人如花隔云端”，就是西方所谓的“明喻”；杜牧《赠别》中有一句“豆蔻梢头二月初”，用鲜嫩的豆蔻比喻少女，就是西方所谓的“隐喻”；陈子昂《感遇》中有一句“黄屋非尧意”，用天子所乘的车来代指天子，这是西方所谓的“转喻”；陶渊明的诗中经常直接用松树的形象来喻示一种坚贞的品格和精神，这是西方所谓的“象征”；晏几道《蝶恋花》词中说，“红烛自怜无好计，夜寒空替人垂泪”，把蜡烛当作有知有情的人来描写，这是西方所谓的“拟人”；温庭筠《忆江南》词中的“过尽千帆皆不是”一句，用船的一部分来代指整个船，就是西方所说的“举隅”；王沂孙的《齐天乐·咏蝉》，通篇都是蝉的事典，暗中却喻示了亡国的悲慨，这是西方所说的“喻托”；李商隐的《锦瑟》，用了“锦瑟”“弦柱”“沧海月明”“蓝田日暖”等一系列外在事物的形象来传达内心之中某些特殊的情意，这就是西方所说的“外应物象”。可是细心的读者一定会发现，西方理论中这些多彩多姿的术语，无论是明喻、暗喻、转喻、象征，还是拟人、举隅、喻托、外应物象，就感发的性质而言，它们实在都是属于先有了情意，然后才选用其中一种技巧或模式来完成形象表达的。如果以之与中国诗论中的“赋”“比”“兴”对比，则全都相当于“由心及物”的“比”的范畴。事实上，在英文里，我们根本就找不出一个字相当于中国的“兴”字！当然，我并不是说他们在诗歌创作中没有“兴”的表现手法，但他们在理论上显然并不重视这种手法。而在中国，从春秋时代的孔子就提出了“诗可以兴”！“赋”也是一样，英文中的“叙述”并不等于我们诗之“六义”中的“赋”。因为英文中的“叙述”指的是与“议论”“描写”“说明”并列的一种写作方法，一般多指散文而言；而诗“六义”的“赋”虽然也是直接陈述，但却是特指诗歌中的一种足以引起感发作用的传达方式。这说明，西方的诗歌批评所重视的是对意象的模式如何安排制作的技巧，却因此反而忽略了诗歌中感发的本质。但这种理论对西方诗歌而言也许并不失为一条正确的途径，因为他们的诗歌本身就注重这些技巧，并通过这些技巧显示出它们的价值和意义。可是对中国古典诗歌而言，如果只注意对外表模式的区分而忽略了感发的本质，有时就不免有缘木求鱼之嫌和买椟还珠之憾了。我以为，如果把文学批评比作一幢建筑物，那么西方的批评体系之体大思精，便如同一座建筑物所具有的宏伟漂亮的架构；而中国重视感发作用的诗论，就如同一座建筑物所最须重视的深奠的根基。二者的功夫不同，却是可以互相结合而加以发扬光大的。而这也正是今天的中国诗论所应当追求的一条理想的途径。

〖作品选注〗

关雎（周南）

关关〔1〕雎鸠〔2〕，在河之洲〔3〕。窈窕〔4〕淑女，君子好逑〔5〕。

参差〔6〕荇菜〔7〕，左右流〔8〕之。窈窕淑女，寤〔9〕寐〔10〕求之。求之不得，寤寐思服〔11〕。悠哉悠哉〔12〕，辗转反侧。

参差荇菜，左右采之。窈窕淑女，琴瑟〔13〕友〔14〕之。参差荇菜，左右芼〔15〕之。窈窕淑女，钟鼓乐之〔16〕。

【注】〔1〕关关：鸟的和鸣声。〔2〕雎鸠：一种水鸟。〔3〕洲：水中的陆地。〔4〕窈窕：美好的样子。〔5〕逑：配偶。〔6〕参差：长短不齐。〔7〕荇菜：一种可以吃的水草。〔8〕流：顺水之流而取之。〔9〕寤：睡醒。〔10〕寐：睡着。〔11〕思服：思念。〔12〕悠哉：指悠长的思念。〔13〕琴瑟：乐器。〔14〕友：亲爱。〔15〕芼：择取。〔16〕钟鼓乐之：用钟鼓奏乐来使她快乐。

这首诗由雎鸠鸟的叫声而引发出“窈窕淑女，君子好逑”的情意，在形象与情意的关系上是“由物及心”的，因此是属于“兴”的作品。

桃夭（周南）

桃之夭夭〔1〕，灼灼〔2〕其华〔3〕。之子〔4〕于归〔5〕，宜其室家〔6〕。

桃之夭夭，有〔7〕蕡〔8〕其实〔9〕。之子于归，宜其家室。

桃之夭夭，其叶蓁蓁〔10〕。之子于归，宜其家人。

【注】〔1〕夭夭：少壮美好的样子。〔2〕灼灼：花繁盛的样子。〔3〕华：同“花”。〔4〕之子：那个女孩子。〔5〕于归：出嫁。〔6〕宜其室家：能使家庭和顺。〔7〕有：形容词词头。〔8〕蕡：果实繁盛的样子。〔9〕实：果实。〔10〕蓁蓁：叶繁盛的样子。

这首诗由繁盛美丽的桃花想到了刚刚出嫁的女孩子，也是“由物及心”，所以也是属于“兴”的作品。

汉广（周南）

南有乔木〔1〕，不可休〔2〕息〔3〕。汉〔4〕有游女〔5〕，不可求思。汉之广矣，不可泳〔6〕思。江〔7〕之永〔8〕矣，不可方〔9〕思。

翘翘〔10〕错薪〔11〕，言刈其楚〔12〕。之子于归〔13〕，言秣〔14〕其马。汉之广矣，不可泳思。江之永矣，不可方思。

翘翘错薪，言刈其蒌〔15〕。之子于归，言秣其驹。汉之广矣，不可泳思。江之永矣，不可方思。

【注】〔1〕乔木：上耸而无枝的树。〔2〕休：同“庥”，庇荫。〔3〕息：一作“思”，语尾助词，下同。〔4〕汉：汉水。〔5〕游女：指汉水边出游之女子。〔6〕泳：潜行水中。〔7〕江：长江。〔8〕永：长。〔9〕方：用竹或木排成筏以渡水叫“方”。〔10〕翘翘：高大的样子。〔11〕错薪：杂乱的柴草。〔12〕楚：草名。〔13〕于归：出嫁。〔14〕秣：喂牲口。〔15〕蒌：蒌蒿。

乔木是很高大的树，但由于它没有旁生侧出的枝叶，所以不能指望它像别的树一样为人们遮阳。于是诗人就想到他所遇见的汉之游女，她虽然令人向往，但却没有可以求得的机会。由于这首诗的形象与情意有相似之处，所以有些像“比”，然而诗人是先看到乔木的形象，由此而联想到汉之游女的“不可求思”，它在形象与情意的关系上是“由物及心”的，所以仍然是“兴”而不是“比”。

硕人（卫风）

硕人[1]其颀[2]，衣[3]锦褧衣[4]。齐侯[5]之子[6]，卫侯[7]之妻，东宫[8]之妹，邢[9]侯之姨[10]，谭[11]公维私[12]。

手如柔荑[13]，肤如凝脂[14]，领[15]如蝤蛴[16]，齿如瓠犀[17]，螓[18]首蛾眉[19]，巧笑倩[20]兮，美目盼[21]兮。

硕人敖敖[22]，说[23]于农郊。四牡[24]有骄[25]，朱幩镳镳[26]。翟茀[27]以朝[28]。大夫夙退，无使君劳。[29]

河[30]水洋洋[31]，北流活活[32]，施罛[33]濊濊[34]，鳣鲔发发[35]。葭菼[36]揭揭[37]，庶姜[38]孽孽[39]，庶士[40]有朅[41]。

【注】〔1〕硕人：高大的人。指卫庄公的夫人庄姜。〔2〕颀：修长。〔3〕衣：穿。〔4〕褧衣：用麻布制成的单罩。〔5〕齐侯：指齐庄公。〔6〕子：指女儿。〔7〕卫侯：指卫庄公。〔8〕东宫：指齐国太子。〔9〕邢：国名。〔10〕姨：妻子的姐妹。〔11〕谭：国名。〔12〕私：女子称姐妹的丈夫为“私”。〔13〕柔荑：初生茅草。〔14〕凝脂：凝冻的脂油。〔15〕领：脖子。〔16〕蝤蛴：天牛的幼虫，色白身长。〔17〕瓠犀：瓠中的子，洁白而整齐。〔18〕螓：虫名，如蝉而小，其额广而方正。〔19〕蛾眉：蚕蛾的眉细长而且弯曲。〔20〕倩：口颊含笑的样子。〔21〕盼：黑白分明。〔22〕敖敖：高的样子。〔23〕说：停息。〔24〕四牡：指驾车的四匹牡马。〔25〕骄：肥壮貌。〔26〕镳镳：盛貌。〔27〕翟茀：女子乘的车前后都要遮蔽，翟茀指用雉羽作装饰的障蔽物。〔28〕朝：朝见，指庄姜与卫君相会。〔29〕这两句是说群臣早退，免使卫君劳于政事。〔30〕河：黄河。〔31〕洋洋：水盛大的样子。〔32〕活活：水流声。〔33〕施罛：撒渔网。〔34〕濊濊：渔网入水之声。〔35〕发发：鱼着网时尾动的样子。〔36〕葭菼：芦苇和荻苇。〔37〕揭揭：长貌。〔38〕庶姜：指齐国随嫁的诸女。〔39〕孽孽：盛饰。〔40〕庶士：指齐国随从的众人。〔41〕朅：英武壮大貌。

这首诗开端直接叙写庄姜的形象，是属于“赋”的作品。

黍离（王风）

彼黍[1]离离[2]，彼稷[3]之苗。行迈[4]靡靡[5]，中心[6]摇摇[7]。知我者谓我心忧，不知我者谓我何求。悠悠[8]苍天，此何人哉！

彼黍离离，彼稷之穗。行迈靡靡，中心如醉。知我者谓我心忧，不知我者谓我何求。悠悠苍天，此何人哉！

彼黍离离，彼稷之实。行迈靡靡，中心如噎[9]。知我者谓我心忧，不知我者谓我何求。悠悠苍天，此何人哉！

【注】〔1〕黍：北方叫作黍子。〔2〕离离：累累下垂的样子。〔3〕稷：不黏的黍。〔4〕迈：指远行。〔5〕靡靡：缓慢的样子。〔6〕中心：心中。〔7〕摇摇：心神不定的样子。〔8〕悠悠：遥远的样子。〔9〕噎：塞住。

这首诗是周室东迁以后，大夫重过旧京，见到昔日的宗庙宫室已经夷为农田，遍地黍稷，有感而写，以悯周室之衰微。“彼黍离离，彼稷之苗”，是对眼前所见景象的直接叙写，因此它应该属于“赋”。但这些形象也正是引起下文哀感的因素，由物及心，又像是“兴”，所以也有人说它是“赋而兴”的作品。也许有人就要问：《关雎》和《桃夭》也是先写眼前景物，为什么就只是“兴”，而不是“赋”或“赋而兴”呢？这里是有区别的。因为《关雎》《桃夭》所写的物象与接下来所写的情意虽有近似却不是必然要联系到一起的同一件事；而《黍离》所写的物象本身就是西周旧京的夷毁，接下来的哀感也是同一内容。所以我以为，它虽然有“兴”的作用，但仍然是属于“赋”的作品。

山有枢（唐风）

山有枢[1]，隰[2]有榆。子有衣裳，弗曳弗娄[3]。子有车马，弗驰弗驱[4]。宛[5]其死矣，他人是愉[6]。

山有栲[7]，隰有杻[8]。子有廷内[9]，弗洒弗埽[10]。子有钟鼓，弗鼓弗考[11]。宛其死矣，他人是保[12]。

山有漆[13]，隰有栗[14]。子有酒食，何不日鼓瑟？且以喜乐，且以永日[15]。宛其死矣，他人入室。

【注】〔1〕枢：树名，似榆而有刺，又名刺榆。〔2〕隰：低洼地带。〔3〕曳：拖着；娄：同“搂”，撩着。皆指穿衣之事。〔4〕驰：指让马快跑；驱：指用鞭子打马。皆乘车之事。〔5〕宛：枯萎之意，死貌。〔6〕愉：乐，享受。〔7〕栲：树名，即臭椿。〔8〕杻：是梓一类的树。〔9〕廷：同“庭”，指庭院；内：指堂室。〔10〕弗洒弗埽：不洒扫屋子。〔11〕考：敲击。〔12〕保：占有。〔13〕漆：漆树。〔14〕栗：栗树。〔15〕永日：意谓延长岁月。

这首诗因看到“山有枢，隰有榆”，而想到劝人及时行乐，属于“兴”的作品。但“山有枢，隰有榆”和及时行乐到底有什么关系，很难做理性上的解释，就像“苕之华，其叶青青”和“知我如此，不如无生”一样，看不出有什么必然的联系。这是“兴”的一种类型，有人会认为这种模棱的情况是“兴”的一个缺点，但我却以为这是一个优点。因为一首诗只要符合“由物及心”以及纯属感性的感发性质这两条，我们就可以判定为“兴”的作品，至于其物与心之间相感发的关系则有多种性质，其中有的感发关系并非理性可以解说，然而却必然有着某种感性的关联。这正是中国诗歌具有重视感发作用传统的一种独有的特色。

鸱鸮（豳风）

鸱鸮[1]鸱鸮！既取我子，无毁我室[2]。恩斯勤斯[3]，鬻[4]子[5]之闵[6]斯。

迨天之未阴雨，彻[7]彼桑土[8]，绸缪[9]牖户[10]。今女[11]下民[12]，或敢侮予！

予手拮据[13]，予所[14]捋荼[15]，予所蓄[16]租[17]，予口卒瘏[18]。曰予未有室家[19]。

予羽谯谯[20]，予尾翛翛[21]。予室翘翘[22]，风雨所漂摇[23]。予维音哓哓[24]。

【注】〔1〕鸱鸮：猫头鹰。〔2〕我室：指鸟巢。〔3〕恩：即“殷”；斯：语尾助词。〔4〕鬻：同“育”。〔5〕子：指雏鸟。〔6〕闵：病。〔7〕彻：剥取。〔8〕桑土：桑根。〔9〕绸缪：缠缚得很紧。〔10〕牖户：门窗，此处指鸟巢的空隙处。〔11〕女：汝。〔12〕下民：指人类。〔13〕拮据：手病。〔14〕所：尚。〔15〕捋荼：指取苇类植物来垫巢。〔16〕蓄：积聚。〔17〕租：同“苴”，茅草。〔18〕卒瘏：口病。〔19〕室家：指鸟巢。〔20〕谯谯：羽毛脱落的样子。〔21〕翛翛：干枯不润泽之色。〔22〕翘翘：危而不安的样子。〔23〕此句指风雨的冲击扫荡。〔24〕哓哓：由于恐惧而发出的叫声。

这首诗相传是周公所作，说是周公东征管蔡，而成王未知周公之意，故周公作此诗。这首诗的开头“鸱鸮鸱鸮”，似乎与《诗经》中那些以鸟名起兴的诗篇没什么两样，然而仔细观察就会发现，其中实在大有不同。因为《关雎》等都先写鸟之物象，然后转入人的情事，其“缘物起兴”的关系明白可见。而《鸱鸮》则不然，它把鸱鸮比拟为有知有情的人来呼唤告诫，全篇都是以禽鸟口吻为主的喻托之语。盖诗人心中首先已有了所要喻托的情意，然后用禽鸟做喻托的形象，这是含有理性思索安排的，其中形象与情意的关系是“由心及物”。因此，这首诗应该是属于“比”的作品。

第二课　离　骚

《离骚》在我国诗史上是继《诗经》之后的又一个高峰，它的作者屈原名平，是战国时期的楚国人，曾做过楚怀王的左徒，但楚怀王后来听信上官大夫等小人的谗言，疏远了他。司马迁《史记》认为，屈原因“信而见疑，忠而被谤”，所以才作了《离骚》以抒发心中的怨愤。然而屈原的志趣是高洁的，行为是不肯苟且的，所以他的怨愤也是光明正大的。《离骚》兼有《国风》“好色而不淫”和《小雅》“怨悱而不乱”的优点，因此太史公说：“推此志也，虽与日月争光可也。”

作为我国诗史上第一部杰出的抒情长诗，《离骚》对后世诗人产生了各方面的影响。所谓“才高者菀其鸿裁，中巧者猎其艳词，吟讽者衔其山川，童蒙者拾其香草”，确实是“衣被词人，非一代也”（刘勰《文心雕龙·辨骚》）。由于篇幅所限，我们不能进行全面的分析，本课仅就《离骚》在内容上对后世诗歌的几点影响做一些简单的介绍。

在中国的诗人之中，有些人是十分旷达的，像苏东坡就属于这一类。当他遭到打击和贬谪的时候他说什么？他说，“莫听穿林打叶声，

◎　屈原（约前340—前278），名平，字原，战国末楚国人，楚王同姓宗族。故里相传为今湖北秭归县。

何妨吟啸且徐行”（《定风波》）；他说，“云散月明谁点缀，天容海色本澄清”（《六月二十日夜渡海》）。这一类诗人，他们看任何问题都保持着一种历史的眼光和通达的态度，所以无论遇到什么样的苦难，总是能够自己从精神上解脱出来。可是还有一类诗人与此相反，他们宁可忍受痛苦也不肯放弃，明知无济于事也要坚持。他们说，“盖棺事则已，此志常觊豁”（杜甫《自京赴奉先县咏怀五百字》）；他们说，“春蚕到死丝方尽，蜡炬成灰泪始干”（李商隐《无题》）；他们说，“日日花前常病酒，不辞镜里朱颜瘦”（冯延巳《蝶恋花》）；他们说，“妾拟将身嫁与一生休，纵被无情弃，不能羞”（韦庄《思帝乡》）！他们在用情的态度上固执到极点，那种执着使人感动，使人无可奈何，同时也使人肃然起敬。如果对这两类诗人追根寻源的话，我们就会发现，前一类诗人用情的态度可以说是出于《庄子》，而后一类诗人用情的态度则可以说是出于《离骚》。

屈原在《离骚》这首两千四百多字的鸿篇巨制之中反反复复地陈述他希望楚国美好强盛的愿望，在愿望不能实现的苦闷之中，他曾设想过退而自保，独善其身；也有人劝他去国远游，另寻出路，但经过一番上天入地的追寻之后他仍然不肯放弃自己的愿望，最后终于说：“既莫足与为美政兮，吾将从彭咸之所居！”彭咸，相传是殷时贤大夫，谏其君不听，投水而死。屈原说，在楚国既然已经实现不了美好的政治，那么我活着还有什么意义和价值？我宁可从古人于地下，也不能与那些龌龊的小人同存于混浊的世间！在这首长诗里，诗人用情的态度之中包含着一种殉身无悔的执着感情，即所谓“亦余心之所善兮，虽九死其犹未悔”。后世诗人继承了《离骚》的这种精神，他们在诗歌中不但以这种顽强执着的态度去追求理想的政治和理想的社会，也以这种顽强执着的态度去追求理想的人格和理想的爱情，从而在世上留下了很多感人至深的诗篇。对这类诗篇，我们将在后面具体各课中做更详细的介绍。

与“殉身无悔”的态度相联系的，就是“上下求索”的精神。屈原说：“吾令羲和弭节兮，望崦嵫而勿迫；路曼曼其修远兮，吾将上下而求索。”意思是：让太阳走得慢一点吧，不要这么快就消失；因为道路是如此遥远，我将上天入地去寻求。屈原要寻求的是什么？是能使楚国繁荣强盛的贤君贤臣、开明的政治和美好的品德。然而他所得到的却是失望的悲哀——“朝吾将济于白水兮，登阆风而绁马；忽反顾以流涕兮，哀高丘之无女。”“阆风”是昆仑山的最高峰，而昆仑山是我国神话传说中神仙所在的地方；“白水”，则是去昆仑山途中所要经过的一条河流。屈原说：清晨我就渡过白水继续前进，当我登上昆仑山的山顶系好我的马时，我猛然回头一看不觉流下泪来，因为在经历了这么艰难久远的攀登之后我才发现，这里并没有我所追寻的那个对象！屈原所追求的理想是最高远、最完美的，因此也是最难以达到的，但正是由于人类有这样的追求，所以人类才有希望。最可悲哀的事情无过于所有的人都放弃了追求，就像陶渊明在《桃花源记》结尾所说的“后遂无问津者”，对整个社会来说，那才是一件最可怕的事情。在中国诗歌里，追求的精神也被诗人们从《离骚》那里继承下来了。陶渊明说，“因值孤生松，敛翮遥来归。劲风无荣木，此荫独不衰。托身已得所，千载不相违”（《饮酒》）——他所追求的乃是人格的操守；杜甫说，“安得广厦千万间，大庇天下寒士俱欢颜，风雨不动安如山。呜呼！何时眼前突兀见此屋，吾庐独破受冻死亦足”（《茅屋为秋风所破歌》）——他所追求的乃是天下百姓的温饱；李商隐说，“风光冉冉东西陌，几日娇魂寻不得。蜜房羽客类芳心，冶叶倡条遍相识”（《燕台》）——他所追求的，乃是在春风中苏醒的一份活跃的春心！其实，诗歌本是一种感发的生命，像曹操的“明明如月，何时可掇”（《短歌行》）；像李白的“却下水晶帘，玲珑望秋月”（《玉阶怨》）；像柳永的“衣带渐宽终不悔，为伊消得人憔悴”（《蝶恋花》）；像辛弃疾的“众里寻他千百度，蓦然回首，那人却在灯火阑珊处”

(《青玉案》)等，又何尝不给人一种追求的感发与联想？诗人，与一般人是有一点点不同的。一般人比较偏重于现实，而诗人往往更偏重于理想。尤其是中国的旧诗，它们所经常表现的一个主题就是对美好的事物、美好的对象、美好的理想的追求和怀思。这个传统，应该说是从屈原《离骚》那里继承下来的。

在中国的诗歌中，还有一种“比兴寄托”的传统。我们在这里所说的“比兴”，与前一课所讲“诗六义”中的“比”和“兴”有一定的区别。“诗六义”的“比”和“兴”，包括朱熹所说的“比而兴”或“兴而比”，乃是就诗歌开端感发作用的由来和性质而言；而“比兴寄托”所强调的则是诗歌中有“意在言外”的寄托。李商隐有一首《无题》诗：“八岁偷照镜，长眉已能画。十岁去踏青，芙蓉作裙衩。十二学弹筝，银甲不曾卸。十四藏六亲，悬知犹未嫁。十五泣春风，背面秋千下。”这首诗里，作者是在写一个女子吗？不是的。作者真正所要写的乃是一个男子，这个男子虽然有美好的才能和品德，却找不到一个能够赏识他并任用他的对象。诗中“长眉已能画”是从《离骚》“众女嫉余之蛾眉兮，谣诼谓余以善淫”中的“蛾眉”引申而来；而“芙蓉作裙衩”则直接脱胎于《离骚》的“制芰荷以为衣兮，集芙蓉以为裳”。这就是人们常说的“美人香草以喻君子”，是中国传统文化中一种独特的比兴方法，它的源头来自《离骚》。

在屈原笔下，美人与香草的形象比比皆是：“余既滋兰之九畹兮，又树蕙之百亩”——用香草比喻人才；“众女嫉余之蛾眉兮，谣诼谓余以善淫”——以美女自比；“朝饮木兰之坠露兮，夕餐秋菊之落英”——以美好的花草比喻高洁的品质；“思九州之博大兮，岂惟是其有女”——以美女比喻贤君。后世诗人继承和发展了《离骚》这种独特的比兴方法，有的以香草为喻：“兰若生春夏，芊蔚何青青”（陈子昂《感遇》），“兰叶春葳蕤，桂华秋皎洁”（张九龄《感遇》），“菡萏香销翠叶残，西风愁起绿波间”（李璟《山花子》）；有的以美人为喻："绝代有佳人，幽居在空谷"（杜甫《佳人》），"敢将十指夸针巧，不把双眉斗画长"（秦韬玉《贫女》），"早被婵娟误，欲妆临镜慵"（杜荀鹤《春宫怨》）……尽管由于时代的不同，诗人们在感情与志意上和屈原不一定完全相同，但不可否认的是，这些诗中对美好芬芳事物的那种爱惜和向往之情与《离骚》是一脉相承的。在《离骚》中还有一个习惯，就是经常以服饰容颜之美来象征品德之美，如我们前面提到过的"制芰荷以为衣兮，集芙蓉以为裳"，还有"佩缤纷其繁饰兮，芳菲菲其弥章"等，这种表现方法，在以后的《古诗十九首》和曹植《杂诗》等作品中都有所体现，这里就不一一列举了。

《离骚》在我国诗史上还有一个十分重要的影响，那就是从《离骚》开始，诗歌中形成了"悲秋"的主题。杜甫有一首《咏怀古迹》说："摇落深知宋玉悲，风流儒雅亦吾师。怅望千秋一洒泪，萧条异代不同时。""摇落"，指宋玉《九辩》中的"悲哉秋之为气也。萧瑟兮草木摇落而变衰"。杜甫说：我深深理解宋玉看到草木摇落时所感到的那种悲哀，尽管我和他之间相隔千年，但他的感动通过他的诗传给了我。宋玉是为了草木的摇落而悲哀吗？不是的，他是由草木的摇落想到生命的短暂，想到自己的才华和志意不能够有所完成才悲哀的。杜甫也是一个有才有志的读书人，也像宋玉一样的坎壈失志，所以他在千载之后读了宋玉的《九辩》才会引起共鸣，为之落泪。而宋玉这种悲秋的感情来自哪里？它来自屈原《离骚》的"日月忽其不淹兮，春与秋其代序。惟草木之零落兮，恐美人之迟暮"。如果你生来就不是美丽的，如果上天并没有赋予你美好的才智，那么你在生命的秋天虽然悲哀，却不痛苦。最悲哀、最痛苦的无过于一个才智之士生命的落空。所谓"朱实陨劲风，繁英落素秋"，"功业未及建，夕阳忽西流"（刘琨《重赠卢谌》）。逝者如斯，来日无多，你在你的一生中完成了什么？你能给人世间留下什么？你对得起你自己天生美好的禀赋吗？初唐诗人陈子昂说，"迟迟白日晚，袅袅秋风生。岁华尽摇落，芳意竟何成”(《感遇》)；北宋词人柳永说，“归云一去无踪迹，何处是前期”(《少年游》)，他们所表现的，也都是这样一份志意无成、生命落空的感情。

人的生命当然是短暂的，但诗歌的生命却生生不已。上下求索的精神、殉身无悔的态度、美人香草的喻托、悲秋伤逝的传统，这是《离骚》留给后代诗歌的几个“母题”。屈原的政治理想虽然落空了，但他的生命并没有落空，他心灵中那些最美好的东西通过《离骚》留给了后代，在两千年的历史中不断地拨动人们的心灵，点燃人们的热情，使中国诗歌的主流从不走向消极和颓废，使中国诗人永远保持着那种热烈执着的感情。我以为，这乃是《离骚》在中国诗史上最大的贡献，是今天我们仍然应该继承和发扬的宝贵传统。

屈原的作品除了《离骚》之外，还有《九章》《九歌》《天问》《招魂》等，这些作品都属于楚辞。楚辞除在内容上对后代诗人产生了深远影响之外，在形式的发展上也起了一个过渡的作用。《诗经》基本上是四言体，由于它的音节顿挫是简单的、整齐的，所以它的风格也表现为朴实的、典雅的。楚辞的句法则以三言为基础，加上“兮”“些”等语气助词，并与二言、四言配合运用。由于句法的扩展和语气词的作用，就形成了一种飞扬飘逸之美。再加上南方民族那种神话的气氛、丰富的想象，所以在战国之世被视为“风雅寝声”之后“奇文郁起”的一种新诗体。由于篇幅所限，我们不能对楚辞做更多的介绍，仅在作品选注中选了少量作品供大家参考。

〖作品选注〗

离骚（节选）

帝高阳〔1〕之苗裔兮，朕〔2〕皇考〔3〕曰伯庸。摄提贞于孟陬〔4〕兮，惟庚寅吾以降〔5〕。皇〔6〕览〔7〕揆〔8〕余初度〔9〕兮，肇〔10〕锡〔11〕余以嘉名。名余曰正则[12]兮，字余曰灵均[13]。纷[14]吾既有此内美兮，又重之以修能[15]。扈[16]江离与辟芷[17]兮，纫[18]秋兰以为佩。汩[19]余若将不及兮，恐年岁之不吾与。朝搴[20]阰[21]之木兰兮，夕揽洲之宿莽[22]。日月忽其不淹[23]兮，春与秋其代序。惟草木之零落兮，恐美人之迟暮。不抚壮而弃秽兮，何不改乎此度[24]也？乘骐骥以驰骋兮，来吾道夫先路[25]也。

【注】〔1〕高阳：颛顼的别号，楚的祖先。〔2〕朕：我。〔3〕皇考：亡父。〔4〕此句指寅年寅月。〔5〕降：降生。〔6〕皇：即皇考。〔7〕览：观。〔8〕揆：测度。〔9〕初度：初生之时。〔10〕肇：始。〔11〕锡：赐。〔12〕正则：平。〔13〕灵均：原。〔14〕纷：众盛貌。〔15〕修能：长才，指办事的能力。〔16〕扈：披。〔17〕江离、辟芷：皆香草名。〔18〕纫：结，指把香草续结起来。〔19〕汩：跑得很快的样子。〔20〕搴：拔取。〔21〕阰：大土岗子。〔22〕宿莽：一种经冬不死的草。〔23〕淹：久留。〔24〕度：态度。〔25〕先路：前驱。

诗人开口便述与楚同源共本的世系，已伏下“虽九死其犹未悔”的决心。香草美人纷出，则其品格、才能、志意不言而喻。《离骚》独特的比兴方法，于此可略窥端倪。

悔相[1]道[2]之不察兮，延伫[3]乎吾将反[4]。回朕车以复路[5]兮，及行迷之未远。步余马于兰皋[6]兮，驰椒丘[7]且焉止息。进不入以离[8]尤[9]兮，退将复修吾初服。制芰荷[10]以为衣兮，集芙蓉[11]以为裳。不吾知其亦已兮，苟余情其信[12]芳。高余冠之岌岌[13]兮，长余佩之陆离[14]。芳与泽[15]其杂糅[16]兮，唯昭质[17]其犹未亏。忽反顾以游目[18]兮，将往观乎四荒。佩缤纷[19]其繁饰兮，芳菲菲其弥章。民生[20]各有所乐兮，余独好修[21]以为常。虽体解[22]吾犹未变兮，岂余心之可惩[23]。

【注】〔1〕相：看。〔2〕道：道路。〔3〕延伫：站在那儿引颈遥望。〔4〕反：同“返”。〔5〕复路：回到旧路。〔6〕兰皋：生着兰草的水边。〔7〕椒丘：有椒树的山丘。〔8〕离：同“罹”，〔9〕尤：罪过。〔10〕芰荷：菱芰与荷花的叶子。〔11〕芙蓉：荷花。〔12〕信：真的。〔13〕岌岌：高貌。〔14〕陆离：长貌。〔15〕芳：芳香；泽：腐臭。〔16〕杂糅：混杂。〔17〕昭质：光明纯洁的品质。〔18〕游目：放眼观看。〔19〕缤纷：盛多。〔20〕民生：人生。〔21〕好修：喜好修洁。〔22〕体解：一种残酷的刑法。〔23〕惩：惩创。

这一段是设想退而独善其身，诗人的高洁品格和志向完全是通过芬芳的花草和繁盛的服饰表现出来的。

朝吾将济于白水兮，登阆风而绁马。忽反顾以流涕兮，哀高丘之无女。溘吾游此春宫〔1〕兮，折琼枝以继佩〔2〕。及荣华之未落兮，相下女〔3〕之可诒〔4〕。吾令丰隆〔5〕乘云兮，求宓妃〔6〕之所在。解佩纕以结言〔7〕兮，吾令蹇修〔8〕以为理〔9〕。纷总总〔10〕其离合兮，忽纬繣〔11〕其难迁〔12〕。夕归次〔13〕于穷石〔14〕兮，朝濯发乎洧盘〔15〕。保〔16〕厥美以骄傲兮，日康娱以淫游。虽信美而无礼兮，来违弃而改求。览相观于四极〔17〕兮，周流〔18〕乎天余乃下。望瑶台之偃蹇〔19〕兮，见有娀之佚女〔20〕。吾令鸩〔21〕为媒兮，鸩告余以不好。雄鸠〔22〕之鸣逝兮，余犹恶其佻巧〔23〕。心犹豫而狐疑兮，欲自适〔24〕而不可。凤皇〔25〕既受诒〔26〕兮，恐高辛〔27〕之先我。欲远集〔28〕而无所止兮，聊浮游〔29〕以逍遥。及少康〔30〕之未家〔31〕兮，留有虞之二姚〔32〕。理弱而媒拙〔33〕兮，恐导言〔34〕之不固。世溷浊而嫉贤兮，好蔽美而称恶。闺中〔35〕既以邃远兮，哲王〔36〕又不寤〔37〕。怀朕情而不发兮，余焉能忍与此终古。

【注】〔1〕春宫：东方青帝所居的宫殿。〔2〕琼枝：玉树的枝；继佩：加添在

自己的玉佩上。〔3〕相：看；下女：指人间之女。〔4〕诒：赠。〔5〕丰隆：雷神。〔6〕宓妃：相传为伏羲氏之女，溺洛水而死，遂为洛水之神。〔7〕结言：订盟。〔8〕蹇修：指媒人。〔9〕理：指做媒。〔10〕总总：丛簇聚集之貌。〔11〕纬繣：乖戾。〔12〕难迁：指其意难移。〔13〕次：止宿。〔14〕穷石：地名。〔15〕洧盘：水名，〔16〕保：自恃。〔17〕四极：指四方边远处。〔18〕周流：遍行。〔19〕偃蹇：高貌。〔20〕有娀之佚女：指帝喾之妃，契之母，名简狄。〔21〕鸩：毒鸟。〔22〕雄鸠：一种善鸣的鸟。〔23〕佻巧：形容多嘴不可信任。〔24〕自适：亲自前往。〔25〕凤皇：指玄鸟，相传简狄吞玄鸟之卵而生契，为商人之始祖。〔26〕诒：这里指所赠之礼物。〔27〕高辛：即帝喾。〔28〕集：就。栖止的意思。〔29〕浮游：周流。〔30〕少康：夏后相之子。〔31〕未家：未有家室。〔32〕有虞之二姚：相传寒浞使浇杀夏后相，其子少康逃至有虞国，有虞国君把两个女儿嫁给了他。后来少康灭浇，中兴夏朝。〔33〕理弱而媒拙：指媒人无能。〔34〕导言：指媒人传达双方的意见。〔35〕闺中：女子所住的地方。〔36〕哲王：明智的君主，指楚君。〔37〕寤：觉悟。

我们不能不佩服诗人神奇的想象力。他进行了超越时空的求索，结果却一无所得。追求之苦，进一步衬托了失望之深。

九歌·少司命

秋兰兮麋芜，罗生兮堂下。绿叶兮素枝，芳菲菲兮袭予。夫人〔1〕兮自有美子〔2〕，荪〔3〕何以兮愁苦？秋兰兮青青，绿叶兮紫茎。满堂兮美人，忽独与余兮目成。入不言兮出不辞，乘回风兮载云旗。悲莫悲兮生别离，乐莫乐兮新相知。荷衣兮蕙带，倏而来兮忽而逝。夕宿兮帝郊〔4〕，君谁须兮云之际？与女游兮九河，冲风至兮水扬波。与女沐兮咸池〔5〕，晞〔6〕女发兮阳之阿。望美人兮未来，临风怳〔7〕兮浩歌。孔盖〔8〕兮翠旌〔9〕，登九天兮抚彗星，竦[10]长剑兮拥幼艾[11]，荪独宜兮为民正。

【注】〔1〕夫人：那个人。〔2〕美子：所美之人。〔3〕荪：犹“汝”。〔4〕帝郊：天帝之郊。〔5〕咸池：神话中的地名。〔6〕晞：晾干。〔7〕怳：失意貌。〔8〕孔盖：以孔雀尾为车盖。〔9〕翠旌：以翡翠羽为旌旗。〔10〕竦：执。〔11〕幼艾：少小美好。

《九歌》与《离骚》不同。《离骚》带有作者强烈的个性，而《九歌》并不完全是屈原个人的作品，它是楚国民间祭神的巫歌，经屈原改定而成，带有一种神秘的浪漫气氛。你看那神来的时候，乘着回旋的风，载着彩云的旗，飘飘忽忽地自天而降，一言不发地突然消逝，写得真是美极了，充分表现了南方民族的浪漫情调。

第三课　古诗十九首

在中国诗歌史上，有十分奇怪的一组诗，它们非常易懂却又相当难解，艺术成就极高却又没有留下作者的姓名，人人读了心中都觉得有所触动，却又很难说清受到触动的缘由。这一组诗，最早见于梁代昭明太子萧统所编的《文选》，编者为它们加了一个总题——《古诗十九首》。

《古诗十九首》是东汉时期一些无名氏的作品，但与一般的汉乐府又有所不同。它们是社会中下层文人所作，作者年代相近却并非一人，各诗所咏的内容也没有一定的次序或关联。然而，这十九首诗实在是代表着五言古诗早期的最高成就，对我国旧诗产生了深远的影响，以至历代诗论家经常将之与《诗经》《楚辞》相提并论。《古诗十九首》在写作态度上十分真挚诚恳，语言也相当平易浅近，丝毫没有后世诗人那种争新立异、逞强好胜的用心，但其意蕴之深微丰美，却经受住了千百年来无数读者的反复挖掘，使每个人都能够有所得或有所感。清人陈祚明在其《采菽堂古诗选》中说：

《十九首》所以为千古至文者，以能言人同有之情也。人情莫不思得志，而得志者有几？虽处富贵，慊慊犹有不足，况贫贱乎？志不可得而年命如流，谁不感慨？人情于所爱，莫不欲终身相守，然谁不有别离？以我之怀思，猜彼之见弃，亦其常也。夫终身相守者，不知有愁，亦复不知其乐，乍一别离，则此愁难已。逐臣弃妻与朋友阔绝，皆同此旨。故《十九首》虽此二意，而低回反复，人人读之皆若伤我心者，此诗所以为性情之物。而同有之情，人人各具，则人人本自有诗也。但人人有情而不能言，即能言而言不能尽，故特推《十九首》以为至极。

这段话说得极好。《古诗十九首》所写的内容涉及很多人生中常常遇到的问题，写出了人们心灵深处最普遍也最深刻的几种感情的基本类型。这些感情来源于人与人以及人与社会之间的关系，凡是生活在社会中的人，都不可能没有经历过。然而，《古诗十九首》却独能把这些感情表现得如此低回反复，温厚缠绵，动人心弦。这也正是《古诗十九首》之所以能够千古常新的根本原因。下面我们就来欣赏其中的一首，看一看它表现了一种什么样的感情。

东城高且长

东城高且长，逶迤自相属。回风动地起，秋草萋已绿。四时更变化，岁暮一何速！晨风怀苦心，蟋蟀伤局促；荡涤放情志，何为自结束？燕赵多佳人，美者颜如玉；被服罗裳衣，当户理清曲。音响一何悲！弦急知柱促。驰情整巾带（一作“中带”，但一般认为“巾带”较胜），沉吟聊踯躅。思为双飞燕，衔泥巢君屋。

凡是好诗，在它的文字之中都含有一种感发的力量，“东城高且长，逶迤自相属”两句就是如此。“东城”，指的是东汉首都洛阳城的东城，这很可能是作者来到京城洛阳后的第一个印象。你看他的口气：那东城的城墙不但“高且长”，而且“自相属”。“属”是连接的意思，他说那城墙之间相互连接，没有一个终端，没有一个缺口，连绵不断，一望无边。这个形象给人一种什么联想呢？一般来说，“城墙”对人起着一个隔绝和限制的作用；而都城，不但是一个国家政治和经济的中心，也是大家追求功名利禄的中心。读书人到京城是来“求仕”的：要想实现政治理想，首先必须为自己在朝廷中找到一个位置。可是，你打得进去吗？《古诗十九首》中的另一首《青青陵上柏》中说，“驱车策驽马，游戏宛与洛”，然而“洛中何郁郁，冠带自相索”！洛阳城中繁华富丽，到处都是高车驷马和达官贵人，他们自相往来，互相利用，结成了一个官场的圈子，对外来的寒门之士是排斥的，不接纳的。你看，这“自相索”和“自相属”的口气多么相似！在这十九首诗中，有很多地方表现了这种人生不能得志的思想感情，我们可以拿来互相印证。

“回风动地起，秋草萋已绿”，是诗人感情上的一个跳动和变化。带有象喻性的形象也由城墙转变为“回风”和“秋草”。“回风”，是一种从地面盘旋而起的迅疾的风，它带着那么强大的摧伤力量远远地席卷而来，整个大地立刻就被笼罩上一片肃杀之气。但“秋草萋已绿”的形象就有些不好理解——碧绿茂盛的草本来应该是美好生命的象征，为什么在这里也带有一种悲伤凄楚的气氛？一般认为，草木枯黄才能引起人的悲哀，其实并不一定。杜甫有一首《秋雨叹》说：“雨中百草秋烂死，阶下决明颜色鲜。着叶满枝翠羽盖，开花无数黄金钱。”但下边接着说：“凉风萧萧吹汝急，恐汝后时难独立。堂上书生空白头，临风三嗅馨香泣。”诗人落泪，是因为担心那美好芬芳的生命不久就要受到摧残。李商隐有一首咏蝉诗说：“五更疏欲断，一树碧无情。”诗人悲哀，是因为草木无情，在蝉悲痛欲绝的鸣声中居然还是这么碧绿茂盛。诗人的感情都是敏锐的，他们的悲伤，有时是因为对未来的联想，有时是因为当时情景的对比和反衬，有时甚至并无道理可讲，纯属一种直感。“秋草萋已绿”——你不必考虑任何理性的解释，那就是诗人看到碧绿茂盛的秋草在回风中摆动，而引起内心的一阵动荡，即所谓“物色之动，心亦摇焉”（刘勰《文心雕龙·物色》）。南唐中主李璟曾戏问冯延巳：“吹皱一池春水，干卿何事？”这是一个诗人自己也无法正面回答的问题！

“四时更变化，岁暮一何速”，是说四季更迭轮换得这么快，眼看着冬天就要来到，一年的日子马上就要过完了。这是诗人对光阴消逝的感慨。在中国诗歌中有一个传统的习惯：一提到光阴的消逝，往往接着就联想到生命的短暂无常。屈原《离骚》说，“日月忽其不淹兮，春与秋其代序”，紧接着就是“惟草木之零落兮，恐美人之迟暮”。所以你看，这首诗在感情和形象上虽然不断地跳跃，但诗人的感发在进行中其实是很有层次的。他从城墙、回风、秋草，直到大自然四时的变化，正在一步一步地把读者的感发引向他心中真正的情意。

对“晨风怀苦心，蟋蟀伤局促”两句，读者可以有深浅两个层次的理解。从浅的层次看，这两句的意思是说：寒冷的晨风使我进一步意识到暮秋已经来临，从而心中感到一阵悲苦；蟋蟀已经叫不了多久了，这使我联想到人的生命不也是如此短暂吗？如果仅仅做这样的理解，这两句诗也能够给你一种感动，而且这种感动与诗的主题是相合的。然而，有一件事情实在是很奇妙：在一个历史文化比较悠久的民族中，有些语言的符号经过长久的使用往往形成了某些固定的联想，而且只有属于这一文化传统之内的人，才熟悉这种联想。西方语言学的符号学家把这一类语汇称作“语码”。中国有如此悠久的历史文化传统，所以中国的诗歌中“语码”也特别丰富。这里的“晨风”和“蟋蟀”，恰好就是两个语码。而且，它们又恰好是中国儒家经典《诗经》中两首诗的篇名。《晨风》见于《诗经》中的《秦风》，开头四句是：“鴥彼晨风，郁彼北林。未见君子，忧心钦钦。”“晨风”是一种鹞鹰类的猛禽，这首诗从晨风起兴，由此想起了心中所思念的一个人。诗中并没有说明这是一个什么人。《毛诗序》认为，这是秦国人讽刺秦康公不能继承秦穆公的事业，不能任用贤臣的一首诗。秦穆公是春秋五霸之一，穆公时代是秦国人心目中最美好的时代。联想到这个背景，“晨风怀苦心”就有了更深一层的含义——一个才智之士生不逢时的感慨！《蟋蟀》见于《唐风》，开头四句是：“蟋蟀在堂，岁聿其莫。今我不乐，日月其除。”意思是说，蟋蟀已经躲进屋子里来叫了，说明时间已经到了九月暮秋，如果现在还不及时行乐，一年的光阴很快就要白白过去了。《毛诗序》说这是讽刺晋僖公“俭不中礼”，认为应该“及时以礼自虞乐”的一首诗。那么，后面“蟋蟀伤局促”这一句除了感叹生命的短暂之外，就又包含了一层何必如此自苦、不妨及时行乐的意思在内。这就是中国的古诗！它把对时代与政治的感慨、与个人的命运结合得如此紧密，而表达得又是如此温厚含蓄，不露锋芒！

既然政治理想不能实现，而人的青春又是如此短暂，那么该当怎么办才好呢？诗人说：“荡涤放情志，何为自结束。”“荡涤”，是冲洗的意思。冲洗什么？冲洗那一切加在你身上的限制和拘束。人生如此短暂，你为什么总是要说的不敢说，要做的不敢做，要追求的不敢追求？你何苦又给自己加上这么多自我的约束？应该注意的是：这两句之中其实存在着一种矛盾和挣扎的心理，而这种心理也正是《古诗十九首》所涉及人生问题的一个重要内容。其中《青青河畔草》一首，描写了一个“昔为倡家女，今为荡子妇”的女子，结尾两句是：“荡子行不归，空床难独守。”所谓“难独守”，说明她现在还是在“守”，只不过心中正在进行着“守”与“不守”的矛盾与挣扎。另一首《今日良宴会》说：“齐心同所愿，含意俱未申。人生寄一世，奄忽若飙尘。何不策高足，先据要路津！无为守穷贱，轗轲长苦辛。”意思是：我们曾经有过这么多的理想和追求，可是有谁能够真正如愿以偿？人生一世也不过就像大风卷起的尘土那样无足轻重，为什么你不寻找手段先去占住一个高官厚禄的地位？为什么你老是让自己过这种坎坷贫贱的生活？这也是一种“守”与“不守”的矛盾。中国读书人很讲究操守，儒家主张一个人必须有所不为然后才能够有所为。可是，当整个社会都在堕落的时候，当你的理想和志意全部落空的时候，当你沦于贫穷与痛苦之中的时候，你还能够保持你的操守吗？你是否也该不择手段地去追名逐利？古往今来，很多人都在这个矛盾面前经历过痛苦的挣扎和抉择。

南宋词人辛弃疾，一个志在为国家收复北方失地的英雄豪杰，当他受到一次又一次的打击和排挤，所有的理想与志意都不能实现的时候，他说什么？他说："可惜流年，忧愁风雨，树犹如此。倩何人唤取，红巾翠袖，揾英雄泪。"（《水龙吟·登建康赏心亭》）——这又是中国古人的一个传统：当他们在事业上失意的时候，往往就去向美酒和美人之中寻求安慰。好，现在我们的诗人也要放荡自己的情志，去追求一位美人了。可是你看，他写放荡的情志依然写得这么美，这么富于象喻性——“燕赵多佳人，美者颜如玉；被服罗裳衣，当户理清曲。”在中国历史文化的传统中，提到美人，往往暗喻君子；提到衣饰的美好，往往暗喻品德的美好。你看诗人所追求的这位美人，既有“颜如玉”的本质美，又有“罗裳衣”的服饰美，更有“理清曲”的才能美。而且还不止如此，她与诗人之间还存在着一种内心感发的交流。何以见得？古人认为，音乐的声音是可以传达内心情意的，但只有知音才能听懂。“音响一何悲”的“悲”字，说明诗人已经听懂了乐曲声中所传达的情意。“弦急知柱促”，表面上是说琴弦绷得很紧，所以琴声十分高亢急促，但在实质上，这一句是在强调弹者和听者之间心灵上所产生的那种相互感应有多么紧张、强烈。——这话真的很难说清，也许只有直觉的感受才能够体会。

“驰情整巾带，沉吟聊踯躅”两句写得也很妙。马的奔跑叫“驰”，而内心在不停地思量，也是一种“驰”，当你的心在“驰”的时候，手却在下意识地把头巾和衣带整理好，这是什么意思？这说明此时你的心里所产生的是一种尊敬而严肃的感情。清末诗人龚定庵曾写过一首小诗：“偶赋凌云偶倦飞，偶然闲赋遂初衣。偶逢锦瑟佳人问，便道寻春为汝归。”王国维批评了这首诗，因为它字面虽然高雅，感情却十分轻佻。《古诗十九首》与此相反，它的语言虽然大多很浅近，但感情却极其真挚而深厚。诗人沉吟的结果是“聊踯躅”——没有冒昧地向前，这同样表现了一种感情上的尊重与严肃。那么，诗人现在心中所想说又不敢说的是什么呢？是“思为双飞燕，衔泥巢君屋”。这两句仔细想来有点儿不合逻辑，但却正合诗人现在急于想把话说出来的心情。其实他是想说两个愿望：第一个是，我愿意和你化为一对燕子，永远双飞双栖；第二个是，如果我变成了一只燕子，而你还是你的话，我就愿意衔泥做巢在你的屋檐下，永远陪伴着你。由于诗人心中的感情还在“驰”，而奔驰的感情是很难在语言上节制反省的。所以他就把两个愿望急忙地并成了一个。这在理性上固然不合逻辑，但从感情上却比较容易明白。

这就是《东城高且长》！它包含着丰富的象喻、多方的感慨、人生问题的沉思、历史文化的传统……诗中所蕴蓄的，比说出来的实在要多得多！对这样的诗，你很难用语言做出确切的解释，也无法摘取它的某一字某一句来说明它的好处。它外表浅明易懂，内涵深远幽微；它感发的生命丰富活泼，在千百年后仍然能够拨动读者的心弦。

不过，在这一课结束的时候我要提醒大家：要想真正读懂《古诗十九首》，只了解这一首是不够的。这十九首诗在风格和内容上虽有一致性，但实际上又各有各的特点。你只有做到“涵泳其间”——整个儿地被它们的情调、气氛包围起来，才能得到那种温厚缠绵的味道，才能明白历代诗论家为什么不约而同地给予它们那么高的评价。但由于篇幅所限，本课作品选注只选了十九首中的六首供大家参考，其中有三首做了一些欣赏重点的提示。

〖作品选注〗

行行重行行

行行重行行〔1〕，与君生别离〔2〕。相去万余里，各在天一涯。道路阻且长，会面安可知！胡马依北风，越鸟巢南枝。〔3〕相去日已远，衣带日已缓〔4〕。浮云蔽白日，游子不顾反。〔5〕思君令人老，岁月忽已晚。弃捐〔6〕勿复道，努力加餐饭〔7〕。

【注】〔1〕行行：越走越远的样子。〔2〕生别离：指与"死别"相对的"生离"。〔3〕这两句，有人认为是喻不忘本，有人认为是喻同类相求，也有人认为是喻南北睽隔之感。〔4〕人渐瘦，所以衣带渐宽。〔5〕顾：念及；反：同"返"。这两句，有人认为是比喻邪佞之谗毁忠良，有人认为是比喻游子在外有所惑因而负心不归。〔6〕弃捐：可以指被抛弃捐舍，也可以指把悲哀丢开不要再提起。〔7〕此句亦可作自劝与劝人两种理解。

这是一首写离别的诗。它的感人之处在于：明明知道相见的日子无期，相待的年华有限，但依然不肯放弃希望。"努力加餐饭"的"努力"二字中，充满了在绝望中强自支持的苦心，好像是想用人力的加餐来战胜天命的无常，以坚持等来那一线的希望。所以，这首诗所表现的已不仅是一种极深刻的感情，同时也是一种极高贵的德操。历代对这首诗所写的是居者还是行者，是逐臣还是思妇，一直有争论。但我以为，诗中所表现出来的这种深情和德操，无论对居者、行者、逐臣、思妇，或者是任何一个经历过离别痛苦，却仍然一心抱着重逢希望不甘放弃的人，都有着它永恒的真实性。另外，这首诗在语意和语法上具有含混模棱的特点，而又正是这个特点，造成了这首诗对读者多种解说与感受的高度适应性，使意念活动的范畴更加深广丰富起来。这一点是我们欣赏《古诗十九首》时所不可不知的。

西北有高楼

西北有高楼，上与浮云齐。交疏结绮窗[1]，阿阁[2]三重阶[3]。上有弦歌声，音响一何悲！谁能为此曲？无乃[4]杞梁妻[5]。清商[6]随风发，中曲[7]正徘徊。一弹再三叹，慷慨[8]有余哀。不惜歌者苦，但伤知音[9]稀。愿为双鸿鹄[10]，奋翅起高飞。

【注】〔1〕窗格子雕的都是玲珑剔透的花纹。〔2〕阿阁：四面有檐的高大的楼阁。〔3〕三重阶：高楼有多重平台。〔4〕无乃：莫非。〔5〕杞梁妻：春秋时齐国大夫杞梁的妻子。杞梁战死，其妻曰："上则无父，中则无夫，下则无子，人生之苦至矣！"乃亢声而哭，杞都城感之而崩，遂投水死。这里用"杞梁妻"，是强调楼中歌者的孤独悲哀。〔6〕清商：乐曲名。〔7〕中曲：曲子的中段。〔8〕慷慨：内心的感动激发。〔9〕知音：能听得懂曲中情意的人。〔10〕鸿鹄：据《史记·留侯世家》载，汉高祖作《鸿鹄歌》："鸿鹄高飞，一举千里。羽翮以就，横绝四海。横绝四海，当可奈何。虽有缯缴，尚安所施。"

在这首诗里，美丽的高楼、始终未露面的女子、楼上传下来的弦歌声……很多形象都具有象喻的含义，能引起人丰富的联想。它与《行行重行行》的区别在于：《行行重行行》虽然也有很丰富的含义，但那些含义都是可以落实的，能够从语言文字上推求的，因而也是比较容易把握的。而这一首诗丰富的含义完全在神不在貌，你可以从中体会到一种对高飞远举的向往追求，也可以体会到一种甘于寂寞、处身高洁的感情和持守，还可以体会到诗人在寂寞中对寻求一个知己的向往。这些丰富的感发联想，可以把你的精神提升到一个更高的境界。

青青河畔草

青青河畔草，郁郁园中柳。盈盈楼上女，皎皎[1]当窗牖。

娥娥[2]红粉妆，纤纤出素手。昔为倡家女[3]，今为荡子[4]妇。荡子行不归，空床难独守。

【注】〔1〕皎皎：明艳照人的样子。〔2〕娥娥：娇美貌。〔3〕倡家女：指歌妓。〔4〕荡子：在外乡漫游的人。

这首诗中这个不甘寂寞、擅自炫耀的“倡家女”的形象，也未始不可以使人联想成是一个男子的象喻。在人生的道路上，无论做学问也好，干事业也好，都需要有一种勤勤恳恳和甘于寂寞的精神。但有些人是耐不住寂寞的，为了早日成名或是为了其他一些目的，他们往往不择手段地去表现自己，这种急功近利的行为有时候就会造成“一失足成千古恨”的悲剧结局……

青青陵上柏

青青陵上柏，磊磊涧中石。人生天地间，忽如远行客。斗酒[1]相娱乐，聊厚不为薄。驱车策驽马，游戏宛与洛[2]。洛中何郁郁，冠带[3]自相索。长衢罗夹巷，王侯多第宅。两宫[4]遥相望，双阙[5]百余尺。极宴[6]娱心意，戚戚[7]何所迫？

【注】〔1〕斗酒：指数量不多的酒。《史记·滑稽列传》：“一斗亦醉，一石亦醉。”〔2〕宛：指东汉南阳郡的宛县；洛：指东汉京都洛阳。〔3〕冠带：指顶冠束带的贵人。〔4〕两宫：洛阳城内有南北两宫，相去七里。〔5〕阙：宫门前的望楼。〔6〕极宴：穷奢极欲尽情宴乐。〔7〕戚戚：忧愁貌。

今日良宴会

今日良宴会，欢乐难具陈[1]。弹筝奋逸响[2]，新声妙入神。令德[3]唱高言[4]，识曲[5]听其真[6]。齐心同所愿，含意俱未申[7]。人生寄一世，奄忽[8]若飙尘[9]。何不策高足[10]，先据要路津[11]！无为守穷贱，轗轲[12]长苦辛。

【注】〔1〕难具陈：难以一一述说。〔2〕逸响：不同凡俗的音响。〔3〕令德：指有美德的人。〔4〕高言：高妙之论。〔5〕识曲：知音的人。〔6〕真：指曲中真意。〔7〕俱未申：都没有说出来。〔8〕奄忽：急遽。〔9〕飙尘：暴风卷起的尘土。〔10〕高足：良马。〔11〕要路津：指重要的位置。〔12〕轗轲：车行不利，引申为人不得志。

驱车上东门

驱车上东门[1]，遥望郭北墓[2]。白杨何萧萧，松柏夹广路。下有陈死人[3]，杳杳即长暮[4]。潜寐[5]黄泉下，千载永不寤[6]。浩浩阴阳移[7]，年命如朝露。人生忽如寄，寿无金石固。万岁更相送，圣贤莫能度。服食[8]求神仙，多为药所误。不如饮美酒，被服[9]纨与素。

【注】〔1〕上东门：洛阳东城有三个门，最北头的叫上东门。〔2〕郭北墓：指洛阳城北的北邙山上的墓群，东汉王侯卿相多葬于此。〔3〕陈死人：死了很久的人。〔4〕长暮：长久的黑夜。〔5〕寐：睡去。〔6〕寤：醒来。〔7〕阴阳移：指四时运行。〔8〕服食：指道家服食长生之药。〔9〕被服：穿着。

第四课　建安诗（上）

现在我们就要进入诗歌发展史上一个崭新的时期——建安时代了。建安是汉朝最后一个皇帝汉献帝的年号。建安时代汉室衰微，董卓构乱，豪杰并起，遍地刀兵。然而，这是一个造就英雄同时也造就诗人的时代。

《古诗十九首》的作者们虽然也写了时代给他们带来的痛苦，但他们毕竟没有亲眼见过遍野的白骨，没有亲身受过战乱的蹂躏。所以从总体上来讲，他们的风格是温厚的、平和的、收敛的。建安诗人则不同了，博学多才的女诗人蔡琰在董卓之乱时被胡骑所获，流落匈奴十二年，后被曹操以金璧赎归。她的五言《悲愤诗》那种不避丑拙的叙事和断肠泣血的抒情，真正是悲愤填膺，催人泪下。王粲的《七哀诗》，写他赴荆州依刘表时一路所见，那些战乱中的惨象简直触目惊心，令人难以卒睹。其他如孔融、陈琳、徐干、刘桢、应玚、阮瑀等诗人，虽然身世经历、作品风格各有不同，但他们同处乱离之世，所写的诗歌不约而同地都带有一种激昂和发扬的感情，这种感情给诗歌增添了新的感发力量，使两汉以来的诗风发生了一个很大的变化。

◎　曹操（155—220），字孟德，小名阿瞒，又名吉利，沛国谯（今安徽亳州）人。

在建安诗人中，曹操是一位开风气之先的作者。戏曲和小说里总是把他描写成白脸的奸雄，然而曹操生于乱世，确实有着一份安定天下的政治理想。他在《让县自明本志令》中说："设使国家无有孤，不知当几人称帝，几人称王。"这话说得很专横但也很真诚。他的诗也是如此，在英雄的志意与诗人的才情之中，往往又结合着一种唯我独尊的"霸气"。现在我们所要讲的《短歌行》，就是他抒情言志的代表作品之一。

短歌行

对酒当歌，人生几何？譬如朝露，去日苦多。慨当以慷，忧思难忘。何以解忧？唯有杜康。青青子衿，悠悠我心。但为君故，沉吟至今。呦呦鹿鸣，食野之苹。我有嘉宾，鼓瑟吹笙。明明如月，何时可掇？忧从中来，不可断绝。越陌度阡，枉用相存。契阔谈宴，心念旧恩。月明星稀，乌鹊南飞，绕树三匝，何枝可依？山不厌高，海不厌深，周公吐哺，天下归心。

《短歌行》作于何时，历史上并无记载。但相传是赤壁鏖兵之前所写。苏东坡《前赤壁赋》说"方其破荆州，下江陵，顺流而东也，舳舻千里，旌旗蔽空，酾酒临江，横槊赋诗，固一世之雄也"，为这首诗勾画出一幅气势宏大的背景；京剧《赤壁之战》中，也有"横槊赋诗"的一折。所以我们不妨就联系建安十三年（208）赤壁之战时的军事和政治局势，来看一看曹操怀有什么样的志意与感情。

这首诗是曹操拟乐府的诗，可以配乐歌唱。它每四句换一次韵，形成一个音乐的段落，所以每四句叫作"一解"。"对酒当歌"的"当"字，可以解释为"应该"，但也可以解释为"对"。因为"酒"和"歌"都是能使人沉醉的东西，人的理智平时是清醒的，可以控制自己的感情；可是当你面对着酒和歌的时候，精神自然就会松弛，感情也就容易激动，平时总是藏在心底的郁闷这时候也会涌上心头。北宋词人晏殊有一首《浣溪沙》说："一曲新词酒一杯，去年天气旧亭台。夕阳西下几时回。"那就是因饮酒听歌而想起了人生的短暂无常。然而，晏殊"夕阳西下几时回"的哀感完全是一种诗人的哀感，曹操"人生几何"的哀感里面却包含有英雄的志意，二者的性质有所不同。"人生几何"出于《左传》的"俟河之清，人寿几何"。古人相信，黄河的水千年一清，而黄河水清就意味着天下太平。可是，一个人能享有多少年寿命？怎能等得到那天下太平的时候！人近暮年，逝去的日子一天比一天多，未来的日子一天比一天少，当生命结束时，你所有的才智和所有的理想也就全都落空了。曹操这个人说不上忠于汉室，但他确实是以统一天下为己任的。自董卓覆灭之后，他先后平灭了吕布、袁绍、刘表等割据势力，于建安十三年冬，率大军沿长江顺流而下，威胁江东。这一年，曹操已经五十四岁。可是，赤壁一战，孙权与刘备的联军获胜，从此奠定了三国鼎立数十年的局面。以曹操的雄才大略，一生之中也只能统一了北方而始终未能统一天下。由此可见，在建安那种乱世，要想实现心中一些美好的理想是何等艰难！"对酒当歌，人生几何？譬如朝露，去日苦多"，在诗人的才情之中结合了英雄的志意，于悲凉中有沉雄之感，这是曹操与一般诗人不同的地方。

中国的语汇有些是可以颠倒来用的，"慷慨"这个词有时候也可以说成"慨慷"。"慨当以慷"在"慨"和"慷"之间又加上了"当"和"以"两个虚词，这种形式的四字句在《诗经》里经常出现，其中的虚词只起一个加强语气的作用。不过"慷慨"这个词古今用法有些区别。今人用"慷慨"时往往指在用钱上不吝惜，而古人用"慷慨"是指一种感情激昂的样子。如《史记·项羽本纪》中讲到项羽兵困垓下时说"于是项王乃悲歌慷慨"，就是一个例子。"杜康"是中国传说中发明酿酒的人，这个词一般用作酒的代称。古人认为，酒是可以消愁的。在唐代大诗人李白的诗中，几乎凡是提到酒的地方都是在写愁——尽管他心里也很明白"举杯销愁愁更愁"的道理。"慨当以慷，忧思难忘。何以解忧，唯有杜康”也是一样：对酒当歌引起了感情激昂，感情激昂使很多郁闷忧愁都涌上心头，而排解这些郁闷忧愁的办法只有再接着饮酒！

那么，曹操的郁闷忧愁在哪里？——“青青子衿，悠悠我心。但为君故，沉吟至今。”这真是只有诗人才能够写出来的语言，里面充满了一种固执的追求向往的感情！古往今来，这种追求向往的怀思之情是最能够打动人心的，因而也是最有诗意的。《诗经》里有一篇《蒹葭》，近代学者王国维认为它“最得风人深致”。“风人”，就是诗人。《蒹葭》中的“所谓伊人，在水一方”，就同这里的“青青子衿，悠悠我心”一样，代表了作者心中所怀思的对象，或者说是一种美好的愿望和理想。“青青子衿，悠悠我心”是说，那青青的颜色就是你当时所穿衣衿的颜色，它是那么长久地留在了我的记忆里。这是什么意思？五代词人牛希济有一首《生查子》词说：“记得绿罗裙，处处怜芳草。”那是一首写男女离别的词，意思是，由于分别时女子穿着绿色的罗裙，所以那个男子以后无论在天涯海角，只要看到绿色的东西就会想起自己的恋人来。曹操这两句诗和牛希济那两句词在感情上颇为相似，但却有着层次的不同。因为，牛希济所写的内容完全是男女恋情，并没有其他含义，而曹操这首诗却不是。怎见得不是？这就十分微妙了。原来，这两句出于《诗经·郑风》中的《子衿》：“青青子衿，悠悠我心，纵我不往，子宁不嗣音。”《毛诗序》认为，这首诗是“刺学校废也，乱世则学校不修焉”。“青衿”，是古代学校里学生的制服，所以它在这里所代表的不是女子而是男子，并且应该是年轻人。这人是谁？大家有不同的说法。赤壁之战时曹操的主要对手是孙权和刘备。孙权字仲谋，当时只有二十多岁。历史记载，曹操有一次与孙权作战，看到对方阵容整肃就叹息说：“生子当如孙仲谋！”另外，刘表的长子刘琦不肯投降，逃到江南与孙权、刘备联合，共拒曹操。所以有人认为，“青青子衿”四句和下面的“呦呦鹿鸣”四句，都是对这两个年轻人而言的。曹操心中爱惜他们的才干，希望他们前来归降，不要再和自己对抗。

“呦呦鹿鸣”四句也是来自《诗经》，而且完全是原句。《小雅·鹿鸣》说：“呦呦鹿鸣，食野之苹。我有嘉宾，鼓瑟吹笙。”“苹”，是鹿喜欢吃的一种草。鹿在山野之中发现了苹，就发出快乐的叫声，招呼它的同类都来享用。《小雅·鹿鸣》以鹿呼唤友朋的声音起兴，写的是古代君臣宴会的场面，《毛诗序》说这首诗是“燕群臣嘉宾也”。所以你们看，曹操用典用得多妙！这四句表面的意思是：我多么希望你们到我这里来做客，如果你们来了，我一定用隆重的宴会招待你们。但暗中已隐然确定了宾主之间的君臣名分。

也许有人要问：曹操在《短歌行》中引用了这么多《诗经》的原句，那不是一种抄袭的行为吗？其实，曹操的这种引用与今人所说的抄袭是不同的。因为，首先，建安以前诗歌还没有独立的价值，作者也没有著作权的观念，在汉乐府和《古诗十九首》中经常有相同的句子，可见当时人们尚没有“抄袭”这个概念。其次，《诗经》并不是偏僻少见的书，旧时小孩子启蒙读书就用《诗经》当课本，“青青子衿”“呦呦鹿鸣”等诗句凡读过书的几乎无人不知。第三，一般人抄来的东西很难真正属于自己，而曹操的《短歌行》从内容口吻到风格意境，的的确确完全是属于他自己的，千百年来，读者人人都承认那果然是建安时代曹孟德的感情，而不是《郑风》或《小雅》的感情。不过，从曹操这份人所不及的才情之中，我们也可以看出一些他那种“霸气”的特色。

诗人有时用明月来象征自己所怀思的对象。李白《玉阶怨》说，“却下水晶帘，玲珑望秋月”；温庭筠《菩萨蛮》说，“玉楼明月常相忆”。明月，能够使怀思的感情和对象得到升华，形成一种光明、皎洁、高远的新境界。“明明如月，何时可掇”，与唐诗及晚唐五代小词颇有暗合，也是把怀思对象比为明月，从而使这种怀思的感情显得极有诗意。曹操急于统一天下，因此渴望招揽贤才，唯恐有才能的人不肯为己所用。他说：你是这么美好又这么高远，什么时候才可以把你摘下来拿在我的手中？写得当然很好，但诗情之中还是流露着霸气。人的性情所在，真是一件没办法的事情！那么，是谁使曹操怀有如此渴慕的感情？我们以为这个对象很可能是刘备。据历史记载，曹操非常欣赏刘备的才干，曾对刘备说："今天下英雄，唯使君与操耳！"刘备为吕布所败投奔曹操，曹操不但收留了他而且待他很好，后来又为他出兵去攻打吕布。但刘备不久就背叛了曹操。"越陌度阡，枉用相存。契阔谈宴，心念旧恩"，很可能就是在述说两人往日的这一段情谊。曹操说，我过去和你有过聚会也有过离别，当你遇到危难时我曾不远千里地出兵帮助过你，我们为什么现在就不能彼此珍重过去那一份感情？难道我对你的那些苦心真的就都白费了吗？

接下来作者说："月明星稀，乌鹊南飞，绕树三匝，何枝可依？"入夜之后鸟儿都该栖宿归巢了，乌鹊为什么还在绕着树飞来飞去？这可能是作者看到的眼前实景，但其中也含有喻托的深意。古人说"凤凰非梧桐不栖"，又说"良禽择木而栖，贤臣择主而事"。好的鸟一定要选择一棵它自己满意的树才肯栖身，真正有才能的人要想在乱世之中做一番事业，也必须为自己选择一个英明的主人而不能轻易托身给一个昏君。曹操的言外之意是：你们不是要选择一个英明的主人吗？为什么不到我曹孟德这儿来，还在那里犹豫什么呢？

应该说明的是，一直写到这里，作者并没有明确说出他的主旨，前面所写的慨叹人生短暂啦，心有怀思向往啦，那都是一般诗人常有的感慨。而我们说他慨叹人生短暂是因为唯恐不能完成统一大业，说他心中怀思向往的乃是贤能之士，甚至说可能是孙权、刘备等人，那也仅仅是我们结合当时政治历史背景所做的感发联想。但我们之所以会做这样的联想是有根据的，根据就在结尾的"山不厌高，海不厌深，周公吐哺，天下归心"四句。"山不厌高，海不厌深"出于《管子》："海不辞水，故能成其大；山不辞土石，故能成其高；明主不厌人，故能成其众。"显然，作者在这里是用"山不厌高"和"海不厌深"来比喻自己对人才的渴求，并且以“明主”自居。“周公吐哺，天下归心”出于《史记·鲁周公世家》：“一沐三捉发，一饭三吐哺，起以待士，犹恐失天下之贤人。”意思是，周公辅佐成王时，每逢有贤士来归，他哪怕是正在洗头或正在吃饭，也会握着头发，吐出口里嚼着的东西，立即出来接见，绝不拿架子让人家等着他。因此这两句显然也是谦恭下士、渴求人才的意思。周公是周武王的弟弟，成王的叔叔。武王死后成王年幼，由周公摄政，他曾平灭了东方的叛乱，并且制礼作乐，使得天下大治，人民安乐。曹操以周公自比，就包含有希望自己完成周公那种业绩的愿望。在建安那样的乱世，这种愿望是符合民心的。诗者，志之所之也，尽管曹操挟天子以令诸侯，尽管曹操也用很残忍的手段去对付那些不肯为己所用的人，但从他的诗歌里我们也可以看到他的另一面——一腔渴望安定天下的真情和一副悯时悼乱的热肠。

曹操不仅以他的作品开出了建安一代诗风，而且以他的身份地位推动了建安文学的兴盛。曹操的儿子曹丕、曹植的诗也很有名，但这父子三人的风格特点大不相同。曹操的诗，古直沉雄，从不雕饰作态，代表了建安诗风转变中较早的一个层次；曹丕的诗，以情韵和锐感取胜，辞采则介于文质之间；曹植的诗，辞采华茂，注重技巧，开启了一个新的趋势。

本课作品选注中选了曹操另外的两首乐府诗，以及曹丕和其他两位建安诗人的几首诗。至于曹植的诗，为了使读者对建安诗歌的开新趋势有所了解，我们将在下一课做专门的介绍。

〖**作品选注**〗

苦寒行

曹　操

北上太行山，艰哉何巍巍！羊肠[1]坂[2]诘屈[3]，车轮为之摧。

树木何萧瑟，北风声正悲。熊罴对我蹲，虎豹夹路啼。谿〔4〕谷少人民，雪落何霏霏！延颈长叹息，远行多所怀。我心何怫郁〔5〕，思欲一东归〔6〕。水深桥梁绝，中路正徘徊。迷惑失故路，薄暮无宿栖。行行日已远，人马同时饥。担囊行取薪，斧冰〔7〕持作糜〔8〕。悲彼东山诗〔9〕，悠悠使我哀。

【注】〔1〕羊肠：形容路的狭隘曲折。〔2〕坂：斜坡。〔3〕诘屈：盘旋迂曲。〔4〕谿：通“溪”。〔5〕怫郁：忧愁不安。〔6〕东归：曹操是谯郡人，这里指思念故乡。〔7〕斧冰：以斧凿冰。〔8〕糜：粥。〔9〕东山诗：《诗经·豳风》有《东山》篇，《毛诗序》说是周公东征归来，士大夫为赞美周公而作。

此诗是建安十一年（206）曹操征高干时所作，语言朴实直率，具有直接感发的力量，结尾处隐然以周公自比，流露了作者的志意。

观沧海〔1〕

曹　操

东临碣石〔2〕，以观沧海。水何澹澹〔3〕，山岛竦〔4〕峙。树木丛生，百草丰茂。秋风萧瑟，洪波涌起。日月之行，若出其中；星汉〔5〕灿烂，若出其里。幸甚至哉，歌以咏志。

【注】〔1〕《观沧海》，是《步出夏门行》的第一章。〔2〕碣石：山名。〔3〕澹澹：水波动荡的样子。〔4〕竦：同“耸”。〔5〕星汉：银河。

此诗是建安十二年（207）曹操北征乌桓时所作。一般诗人都写悲慨，但曹操的悲慨开阔博大，自有一番笼盖吞吐的气象。

下面，我们看曹丕的两首诗：

燕歌行

曹　丕

秋风萧瑟天气凉，草木摇落[1]露为霜。群燕辞归雁南翔，念君客游思断肠。慊慊[2]思归恋故乡，君何淹留寄他方？贱妾茕茕[3]守空房，忧来思君不敢忘，不觉泪下沾衣裳。援琴鸣弦发清商[4]，短歌微吟不能长。明月皎皎照我床[5]，星汉西流夜未央[6]。牵牛织女遥相望，尔独何辜[7]限河梁？

【注】〔1〕摇落：凋残。〔2〕慊慊：恨貌，不满貌。〔3〕茕茕：孤单。〔4〕清商：乐调名。〔5〕《古诗十九首》有“明月何皎皎，照我罗床帏”。〔6〕夜未央：夜深而未尽之时。〔7〕辜：罪过。

魏文帝曹丕是一个感性与理性兼长并美的诗人。他的诗从来不用那些特殊的、奇异的或强烈的东西去刺激读者，而是通过制造出一种气氛来慢慢地打动你。像这首《燕歌行》，内容不过是古人常写的征人思妇的主题，所用的也都是很常见的词汇，但诗人写出了一种孤独寂寞和追求怀思的感情。你一定要设身处地慢慢地去感受，才能有所体会。梁启超在《论小说与群治之关系》中，曾提出小说影响读者有“熏、浸、刺、提”四种力量，曹丕的诗就近于“熏”的力量，它以感受与情韵取胜，发生作用比较缓慢，所以初学者一般不容易一下子喜欢上曹丕的诗。

杂诗（其一）

曹　丕

漫漫秋夜长，烈烈北风凉。展转[1]不能寐，披衣起彷徨。彷徨忽已久，白露沾我裳。俯视清水波，仰看明月光。天汉[2]回西流，三五[3]正纵横。草虫鸣何悲，孤雁独南翔。郁郁多悲思，绵绵思故乡。愿飞安得翼，欲济河无梁。向风长叹息，断绝我中肠。

【注】〔1〕展转：同“辗转”，这里形容不能安眠。〔2〕天汉：银河。〔3〕三五：指星。《诗·召南·小星》：“嘒彼小星，三五在东。”

抬头看，天空是那么高远；低头看，大地是那么凄凉。在茫茫宇宙之中，你心灵的归宿在哪里？然而，诗人又什么都没有说。这首诗同样须设身处地去感受，才能体会到他那种在寂寞孤独之中追求怀思的感情。

下面再看几首建安时代其他诗人的作品：

七哀诗（其一）

王　粲

西京[1]乱无象[2]，豺虎方遘[3]患。复弃中国[4]去，委身适荆蛮[5]。亲戚对我悲，朋友相追攀[6]。出门无所见，白骨蔽平原。路有饥妇人，抱子弃草间。顾[7]闻号泣声，挥涕独不还。“未知身死处，何能两相完[8]？”驱马弃之去，不忍听此言。南登霸陵[9]岸[10]，回首望长安。悟彼下泉人，喟然伤心肝[11]。

【注】〔1〕西京：指长安。〔2〕乱无象：乱得不成样子了。指初平三年（192）董卓的部将李傕、郭汜在长安作乱的事情。〔3〕遘：同“构”。〔4〕中国：指北方中原地区。〔5〕荆蛮：指荆州。周人称南方的民族为“蛮”，荆州在南方楚地，故称荆蛮。〔6〕追攀：指攀着车辕恋恋不舍。〔7〕顾：回头看一看。〔8〕完：保全。〔9〕霸陵：汉文帝的陵墓，在长安城东南。〔10〕岸：高地。〔11〕《诗经·曹风》有《下泉》篇，《毛诗序》说这是因为曹共公侵刻下民不得其所，曹人思治而作。这几句的意思是：登上汉文帝的陵墓，望着乱

得不成样子的长安，就明白了《下泉》作者的心情，因而发出伤心的长叹。

王粲只是把战乱中的种种现象写给你看，他的感慨都在言外，没有直接说出来。但仅仅这些现象就已是一幅十足的乱世难民图，足以引发读者的感慨了。

悲愤诗[1]

蔡 琰

汉季[2]失权柄，董卓乱天常[3]。志欲图篡弑，先害诸贤良。逼迫迁旧邦[4]，拥主以自强。海内兴义师[5]，欲共讨不祥。卓众来东下，金甲耀日光。平土人脆弱，来兵皆胡羌[6]。猎野围城邑，所向悉破亡。斩截无孑遗，尸骸相撑拒。马边悬男头，马后载妇女。长驱西入关，迥路险且阻。还顾邈冥冥，肝脾为烂腐。所略有万计[7]，不得令屯聚。或有骨肉俱，欲言不敢语。失意几微间，辄言"毙降虏，要当以亭刃[8]，我曹不活汝"。岂敢惜性命，不堪其詈骂。或便加棰杖，毒痛参并下。旦则号泣行，夜则悲吟坐，欲死不能得，欲生无一可。彼苍者[9]何辜，乃遭此戹[10]祸？

边荒[11]与华异，人俗少义理[12]。处所多霜雪，胡风春夏起，翩翩吹我衣，肃肃入我耳。感时念父母，哀叹无终已。有客从外来，闻之常欢喜。迎问其消息，辄复非乡里。邂逅徼时愿[13]，骨肉来迎己。己得自解免，当复弃儿子[14]。天属缀人心，念别无会期。存亡永乖隔，不忍与之辞。儿前抱我颈，问"母欲何之？人言母当去，岂复有还时？阿母常仁恻，今何更不慈？我尚未成人，奈何不顾思！"见此崩五内[15]，恍惚生狂痴。号泣手抚摩，当发复回疑。兼有同时辈[16]，相送告离别。慕我独得归，哀叫声摧裂。马为立踟蹰，车为不转辙。观者皆歔欷，行路[17]亦呜咽。

去去割情恋，遄征[18]日遐迈[19]。悠悠三千里，何时复交会？念我出腹子，胸臆为摧败。既至家人尽，又复无中外[20]。城郭为山林，庭宇生荆艾。白骨不知谁，从横[21]莫覆盖。出门无人声，豺狼号且吠。茕茕对孤景[22]，怛咤[23]糜肝肺。登高远眺望，魂神忽飞逝。奄若寿命尽，旁人相宽大。为复强视息，虽生何聊赖？托命于新人，竭心自勖厉[24]。流离成鄙贱，常恐复捐废[25]。人生几何时，怀忧终年岁！

【注】〔1〕蔡琰字文姬，是汉代著名学者蔡邕的女儿，适河东卫仲道，夫亡无子，归宁于家。兴平中（194—195）天下丧乱，文姬为匈奴骑兵所获，没于南匈奴左贤王，在匈奴十二年，生二子。曹操素与邕善，痛其无嗣，乃遣使者以金璧赎之归，重嫁于董祀。据《后汉书·董祀妻传》载，蔡琰感伤乱离，追怀悲愤，曾写过五言和骚体的两首《悲愤诗》。这里是其中五言的一首。〔2〕汉季：汉末。〔3〕天常：天之常道。〔4〕指初平元年（190）董卓焚烧洛阳，徙天子都长安的事。〔5〕义师：指关东诸侯讨伐董卓的联军。〔6〕胡羌：指董卓军中的羌、氐族人。〔7〕指被掳掠来的人。〔8〕亭：古通“停”。“亭刃”是以兵刃相加的意思。〔9〕彼苍者：指天。〔10〕戹：同“厄”，困苦。〔11〕边荒：指蔡琰被掳后居住的南匈奴。〔12〕指此地风俗野蛮。〔13〕平时的愿望意外地侥幸实现了。〔14〕儿子：指在南匈奴所生的二子。〔15〕五内：五脏。〔16〕同时辈：指同时被掳的人。〔17〕行路：过路行人。〔18〕遄征：疾行。〔19〕日遐迈：一天一天地走远了。〔20〕中外：指中表近亲。〔21〕从横：同“纵横”。〔22〕景：同“影”。〔23〕怛咤：惊痛而发声。〔24〕勖厉：勉励。〔25〕捐废：指被遗弃。

在建安诗歌写实的风气中，蔡琰是一个极伟大的诗人。在这首《悲愤诗》里，有史学家的眼光见解，有沉着坚实的笔力，有断肠泣血的真情，实在是建安诗歌中极出色的一首好诗。尤其是，这首诗里描写了“尸骸相撑拒”之类十分可怕的场面，用了“肝脾为烂腐”等令人心惊胆战的语言，对后代诗人产生了影响。人们常说杜甫写诗不避丑拙，其实这种作风可以说是从蔡琰就已开始了。

第五课　建安诗（下）

从魏晋到南北朝齐梁之间，中国诗歌经历了一个在艺术性上从自发走向自觉的阶段。这个阶段，事实上是从曹植开始的。

曹植字子建，是魏武帝曹操的儿子，魏文帝曹丕的弟弟。他是一个才子类型的诗人，这类诗人大都纯情善感，缺乏自我反省与节制的能力，因此诗歌风格往往随着外界环境的变化而产生明显的变化。曹植才思敏捷，从小就得到父亲的宠爱，几乎被立为太子，以致后来他的哥哥曹丕继位并篡汉之后对他深怀猜忌，处处加以压制和打击。曹丕死后，他的侄子魏明帝曹叡同样不肯给他一个出头建功立业的机会，因此他戚戚寡欢，抑郁而死，死的时候才四十一岁。曹植的诗大致可分为三个阶段：早期意气风发，多姿多彩；中期初受压抑，激愤不平；晚期则多用象喻的方法抒写心中郁闷。现在我们先来看一篇他早期所写的乐府歌辞：

白马篇

白马饰金羁，连翩西北驰。借问谁家子？幽并游侠儿。少小

◎　曹植（192—232），字子建，沛国谯（今安徽亳州）人。曹操第三子，封陈王，死后谥“思”，世称陈思王。

去乡邑，扬声沙漠垂。宿昔秉良弓，楛矢何参差。控弦破左的，右发摧月支。仰手接飞猱，俯身散马蹄。狡捷过猴猿，勇剽若豹螭。边城多警急，虏骑数迁移。羽檄从北来，厉马登高堤。长驱蹈匈奴，左顾凌鲜卑。弃身锋刃端，性命安可怀？父母且不顾，何言子与妻？名编壮士籍，不得中顾私。捐躯赴国难，视死忽如归。

这首诗，除了才情与辞藻之外还表现出一种气势，也就是中国传统诗论所经常提到的“气”。在中国古典诗词中，有的人以“情”胜，有的人以“感”胜，有的人以“思”胜，也有的人以“气”胜。曹植早期的诗，最引人注意的就是他的“气”。说到诗歌中的“气”，那是精神作用表现于外而产生的一种能够使人兴发感动的力量。刘勰《文心雕龙·风骨》说:“索莫乏气，则无风之验也。”可见，“气”与“风”也有着相通之处，它们都是一种“动”的力量。孟子说：“我善养吾浩然之气。”那个“气”是指人在精神品德上的一种修养，与我们这里所说的“气”虽然有所不同，但在强调精神作用这方面是一致的。儒家认为，当你在精神品德的修养上达到了一定境界的时候，你就对自己的所作所为充满了自信的勇气，所以就能够做到“富贵不能淫，贫贱不能移，威武不能屈”。所谓“仁者必有勇”，就是这个道理。可是还有那么一类人，他们精神品德的修养并不一定达到了“仁者”的境界，但由于他们生来天分很高，才华出众，因而也充满了自信的勇气，那就是“才子型”的诗人。这一类诗人在行为上往往任纵不羁，在作品中往往表现出很强的气势。读他们的诗，你还来不及去考虑他说得到底有理无理，首先就被他那一股气势震慑住了。唐代大诗人李白就是这类诗人的典型代表。李白说：“天生我材必有用，千金散尽还复来！”（《将进酒》）其实千金散尽并不一定复来，可是他那种充满自信的口吻简直使你不敢不信。曹植年少多才，受到父亲宠爱，热衷于功名事业，对前途充满信心，所以他早期的诗也都带有很强的气势，《白马篇》就是一首代表作品。

但我们这样解释曹植的“气”，毕竟还是有些抽象。它在诗歌里究竟是怎样表现出来，怎样使我们感受到的呢？这就涉及《文心雕龙》所说的“骨”了。“骨”，指诗歌的内容情意以及它的章法、句法、口吻和语法结构等等，无形的“气”，就是依靠这些比较起来更为具体的东西传达出来的。曹植这首《白马篇》描写了一个渴望为国家建功立业的幽并游侠少年。作者在描写少年的身手与志意时，用了很多骈偶的句子，如“控弦破左的，右发摧月支”“仰手接飞猱，俯身散马蹄”“长驱蹈匈奴，左顾凌鲜卑”等。中国文字独体单音，最容易形成对偶，可是像曹植这样有意识地运用中国文字的这个特点来进行描写，在魏晋以前的诗中还是不多见的。当然，这些对句在形式上不像齐梁时期的诗那么讲究，可是它们所含的气势却为齐梁诗所不及。曹植说，这个幽并少年向左一拉弓就射中左边的箭靶，向右一拉弓就射中右边的箭靶；向上一伸手就抓住正在飞跃的猿猴，向下一俯身就使马跑得飞快。他这样说，就不仅仅是对偶，而且是一种“对举”。凡对举都有包容的意思。就是说，对举的须是两个相反的极端，或者是一南一北，或者是一上一下，或者是一朝一夕，两者之间可包容一个极大的空间，于是其中就形成一种“张力”，从而作成了气势。南唐李后主的小词《相见欢》说：“林花谢了春红，太匆匆。无奈朝来寒雨晚来风。”那就是一种对举的说法。所谓“朝来寒雨晚来风”并不是说晚上就没有雨，早晨就没有风，而是说从早到晚这一天的时间里无时无雨，无时无风。这里也是如此：“控弦破左的，右发摧月支”是说这个少年箭无虚发，四面八方无所不中；“仰手接飞猱，俯身散马蹄”是说这个少年身手矫捷，马上的功夫无一样不精；而“长驱蹈匈奴，左顾凌鲜卑”，则是说他可以为国家征服西北边疆的一切敌人。而且还不止如此。他还说，他根本就不在乎自己的生命，对父母妻子也无所顾念，只要能够为国家建立功业，他可以把死亡看得像回家那么容易。这些话的口吻慷慨激昂，充满热情和自信，因而给人以气势充足的感觉。平心而论，《白马篇》并没有很复杂的内容或者很深刻的感情，它的好处就在于气势。这气势产生了强烈的感发力量，使读者从幽并少年豪迈的身影中看到了作者早年意气发扬的精神状态。

可是后来曹植的生活环境发生了变化，因为他的父亲最终选择了他的哥哥曹丕做继承人。而曹丕做了天子之后，就把弟弟们都分封为王，各令就国，不许留在京师，并设监国使者监察诸王，以防有图谋不轨的行为发生。于是，在魏文帝黄初四年（223）就发生了一件对曹植和他的兄弟们打击极大的事情：这一年的五月，诸王都到京师洛阳参加“会节气”的典礼，曹植的同母兄任城王曹彰在京师“暴薨”。而这一年的七月曹植回封地的时候，本打算和他的异母弟白马王曹彪同行，却遭到有司的禁止。在和曹彪分手时，曹植写了有名的《赠白马王彪》以抒发心中的愤懑。这一组诗写得凄惨悲哀，与早年意气风发的作品大有不同，但在气势上却与早期作品一脉相承，在技巧上也有所发展。现在我们就来看一看这一组诗：

赠白马王彪　并序

黄初四年五月，白马王、任城王与余俱朝京师，会节气。到洛阳，任城王薨。至七月，与白马王还国。后有司以二王归藩，道路宜异宿止，意毎恨之。盖以大别在数日，是用自剖，与王辞焉，愤而成篇。

谒帝承明庐，逝将归旧疆。清晨发皇邑，日夕过首阳。伊洛广且深，欲济川无梁。泛舟越洪涛，怨彼东路长。顾瞻恋城阙，引领情内伤。

太谷何寥廓，山树郁苍苍。霖雨泥我涂，流潦浩纵横。中逵绝无轨，改辙登高冈。修坂造云日，我马玄以黄。

玄黄犹能进，我思郁以纡。郁纡将何念？亲爱在离居。本图相与偕，中更不克俱。鸱枭鸣衡轭，豺狼当路衢。苍蝇间白黑，谗巧反亲疏。欲还绝无蹊，揽辔止踟蹰。

踟蹰亦何留？相思无终极。秋风发微凉，寒蝉鸣我侧。原野何萧条，白日忽西匿。归鸟赴乔林，翩翩厉羽翼。孤兽走索群，衔草不遑食。感物伤我怀，抚心长太息。

太息将何为？天命与我违。奈何念同生，一往形不归。孤魂翔故域，灵柩寄京师。存者忽复过，亡没身自衰。人生处一世，去若朝露晞。年在桑榆间，影响不能追。自顾非金石，咄唶令心悲。

心悲动我神，弃置莫复陈。丈夫志四海，万里犹比邻。恩爱苟不亏，在远分日亲。何必同衾帱，然后展殷勤。忧思成疾疢，无乃儿女仁。仓卒骨肉情，能不怀苦辛？

苦辛何虑思？天命信可疑。虚无求列仙，松子久吾欺。变故在斯须，百年谁能持？离别永无会，执手将何时？王其爱玉体，俱享黄发期。收泪即长路，援笔从此辞。

这一组诗分为七章。由于在章法结构上体现了作者感发进行的线索，所以这七章之间的先后次序是不可以颠倒的。首章“谒帝承明庐”和次章“太谷何寥廓”，是叙述感发的起源。作者从离开洛阳写起，写对城阙的回顾眷恋，写道路的泥泞难行，融情于景，其中已经潜伏着心中难言的悲愤。三章“玄黄犹能进”引出了与白马王曹彪离别的主题。诗人现在唯一的安慰是在回国途中可以和弟弟曹彪同行，可是又被那些先意希旨的小人干涉，不得不分道而行，因此感情逐渐激愤起来。四章“踟蹰亦何留”转而观赏路上景色，看似忽然跳了出去，其实所有景色都有喻托的含义，悲愤的感情步步深入。五章“太息将何为”是伤心兄长曹彰之死，进而对自己的前途也感到悲观失望。六章“心悲动我神”在悲痛中强自挣扎，故作旷达，但又用“仓卒骨肉情，能不怀苦辛”两句将旷达全部否定，这又是一个顿挫。末章“苦辛何虑思”，悲哀已无以复加，由此产生了对天命和神仙的怀疑。“收泪即长路，援笔从此辞”两句的口吻意味着与白马王曹彪的这次生离也就是死别了。在这一组诗中，作者的感发是进行式的。开始，他强自抑制着心中的激愤，用了不少比喻和象征的手法。但随着感发的进行，他的感情越来越激动，表现方法也从比喻象征发展到直抒胸臆。配合这种进行式的感发，他在每一章的开头与上一章的结尾处采用了蝉联的方法。这种修辞方法又叫作“顶针”，作用是使长诗的气势不断，在内容上虽有转折顿挫，但感情的发展却保持着越来越强烈的势头。

这一组诗的感情比《白马篇》要深沉得多。可是诗人那种以“气”取胜的特点仍然没有变，喜欢用骈句的习惯也没有变。例如第四章“踟蹰亦何留”，除开头和结尾之外几乎全是骈句，其中有的是两两相对的。诗人说：秋风已经开始带来寒冷，可是蝉还是在我旁边不停地叫；原野如此萧条寂寞，时间又如此仓促逼人；天黑了，鸟有自己的巢可以飞回去，而失群的兽急于要找它的同伴，嘴里衔着草都顾不上吃。这些固然是写路上景色，但其中显然含有象喻的成分，由此才引出了下一章的“奈何念同生，一往形不归”和“人生处一世，去若朝露晞”的悲慨。在这里，有些骈句写得非常有力量，像“原野何萧条，白日忽西匿”，上句写空间的无情，下句写时间的逼迫，中间又有“何”和“忽”两个很有力量的字来加重语气，悲愤的心情溢于言表。又如第二章的“鸱枭鸣衡轭，豺狼当路衢。苍蝇间白黑，谗巧反亲疏”，象喻的含义十分明显，依然流露出他早年那种任纵不羁的性格。

明末清初的学者王夫之在他的《姜斋诗话》中说：“曹子建铺排

整饰，立阶级以赚人升堂，用此致诸趋赴之客，容易成名，伸纸挥毫，雷同一律。”这话虽然对曹植大有贬义，但却说明了一个客观上的事实，那就是曹植的诗讲究艺术技巧，注重人工的思索安排，所以便于后人学习模仿，因此他那些华美的辞藻、声调、骈句、修辞方法等，就导致了后来齐梁诗歌绮丽雕琢的风气。要知道，第一流的诗歌都是自然流露的，作者在创作时根本就没有得失计较之心，像我们讲过的《古诗十九首》就是如此。然而从建安时代开始，诗歌有了独立的价值，诗人们对诗歌的形式美有了自觉的追求，后来发展到极端就形成齐梁间“彩丽竞繁而兴寄都绝”的局面。这究竟是一件好事还是一件坏事？其实，任何事物的发展都是曲折的，判断一件事情的好坏一定要有一种历史的眼光。从诗史上看，中国的诗歌如果不经过这一阶段在艺术上的自觉和反省，就不会有后一阶段的飞跃和发展。齐梁诗风虽然遭到大家的反对，可是它为近体诗奠定了基础，带来了唐代诗歌的兴盛繁荣。从这个角度来看，曹植的“立阶级以赚人升堂”在诗歌史上实在是一个很重要的贡献与开拓，也是他受到后世推崇的主要原因之所在。同时，曹植只是开了后来绮丽雕琢的风气，他的诗本身并不乏建安时代的风骨。这一点，我们从已经讲过的两首诗和本课作品选注里所选的一些诗中一定能够有所体会。

〖**作品选注**〗

送应氏[1]（其一）

步登北芒[2]阪[3]，遥望洛阳山[4]。洛阳何寂寞，宫室尽烧焚。垣墙皆顿擗[5]，荆棘上参天。不见旧耆老，但睹新少年。侧足无行径，荒畴[6]不复田[7]。游子[8]久不归，不识陌与阡。中野何萧条，千里无人烟。念我平生亲[9]，气结[10]不能言。

【注】〔1〕应氏：指应玚、应璩兄弟。应玚为“建安七子”之一。〔2〕北芒：山名，即邙山，在洛阳城北。〔3〕阪：斜坡。〔4〕洛阳山：指洛阳四围的山峰。〔5〕顿擗：倒塌崩裂。〔6〕畴：耕过的田。〔7〕田：此处用作动词，指耕种。〔8〕游子：指应氏。〔9〕平生亲：指应氏。一作“平常居”。〔10〕气结：胸中郁塞。

这首诗真实地描写了洛阳在连年战乱中的荒芜景象，是曹植早期的作品。

七哀

明月照高楼，流光正徘徊。上有愁思妇，悲叹有余哀。借问叹者谁？自云宕子〔1〕妻。君行逾十年，孤妾常独栖。君若清路尘，妾若浊水泥。浮沉各异势，会合何时谐？愿为西南风，长逝〔2〕入君怀。君怀良不开，贱妾当何依！

【注】〔1〕宕：同“荡”。荡子指离乡外游久出不归的人。〔2〕逝：往。

这是曹植晚期写的一首象喻性的弃妇诗。《诗经》和汉乐府中都有写弃妇的诗，但所写都是真正的弃妇。这首诗以弃妇来象征他与曹丕之间君臣兄弟的关系，在中国诗歌演进的历史上是个很值得注意的开拓。

杂诗（其四）

南国〔1〕有佳人，容华若桃李。朝游江北岸，夕宿潇湘沚〔2〕。时俗薄朱颜，谁为〔3〕发皓齿〔4〕？俯仰〔5〕岁将暮，荣耀〔6〕难久恃。

【注】〔1〕南国：江南。〔2〕潇湘：水名；沚：小洲。这两句比喻佳人漂泊无依。

〔3〕谁为：为谁。〔4〕发皓齿：露出洁白的牙齿，指唱歌或言笑。〔5〕俯仰：喻时间短促。〔6〕荣耀：指花开灿烂。

这首诗也是曹植晚期的象喻性作品。南国佳人，有人认为是曹植自喻，有人认为是指曹彪，因为曹彪曾被封为吴王。

第六课　阮　籍

诗歌有两种类型。上一课我们讲过的《白马篇》是一种类型，它虽然写得很有气势，但在内容和情意上不能给读者更多的联想。《古诗十九首》则属于另一种类型，它给读者留下了比较丰富的自由联想余地，好像是在邀请读者也来参加它的创作。我之所以要说明这一点的原因在于：我们对不同类型的诗一定要有不同的欣赏方式，诗里边本来没有的东西你切不可勉强加进去，诗里边真正蕴含着的东西你一定要尽可能地把它挖掘出来。现在我们所要讲的阮籍《咏怀》诗，也是属于后一种类型的诗，但与《古诗十九首》尚有不同。《古诗十九首》之引发联想是因为它写出了人类感情的某些“基型”；而阮籍《咏怀》之引发联想，是因为它隐藏着在魏晋之间黑暗的政治背景下诗人心中难言的苦衷。

阮籍字嗣宗，是正始时代（240—249）的主要诗人之一。“正始”是魏废帝曹芳的年号。那时候，司马氏已开始逐步篡夺曹魏的政权，一方面积极笼络天下名士，一方面对不肯归附他们的人进行残酷的政治迫害。在高压政策下，当时的名士如山涛、王戎等，就放弃操守出

◎　阮籍（201—263），字嗣宗，曾任步兵校尉，世称阮步兵。陈留尉氏（今河南开封）人。“竹林七贤”之一。

来做了高官；而不肯妥协如嵇康者，则被横加罪名，遭到杀害。阮籍的父亲阮瑀是“建安七子”之一，曾做过魏武帝曹操的记室，和文帝曹丕也有交情。从家世来看，阮籍显然是不肯依附司马氏的。然而他又要保全自己的身家性命，所以就采取了一种暧昧的态度：既不拒绝做官，也不真正干事，平时借酒佯狂，把一切思想和感情都深深地隐藏在心底。《晋书》本传上说他“本有济世志，属魏晋之际，天下多故，名士少有全者，籍由是不与世事，遂酣饮为常”。

阮籍写了八十多首《咏怀》诗。古人认为这些诗“言在耳目之内，情寄八荒之表”（钟嵘《诗品》）；又说它们“反复零乱，兴寄无端，和愉哀怨，杂集于中，令读者莫求归趣”（沈德潜《古诗源》）。这八十多首诗不是一时所作，所以在内容上并没有什么固定的联系。现在我们要讲的是其中的第一首：

咏怀（其一）

夜中不能寐，起坐弹鸣琴。薄帷鉴明月，清风吹我襟。孤鸿号外野，翔鸟鸣北林。徘徊将何见，忧思独伤心。

据史书记载，司马昭为笼络阮籍，想和他结成儿女亲家，阮籍知道了这件事，竟连醉六十天，使司马昭没有机会向他提起，因此作罢。司马昭的心腹钟会有好几次以时事问阮籍，想从他的回答中找毛病罗织罪名，但都因为他喝得大醉而没有问成。阮籍经常说出不合礼教的话，做出不合礼教的事情，给大家以痴狂的印象，但史书上又说他“发言玄远，口不臧否人物”，从来不给人留下什么把柄。由此可见，痴狂和酗酒都不是阮籍的本来面目，只不过是他在乱世之中为保持自己最后的一点点操守采取的对策而已。可是，一个人喝醉了毕竟不能永远不醒。也许只有在夜阑酒醒之时，才是阮籍真正面对自己的时候。“夜中不能寐”这首《咏怀》诗，所写的就是这个时候他所感到的忧愁和苦闷。

“夜中不能寐，起坐弹鸣琴”是极平常的两句话，但其中所包含的感发却绝不像字面上这么简单。清人黄仲则有两句诗说：“如此星辰非昨夜，为谁风露立中宵？”我们引这两句诗所强调的并不在“昨夜”或“中宵”，我们所强调的在于“为谁”。夜中不能成眠必定有他的原因，可能是在想某个人，也可能是在想某件事。“为谁风露立中宵”点明了这一层意思，而“夜中不能寐”仅仅是暗示了这一层意思。为什么不肯点明？其中自有作者迫不得已的苦衷。要知道，阮籍虽然不谈时事，虽然口不臧否人物，然而对时事对人物并不是没有自己的看法。《晋书》本传记载说，阮籍能为“青白眼”，见到礼俗之士，他就“以白眼对之”，嵇康赍酒挟琴来找他，他才“乃见青眼”。又说，有一次他曾登临广武，望着当年楚汉交兵的古战场叹息说：“时无英雄，使竖子成名！”他对司马氏集团的所作所为怀有强烈的不满，可是为了求生的缘故，又不得不虚与委蛇，甚至为司马昭写劝进九锡的表文。有的时候他驾着马车出去，不由径路地乱跑，跑到无路可通的地方就“恸哭而返”。这不是疯狂，而是一种发泄。一个人只有处在极端的矛盾、痛苦和孤独之中时，才会有这样的举动。弹琴则是另一种形式的发泄。古人认为琴是能够传达情意的，你的心中存了什么样的念头，琴上就会出现什么样的声音，但这种情意一般人是听不出来的，只有知音才能听懂。可是现在，长夜之中既无知音，“弹鸣琴”就更增加了一种难以忍受的寂寞孤独之感。所谓“不能寐”并不是不愿意睡，而是欲寐不能的意思。为什么欲寐不能？因为，曹魏政权的灭亡已成定局，司马氏的篡逆只是时间早晚的问题；儒家礼教被乱臣贼子们拿去做了干坏事的招牌，社会风气日趋败坏；阮籍济世的志意已经变成对现实的绝望；耿介的性格难以忍受委曲求生的痛苦……阮籍的心中既藏有这么多的苦闷和矛盾，而这些苦闷和矛盾又没有一样是能够公开说出来的，所以他只能用“夜中不能寐，起坐弹鸣琴”来做隐隐约约的暗示。

如果说，“夜中不能寐，起坐弹鸣琴”是这首诗感发的开端，那么“薄帷鉴明月，清风吹我襟”就是感发的深入。“帷”指窗帷，也就是窗帘；“鉴”是照亮的意思。“薄帷鉴明月”是说，薄薄的窗帘被明月照亮。这是一个被动句式。也许有人要问；为什么一定要用被动句式？用“明月鉴薄帷”岂不是更通顺一些？但那不行。因为薄帷被明月照透是一种被动的姿态，正是这种姿态引起了诗人心中的某种感受。这话说起来很微妙，但微妙的地方还不仅于此。“薄帷鉴明月”和“清风吹我襟”两句结合起来所产生的效果更加微妙。南唐冯延巳有一首《抛球乐》的小词说：“波摇梅蕊当心白，风入罗衣贴体寒。”历代批评家都认为这两句好，可是又说不清楚到底为什么好。其实，它的好处应该是在于上下句的句法之间所产生的相互影响。上句说，水的波心有一片白色的梅花影子在上下摇荡；下句说，风吹进薄薄的罗衣，使人感受到一阵透体的寒冷。由于这两句是对仗的，所以“贴体寒”的“体”就与“当心白”的“心”有了关系，那种摇荡之感就从水的波心进入了作者的内心。这里的“薄帷”两句虽不是很工整的对仗，但作用也有些类似。因为，“襟”正处在胸怀之所在，所以“清风吹我襟”就使人联想到清风吹透衣襟，一直吹进我的心里。由于这一句中出现了“我”，所以上一句“薄帷鉴明月”也就和“我”产生了关系。那明亮的月光就不仅仅是照透了窗帘，而且也一直照进了我的心里。于是，“薄帷鉴明月，清风吹我襟”就有了一种主观的感受而不仅仅是客观的写实了。所谓“物色之动，心亦摇焉”。这心与物之间的关系确实是很微妙的，有的时候我们只能用感性来体会它。

“孤鸿号外野，翔鸟鸣北林”两句表面看起来也很易懂，但其中的深意却不那么容易理解。由于这一类型的诗是允许自由联想的，所以我想谈一谈我对这两句诗的联想。不过需要说明的是，这种联想也并不是随随便便的联想，因为在这首诗的“文本”之中，确实隐藏着可能引起读者这种联想的一些因素。是哪一些因素？第一个就是“孤鸿”二字。“孤鸿”，就是失群的孤雁。在中国的历史文化传统中，每当提到孤雁时，除了寂寞孤独的意思之外，还有一种处境危险的含义。由此我们就联想到近代学者王国维有一首《浣溪沙》小词，正可以拿来做阮籍这两句诗的注脚。王国维说：“天末同云黯四垂，失行孤雁逆风飞。江湖寥落尔安归？陌上金丸看落羽，闺中素手试调醯。今朝欢宴胜平时。”这首词写了一个四面都潜伏着危机的、阴暗的环境，在这样危险的环境之中，你一只失群的孤雁为什么还要逆风而飞？你所追求的到底是什么？小路上有人正在拿弹弓对你瞄准，当你中弹坠落之后，你的血肉就成了他们丰盛的晚餐！天下的政治斗争也都是如此的，魏晋之际的政治斗争尤其如此。阮籍与嵇康、山涛、王戎、向秀等七人当时号称“竹林七贤”，但在政治风向转变的时候，山涛、王戎都趋奉司马氏了，嵇康被杀之后向秀也违心地到洛阳做了司马氏的官。也许，平时你的道德学问是受人尊敬的，可是当真正面临生死利害的抉择时，你是保全自己的性命还是保全自己的人格？这确实是一个相当痛苦的考验。“翔鸟鸣北林”的“翔鸟”，意思是正在飞翔的鸟。这也是一个容易引发联想的词汇。陶渊明就经常用鸟的形象来作象喻。他的《饮酒》诗说：“栖栖失群鸟，日暮犹独飞。徘徊无定止，夜夜声转悲。”天黑之后鸟为什么不归巢？为什么还在飞？为什么发出那么悲哀的叫声？因为，它还没有找到一棵树作为自己的托身之所。人也是如此的，你一定要找到一个清白的所在来作为你自己安身立命的地方。这个选择的过程往往是痛苦的，有时候很难做到两全其美。事实上，阮籍那种不肯明显表示反对的态度就已经被司马昭利用了，正是由于他的名声有利用价值，所以虽然不少人对他“疾之若仇”，但司马昭却始终保全了他，没有像对待嵇康那样把他除掉。“翔鸟”，有的版本作“朔鸟”。“朔鸟”是北方的一种猛禽。凶猛的鸟在树林里寻找那些可以供它捕食的小动物，这使人联想到迫害者正在寻找一个可以迫害的对象。这样联想也是可以的。

结尾两句中的“徘徊将何见”，有两种可能的含义。第一种含义是：徘徊了半天，什么都没有看见。也许有人会问：“他怎能什么都没看见？他不是看见了那些薄帷、明月、清风、孤鸿了吗？”不过，这个“见”并不是指那些薄帷、明月、清风和孤鸿，而是指他心中所希望看见的东西。也就是说，他想在黑暗之中找到一线光明和希望，然而结果是徒劳的。“徘徊将何见”的第二种含义是：我知道即将看到的是什么，那只能是使我更加伤心的悲惨结局。是什么结局？当然是司马氏的篡逆和曹魏朝廷的最终灭亡！阮籍的预感是没有错的。他死于魏元帝曹奂景元四年（263）的冬天，在他活着的时候看到了司马师废掉魏帝曹芳，也看到了司马昭杀死魏帝曹髦，却没有来得及看到司马炎逼曹奂禅位的悲剧终场，这也许要算是阮籍不幸之中的一点点幸运了。

阮籍的五言《咏怀》诗一共有八十二首，都具有言近意远、寄托遥深的特点，然而在内容和表现手法上却有各种各样的不同。我们所讲的这一首是通过自然景物直接感发而引起联想，但有的时候他也通过一些事典，用思索安排的方法来引起联想，有的时候则通过比喻象征的手法来抒写自己对美好理想的追求。由于篇幅所限，后面这两类我们只能在本课作品选注中做简单的介绍。

〖作品选注〗

咏怀（其十六）

徘徊蓬池[1]上，还顾望大梁[2]。绿水扬洪波，旷野莽[3]茫茫。走兽交横驰，飞鸟相随翔。是时鹑火[4]中，日月正相望[5]。朔风厉严寒，阴气下微霜。羁旅[6]无俦匹[7]，俯仰怀哀伤。小人计其功，君子道其常。[8]岂惜终憔悴[9]，咏言著斯章。

【注】〔1〕蓬池：地名，在河南开封附近。〔2〕大梁：今河南开封，战国时是魏国的都城。曹魏也叫作魏，所以这个大梁实际上是暗指曹魏的首都洛阳。在旧诗中，还顾都城往往暗示对朝廷的关心，如王粲诗有“南登霸陵岸，回首望长安”；杜甫诗有“无才日衰老，驻马望千门”等。〔3〕莽：草的统称。〔4〕鹑火：星宿名。《左传》记载，晋侯伐虢，问卜偃什么时候能够成功，卜偃说，应该是在九月十月之交，那时候鹑火星的位置正在天的正中。而司马师废曹芳的事情也是发生在九月十月之交。〔5〕指农历十五日。〔6〕羁旅：寄居作客。〔7〕俦匹：伴侣。〔8〕《荀子·天论》：“天有常道，君子有常体。君子道其常，小人计其功。”〔9〕终憔悴：指因不苟合于乱世而始终不得志。

这首诗偏重于思索安排而不是直接感发。尤其“是时鹑火中，日月正相望”两句，是用一个特殊的事典来隐喻当时一个特殊的政治事件，有一点像猜谜语一样。这是中国诗词中的一个类型，陶渊明的《述酒》诗以及南宋亡国后的一些咏物词都属于这个类型。

咏怀（其十九）

西方有佳人〔1〕，皎若白日光〔2〕。被服纤罗衣〔3〕，左右佩双璜〔4〕。修容耀姿美，顺风振微芳。登高眺所思，举袂当朝阳〔5〕。寄颜云霄间，挥袖凌虚翔。飘飖恍惚中，流盼顾我傍〔6〕。悦怿〔7〕未交接，晤言〔8〕用〔9〕感伤。

【注】〔1〕《诗·邶风·简兮》：“云谁之思，西方美人。彼美人兮，西方之人兮。”〔2〕宋玉《神女赋》：“其始来也，耀乎若白日初出照屋梁。”〔3〕《古诗十九首》：“燕赵多佳人，美者颜如玉。被服罗裳衣，当户理清曲。”〔4〕璜：半璧形的玉器。〔5〕宋玉《高唐赋》：“扬袂障日而望所思。”〔6〕目光转过来对我回眸一顾。〔7〕怿：双喜。〔8〕晤言：相逢，见面。“言”是语助词，无义。〔9〕用：因此。

不少人为这首诗所指何事争论不休。其实西方佳人到底指谁我们可以不去管他（她），只需体会到作者写出了一种对美好事物追求向往的感情就可以了。这首诗继承了楚辞的传统，其中的形象和词汇充满了象喻的意味。

第七课　嵇　康

中国的诗歌最注重兴发感动。孔子说“诗可以兴”，“兴”，就是兴发感动的意思。大自然四时的景物，人世间悲欢离合的变化，都能引起诗人心中的兴发感动，而当诗人把它们化为诗歌传达给读者的时候，其中就带有一种使读者也能够产生兴发感动的力量。这种力量，我们把它叫作“感发的力量”。由于时代不同或诗人性格不同，诗歌中感发的力量也有种种不同的表现，因而造成了多种多样的效果。比如，汉魏诗的好处在“气骨”，因为它的感发力量多是通过诗的章法和句法表现出来的；盛唐诗的好处在“兴象”，因为它的感发力量多是通过形象表现出来的。又比如，曹植的诗以“气”胜，感发力量主要表现在由自信而产生的气势；曹丕的诗以“感”胜，感发力量主要表现在敏锐的感觉和浓郁的情韵；陶渊明的诗以“思”胜，感发力量主要表现在一种反省的思致。在这一章里，我们所要讲的是与阮籍同时代的另一位诗人嵇康。嵇康的诗，主要以“气”与“风神”取胜。

嵇康字叔夜，是“竹林七贤”中反对司马氏态度最坚决的一个人。

◎　嵇康（224—263），字叔夜，曾任中散大夫，世称嵇中散。谯郡铚（今安徽宿州）人。“竹林七贤”之一。

史书上说他“美词气，有风仪”，但却“土木形骸，不自藻饰”。他喜好老庄之学，“常修养性服食之事”，后来娶了曹魏宗室的女儿，曾做过中散大夫，所以后世也称他“嵇中散”。当司马氏的力量逐渐强大起来之后，嵇康就家居不仕，锻铁为生。山涛曾打算举荐他为官，他写了有名的《与山巨源绝交书》，把山涛痛骂了一顿。钟会到他家拜访，他不但不肯做一点儿礼节上的应酬，还在钟会要走的时候狠狠地奚落了人家两句。这种嫉恶如仇的性格给他自己种下祸根，以致后来司马昭终于找借口杀了他。嵇康的性格与阮籍是全然不同的，他的为文为诗也和他的为人一样，有言必尽，不做婉转之态。然而不可否认的是，嵇康的诗并不乏对读者的感发力量。这种力量有时来自他峻切直率的气势，有时来自他自得其乐的风神。现在我们要看一首嵇康送他的哥哥嵇喜从军的诗——《赠秀才入军》。这是一组诗，共有十八首，我们讲其中的第十四首：

赠秀才入军（其十四）

息徒兰圃，秣马华山。流磻平皋，垂纶长川。目送归鸿，手挥五弦。俯仰自得，游心太玄。嘉彼钓叟，得鱼忘筌。郢人逝矣，谁与尽言？

前四句是两组对偶的句式。“徒”指“徒类”，也就是“这一群人”的意思；“兰圃”指长满了兰花的草地；“华山”指开遍了花朵的高山。“兰圃”和“华山”并不是真正的地名，作者在这里的意思仅仅是为了强调环境的美好：人，休息在美丽的草地上，马也休息在美丽的山脚边。“磻”，是系有绳子的石弹；“皋”，是近水处的高地。作者说：在那平坦的高地上，石弹投出去像流星一样在天空划出一个弧形；在长长的河岸边，你可以任意向水中垂下你的钓丝。应该注意的是，所谓“垂纶”，所谓“流磻”，作者所要强调的并不是钓鱼和打鸟的事件，而是钓鱼和打鸟的那种自得的乐趣。在如此美丽的大自然环境中，进行如此逍遥自在的娱乐游戏，人和大自然的关系是如此融洽，这里边就已经体现出一种潇洒自得之感。然而这几句还不是最好的，最好的在接下来的两句："目送归鸿，手挥五弦。"

"五弦"指琴，一般的琴是七根弦，但有一种比较古老的琴只有五根弦。嵇康弹琴很有名，他临刑时还在刑场上弹过一曲《广陵散》。在这里，我们需要注意的是这个"挥"字。弹琴最讲究指法，所以一般都说"弹琴"或者"抚琴"，这弹和抚两个字里都包含了一种用心用意的姿态。而嵇康却是"手挥五弦"——毫不经意地在琴弦上信手挥洒。这个"挥"字的好处，一方面当然是突出了技艺的纯熟与高超，另一方面则表现了一种悠然自得的神韵。也就是说，诗人并不注重弹琴这件事，他所注重的是弹琴所带来的自得之乐，至于弹出的曲子是否谐音合律，那完全不必放在心上。而且，还不止如此。一般人弹琴的时候眼睛一定要看着琴，心里一定要想着曲谱，可是你看嵇康的心和眼都在哪里？他在"目送归鸿"！所谓"归鸿"，可能是傍晚归去的鸿，也可能是秋天南归的鸿，总之它是要飞回到某一个地方去。归鸿与嵇康何干，他为什么要目送归鸿？这意思真是很难说清楚。陶渊明《饮酒》诗说："山气日夕佳，飞鸟相与还，此中有真意，欲辨已忘言。"陶渊明从飞鸟那里体会到一种"真意"，他说这种"真意"是不可言传的。然而，陶渊明起码还说出了"真意"二字，嵇康却什么都没有说，他只是用目光追随那越飞越远的归鸿，一直看着它们没入天边。中国的旧诗有时候很难讲，因为它与中国文化的传统有千丝万缕的联系，你不熟悉这些传统，往往就很难有更深的体会。在中国的旧诗里，当李太白对现实感到失望的时候他说什么？他说："永结无情游，相期邈云汉。"(《月下独酌》)他要与那无情的明月结成好朋友，他说他所期待的在天上而不在人间。当辛稼轩为国家收复失地的理想遭到打击的时候他说什么？他说："我见青山多妩媚，料青山见我应如是。”（《贺新郎》）只有青山才可以成为我的知已，我喜欢它，想来它也一定喜欢我。为什么他们都这样说？因为这里边有一种“独与天地精神往来”的境界，它来自中国道家对自然的崇尚，也包含中国儒家“退则独善其身”的修养。飞鸟要寻找一个归宿，人生也必然有它的归宿。诗人目送归鸿没入天际，他的心也随之产生了一种与大自然相通的超悟。这种超悟本来是难以言传的，可是当他的目光和精神都集中于天边鸿影时，手底下就不知不觉地在琴弦中抚出了这番境界。你看这是多么妙的一件事情！对嵇康的这两句诗很多人都说好，说明它本身确实存在着一种感发的力量。但它的好处既不在结构也不在形象，甚至也不全在那种自信与自得，你只觉得它好，却无法说明它到底好在哪里。所以清代诗人王士禛在《古夫于亭杂录》中说这两句诗“妙在象外”，意思是说，它的好处超出了文字之外，无法用语言解释，读者只能靠自己去心领神会了。

我以为，这两句真正的好处在于它达到了一种“有诸中而无待于外”的精神境界。有的人一辈子总是向外追求的，尽管得到了名誉、地位或财富，可是他的心中却没有一点儿真正属于自己的东西。有的人则不是这样，他内心有一个真正属于自己的世界，所以外界尽管有得有失，有喜有悲，他却能超脱世俗之见，能够用一种最自然、最潇洒、最没有虚伪造作的态度去面对外部的世界。这是中国的儒家思想与道家思想结合之后的产物，对历代的读书人产生过很大影响。

在曹植那一课里，我们讲过“对举”的修辞方法，我曾经说，在对举的两个极端之间能够形成一种张力，这种张力有助于增加诗中的气势。“俯仰自得”的“俯”与“仰”就是一个对举。俯是低头，仰是抬头，这一俯一仰就概括了任何环境和任何举动。诗人说，我无论在任何环境下，无论是做任何举动，都是悠游自得的。因为我的心并不像一般人那样局限于世俗中那一点点的人我利害关系的计较，而是自由地驰骋于天地自然的大道之中，与天地精神互相往来。嵇康是崇尚老庄的，这里所谓“嘉彼钓叟”的“钓叟”，指的就是庄子，因为《庄子》的《秋水》篇中曾说“庄子钓于濮水”。而且，接下来的“得鱼忘筌”用的仍是《庄子》中的典故。《庄子》的《外物》篇说，“筌者所以在鱼，得鱼而忘筌”；又说，“言者所以在意，得意而忘言”。意思是：鱼篓是用来捕鱼的，在得到鱼之后，鱼篓就无关紧要了；言语是用来传达思想感情的，思想感情理解了，言语也就无关紧要了。嵇康这句话的重点，在于“得意而忘言”。那么，嵇康所得到的“意”是什么？他说，这并不是每个人都能够理解的——“郢人逝矣，谁与尽言？”这两句所用的又是一个《庄子》上的典故。《庄子》的《徐无鬼》篇说，庄子送葬过惠子之墓，对跟随他的人说：从前郢人在自己的鼻子上涂了薄薄的一点白灰，让他的朋友匠石用斧子给他削掉。匠石把大斧高高抡起，带着风声朝郢人的鼻子砍下去，恰好把那片白灰砍下来，一点儿也没有伤着郢人的鼻子，而郢人则站在那里丝毫也不紧张，脸色没有任何改变。宋元君听到这件事就把匠石找来，让他当面表演这一绝技。匠石对宋元君说，我过去确实表演过这种绝技，但现在我的朋友郢人已经死了，我已经失去了能够和我配合默契的对手，所以再也不能表演这个绝技了。庄子讲到这里叹息说，自从我的朋友惠子死去之后，我也失去了谈话的对手，现在我心里虽然有话，可是对谁来谈呢？谁能像惠子那样理解我呢？嵇康引用了这么多《庄子》上的典故，他要说明些什么？他是要说：我相信我对大自然和人生中那些最本质、最重要的东西已经有所领悟，而且我也不是不肯把我所领悟到的思想说出来，但我能够说清楚吗？就算我能够说清楚，听的人并不理解我，他们能听得明白吗？

刘勰《文心雕龙》对嵇康评价说：“叔夜俊侠，故兴高而采烈。”钟嵘《诗品》则说他“过为峻切，讦直露才，伤渊雅之致，然托喻清远，良有鉴裁，亦未失高流矣”。刘勰所说的“兴高采烈”，并不是我们今天所常用的表示高兴的意思。“兴”，指诗中那种兴发感动的力量；“采”，指文采。由于嵇康的本质是俊杰的，所以他的诗感发力量很强大；由于嵇康的性格是刚直的，所以他的文辞往往很强烈很直率。钟嵘所说的“峻切”，就是指他的文辞强烈直率的一面，而所谓“清远”，则是看到了嵇康诗中那种由“风神”而产生的感发力量。由于篇幅所限，本课不可能对嵇康的这些特点做全面的介绍。但在本课的作品选注里，我们选了一些能够从不同角度体现嵇康这些特点的诗供大家参考。

〖作品选注〗

赠秀才入军（其九）

良马既闲〔1〕，丽服有晖〔2〕。左揽繁弱〔3〕，右接忘归〔4〕。风驰电逝，蹑〔5〕景〔6〕追飞〔7〕。凌厉〔8〕中原，顾盼〔9〕生姿〔10〕。

【注】〔1〕闲：熟习。〔2〕晖：光彩。〔3〕繁弱：良弓名。〔4〕忘归：箭矢名。〔5〕蹑：追。〔6〕景：同“影”。〔7〕飞：指飞鸟。〔8〕凌厉：奋行直前。〔9〕顾盼：左顾右盼。〔10〕姿：英姿。

这首诗的感发力量主要来自气势。

赠秀才入军（其十）

携我好仇〔1〕，载我轻车。南凌〔2〕长阜，北厉〔3〕清渠。仰落〔4〕惊鸿，俯引〔5〕渊鱼。盘〔6〕于游田〔7〕，其乐只且〔8〕！

【注】〔1〕好仇：好伴侣。〔2〕凌：登。〔3〕厉：渡。〔4〕落：击落。〔5〕引：捉取。〔6〕盘：乐。〔7〕田：同“畋”，打猎。〔8〕只且：语助词。

这首诗亦以气势取胜。如果你把“南凌长皋，北厉清渠。仰落惊鸿，俯引渊鱼”四句一口气读下来，就会感觉到他那种由句势和口吻而产生的强大力量。

答二郭（其三）

详观凌〔1〕世务〔2〕，屯险〔3〕多忧虞〔4〕。施报〔5〕更相市〔6〕，大道〔7〕匿不舒。夷路〔8〕殖枳棘〔9〕，安步将焉如〔10〕？权智〔11〕相倾夺〔12〕，名位不可居。鸾凤避罻罗〔13〕，远托昆仑〔14〕墟〔15〕。庄周悼灵龟〔16〕，越搜畏王舆〔17〕。至人存诸己〔18〕，隐璞〔19〕乐玄虚。功名何足殉〔20〕，乃欲列简书〔21〕。所好亮〔22〕若兹〔23〕，杨氏叹交衢〔24〕。去去从所志〔25〕，敢谢道不俱〔26〕。

【注】〔1〕凌：经历。〔2〕世务：世上的事物。〔3〕屯险：艰阻、危险。〔4〕忧虞：忧虑。〔5〕施报：施恩和报答。〔6〕市：做买卖。〔7〕大道：做人的根本道理。〔8〕夷路：平坦的路。〔9〕枳棘：多刺的灌木。〔10〕焉如：到哪里去。〔11〕权智：权势智巧。〔12〕倾夺：倾轧争夺。〔13〕罻罗：小网叫罻，鸟网叫罗。〔14〕昆仑：昆仑山，传为神人所居。〔15〕墟：这里指山谷的洞穴。〔16〕《庄子·秋水》：“庄子钓于濮水，楚王使大夫二人往先焉，曰：‘愿以境内累矣。’庄子持竿不顾，曰：‘吾闻楚有神龟，死已三千岁矣，王巾笥而藏之庙堂之上。此龟者，宁其死为留骨而贵乎？宁其生而曳尾于涂中乎？’二大夫曰：‘宁生而曳尾涂中。’庄子曰：‘往矣，吾将曳尾于涂中。’”〔17〕《庄子·让王》：“越人三世弑其君，王子搜患之，逃乎丹穴。而越国无君，求王子搜不得，从之丹穴。王子搜不肯出，越人熏之以艾，乘以王舆。王子搜援绥登车，仰天而呼曰：‘君乎君乎，独不可以舍我乎！’”〔18〕《庄子·人间世》：“古之至人先存诸己，而后存诸人。”〔19〕隐璞：此处是引用《韩非子》卞和献璞的典故。意为：你为什么不把璞藏起来，在山中享受逍遥自得的快乐？〔20〕《史记·伯夷列传》：“贪夫徇财，烈士徇名，夸者死权，众庶冯生。”

〔21〕列简书：指名垂青史。〔22〕亮：诚然。〔23〕兹：此。〔24〕《列子·杨朱》："杨子之邻人亡羊，杨子曰：'何追者之众？'曰：'多歧路。'既反，问：'获羊乎？'曰：'亡之矣。'曰：'奚亡之？'曰：'歧路之中又有歧焉，吾不知所之。'杨子戚然变容。门人怪之。心都子曰：'大道以多歧亡羊，学者以多方丧身。'"〔25〕道不同不相为谋，各人按各人的理想去做就是了。〔26〕实在对不起，我和你们走的不是一条路。

二郭指郭遐叔与郭遐周，都是嵇康的朋友，他们在赠嵇康的诗中曾劝他出登仕宦，以图名垂青史，这是嵇康回答他们的诗，语言十分直率，像他的散文《与山巨源绝交书》一样咄咄逼人。

第八课　傅玄的乐府诗

前面我们说过，中国诗歌从魏晋时期开始产生了文学上的觉醒，诗人们对诗歌的形式美开始有了自觉的追求。但任何事情的发展都包含正反两个方面：你的人工技巧越多，你的直接感发力量相对来说就减少了。在晋武帝太康时代（280—289），大部分诗人的诗歌就存在这种情况。他们在辞藻、对偶、典故等方面很下功夫，还作了很多拟古诗或者沿用古乐府诗题的诗。例如张华有一首《游侠篇》，就是模仿古乐府的诗，但这首诗与曹植《白马篇》那种写游侠的诗已经有所不同了：《白马篇》以气势感人，含有一种直接感发的力量；而《游侠篇》用了很多关于游侠的典故，你必须通过思索才能明白。欣赏不同类型的诗，有时候必须采用不同的方法和途径，关于这一点，我们在后面讲词的时候将结合作品做比较详细的说明，这里就不赘述了。然而，这一课我们所要讲的傅玄，却实在是一个很值得注意的诗人：他生活的年代虽然接近太康，他虽然也写了很多模仿乐府的诗，但他的诗却富于直接感发，与太康诗风大不相同。

傅玄字休奕，晋武帝时曾掌谏职。《晋书》本传上说他“天性峻急，

◎　傅玄（217—278），字休奕，北地泥阳（今陕西耀州东南）人。

不能有所容；每有奏劾，或值日暮，捧白简，整簪带，竦踊不寐，坐而待旦。于是贵游慑服，台阁生风”。然而，就是这样一位性情刚直之士，他所写的乐府诗却“辛婉温丽，善言儿女”（张溥《汉魏六朝百三名家集·傅鹑觚集题辞》）。这真是一件很奇怪的事情！下面我们就来看他的一首很短的乐府诗：

车遥遥篇

车遥遥兮马洋洋，追思君兮不可忘。君安游兮西入秦，愿为影兮随君身。君在阴兮影不见，君依光兮妾所愿。

从这首诗里我们可以看出傅玄乐府诗的两点特色：第一，他不喜欢像当时别的诗人那样用很多典故和华丽的辞藻，却自有一种直接感发的力量；第二，他是站在女子的地位，用女子的口吻来写诗。在婉约温柔之中，藏有一种酸辛悲苦的感情。这首诗在句法和风格上深受《楚辞·九歌》的影响，写得很美。他说，你的车所要走的路途是那么远，你的马所要跑的路程也是那么远，尽管我这个人不能够跟着你，但我的心是始终跟着你的。那么诗中所说的这个男子要去哪里呢？“君安游兮西入秦”。古代把陕西省一带称为“秦中”，因为那是战国时秦国的所在地，而且汉朝的首都长安也在秦都咸阳的附近。所以，“入秦”一般是指到首都去。一个男子千里迢迢到首都去，多半是为了追求功名仕宦，那是女子所不能阻拦的。于是这个女子就说，我多么愿意变作你的影子，那样无论你走到哪里我就都能跟在你身边了。可是，也不一定很保险。因为有光的地方才有影子，如果你老是站在一个没有光的地方，怎么能看得见影子呢？所以她说“君在阴兮影不见，君依光兮妾所愿”——你要是能站在光明之中，那是我心中最大的愿望；你要是站在黑暗之中，我就无法跟你接近了！

你看，这首短短的乐府诗不是很能引发人的联想吗？周邦彦有一首《阮郎归》词说，“情黯黯，闷腾腾，身如秋后蝇。若教随马逐郎行，不辞多少程”；陶渊明《闲情赋》说，“愿在昼而为影，常依形而西东；悲高树之多荫，慨有时而不同”。他们这些奇妙的想象，都与傅玄这首诗有相通之处。于是就出现一个问题了：傅玄这首诗写得委婉含蓄，其中是不是藏有什么言外之意呢？清代学者陈沆写了一部《诗比兴笺》，这部书中所收的，都是作者认为有比兴寄托含义的作品。因为古人认为《诗经》的“比”和“兴”都有美刺讽颂之意，如《周礼·春官·大师》郑注云：“比，见今之失，不敢斥言，取比类以言之；兴，见今之美，嫌于媚谀，取善事以喻劝之。”他说的是否有理我们姑且不论，而这种说法在中国的文学批评史上就产生了一种风气，那就是：有些人总是要向诗歌中追寻其言外之意，而这言外之意又一定要与赞美或讽刺当时朝政有关。值得注意的是，陈沆在《诗比兴笺》里就选了傅玄的好几首诗，其中也包括这一首。也许，傅玄在写乐府诗的时候未必就有赞美或讽刺朝政的意思。可是它为什么能引起读者向这方面的联想？这个问题就值得讨论一下了。

首先，那是因为从屈原《离骚》开始，诗歌中的美人香草就有了政治上喻托的含义，由于中国文学史上早就有这样一个传统，所以读者当然就可以做如是想。其次，按照西方文学理论的说法，诗里边有一种“显微结构”，它可以是一个字的形体、声音、意思，也可以是这个字在这首诗的句法、篇法之中的排列组合的地位，总之，是一种很细微的、大家都不注意的因素，却起着引起读者某种联想的作用。“君在阴兮影不见，君依光兮妾所愿”，一个是“阴”，一个是“光”。“阴”是暗的意思，如果你被小人蒙蔽，如果你听信他们的谗毁，你当然就跟我疏远了；而如果你像白日那样的光明，我怎么会离开你呢？当然，这只是我个人的联想，傅玄写这首诗的时候可能会有这种意思，也可能没有这种意思。

那么现在我们就看到傅玄乐府诗的与众不同之处了：它含有一种

言外之意，而这种言外之意又不一定是作者在显意识中所要表现的东西。这不是很微妙吗？而这一点，正是与我们以后要讲的词的本质相近的地方。——一定要注意，我在这里所说的是词的本质，而不是词的形式，因为词与乐府诗是有很多方面不相同的。清末民初的词学家王国维在他的《人间词话》里曾经说："词之雅郑，在神不在貌。""雅"，是典雅的；"郑"，是郑卫之音，是淫靡的。为什么词有典雅的有淫靡的？因为词在初起时所写内容都是男女爱情，从外表上看好像大家都没有什么区别，其实却有着品质上的不同。文人们在写诗的时候心中总有一个"言志"的标准，而在写词的时候，由于是写给歌伎酒女们来唱，就不必顾及"言志"的标准，所以无形中就把自己推远了一步。然而每个人心中感情的品质实在是不同的。有的人写美女爱情就是美女爱情，并不给读者更多的联想；而有的人，却正由于词没有"言志"的限制，所以反而在无心之中把内心最深隐的某种感情和品质流露出来了。我们以后会讲到晚唐五代和北宋的温、韦、冯、李、晏、欧等作者，他们的小词都具有这种性质。所谓"要眇宜修"，所谓"词之言长"，就是说，词不仅要写得美丽，而且还要有一种言外之意。而词的这种言外之意对作者来说往往是不自觉的，是内心之中潜意识的流露。那么，傅玄所写的乃是诗而不是词，为什么也会产生这种效果呢？这可能与他模仿乐府诗并假托女子口吻有关。中国古代有很多模拟乐府的诗篇，比如《燕歌行》，写的是征夫思妇，后来的诗人们就你也写，我也写，全都模仿征夫思妇的口吻，但这些作者本人却既不是征夫，也不是思妇。傅玄也是如此。他写了很多模仿乐府的诗，而且经常用女子的口吻，这就把自己推远了一步。正是由于推远了这一步，中间产生了一个审美的距离，所以他表面上虽然是在模拟古人的诗，是在代言别人的感情，可实际上就在无意之中把自己内心的某种感情和品质流露出来了。傅玄这个人性格刚正，史官说他"能使台阁生风，贵戚敛手"；但也正由于他的刚直峻急，最后终于被免官。然而这样一个人，却写了这么多儿女之情的乐府诗，表面上看很矛盾，其实一点儿也不奇怪。从历史上看，屈原不也是一个很刚正的人吗？可是他的《离骚》中也写了那么多对美女和爱情的追求！北宋初年的范仲淹，当他在陕西守边塞的时候，西夏人相戒莫敢犯，说“小范老子胸中自有十万甲兵”。可是你看范仲淹的小词“碧云天，黄叶地，秋色连波，波上寒烟翠。山映斜阳天接水，芳草无情，更在斜阳外”（《苏幕遮》），写得多么温柔多情！陆游是一位爱国诗人，曾经写了那么多金戈铁马的诗，可是你再看他怀念以前的妻子唐氏的那些诗，又是多么缠绵悱恻！其实，刚直和多情本来是相反相成的两面。一个人，唯其刚强正直，才能够不虚伪，不造作，才能够真诚地保持着自己内心那一份深挚浓厚的感情。傅玄的乐府诗好在哪里？就好在他虽然是用女子的口吻来说话，但里边却饱含着他自己的一份真实的感动。也就是我们所说的那种直接的感发力量。

下面再看他的一首更具神来之笔的《吴楚歌》：

> 燕人美兮赵女佳，其室则迩兮限层崖。云为车兮风为马，玉在山兮兰在野。云无期兮风有止，思多端兮谁能理？

《古诗十九首》中有“燕赵多佳人，美者颜如玉”的诗句，所谓“燕赵佳人”只不过是一个传统的习惯说法，并不一定就实指燕赵二地的女子。“其室则迩”也是有来历的，它出于《诗·郑风·东门之墠》：“东门之墠，茹藘在阪。其室则迩，其人甚远。”“迩”，是近的意思。“其室则迩兮限层崖”是说，那位美人住的地方离我很近，然而我们却不能见面，就好像被高山深谷隔开了一样。这开头两句，并不难理解。

然而接下来诗人说什么？——“云为车兮风为马，玉在山兮兰在野。”忽然之间就跳出了这么两句，这两句看起来和前边似乎并无联系，放在这个地方显得毫无道理。然而——这话真是很难讲明白——

诗有的时候本来就没有道理，你用理性安排思索了好久，这固然不错，可是诗里边那个感发的生命也就被你断送了。傅玄的这两句，前一句还比较好讲，它是从《九歌・少司命》的“乘回风兮载云旗”变化而来，可以理解为诗人希望有白云为车，有清风为马，那就可以越过层崖的阻隔与美人相见了。可是，“玉在山兮兰在野”是什么意思？它与相思怀念的感情有何相干？然而我要说，这才真正是最好的一句诗，不过也是最难讲的一句诗。因为它只是给了读者两个形象，这两个形象却为你提供了多种联想的可能。陆机《文赋》说，“石韫玉而山晖，水怀珠而川媚”——如果山上的石头里都含有玉，那么这山也就放出了光华；如果水中的蚌都孕育了珍珠，那么这水也就更加可爱。“玉在山”，使人想到没有经过人工雕琢的璞玉那种蕴含在内的光华。“兰”是一种香草，我国古人常说：“兰生空谷，不为无人而不芳。”意思是说，芬芳是兰的本性，即使得不到任何人的欣赏，它也照样保持自己的美好芬芳。“兰在野”，使人联想到不可改变的本质，那是一种不计酬答的、最美好的本质。所以你看，作者什么都没有说，他只是用形象给你提供了这种意思。你可以设想，“玉在山”是诗人心中怀念的那个佳人，她像玉一样美好，可是却难以相见；“兰在野”是诗人对她的感情，那是一种即使得不到酬答也不会改变的感情。但你也可以设想，“玉在山”和“兰在野”都是说的诗人自己。诗人说，我的感情是那样美好，不管别人是否了解，不管别人是否报答，我都不会改变。不过你还可以设想，这是两个人共同的感情：不管我们能不能见面，不管我们之间有没有高山深谷的阻隔，我们两个人的感情永远不变，我们本质的美好也永远不变。其实，像“云为车兮风为马，玉在山兮兰在野”这种似有理似无理的句子，本来就是乐府诗的一种特色。它们看起来好像与上下文没有什么联系，可是却给人一种精神上飞动的感受，在有理无理之间就产生了很多暗示，从而给读者提供了一个自由联想的空间。

接下来的“云无期兮风有止，思多端兮谁能理”是说，我等待着白云和清风把我带到我所思念的人那里去。可是云什么时候来我不知道，风吹了一阵也停止了。我到底还能不能和她见面？实在是一点儿把握也没有。所以我内心的思绪纷乱无端，那真是既无法剪断又梳理不清的一种别样滋味！

由于傅玄的诗总是写儿女之情，所以历来各种选本上选他的诗都比较少，这可能是由于人们还没有看到这些诗真正好处的缘故。但也并不是所有的人都没有看到，清人陈沆在《诗比兴笺》中对傅玄就曾经有过一段评论，说他“值不讳之朝，蒙特达之顾，生司喉舌，没谥刚侯，人臣遭遇，如傅休奕亦仅矣”。傅玄脾气急躁，遇事敢争，为此被罢免过不止一次，这样的人在魏晋那种弑篡频起、危机四伏的时代竟没有遭到杀身之祸，也就要算一个奇迹了！所以陈沆说他“横孤根于疾飚，捍危石于惊浪，忧讥畏谗，其能已乎？昔人称休奕刚正疾恶，而善言儿女之情。岂知求有娀之佚女，托鸩鸟以媒劳，言文声哀，情长语短。剑去已久，而刻舟是求，不亦远夫”！这些话切中肯綮，可谓知休奕者。

〖**作品选注**〗

豫章行苦相篇

苦相[1]身为女，卑陋难再陈。男儿当门户，堕地自生神。雄心志四海，万里望风尘。女育无欣爱，不为家所珍。长大逃深室，藏头羞见人。垂泪适[2]他乡，忽如雨绝云[3]。低头和颜色，素齿结朱唇。跪拜无复数，婢妾如严宾。情合同云汉[4]，葵藿仰[5]阳春。心乖甚水火，百恶集其身。玉颜随年变，丈夫多好新。昔为形与影，今为胡与秦[6]。胡秦时相见[7]，一绝逾参辰[8]。

【注】〔1〕苦相：犹言薄命。〔2〕适：出嫁。〔3〕如雨绝云：言与家人分别正如雨滴离开了云。〔4〕云汉：银河，此处指牛郎织女相会于银河。〔5〕仰：仰赖。〔6〕胡与秦：当时西域人称中国为秦。〔7〕时相见：言有时而相见。〔8〕参辰：二星名，一居西方，一居东方，出没两不相见。

这是一篇较长的乐府诗，诗中所写并非个别女子的不幸，而是整个封建社会中所有女子在一生中的悲苦和不幸。在这首诗里，作者虽然是代女子来说话，但他心中对此显然也有一种真正的感动。

昔思君

昔君与我兮形影潜〔1〕结，今君与我兮云飞雨绝。昔君与我兮音响相和，今君与我兮落叶去柯〔2〕。昔君与我兮金石无亏，今君与我兮星灭光离。

【注】〔1〕潜：暗中。〔2〕柯：树枝。

这首诗形象的对比和声音的节奏写得很好。

西长安行

所思兮何在？乃在西长安。何用存问〔1〕妾？香褴〔2〕双珠环。何用重存问？羽爵〔3〕翠琅玕。今我兮闻君，更有兮异心。香亦不可烧，环亦不可沉。香烧日有歇〔4〕，环沉日自深。

【注】〔1〕存问：慰问。〔2〕香褴：毛织的带上有贮香料的地方或附件则为“香褴”。一作“香橙”。〔3〕羽爵：饮酒器。〔4〕歇：言消耗。

第九课　太康诗人

“太康”是晋武帝司马炎的年号。司马氏得国本自篡弑而来，在短暂的太康年间（280—289），社会上虽然呈现出一些繁荣气象，但大乱已经酿成。待晋武帝一死，一场“八王之乱”的大混战就拉开了序幕。开始是武帝的妻子杨皇后与其父杨骏专政，接着是武帝之子惠帝的妻子贾后杀了杨骏，后又逼死杨太后，由汝南王司马亮辅政。不久，贾后又先后杀了司马亮和楚王司马玮及太子司马遹。于是赵王司马伦起兵废了贾后，同时还杀了朝中张华、裴頠等大臣，然后废了惠帝，自立为帝。此事诸王不服，齐王司马冏首先起兵讨伐，成都王司马颖、河间王司马颙等举兵响应，结果赵王伦战败被杀，惠帝复位，齐王冏辅政。紧接着，长沙王司马乂又起兵杀死齐王冏，然后是成都王颖与河间王颙起兵攻打长沙王乂……

所有这些混战，根本就没有任何正义可言，宗室贵族们为了争夺权力互相拼杀，朝中当权者像走马灯一样更换，到处都有阴谋和危机，到处都有无辜者的鲜血。而我们的太康诗人，其中有不少人就是

◎　陆机（261—303），字士衡，吴郡华亭（今上海市松江）人，曾为平原内史，故称陆平原。左思（约250—约305），字太冲，齐国临淄（今属山东）人，为“二十四友”之一。

在这样的背景下身不由己地被卷入政治旋涡，演出了一幕幕悲剧。现在我们所要讲的，就是被这血腥的旋涡吞噬了的一位著名诗人陆机。

陆机字士衡，吴郡人。他的父亲陆抗和祖父陆逊都是东吴的名将，而在他二十岁的时候东吴就灭亡了。陆机少有异才，文章冠世，太康末年与其弟陆云来到西晋首都洛阳，得到太常张华的赏识，后来被太傅杨骏辟为祭酒。赵王伦辅政的时候，陆机以预诛贾谧功赐爵关中侯，赵王伦被杀之后，齐王冏收陆机付廷尉，赖成都王颖等相救得免。从此陆机感激司马颖的救命之恩，又觉得此人谦恭下士，推功不居，一定能够康隆晋室，于是就跟随了司马颖。当司马颖起兵攻打长沙王乂时，派陆机做大都督。陆机知道司马颖手下有不少人忌妒自己，而且自己以南人将北军，恐怕很难打胜仗，因此固辞都督之职，但司马颖不许。结果在洛阳打了败仗。于是大家就一起谗毁他，说他有异志，想要造反。而司马颖果然就听信这些谗言，派人到军中杀害了他，他死的时候只有四十三岁。陆机的弟弟陆云少与陆机齐名，时称“二陆”，这次也与陆机同时被害。

陆机写过许多好文章，其中最著名的就是《文赋》。《文赋》对文学创作有非常深刻的反省思索。最难得的是，这些反省思索都是通过各种美好的形象表现出来的。这真是一篇不可无一、不可有二的好文章，读它的本身就是一种艺术享受。有这样好的才华，又有很丰富的生活阅历，陆机不是应该写出很好的诗来吗？可惜的是，他所留下来的诗与他的才华并不相符，后人对他颇有訾议。这是为什么？我以为，首先是时代的作风限制了他。因为在那个时代，大家都以对偶、排比和辞藻的雕琢为美，这种意念太多了，有时候就会妨碍感发生命的生长。陆机既然生活在这个圈子里，也就很难超越时代做进一步的发展。其次，一个人如果理性的天分比较发达，感性的天分就相对减少了。陆机写过很好的政治论文，又是一个文学批评家，这可能也是他的诗不能取得更高成就的一个原因。另外我们还要知道，以思索安排取胜的诗并不一定就全都不如以直接感发取胜的诗，就这两类诗本身而言，其中都有高低上下的不同。而在陆机的诗中果然也有着一份真正深刻的感情，如果你也从思索安排的途径去追寻的话，是可以体会到的。

下面我们就来看他的一首《赴洛道中作》：

赴洛道中作（其一）

总辔登长路，呜咽辞密亲。借问子何之？世网婴我身。永叹遵北渚，遗思结南津。行行遂已远，野途旷无人。山泽纷纡余，林薄杳阡眠。虎啸深谷底，鸡鸣高树巅。哀风中夜流，孤兽更我前。悲情触物感，沉思郁缠绵。伫立望故乡，顾影凄自怜。

太康末年陆机离开家乡吴郡，去往京城洛阳，此诗是他赴洛阳途中所作。它不给人直接的感动，但如果你结合陆机的身世和心情用心想一想，就会知道他其实是写得很好的。陆机的故国吴国已经灭亡了，为什么还要到司马氏的朝廷去仕宦？陶渊明说："行行停出门，还坐更自思。不怨道里长，但畏人我欺。万一不合意，永为世笑嗤。"(《拟古》) 一个人，如果一步走错，就将永远被后世嗤笑。陆机并非不明白这一点，可是却身不由己。他在后来写的一首《猛虎行》里曾经说，"渴不饮盗泉水，热不息恶木阴"，然而——"整驾肃时命，杖策将远寻。饥食猛虎窟，寒栖野雀林"。他之赴洛，是因为处在破国亡家者的地位，不得不遵从统治者的命令。另外，他自负才能，也不甘心就此放弃。因此，尽管他知道这无异于到猛虎窟里去寻食，与平庸的野雀同栖一林，但他在进与退之间终于还是选择了前者。陆机在诗中不止一次提到过"世网"，在司马颖派使者到军中来杀害他的头一天夜里，他梦见自己的车被黑色的帐幔缠绕，无论如何也找不到出路，这说明，他心中的忧虑和负担始终很沉重。在洛阳，他在皇亲国戚杨骏手下做过事，在图谋篡位的赵王伦手下做过事，后来又在成都王颖手下做事，最后落得一个身死族灭的下场。这场悲剧，其实就是从他离开家乡来到洛阳开始的。

从这首诗中我们可以看到他赴洛途中那种沉重的心情。他说“永叹遵北渚，遗思结南津”——我沿着水边的沙洲一路向北走，但我有多少相思怀念都永远系结在故乡的那个码头上！又说，“悲情触物感，沉思郁缠绵。伫立望故乡，顾影凄自怜”——看到任何东西都引起我的伤感，对故乡那种深沉的思念简直无法断绝；有的时候我停下来回头向南方看一看，就更增加了悲哀和孤独的感觉。陆机虽然离开了吴郡，但他一直到死都在怀念着故乡。在临刑前，他还叹息说：“华亭鹤唳，岂可复闻乎？”后人评论说，陆机不能像张翰那样以思食吴中莼羹鲈脍为借口而急流勇退，所以才落得这等下场。然而，陆机与朝中那些为追求权力财富而不顾廉耻的人还是有所不同的，他是一个有理想的人，不甘心辜负自己的才华。以他的才能，如果生在孙权时代而不是孙皓时代，结局一定会大不相同。虽然他因见机不早而罹祸，但这一悲剧实在不应该由他自己来负全部责任。

不幸的诗人并不止陆机一个。曾经赏识过陆机的张华，不但是当时有名的诗人，而且还是一个博学的学者和精明干练的政治家。在赵王伦废贾后的时候，他也被夷三族，成了这场政治斗争的牺牲品。史书上说，当他被害的时候，“朝野莫不悲痛之”。至于潘岳，虽然这个人在品质上比较恶劣，曾经为贾后草拟诬陷太子的文字，但他自己最后也遭到了诬陷，因谋反罪而被夷三族。

然而，在太康诗人中也不乏洁身远祸的明智之士。左思就是其中比较典型的一个。左思字太冲，出身寒微，因妹妹左芬入宫而移家京师，后来因作《三都赋》而出名，曾为贾谧门下“二十四友”之一。贾谧被杀后，左思退居宜春里，专意典籍，齐王冏命为记室督，他辞疾不就，后来举家迁冀州，远远离开了洛阳这个可怕的政治斗争的旋涡。左思的作品留传下来的虽然很少，可是他的好几类作品都在文学演进的历史上发生了重要影响。由于篇幅所限，我们只能介绍他的咏史诗这一个类型。

左思和陆机一样胸怀大志而且富有才华，然而由于他出身寒微，仕宦很不得意。他的八首咏史诗，集中表现了一个“进退仕隐”的主题，这在诗歌发展的历史上是一个开拓，在中国早期诗歌中，《诗经》里基本上没有涉及进退仕隐问题。屈原《离骚》提出了“进不入以离尤兮，退将复修吾初服”，但屈原是楚国的同姓，他个人的特殊身份和遭遇并不具有代表性。然而到了魏晋之世，中国的知识分子就开始更多地考虑这个问题了。如果套用心理学的说法，那就是在中国的诗歌里形成了“进退仕隐”的一个“情意结”。从左思开始，到东晋的陶渊明，到唐朝的李白，大家都写这个主题。这并不奇怪，因为诗歌是“言志”的，而旧时代的知识分子要想发挥才能只有仕宦这一条道路，所以他们一提到理想志意就无法不与进退仕隐的问题联系起来。“进退仕隐”这个问题很复杂，它就像一个三棱镜，可以把单纯的光线转换成各种不同的颜色。在历史上，我们可以找到进退仕隐的各种榜样：有的人治则进，乱则退；有的人治亦进，乱亦进；有的人用则进，不用则退；有的人用亦进，不用亦进；有的人主张进而后退，有的人实行以退为进……那么，左思在这个问题上是怎样考虑的呢？下面我们就来看他的一首《咏史》：

咏史（其一）

弱冠弄柔翰，卓荦观群书。著论准过秦，作赋拟子虚。边城苦鸣镝，羽檄飞京都。虽非甲胄士，畴昔览穰苴。长啸激清风，志若无东吴。铅刀贵一割，梦想骋良图。左眄澄江湘，右盼定羌胡。功成不受爵，长揖归田庐。

我们说过，太康诗人在辞藻、对偶、典故等方面很下功夫，而在直接感发的力量上则有所不足。然而，左思却是一个例外。左思的诗以气骨取胜，和建安时代的曹植颇有相似之处。读这首诗你可以感觉到它很有气势，这气势来自诗人的自负与自信。“弱冠弄柔翰”，这个“弄”字用得非常好，那是一种得心应手、左右逢源，而且自我欣赏的样子。左思说，我从二十岁就能写很好的文章，并且博览群书，观其大略，取其精华。这两句，很传神地写出了他少年时的才情志意。但是这还不够，他又说，我写的论文比得上贾谊的《过秦论》，我写的赋比得上司马相如的《子虚赋》。而且，我只是文章写得好吗？不是的。当“边城苦鸣镝，羽檄飞京都”的时候，我虽然不是一个甲胄之士，但我精通兵书战策，心中充满了报效国家的慷慨激昂之气，根本就没有把敌国东吴放在眼里——左思写这首诗时东吴显然还没有被灭掉。他说，即使我是一把很钝的铅刀，也希望得到一个致用的机会。到那时我将实现我的梦想：向左看一看就平定了割据东南的吴国，向右看一看就平定了西北边疆的羌人之乱，当大功告成之日我绝不像一般世俗之人那样接受功名爵位的赏赐，我将长揖而去，归隐田庐。你看，他把平定战乱的大事说得多么容易，功成拂袖而去又写得多么潇洒！那直接感发的气势，上承建安曹子建，下启盛唐李太白。左思在这首诗中提出了一种“进而后退”的思想。他的“进”并不为爵位利禄，而是因珍惜自己的才能，不甘心生命落空；他的“退”也不为沽名钓誉，而是功成身退，不图报答。

诗人的理想都是美好的，而美好的理想在现实中总是那么难以实现。在魏晋时期“上品无寒门，下品无世族”的制度之下，在“八王之乱”那种血腥的政治环境中，左思发现自己很难有建功立业的机会。于是他就不再坚持“功成身退”的理想，而是功不成也要退隐了。在另一首《咏史》诗中他说：“被褐出阊阖，高步追许由。振衣千仞冈，濯足万里流。”许由，是古代有名的隐士。左思说，我本来就不想追求权力和富贵，为什么和这些龌龊的人混到一起？我要追随许由而去，在千仞高峰之上抖掉沾在我衣服上的灰尘，在万里长河之中洗去沾在我脚上的污泥！——这真的是左思！谈到“退”，他仍然有那么充足的气势和高远的气象。

说到“咏史”这个题材，在《诗经》的《大雅》里，就有不少诗歌颂赞美祖先的功业，讲了很多历史的事情，然而那不是咏史。真正以咏史为题来写诗的首先是东汉班固。但班固的《咏史》诗只是客观地写史实，叙述很死板；而左思的《咏史》就不同了，他是借史抒怀。从这个角度来说，这是左思的一个开拓。左思是一个很富于开拓精神的诗人，他的《招隐》诗、《娇女诗》也和他的《咏史》诗一样，写出了前人所未写过的东西，对后代诗人有很大的影响。这些诗，我们选在本课的作品选注里，供大家参考。但还有一点应该说明，那就是，左思的诗虽然以气势取胜，有直接感发的力量，但它比较缺少深厚的一面，如果把他的诗和后来陶渊明的诗相比较，则同是讨论“进退仕隐”的问题，陶渊明的诗就显得更为深厚，更具有思想深度。当然，这只是“春秋责备贤者”的意思，并不能因此而贬低了左思在中国诗歌历史上的重要地位。

〖作品选注〗

首先我们看陆机的两首诗：

赴洛道中作（其二）

远游越山川，山川修〔1〕且广。振策〔2〕陟〔3〕崇丘〔4〕。案〔5〕辔遵〔6〕平莽〔7〕。夕息抱影寐，朝徂〔8〕衔思〔9〕往。顿辔〔10〕倚高岩，侧听悲风响。清露坠素辉，明月一何朗。抚枕〔11〕不能寐，振衣〔12〕独长想。

【注】〔1〕修：长。〔2〕振策：挥鞭。〔3〕陟：登高。〔4〕崇丘：高山。〔5〕案：通“按”。〔6〕遵：循。〔7〕平莽：平地有草之处。〔8〕徂：往。〔9〕衔思：犹言含悲。〔10〕顿辔：指驻马。〔11〕枕：一作“几”。〔12〕振衣：抖掉衣服上的灰尘。

这首诗用很密集的句子，而且常用对偶，把他所见的情景真实地写出来，把读者带到他所经历的境界中去，像“侧听悲风响”“清露坠素辉”写得很好，可是有什么内心的感受，他却没有直接写出来，这种作风，跟时代有相同之处。但透过思力的追寻，我们还是可以感受到他心中的悲慨的。

猛虎行

渴不饮盗泉〔1〕水，热不息恶木阴。恶木岂无枝？志士多苦心。整驾肃〔2〕时命〔3〕，杖策将远寻。饥食猛虎窟，寒栖野雀林。〔4〕日归功未建，时往岁载〔5〕阴〔6〕。崇〔7〕云临岸骇〔8〕，鸣条〔9〕随风吟。静言幽谷底，长啸高山岑。急弦〔10〕无懦响〔11〕，亮节〔12〕难为音。人生诚未易，曷云开此衿？眷〔13〕我耿介怀，俯仰愧古今。〔14〕

【注】〔1〕盗泉：水名。孔子过盗泉渴而不饮，恶其名也。〔2〕肃：敬。〔3〕时命：时君之命。〔4〕《猛虎行》古辞曰：“饥不从猛虎食，暮不从野雀栖。”这两句反用其语，言饥不容择食，寒不容择栖。〔5〕载：犹“则”。〔6〕岁阴：犹“岁暮”。〔7〕崇：高。〔8〕骇：起。〔9〕鸣条：经风吹而发声的枝条。〔10〕急弦：绷得很紧的弦。〔11〕懦响：缓弱之音。〔12〕亮节：犹“高节”。〔13〕眷：顾。〔14〕这两句是说行止不符于平素的怀抱，所以俯仰有愧。

这是一首模仿古乐府的诗，写得比前面那首朴实、真率。在比兴之间加以赋的叙述，因此增强了感人的力量。

现在看左思的几首诗：

咏史（其二）

郁郁涧底松，离离[1]山上苗[2]。以彼径寸茎，荫此百尺条。世胄[3]蹑高位，英俊沉下僚[4]。地势使之然，由来非一朝。金张[5]藉旧业[6]，七叶[7]珥汉貂[8]。冯公[9]岂不伟[10]，白首不见招[11]。

【注】〔1〕离离：下垂貌。〔2〕苗：初生的草木。〔3〕世胄：世家子弟。〔4〕下僚：小官。〔5〕“金张”，指金日磾、张汤，二人都是汉武帝时的贵臣，其子孙在西汉也世代为官。〔6〕旧业：先人遗业。〔7〕七叶：七世。〔8〕珥汉貂：冠旁插貂鼠尾为饰。汉代凡侍中、常侍等官都戴貂。〔9〕冯公：指冯唐，汉文帝时人，老年仍居郎官小职。〔10〕伟：奇异。〔11〕不见招：言不被进用。

这首诗通过咏史揭示了当时社会“上品无寒门，下品无世族”的不公平现象，慨叹由于身份地位不同而造成机会不平等，埋没了出身寒微的人才。

咏史（其五）

皓[1]天舒白日，灵景[2]耀神州。列宅紫宫[3]里，飞宇[4]若云浮[5]。峨峨[6]高门内，蔼蔼[7]皆王侯。自非攀龙客[8]，何为欻[9]来游？被褐[10]出阊阖[11]，高步[12]追许由。振衣千仞冈，濯足万里流。

【注】〔1〕皓：明。〔2〕灵景：日光。〔3〕紫宫：即紫微宫，星名。此处泛指帝王宫禁。〔4〕宇：屋檐。〔5〕云浮：形容飞宇高而且密。〔6〕峨峨：高貌。〔7〕蔼蔼：众多貌。〔8〕攀龙客：追随帝王求仕进的人。〔9〕欻：忽。〔10〕被褐：

穿着粗布衣服。〔11〕阊阖：宫门。〔12〕高步：犹言高蹈，远行隐遁。

左思虽然也想凭自己的才能建立功业，可是当他看到时势不给他这种机会，很快就做出功不成也要退隐的决断，因此才保全了自己的身家性命。这是他和陆机不同的地方。然而对于一个才志之士来说，这其实也是一种悲剧。

招隐（其一）

杖策〔1〕招隐士，荒途横〔2〕古今。岩穴无结构〔3〕，丘中有鸣琴。白云停阴冈，丹葩〔4〕曜阳林。石泉漱〔5〕琼瑶，纤鳞〔6〕或浮沉。非必丝与竹，山水有清音。何事待啸歌？灌木自悲吟。秋菊兼糇〔7〕粮，幽兰间〔8〕重襟。踌躇足力烦〔9〕，聊〔10〕欲投吾簪〔11〕。

【注】〔1〕杖：持；策：树木的细枝。〔2〕横：塞。〔3〕结构：房屋建筑。〔4〕丹葩：红色的花。〔5〕漱：激荡。〔6〕纤鳞：小鱼。〔7〕糇：干粮。〔8〕间：杂。〔9〕烦：劳，疲乏。〔10〕聊：且。〔11〕簪：古时用它把冠冕别在发上；投簪：抛弃冠簪，犹言挂冠，谓放弃官职去隐居。

这首诗以“招隐”命题，是受了楚辞《招隐士》的影响。但《招隐士》是招那些山中的隐士出山，而这首诗却是通过描写山中景物之美表示要和那些隐士同隐，这是左思在内容上的一个开拓。从左思《招隐》诗开始的对山水景物的客观描写，直接影响了郭璞和谢灵运，以至后来形成了山水诗的一派。

娇女诗

吾家有娇女，皎皎颇白皙。小字〔1〕为纨素〔2〕，口齿自清历〔3〕。鬓发覆广额，双耳似连璧〔4〕。明朝〔5〕弄梳台，黛眉类扫迹。浓朱衍丹唇，黄吻[6]澜漫[7]赤。娇语若连琐[8]，忿速[9]乃明憘[10]。握笔利[11]彤管[12]，篆刻[13]未期益。执书爱绨[14]素[15]，诵习矜所获。其姊字惠芳，面目粲[16]如画。轻妆[17]喜楼边，临镜忘纺绩。举觯[18]拟京兆[19]，立的[20]成复易。玩弄眉颊间，剧兼机杼役。从容好赵舞[21]，延袖象飞翮。上下弦柱[22]际，文史辄卷襞[23]，顾眄屏风画，如见[24]已指摘。丹青[25]日尘暗[26]，明义为隐赜[27]。驰骛翔园林，果下皆生摘。红葩缀紫蒂，萍实[28]骤抵掷。贪华风雨中，眒忽[29]数百适[30]。务蹑霜雪戏，重綦[31]常累积。并心注肴馔，端坐理盘槅[32]。翰墨戢[33]闲案，相与数离逖[34]。动为垆[35]钲[36]屈，屣履[37]任之适。止为荼荈[38]据，吹嘘对鼎䥶[39]。脂腻漫白袖，烟熏染阿锡[40]。衣被皆重地[41]，难与沉水碧[42]。任其孺子意，羞受长者责。瞥闻当与杖，掩泪俱向壁。

【注】〔1〕小字：乳名。〔2〕纨素：作者次女名，长女名惠（一作蕙）芳。〔3〕清历：分明。〔4〕连璧：一对美玉。〔5〕明朝：早晨。〔6〕黄吻：黄口，本指小孩，这里指小孩的唇。〔7〕澜漫：淋漓貌。〔8〕连琐：连环形或连环纹。这里用来形容语句缠绵。〔9〕忿速：恼了，急了。〔10〕明憘：指语句干脆斩截。〔11〕利：贪爱。〔12〕彤管：红漆管的笔。〔13〕篆刻：谓写字。〔14〕绨：厚绢。〔15〕素：白色生绢。古人在绢帛上写字。〔16〕粲：疑当作“粲”，美好貌。〔17〕轻妆：淡妆。〔18〕觯：或疑作“觚”，木简。〔19〕京兆：指张敞。敞于汉宣帝时为京兆尹，曾为妻画眉。〔20〕的：女子面部的装饰，用朱色点成。〔21〕赵舞：赵国的舞。〔22〕柱：乐器上架丝弦的木柱。〔23〕襞：折叠。〔24〕如见：言不是真看清楚，只是仿佛而已。〔25〕丹青：指屏风上的画。〔26〕尘暗：因尘土污染而晦暗。〔27〕赜：深隐难见。〔28〕萍实：传说中的一种果实，这里借指一般果子。〔29〕眒忽：一作“倏忽”；眒：疾速。〔30〕适：往。〔31〕綦：鞋带。〔32〕槅：同“核”。古人祭祀时盛

在竹豆中的桃、梅、枣、栗等物叫作“核”。这里“盘槅”犹言盘果。〔33〕戢：聚。〔34〕离逖：远离。〔35〕垆：缶，古人用为乐器。〔36〕钲：乐器名，铙、铎之类。〔37〕屣履：拖着鞋。〔38〕荈：晚采的茶；荼荈：一作“荼菽”。〔39〕鬲：或作“鬲”，烹饪器，与鼎同类。〔40〕阿锡：或作“阿緆”。“锡”和“緆”古字通。“阿”是细缯，“緆”是细布。〔41〕地：质地，犹今言“底子”。〔42〕水碧：“碧水”的倒文。

这首诗全用白描笔法，写得质朴生动、情态真切。杜甫《北征》诗中写女儿的一段和李商隐的《娇儿诗》，就都曾受到这首诗的影响。文人写白话诗，这又是左思在中国诗歌史上的一个开创。

下面再看太康时代其他诗人的几首诗：

情诗（其三）

张　华

清风动帷帘，晨月〔1〕照幽房〔2〕。佳人〔3〕处遐远，兰室〔4〕无容光。襟怀拥虚景〔5〕，轻衾〔6〕覆空床。居欢惜夜促，在戚〔7〕怨宵长。抚枕独啸叹，感慨心内伤。

【注】〔1〕晨月：天将亮时的月亮。〔2〕幽房：指女子的深闺。〔3〕佳人：五首《情诗》中夫妇都以“佳人”互称，此处指丈夫。〔4〕兰室：芬芳的居室，指女子闺房。〔5〕景：通“影”。〔6〕衾：被子。〔7〕戚：悲戚。

这首诗主要写男女的爱情。但是只在文字上下功夫，像“襟怀拥虚景，轻衾覆空床。居欢惜夜促，在戚怨宵长”，都写得很工细，但缺少感发的力量。这也是当时的一种风气。

悼亡诗（其一）

潘　岳

荏苒[1]冬春谢[2]，寒暑忽流易。之子[3]归穷泉[4]，重壤永幽隔。私怀谁克从，淹留亦何益。僶俛[5]恭朝命，回心反初役[6]。望庐思其人，入室想所历。帏屏无仿佛[7]，翰墨有余迹。流芳未及歇[8]，遗挂犹在壁。怅怳[9]如或存，回惶[10]忡[11]惊惕。如彼翰[12]林鸟，双栖一朝只；如彼游川鱼，比目中路析[13]。春风缘隟[14]来，晨霤[15]承檐滴。寝息何时忘，沉忧日盈积。庶几[16]有时衰，庄缶犹可击[17]。

【注】〔1〕荏苒：形容时间逐渐消逝。〔2〕谢：去。〔3〕之子：那个人，指亡妻。〔4〕穷泉：指地下，犹九泉。〔5〕僶俛：即“黾勉”，勉力。〔6〕反初役：回到原来做官的任所。〔7〕仿佛：指相似的形影。此句用汉武帝李夫人事。〔8〕歇：消失。〔9〕怅怳：恍惚。〔10〕回惶：惶恐的意思。〔11〕忡：忧。〔12〕翰：飞。〔13〕析：分开。〔14〕隟：即“隙”，墙壁的缝穴。〔15〕霤：屋檐流下来的水。〔16〕庶几：但愿，强作希望之词。〔17〕此句出自《庄子·至乐》：“庄子妻死，惠子吊之，庄子则方箕踞鼓盆而歌。”意思是，大概将来有一天我的悲哀会像庄子一样减少。

自从潘岳写了《悼亡诗》之后，人们就把“悼亡”专指丈夫哀悼妻子的诗。这首诗也是用思力安排来写的，像“春风缘隟来，晨霤承檐滴”二句，写得很工丽，但不给我们直接的感动，这是当时那个时代的风气。

第十课　永嘉诗人

我们已经讲了建安（196—220）、正始（240—249）、太康（280—289）三个时期的诗人，现在就要讲永嘉（307—313）诗人了。永嘉是晋怀帝的年号，怀帝实际在位只五年就被匈奴人刘渊所建汉国的军队俘虏，之后被杀。接下来的晋愍帝也在当了俘虏之后被杀。这个时期，中原的混战已不仅仅是晋宗室贵族之间的混战，外族也已相继侵入。在西晋濒临灭亡之际，那些地方军政长官们所想到的只是如何互相攻杀，如何保存自己的实力。永嘉四年（310），汉国刘聪的部将石勒进犯，朝廷羽檄征天下兵，晋怀帝对使者说："为我语诸征镇，若今日，尚可救，后则无逮矣。"结果诸征镇竟"莫有至者"。但在这样的情况下，却有一位带兵的将领，在并州一带招集流亡，与刘渊、刘聪对峙，坚持了数年时间。这位忠义的将领，就是并州刺史刘琨，他也是文学史上一位著名的诗人。

刘琨字越石，和晋元帝时率兵北伐的祖逖是好朋友，两个人都有为朝廷平定天下的志意。刘琨曾在给人的书信中说："吾枕戈待旦，

◎　刘琨（271—318），字越石，中山魏昌（今河北无极）人，为"二十四友"之一。郭璞（276—324），字景纯，河东闻喜（在今山西）人。

志枭逆虏，常恐祖生先吾着鞭。”永嘉元年（307），刘琨被任命为并州刺史，他招募了一千多人，一路转战才到了并州的州治晋阳。当时并州正闹饥荒，僵尸蔽地。刘琨到了之后招集流亡，收葬枯骸，让百姓们带着兵器去耕田，很快就使地方恢复了生气。在并州数年之中，他为朝廷东西征讨，从来不做保存兵力、闭门自守的打算。可是后来他终于被石勒战败，只好带着残余人马去投奔幽州刺史鲜卑人段匹磾，与段结盟共讨石勒，可是由于发生嫌隙，最后被段匹磾所杀。当刘琨被段匹磾拘禁的时候，自知必死，写了一首五言诗赠给他的僚属卢谌。现在我们就来看这一首诗：

重赠卢谌

握中有玄璧，本自荆山璆。惟彼太公望，昔在渭滨叟。邓生何感激，千里来相求。白登幸曲逆，鸿门赖留侯。重耳任五贤，小白相射钩。苟能隆二伯，安问党与仇？中夜抚枕叹，想与数子游。吾衰久矣夫，何其不梦周？谁云圣达节，知命故不忧。宣尼悲获麟，西狩涕孔丘。功业未及建，夕阳忽西流。时哉不我与，去乎若云浮。朱实陨劲风，繁英落素秋。狭路倾华盖，骇驷摧双辀。何意百炼钢，化为绕指柔。

诗歌都是要传达出一种感发的，但传达的方式却有所不同。有的诗在一开头就表现出感发的力量，而刘琨这首不是。他是借史咏怀，从一开始就罗列了一大堆典故。如果你不懂这些典故就会感到枯燥无味，认为它没有感发的力量；但如果你用心读下去就会发现，他的感发正在慢慢积蓄，直到诗的最后才集中到一起传达出来。所谓“千里蟠龙，到此结穴”，这也是作诗的一种方法。所以我们读诗不要贪图容易，不要只读那些直接感发的作品，一定要学会读这类以思力取胜的作品，才算是真正了解了诗。

“握中有玄璧，本自荆山璆”，是用手中的美玉来暗示自己美好的才能智力。《论语》记载子贡曾问孔子：“有美玉于斯，韫椟而藏诸？求善贾而沽诸？”孔子说：“沽之哉！沽之哉！我待贾者也。”既然是一块美玉，就不能够永远藏在山中，就应该为世所用，中国传统是有这种看法的。刘琨所写的这两句，乃是总起。但美玉出山之后将会如何呢？下面他一连串用了六个典故，这六个典故很有层次。姜尚在渭滨遇到文王，才能够有兴周八百年之成就；邓禹不远千里投奔汉光武帝，才建立了后来的功勋。这两个故事说明，臣有待于君的知遇。汉高祖刘邦在白登幸亏有陈平的奇计才能解围；在鸿门幸亏张良的防备才幸免被项羽所杀。这两个故事说明，君也有待于臣的辅佐。晋文公任用狐偃等五贤，才能成其霸业；齐桓公不计前仇任用管仲，才能一匡天下，这两个故事则说明，明君要善于用人，只要他有才能，可以辅佐你成功，你完全不必计较他是同党还是仇人。刘琨自己就是这样做的，这种想法恐怕正是他和鲜卑人结盟的缘故。他希望段匹磾能够和他联手对付石勒，尽管段是鲜卑人，但既然已经结了盟，就应该完全信任他。可是，在当时那个时代，人与人之间难道还有信义可言？只要对自己有好处，父子兄弟之间都可以互相残杀，何况仅仅是结盟！刘琨现在果然被段匹磾拘禁，生死不保，这怎能不让他愤慨。那种美好的君臣遇合和人与人之间的信任，现在只能向古人中去找了！孔子曾经说：“甚矣吾衰也，久矣吾不复梦见周公！”刘琨套用这句的意思是说：难道我也很衰老了吗？为什么我一直为之奋斗的那些济世救民的理想好像离我越来越远了？“谁云圣达节”，出自《左传》的“圣达节，次守节，下失节”。意思是当一个变化发生的时候，不同的人有不同的做法。圣者能够根据不同情况做出通达的选择；次一等的人，只要有法则可遵，他能够坚持自己的持守；而再下一等的人在考验面前则丢掉了持守，那就是所谓“失节”了。“获麟”的典故出自春秋《公羊传》，说是鲁哀公西狩获麟，孔子听到之后就“反袂拭面，涕沾袍”，并感叹说：“吾道穷矣！”在这里，刘琨举出这件事提出自己的疑问：谁说圣人因达节知命而没有任何忧愁？孔子在道穷的时候不是也伤心落泪吗？这句话的感慨是很深的：该尽到的人力我已经都尽到了，可是天命难道真的没有一点儿错误吗？为什么我会落到这等下场？为什么国家会衰败到这等地步？这是一种壮志未酬的悲慨，他不是直接抒发而是通过那么多典故间接地表达出来的。

这一系列的典故就像是“千里蟠龙”，接下来他就要“到此结穴”了。“功业未及建，夕阳忽西流。时哉不我与，去乎若云浮”——什么功业还都没有完成，我就像夕阳一样沉没了；时间不会再给我一个机会，一切都像白云一样眼看就要消失。下面他连用了四个比喻：好像红色的果实被风吹落；好像繁茂的花朵被肃杀的秋气所凋零；好像华美的车在狭路中倾覆；好像四马驾的车辕双双被折断。谁能经受得住这样的打击——“何意百炼钢，化为绕指柔！”这真是一个英雄伤心到极点而说出来的话！《晋书》本传上说，“琨诗托意非常，摅畅幽愤，远想张陈，感鸿门、白登之事，用以激谌。谌素无奇略，以常词酬和，殊乖琨心”。可见，刘琨一直到死还希望有人能够继承他的遗志，完成他的事业。清人陈祚明在《采菽堂古诗选》中说：“越石英雄失路，满衷悲愤，即是佳诗。随笔倾吐，如金笳成器，本擅商声，顺风而吹，嘹飘凄戾，足使枥马仰歕，城乌俯咽。”信哉是言！

在永嘉诗人中，除了刘琨之外，最著名的还有郭璞。郭璞字景纯，西晋灭亡后随晋室南渡。史书上说郭璞精于占卜之学，因此东晋朝廷的达官显宦都和他往来，他在东晋曾任著作佐郎等官职，后来被大将军王敦起用为记室参军。然而郭璞并不是那种醉心于方术不关心国家政治的人。他希望自己的才能可以对当时的乱世有所补救，结果却不但无济于事，反而把自己的性命也搭上了。

东晋政权并不十分稳固，晋元帝永昌元年（322），王敦以诛刘隗为名在武昌起兵，攻入建康，杀死了朝中很多大臣，这个变乱直到晋明帝时才被平息。当王敦谋逆的时候，大臣温峤、庾亮请郭璞卜筮，郭璞通过卜筮暗示他们，讨伐王敦一定会成功，因此温峤和庾亮才劝元帝讨伐王敦。而王敦将要举兵时命令郭璞占卜吉凶，郭璞说此事一定不能成功。王敦本来就疑心郭璞劝温峤和庾亮反对自己，又见他为自己卜的是凶卦，就再让他给自己算一算寿命如何。郭璞说："你如果起事，马上就有大祸，如果留在武昌，一定能平安长寿。"王敦大怒说："你算算你的寿命有几何？"郭璞说："命尽今日日中。"于是王敦在一怒之下就杀了他。清人编有一部《乾坤正气集》，书中所收的都是忠义之士的作品，其中就有郭璞。这说明，人们并没有仅仅把他看作一个精于卜筮的方技之士。郭璞诗中最有名的是现在传下来的十四首《游仙诗》。我们知道，屈原《离骚》里写了很多对神仙的追求，那只是一种象喻。但从秦皇汉武开始，求仙的风气大盛，人们认为宇宙间果然有神仙，而且用方术就可以求得长生。这种风气流传下来就形成了求仙的一派。然而郭璞的《游仙诗》并非只讲对神仙的追求，钟嵘《诗品》在评论郭璞时说："《游仙》之作，辞多慷慨，乖远玄宗。"因为求仙的人本该把人世间一切感情和利害都淡忘了才对，而郭璞的《游仙诗》却是在抒发自己的愤慨不平，这岂不是远远违背了求仙学道之人的宗旨？另外，郭璞的《游仙诗》也有不少山水风景的描写，从表面上看与左思的《招隐诗》也有相同之处。然而，左思的感发比较单纯，他只是写了那些美丽的山水风景，然后说自己很向往那些山水风景，很愿意归隐于其中。仅此而已。可是郭璞诗的内容要比左思复杂深刻得多。因为从他的身世我们可以看出，他这个人本身就是复杂矛盾的。下面我们就来看郭璞的一首《游仙诗》：

游仙诗（其五）

逸翮思拂霄，迅足羡远游。清源无增澜，安得运吞舟？珪璋虽特达，明月难暗投。潜颖怨青阳，陵苕哀素秋。悲来恻丹心，零泪缘缨流。

“逸翮”，指能够飞得很远的鸟，如果你是一只生来就有强壮翅膀的鸟，就应该得到一个高飞的机会；“迅足”，指能够跑得很快的马，如果你是一匹千里马，你就应该有一个奔驰的机会。如果你得不到这样一个机会，整天被拘禁在笼子和马厩里，岂不是辜负了上天赋予你的美好才能？“清源无增澜，安得运吞舟”——一条连大一点儿的波澜都没有的清浅的水，怎能容得下一条吞舟大鱼在里边转动？同样的道理——“珪璋虽特达，明月难暗投。”“珪璋”，是古代大臣朝见天子时手中所执的玉器；“明月”，指月明之珠。这两句的意思是，如果现在给了你一个做官的机会，你就可以随随便便地把自己交付出去吗？这真是一个才智之士生活在黑暗社会之中无可奈何的悲哀！王敦是大将军，他叫郭璞做他的记室参军，郭璞怎么敢不做？当王敦想要起兵的时候，郭璞如果顺从他的意思卜上一个吉卦，就不会有杀身之祸。但那样做岂不是放弃了自己的理想和操守，成了叛逆之臣的帮凶？郭璞希望通过卜筮来打消王敦造反的念头，可是他不听你又有什么办法？“潜颖”是要出土还没有出的嫩秧苗，“陵苕”是爬得很高的凌霄花。秧苗隐藏在土下，别人看不见你，太阳也照不到你，你固然心中哀怨，可是如果你出头了，像凌霄花那样高高在上又能怎样？马上就有风霜雨雪把你摧毁了！这真是进也不对，退也不对；出来不对，不出来也不对；说了不对，不说也不对。郭璞这个人有先知之明，他明知说了实话于事无补而且有杀身之祸，但他还是说了。这是儒家的一种“知其不可为而为之”的忠诚与执着。可是他一个人这样做又有什么用处呢？“悲来恻丹心，零泪缘缨流”——我明知国家灾难将临，我也通过我的卜筮不断做出警告，可是没有人听我的。空怀丹心，满心悲恻，人世间的灾难已经无可挽回，对此我只有流泪了。

永嘉之世贵黄老，这种风气也影响当时的诗坛，形成了“玄言诗”的一派，这种诗理过其辞，淡而无味，全然没有一点儿感发的力量。可是郭璞和刘琨的诗却具有高俊的风格和清刚的骨力，他们的悲慨是与社会现实紧密结合的，因此自有一种强烈的感发力量。尽管他们的诗不多，尚不足以扭转当时诗坛的风气，然而他们那种悲愤之气和凄恻之心所形成的感发的生命，却直到今天仍然在感动着读者。

〖作品选注〗

我们先看刘琨的一首乐府诗：

扶风歌

朝发广莫门〔1〕，暮宿丹水山〔2〕。左手弯繁弱〔3〕，右手挥龙渊〔4〕。顾瞻望宫阙，俯仰御飞轩。据鞍长叹息，泪下如流泉。系马长松下，发鞍〔5〕高岳头。烈烈悲风起，泠泠〔6〕涧水流。挥手长相谢〔7〕，哽咽不能言。浮云为我结，归鸟为我旋。去家日已远，安知存与亡？慷慨穷林中，抱膝独摧藏〔8〕。麋鹿游我前，猿猴戏我侧。资粮既乏尽，薇蕨安可食？揽辔〔9〕命徒侣〔10〕，吟啸绝岩中。君子道微〔11〕矣，夫子故有穷〔12〕。惟昔李骞期〔13〕，寄在匈奴庭。忠信反获罪，汉武不见明。我欲竟〔14〕此曲，此曲悲且长。弃置勿重陈，重陈令心伤。

【注】〔1〕广莫门：洛阳城门名。〔2〕丹水山：即丹朱岭，丹水发源处。

〔3〕繁弱：古大弓名。〔4〕龙渊：古宝剑名。〔5〕发鞍：言卸下马鞍。〔6〕泠泠：泉声。〔7〕谢：辞别。〔8〕摧藏：忧伤貌。〔9〕揽辔：挽住马缰绳。〔10〕徒侣：指随从。〔11〕微：不被重视。〔12〕此句见《论语·卫灵公》："在陈绝粮，从者病，莫能兴。子路愠见曰：'君子亦有穷乎？'子曰：'君子固穷，小人穷斯滥矣！'"〔13〕西汉李陵出征匈奴，以五千人遭遇匈奴八万人的主力，经过浴血奋战，食乏而救兵不到，最后投降匈奴。汉武帝因此杀了李陵全家。骞期：指李陵出征，过期不归。〔14〕竟：结束。

此诗是刘琨在永嘉元年（307）出任并州刺史时所作，叙述了他在赴并州途中的经历和感想。诗中充分表现了作者一方面要坚持平乱建功的理想，一方面又对能否成功并无把握的惶惑心情。

下面再看郭璞的三首《游仙诗》：

游仙诗（其一）

京华[1]游侠窟[2]，山林隐遁[3]栖[4]。朱门[5]何足荣？未若托蓬莱[6]。临源[7]挹[8]清波，陵冈掇[9]丹荑[10]。灵谿[11]可潜盘[12]，安事登云梯[13]。漆园有傲吏[14]，莱氏[15]有逸[16]妻。进[17]则保龙见[18]，退[19]为触藩羝[20]。高蹈[21]风尘[22]外，长揖谢夷齐[23]。

【注】〔1〕京华：京师。〔2〕游侠窟：谓游侠出没之所。〔3〕隐遁：指隐居避世之人。〔4〕栖：山居为栖。〔5〕朱门：指豪贵之家。〔6〕蓬莱：为传说之海中仙山名。〔7〕源：水的源头。〔8〕挹：取斟。〔9〕掇：采拾。〔10〕丹荑：初生的赤芝草。〔11〕灵谿：水名。〔12〕潜盘：隐居盘桓。〔13〕登云梯：指登仙。〔14〕漆园傲吏：指庄周，他曾为漆园吏。〔15〕莱氏：指老莱子。〔16〕逸：隐。〔17〕进：指避世更远，入山更深。〔18〕龙见：《周

易·乾九二》:“见龙在田。”〔19〕退:指还居尘俗之中。〔20〕触藩羝:《周易·大壮》:“羝羊触藩,羸其角,不能退,不能遂。”〔21〕高蹈:犹远行。〔22〕风尘:谓尘世、人间。〔23〕夷齐:指伯夷、叔齐。这句意谓自己的隐逸是超乎尘世之外的,比伯夷、叔齐更高超。

这首诗比较合于游仙诗的本质,因为他所写的表面上果然是追求隐逸神仙。然而,诗中仍含有一种对时代失望的悲慨。这乃是郭璞游仙诗的特色。

游仙诗(其二)

青溪[1]千余仞,中有一道士。云生梁栋间,风出窗户里。借问此何谁,云是鬼谷子[2]。翘迹企颍阳[3],临河思洗耳[4]。阊阖[5]西南来,潜波涣鳞[6]起。灵妃[7]顾我笑,粲然启玉齿。蹇修[8]时不存,要[9]之将谁使?

【注】〔1〕青溪:山名。〔2〕鬼谷子:战国时人,姓王名诩,隐于鬼谷,因此自号鬼谷子。〔3〕颍阳:颍川之阳,相传许由在此隐居。〔4〕洗耳:相传尧以帝位让给许由,许由认为其言不善,临河而洗耳。〔5〕阊阖:西方之风曰阊阖风。〔6〕鳞:指水面波纹。〔7〕灵妃:指宓妃,传说中洛水之女神。〔8〕蹇修:相传是伏羲氏之臣,掌媒事。〔9〕要:求。

郭璞以追求爱情的口吻借灵妃来写追求神仙的理想,这种写法本来是继承《楚辞》的传统,然而到了唐代就演变成一种风气,大家都借游仙来写爱情的故事了。

游仙诗(其三)

翡翠[1]戏兰苕,容色更相鲜。绿萝[2]结高林,蒙笼盖一山。

中有冥[3]寂士，静啸抚清弦。放情凌霄外，嚼蕊挹飞泉。赤松[4]临上游，驾鸿乘紫烟。左挹浮丘[5]袖，右拍洪崖[6]肩。借问蜉蝣[7]辈，宁知龟鹤年。

【注】〔1〕翡翠：指翡翠鸟。〔2〕绿萝：松萝。〔3〕冥：幽。〔4〕赤松：指赤松子，古仙人名。〔5〕浮丘：指浮丘公，古仙人名。〔6〕洪崖：指洪崖先生，古仙人名。〔7〕蜉蝣：虫名，朝生暮死。

刘勰《文心雕龙·才略》说，“景纯艳逸，足冠中兴”。这一首诗就很能代表郭璞“艳逸”的风格。

第十一课　谢灵运

晋宋之际的谢灵运，是中国诗坛上的一位重要诗人，他的诗作流传至今的大约有八十余首，除去几首模仿古乐府的作品之外，写山水的诗篇几乎占了他全部作品的百分之八十。这些诗，从题材与作法上，对后世诗坛产生了重大影响。南北朝时期的著名诗歌理论家钟嵘曾称他为“元嘉之雄”。

谢灵运是晋朝车骑将军谢玄的孙子。谢玄因淝水之战大败苻坚，被封为康乐公，当他去世的时候，其子谢焕已经先他死去，于是就由谢焕之子谢灵运承袭了康乐公的爵位。东晋是一个非常重视门第的时代，而谢家又是当时著名的豪门大户，因此谢灵运在少年时代就养成了一种奢豪任纵的性格。及至晋宋易代，他从康乐公降为康乐侯，食邑由三千户减至五百户。虽然他仍在朝做散骑常侍，后转为太子左卫率，可是并无实权。《宋书》的传记记叙他当时的心情说：“灵运为性褊激，多愆礼度，朝廷唯以文义处之，不以应实相许。自谓才能宜参权要，既不见知，常怀愤愤。”后来武帝去世，长子义符即位，国家

◎　谢灵运（385—433），祖籍陈郡阳夏（今河南太康），移籍会稽郡始宁县（今浙江上虞）。袭封康乐公，世称谢康乐。幼时寄养于外，族人名为客儿，故亦称谢客。

实权实已落到司徒徐羡之等人手中，谢灵运遭到排挤，被贬至永嘉（今浙江省温州市一带）任太守。谢灵运的大部分山水诗都作于被贬永嘉之后。他在《斋中读书》一诗中说：“昔余游京华，未尝废丘壑；矧乃归山川，心迹双寂寞。”意思是说，我的天性就是喜欢山水，即使在京华为官时，也未尝放弃过对丘壑的游赏，何况现在来到这个以山清水秀而闻名的郡城，在心情与生活的双重寂寞之中，而对这美好的山川景物有了更深一层的体会和赏爱。史籍上记载他到永嘉之后的生活时也说：“郡有名山水，灵运素所爱好，出守既不得志，遂肆意游遨，遍历诸县，动逾旬朔，民间听讼不复关怀。所至辄为诗咏以致其意焉。”(《宋书·谢灵运传》)《登池上楼》一诗，便是此一时期他山水之作中的重要代表。

登池上楼

潜虬媚幽姿，飞鸿响远音。薄霄愧云浮，栖川怍渊沉。进德智所拙，退耕力不任。徇禄及穷海，卧疴对空林。衾枕昧节候，褰开暂窥临。倾耳聆波澜，举目眺岖嵚。初景革绪风，新阳改故阴。池塘生春草，园柳变鸣禽。祁祁伤豳歌，萋萋感楚吟。索居易永久，离群难处心。持操岂独古，无闷征在今！

谢灵运诗的一个重要特色在于，他很少有那种由物及心的兴发感动，而常常是先存有一份内心的感慨，通过有心着意的安排，然后才借助于外在景物或古籍典故来表现。这首诗传达出了诗人来到永嘉之后的矛盾心情，当时他官场失意，一方面对自己不能参与权要心怀不平，另一方面，他又做不到潜心归隐。这两种情况，他分别借助诗中的“飞鸿”与“潜虬”来作象征。诗一开篇，他就把这两种物象对举出来：“潜虬媚幽姿，飞鸿响远音。”这是一个工整的对偶句。曹魏以后的诗人已经开始运用对偶的句式了，比如曹子建的《白马篇》“控弦破左的，右发摧月支。仰手接飞猱，俯身散马蹄。……长驱蹈匈奴，左顾凌鲜卑”已是很整齐的对偶句，不过从语序结构上看，曹子建的对偶只是一种比较简单、比较直接的叙述，在施事的主词与受事的宾词之间是一种直接的顺序排列。可是谢灵运的句子中改变了这种简单、直接的顺序。他说“潜虬以幽姿为媚，飞鸿以远音为响”，这其中受事的宾词与施事的动词在顺序上要颠倒过来才能解释得通，而且“媚”与“响”本来都不是动词，可这里诗人将它们都活用为动词了，这种句法顺序上的颠倒及不同词性灵活运用的变化，乃是诗人对中国诗歌中文字句法进一步反省的结果。

接下来“薄霄愧云浮，栖川怍渊沉”，“薄”是靠近，“栖”是停止、栖息。“愧”与“怍”都是惭愧之意。“云浮”是在空中飞翔，“渊沉”是指藏在深渊之中。这两句在句法上也是颠倒和繁复的，他的意思是说：我很惭愧，既不能像飞鸿一样靠近云霄飞翔，也不能像潜虬（一种有角的小龙）一样栖止于深川渊谷之中。意思上虽然是繁复的，但诗人在写法上却掌握了几个重要之点作对偶，在严密工整的对仗中将这种较为繁复的意义非常浓缩地表达出来。从章法结构上来看，诗中第三句的“薄霄”，是接着第二句的“飞鸿”来说的，而第四句的“栖川”则是接着首句中之“潜虬”而言。这就打破了那种传统的简单、直接的顺叙方法，表现出一种跳接的变化。

诗的第一、二句只是对举出“潜虬”与“飞鸿”两种形象；第三、四句中的“愧”与“怍”，暗示了作者的存在。接下去作者本人就出现了：“进德智所拙，退耕力不任。”这两句还是对偶，“进德”是追求德业，建立功名。如果让我去建功立业，谋取高就，那我的才能智力是很不够的；如果让我去种田躬耕，我的技能体力又无法胜任。因此我只有“徇禄及穷海，卧疴对空林”。“徇”是一种带有献身精神的追求，“及”是来到的意思，“穷海”指极远的海边，这里指永嘉郡。“疴”是病，“空”即空寂。这两句是说，我牺牲了自己的理想来追求官禄，因而才来到了永嘉这遥远的海边；我染病在床，整日所见的，是那一片空寂的林野。句中“徇”与“卧”是动词，“禄”与“疴”是名词，“及”与“对”是动词，“穷”与“空”是形容词，“海”与“林”又是名词，显然这又是一个非常工整的对句。从章法上看，“进德”句承接二、三句中的“飞鸿”；而“退耕”所承接的，则是一、四句中的“潜虬”。我既不能做到像“飞鸿”高飞奋进一样地“进德”，又做不到像“潜虬”沉于渊谷似的去“退耕”，这就从所比的形象回到诗人内心所要表现的矛盾心情上来，就因为做高官没有本事，辞官退耕又没有足够的能力，于是才落得“徇禄及穷海，卧疴对空林”的下场。诗篇的层次过渡非常自然紧凑。

接着他又说：“衾枕昧节候，褰开暂窥临。倾耳聆波澜，举目眺岖嵚。初景革绪风，新阳改故阴。池塘生春草，园柳变鸣禽。”这八句写诗人登池上楼所望见的满园春色。除了“衾枕”与“褰开”两句外，其余六句都是对偶句。其中“初景革绪风，新阳改故阴”两句，是用内容相同或相近的词语来作对偶，这是谢灵运在对偶中的又一种变化。“池塘生春草，园柳变鸣禽”则是谢灵运诗作中最为著名的句子。“池塘”是一个名词，“园柳”也是一个名词，如果再做进一步的分辨，就会发现，“池”与“塘”是两个并列关系的名词，而“园”与“柳”却是修饰与被修饰的关系，“园”在这里具有形容词的性质。这样一来，“池塘”对“园柳”就成了不十分工整的对偶，后面的“春草”与“鸣禽”也是如此，“春”是名词作形容词，“鸣”是动词作形容词。在谢灵运这首诗中，“潜虬”与“飞鸿”是意义相反的对偶；“初景”与“新阳”是意义相近的对偶；“池塘”与“园柳”则是灵活变化的对偶，可见诗人在对偶技巧的运用上已经相当地纯熟自如了。此外，“池塘”与“园柳”两句诗的好处还不止于对偶方面。前边“潜虬媚幽姿，飞鸿响远音。薄霄愧云浮，栖川怍渊沉”等都是非常严密、浓缩、紧凑的句子，在句法和章法的组织结构上，也是极为严谨、讲究的，可是到了“池塘生春草，园柳变鸣禽”这里，却突然变得轻松、舒缓起来：池塘内外不知不觉地生长出那么多茂密的青草，园中柳树上，则有各种各样的候鸟随着春季的到来而变换着叫声。这就是张弛抑扬、错落有致的艺术表现方法，难怪这两句诗会成为千古流传的佳句，金人元遗山也不禁赞叹说：“池塘春草谢家春，万古千秋五字新。”

接着，“祁祁伤豳歌，萋萋感楚吟”就开始用典了。中国诗人大都喜欢用典故，因为每个典故都含有特定的意蕴。“祁祁”句典出《诗经·豳风·七月》的“春日迟迟，采蘩祁祁，女心伤悲，殆及公子同归”，是说春日的白天很长，那些美丽的女子都外出采蘩草，看到那些茂密成熟的蘩草，女孩子们联想到自己也将成年出嫁了，于是不禁为即将远离她们的父母而感到伤心。“萋萋”句是出于《楚辞·招隐士》的“王孙游兮不归，春草生兮萋萋”，是说有些王孙贵族子弟外出远游，待到第二年的春天，茂盛的青草都长出来了，可是他们仍然没有回来。谢灵运这两句诗是说：每当我读到《豳风》中“祁祁”句时，我的内心就会产生一种伤感；每当我想到《楚辞》里的“萋萋”句时，也同样会产生与之相同的感动。“伤豳歌”与“感楚吟”都是离别的哀伤，怀旧的感慨。谢灵运借此典故所传达出的，正是他当时被贬出首都，远离朝廷，初到这人迹罕至的海边后所怀有的那种“心迹双寂寞”的心态。

下面“索居易永久，离群难处心”，“索”是孤独的样子。这两句的意思是：我孤独寂寞、离群索居，因而感到日子长得难以打发，我离开了亲朋好友，就难以排遣内心的凄惶不安之情绪。这里“索居”与“离群”是相对的，“永久”与“处心”不十分相对，可是“易”与“难”又对得很工整，这种在五言诗句的对偶之中放宽一些，即三个字相对，两个字不对的句式，也是中国古典诗歌中对偶技巧里的一种变化形式。我们之所以要在这首诗里反复讲解这些对偶，以及章法、句法上的浓缩与变化，是因为这些特点对于后来唐代律诗的发展演进起着极为重要的作用。

最后两句“持操岂独古，无闷征在今”，是借用《易经》上的语意。《易经·乾卦》云“龙德而隐者也，不易乎世，不成乎名，遁世无闷”，是说有德而隐居的人，不为世俗而改变自己的志向、不追求外表的虚名，远离尘世而不以为闷（忧愁）。“征”是征验之意，最后两句是说，坚守节操难道只有古人才能做到吗？“遁世无闷”的那种境界，在我身上不是也已经被实践验证了吗？这完全是诗人用以寻求解脱的高标自赏之语。

综观《登池上楼》一诗，其中有诗人烦闷失意的牢骚，有对自然山水景物的刻画，也有作者寂寞悲哀情绪的流露，还有他借景物与典故而表现出的对于“遁世无闷”之境界的追寻和努力。但从诗篇的总体上来看，这首诗缺少那种令人兴发感动的力量，其原因在于谢灵运本来就不是一个具有崇高政治理想和生活目标的人，他只不过是个性格恣纵、自命不凡的贵族文人罢了。一个人的人品决定着他的诗品，他诗中所叙写的景物及情意，都不是来自于他对宇宙自然、生活人生的真切深刻的关注和体味，他从来未曾达到过像陶渊明诗中的“采菊东篱下，悠然见南山……此中有真意，欲辨已忘言”那样一种精神与自然混合为一的境界。他诗中所写的景物、情意、典故、哲理，总给你一种未能与诗人相融为一的感觉，这种缺憾实在不是艺术技巧所能弥补的。但是我们应该肯定，在艺术表现技巧上，谢灵运在中国诗体的发展演进过程中的地位和作用却是不可忽视的，就内容题材而言，他的山水诗拓宽了中国古代诗歌的表现领域，不仅打破了当时玄言诗一统天下的局面，而且对后世的山水诗也产生了很大的影响。此外，他那种有心安排的比喻和对偶，以及章法结构中的张弛有度、意义繁复的种种变化，也都达到了前人从未有过的高度，这些都是他在中国诗歌历史上不可磨灭的功绩。

〖作品选注〗

登永嘉绿嶂山〔1〕

裹粮杖轻策，怀迟上幽室。〔2〕行源径转远，距陆情未毕。〔3〕淡潋结寒姿，团栾润霜质。〔4〕涧委水屡迷，林迥岩逾密。〔5〕眷西谓初月，顾东疑落日。〔6〕践夕奄昏曙，蔽翳皆周悉。〔7〕蛊上贵不事，履二美贞吉。〔8〕幽人常坦步，高尚邈难匹。〔9〕颐阿竟何端，寂寂寄抱一。〔10〕恬如既已交，缮性自此出。〔11〕

【注】〔1〕绿嶂山在永嘉郡城之北。〔2〕怀迟：表示对绿嶂山久已有怀慕钦迟的感情；幽室：指山岩洞穴。这两句是说他带着干粮，拿着轻快的手杖，做好登山的准备。〔3〕"行源"句当指循山间流水而行，以便上溯其源，不觉途径已远；"距陆"句是说已经攀登至山上的一片高平的土地了，然而其登山的情趣意犹未尽。〔4〕这二句是对四周景物的欣赏。"淡潋"写水中淡荡潋滟的波光；"寒姿"指秋日之水所表现出的凄寒之致；"团栾"，黄节注为"檀栾"，写竹之经霜不凋而益觉其润的美态。〔5〕这二句写涧水委曲，往往使人难测水流的方向；林木高远，更给人以山岩密叠的感觉。〔6〕这两句意谓，在重岩曲水之中山行既久，不觉已忘记时间之早晚，也迷失了方向，因此遥见重岩茂林之外有一线光影照来，竟不能分辨出其方向之为东为西、时间之为早为晚、光影之为日为月。〔7〕这两句是说，在山中淹留已久，自曙及昏，纵然是山中幽隐蔽翳之所，都已历览遍观了。〔8〕以下他要借哲理来言情了。"蛊上"二句连用两则《易经》的典故，一则是蛊卦上九的卦辞"不事王侯，高尚其事"；一则是履卦九二的卦辞"履道坦坦，幽人贞吉"。诗人这里的意思是要说明以"不事王侯"的幽隐生活为"贵"，更以"幽人"的"贞吉"之德为"美"的哲理。〔9〕"幽人"句便是指的心中坦荡的"履道坦坦"的幽人的生活。"高尚邈难匹"则是自谦，以为这种"高尚其事"的修养自己难以做到。〔10〕这两句又引了《老子》上的两则典故："唯

之与阿，相去几何”及“载营魄抱一”。《老子》所说的“唯”与“阿”，都是应对发声之词，“唯”有肯定的语气，“阿”表示否定的口吻，这句意谓应对之间唯唯否否竟不知何端为是，所以下句乃接以“寂寂寄抱一”，是说将以沉寂、默然来保持一己之本真。〔11〕这二句又引用两则《庄子》上的典故，《庄子·缮性篇》云：“古之治道者，以恬养知；知生而无以知为也，谓之以知养恬，知与恬交相养，而和理出其性。”这里所说的，是要以“恬静”来涵养智慧的道理，是说不可以“知”之文博来惑乱性情，要以“恬”来涵养“知”。有了“知”而不逞用“知”，而仍存“恬静”之道，便是“以知养恬”。要以二者交相养，才能达到“缮性”，也就是“养性”的效果。谢灵运所指的正是这种性情上的修养。

诗篇前半首写登山所见之景物，从中我们可以看到三点特色：一是叙述很有时间与空间的层次，自策杖上山，到行经历览，都写得井然有序。二是多用骈偶句式，每两句为一顿挫，表现出一种凝练繁复的姿致。三是他写的景物完全是以客观的笔法刻画其形貌，虽然写得历历如在目前，却很少予人情景相生的直接感动。后半首诗写的则是哲理，其中也能看到两点特色：一是他所写的只不过是引用古代哲人某些现成的言语做理性的叙说，与他个人的体悟修养几乎看不到有任何实践上的联系。二是他引用的哲人之语虽然也透露有一份幽人寂寞的情怀，可是却全以说理为主而不及于写情，而且字句也极为艰深繁复，很难引起读者的感动和共鸣。这些特点正表现出他在烦乱寂寞之心情中，想要自求慰藉的一种徒然的努力。我们读谢氏的诗，要学会从他的艰深繁复中，去领略他在寂寞烦乱中一份追攀寻求的努力，如此，我们才能对他的诗篇有更为深入的鉴赏。

第十二课　陶渊明

在中国所有的作家之中，如果以真淳而论，自当推陶渊明为第一。别的作家，你常常会发现他的一两句或一两篇是虚浮的，或不够真诚的，可是陶渊明却没有。所以，辛弃疾说他“千载后，百篇存，更无一字不清真”。中国的诗人里，当得起这样说的，只有陶渊明一人。一般人往往只看到陶诗的平淡自然和悠闲自得，却不知道他的陶然自乐中，还有抑郁寡欢的悲伤和痛苦，更不了解在他那些看似平淡自然的诗篇里，还蕴含着斑驳曲折的五光十色。陶诗确实是最能以其任真自然之本色与世人相见的，但他的本色却并非表面看到的那么纯粹简单，而是如同日光之七彩融贯于一白，亦如苏东坡所说：“质（质朴）而实绮（绚丽），癯（枯瘦）而实腴（丰满）。”（《与苏辙书》）金人元好问也赞美陶诗“一语天然万古新，豪华落尽见真淳”，在陶渊明生活的那个“真风告退，大伪斯兴”的时代里，能够保有这样一份“真淳”的人品与诗品，已是十分难得了，何况他的“真淳”中还具有那么丰富多彩的蕴藏。特别是他的一组《饮酒》诗，是他归隐之

◎　陶渊明（365—427），字元亮，后更名陶潜，友人谥称靖节先生，浔阳柴桑（今江西九江西南）人。

后，有人请他复出为官时，不得不对自己大半生中种种矛盾悲苦做一番反省之后留下的心灵意念活动的轨迹。透过这组诗，我们不仅可以看到他一生所走过的复杂道路，还可以看到他是如何化绮为质，从枯见腴，将七彩融贯在毫无瑕疵的一白之中的。为了化繁为简，我们只看其中两首：

饮酒（其四）

栖栖失群鸟，日暮犹独飞。徘徊无定止，夜夜声转悲。厉响思清远，去来何依依。因值孤生松，敛翮遥来归。劲风无荣木，此荫独不衰。托身已得所，千载不相违。

饮酒（其五）

结庐在人境，而无车马喧。问君何能尔？心远地自偏。采菊东篱下，悠然见南山。山气日夕佳，飞鸟相与还。此中有真意，欲辨已忘言。

前首诗写的是一只鸟的行止，这不一定是诗人的眼中所见。但凡一般诗人才会见山说山，见水说水，而大诗人的内心是物随心转的。古人说，作为圣贤，“六经”都是他的注脚。真正伟大的诗人，他所有的诗篇都可以互为注脚。同样，陶渊明的所有诗篇也都可以用来为这两首诗作注。陶诗中有许多是写“鸟”的，“鸟”似乎已成为他精神与心灵的象喻。西方近代人本主义哲学家马斯洛指出：人类有多种不同层次的需求，最低的是生存；即对衣食温饱的需求；其次是安全，人需要有安稳的生存环境，需要有亲朋的抚慰和保护，这就需要归属于一个社会，一个群体。陶渊明这第一首诗里写的却是一只失去了归属和群体的“栖栖失群鸟”，它为什么会“失群”，又为什么“日暮犹独飞”？因为在它所归附的那个群体之中，绝大多数都是些蠕蠕而动的蝼蚁，它们在咫尺之间的活动能量远比这只“失群鸟”高超得多，可它们却从不知道还有别的更高的需求。即使偶然也会有一些能够飞起来的“众鸟”，但它们匆忙地飞来飞去，也不是为了追求更高的需要，“君看随阳雁，各有稻粱谋”（杜甫《与诸公登慈恩寺塔》），原来它们各自都怀有自私自利的打算。处在这样一个群体中，陶渊明难道能够与他们同流，与他们在一起交争利、交相欺吗？要知道，陶渊明是一个“宁固穷以济意，不委曲而累己”（《感士不遇赋》）的人；“纡辔诚可学，违己讵非迷”（《饮酒》其九）：要我掉转马缰绳转个弯，我也不是不可以学会，可那岂不就违反了自己的天性，那岂不就是人生最大的迷失！《圣经》中保罗的书信上说：你赚得了全世界，却赔上了你自己。你连自己都不要了，那些身外的一切于你还有何用？所以陶渊明宁肯忍受孤独饥寒、流离失所的悲哀，也要追求那人生的最高需求：保持一个自尊的“真我”，实现自身最美好的价值。于是，陶渊明就这样变成了一只“栖栖失群鸟”。或许你要问：你怎么能肯定这里说的是诗人自己，而不仅是一只鸟呢？这便是“语码”所产生的联想作用。《论语·宪问》中有人问孔子：“丘何为是栖栖者欤？”意即你为什么总是这样忙忙碌碌的呢？既然孔子一生奔波，周游列国而被称为“栖栖”，那么这只“栖栖”失群鸟，也就自然成了一个有理想、有作为，始终在不安中追求探索着的精灵。然而当黄昏降临，别的鸟都相继归巢后，它还“日暮犹独飞”，它的目的地在哪里？它还能“独飞”到何时？

“徘徊无定止，夜夜声转悲。厉响思清远，去来何依依。”彷徨中，这只鸟挺过了一个又一个的日暮黄昏，熬过了一个又一个的漫漫长夜，可它依然没能找到一个栖身之所，于是它的啼叫声开始一天比一天更加悲惨凄厉了——陶渊明并非是生来就甘心当隐士的，他早年也有过兼善天下的用世之志。《拟古》诗云：“少时壮且厉，抚剑独行游。谁言行游近？张掖至幽州。”其实诗人并没有真的“抚剑独游”过，也没到过“张掖”“幽州”，此处他是用利剑象喻自己凌厉勇敢的精神，以被敌人占领的“张掖”“幽州”象征他想要统一中国的理想愿望。在陶渊明的一生中，除因“母老家贫”和“幼稚盈室，瓶无储粟”做过两次为期极短的小官外，中间还有几次可能是出自用世之志而出仕的。然而在东晋那个内忧外患并存的年代里，陶渊明每次步入仕途，总感到与官场格格不入。那些野心勃勃、明争暗斗的军阀政客使他那颗用世之心寒透了，他深感自己“性刚才拙，与物多忤”（《与子俨等疏》），“质性自然，非矫厉所得”（《归去来兮辞》序）。可是“人生归有道，衣食固其端”，若告别官场，脱离仕宦，一家老小的衣食温饱又将从何而来呢？这使陶渊明在理想与现实、仕进与隐退之间犹豫彷徨起来，所以他才“徘徊无定止，夜夜声转悲”的。这一“转”字将他内心矛盾悲哀日渐加深的变化过程传达得那么真切感人。

然而“厉响思清远，去来何依依”，矛盾悲哀之中，他尚未放弃对“清远”之所的追寻，依然怀着无限深情的向往在寻觅一个可以终身寄托的归宿。人生可由两条途径来实现自身的价值，一种是向外的追求，不仅自己要飞起来，还能教会别人也飞起来；另一种是向内的追求，自知无力带动别人飞起来，只好保持自己的飞行高度。陶渊明正是向外追求而不得，经过“夜夜声转悲”的长时间踟蹰，才转而“依依”“思清远”的。可是他这一份对于“清远”的向往和内向的追求，又有谁能了解呢？先不要说别人，就连自己最亲近的人都不理解：“但恨邻靡二仲，室无莱妇，抱兹苦心，良独惘惘。”（《与子俨等疏》）他说遗憾的是我既没有像羊仲、求仲那样鄙薄名利的邻居，又没有像老莱子之妇那样为保全丈夫的节操而甘愿忍受饥寒贫苦的妻子；我用心良苦，却无人知晓，因而心中感到无限孤独怅惘。人总归是软弱的，就因其软弱，才更需要精神上的支持和安慰，既然世上没有一个知己，那么陶渊明只好到古代圣贤中去寻求理解和慰藉：“何以慰吾怀，赖古多此贤。”（《咏贫士》）诗人在古人中找到了知己，在伯夷、叔齐、伯牙、庄周的身上获得了力量的源泉，他终于发现了一个生命的去处，一个精神上的止泊，于是他“因值孤生松，敛翮遥来归”。经过几次仕宦的尝试之后，陶渊明确感自己无力兼善天下，与其“日月掷人去，有志不获骋”，不如“量力守故辙”，“庶以善自名”。所以当他选中了这棵“孤生松”后，便“敛翮遥来归”。《论语》上说：“岁寒然后知松柏之后凋也。”这棵“孤生松”所象喻的，是那种任凭霜打雪压而依然本色常青的坚贞品节；是那种真淳质朴、无欺无诈的躬耕生活。这样的求生方式，与陶渊明天性禀赋完全吻合，因此他毅然收敛起那份兼善天下而不得的情怀，一头扑进了躬耕的生活中。

有人为此批评陶渊明太消极了，指责他没能像杜甫那样用诗歌来反映乱离社会中的民生疾苦。事实上，陶渊明并非不关心、不反映国家的危亡与人民的疾苦，只是每个人的性格决定了他们的反映方式有所不同。陶渊明属于内省的类型，他的内心好像一面镜子，所有社会、时代、国家、民生的不幸与苦难，他的镜子里都有。可是他所写的并不是这些外表的迹象，而是他内心对这一切忧患苦难的反照。就算陶渊明急流勇退、拂衣归田是消极的，这也是他万不得已的选择。要知道，在封建官僚势力这条无形锁链的束缚下，真正的读书人是很难实现个人的理想和抱负的，像陶渊明这样精金美玉般的人品和操守，能够身处污乱之世而不同流合污，这已很值得我们景仰了，况且他这种抉择也绝不像“遥来归”三字所说的那么容易和轻松，你可知道这一“归”将要付出怎样的代价呢？不仅他自己要过着“晨兴理荒秽，带月荷锄归”和“夏夜长抱饥，寒夜无被眠”的清贫生活，就连他的幼儿稚子也不能免除“柴水之劳”，有时甚至到了“饥来驱我去，不知竟何之。行行至斯里，叩门拙言辞”（《乞食》）的地步。白居易曾经为他慨叹：“夷齐各一身，穷饿未为难，先生有五男，与之同饥寒。肠中食不充，身上衣不完，连征竟不起，斯可谓真贤！”（《访陶公旧宅》）这样的抉择难道是每个人都能做出并且都能坚持住的吗？

不是的，你看，当“劲风无荣木”的时候，只有“此荫独不衰”。“无荣木”，即是“众芳芜秽”，是“雨中百草秋烂死”（杜甫《秋雨叹》），可为什么唯独陶渊明所栖身的这棵“孤生松”偏偏没有凋零？难道它没有觉察到“劲风”的严酷吗？难道它生来就是麻木迟钝的吗？不是的，陶渊明诗说：“苍苍谷中树，冬夏常如兹。年年见霜雪，谁谓不知时。”（《拟古》）那么究竟是什么力量使他宁肯付出“使汝等幼而饥寒”的牺牲，才保持住“此荫独不衰”的？这正是他屡次提到的“固穷”的操守。至于“固穷”所需付出的代价，陶渊明是十分清楚的：“量力守故辙，岂不寒与饥？”“岂不实辛苦，所惧非饥寒。贫富常交战，道胜无戚颜。”（《咏贫士》）陶渊明所说的这个“道”，就是人生最高层次的需求：保持一个具有最高价值的“真我”，竭尽所能，趋求自我完美和自我实现。因此当他历尽种种艰难困苦，终于找到这个生存之“道”后，他便再也不感到孤独悲哀了：“知音苟不存，已矣何所悲”，别人了不了解我有什么关系，该走的路我走过了，该守的“道”我守住了，这还有什么可悲哀的呢？所以就“且共欢此饮，吾驾不可回”，“托身已得所，千载不相违”，这是何等坚定的信念与操守！

当我们了解了前一诗里的蕴涵之后，再来看第二首诗就容易理解了。这是陶诗中最有名、流传最广，也是最难解说的一首诗。它是诗人内心之镜所投射出的，由日光七彩融贯而成的一道反光。经过对前首诗的讲解，我们已看到陶诗的多种色彩：如他的孤独寂寞，他的失意困惑，他的抑郁寡欢，他的矛盾痛苦，以及他“任真”的抉择和他“固穷”的操守……在这首诗里，我们还将看到陶渊明那一份自得于心的哲思睿想与陶然之乐。

“结庐在人境，而无车马喧。问君何能尔，心远地自偏。”有许多隐士，如左思的“招隐”，郭璞的“游仙”中所写的“隐”，都是隐在深山之中的，而陶渊明却始终是与农夫野老、桑麻园田在一起的，所以是“结庐在人境”。身处人境，而无人声嘈杂、车马喧嚣，这是为什么呢？这要从两方面来看：首先从写实的意义上而言，车马只有达官贵人才有，陶渊明既已脱离了他以前所归属的官场生活，中断了与那些官僚显宦们的来往，当然就不会再有“车马喧”了，即使偶有老朋友想来看望他，也因其“穷巷隔深辙”而“颇回故人车”（《读山海经》）了。你瞧陶渊明是何等的温柔敦厚、真诚质朴，他从不埋怨“同学少年多不贱，五陵衣马自轻肥”（杜甫《秋兴》），也不曾说那些殊途殊归、分道扬镳一类的刻薄话，只当是自己所居穷巷狭窄，车马进不来，人家才没来看他的。其次从象喻的意义上来说，还因为诗人的内心远离了“车马”所代表的名利竞逐，因而才“心远地自偏”的。这实在是一种心灵的净化，否则即使你身体远离了“车马”，可心思却未必能脱离“车马”。人称陶诗“质而实绮”，如此平淡无奇的字句，却蕴含了这么丰厚的喻义哲理，仿佛为全诗涂上了一层恬淡超然的底色。在这种背景色调的衬托下，诗人对自己所选择的生活真谛做了感悟与思辨相交融的点染。

“采菊东篱下，悠然见南山。山气日夕佳，飞鸟相与还。”这四句深入浅出，言微旨远，实在是只能以“神”会，不可以“迹”求。我不怀疑这诗是写实的，但是，在这里诗人绝不仅仅是在叙述他的采菊，以及采菊时所看到的景物。陶渊明诗是以感写思的，这四句之中就既含有诗人“胸中之妙”的诸般感受，又闪现着诗人神思妙悟的种种哲理。“采菊”是一种多么美好的行为，松与菊是陶诗经常使用的形象：“芳菊开林耀，青松冠岩列。怀此贞秀姿，卓为霜下杰。”（《和郭主簿》）松与菊都是置于霜下方见其“卓”与“杰”的，因为它们的美好姿质不是外表涂饰上去的，而是“怀”藏于身内的。陆机《文赋》中有“石韫玉而山辉，水怀珠而川媚”。芳菊与青松正是因为具备了这种怀诸中而形于外的特点，才更显示出它们的美好。不但如此，菊花还有它传统上的“语码”作用，屈原《离骚》有“朝饮木兰之坠露兮，夕餐秋菊之落英”的诗句，可见这“采菊东篱下”除了抒情写景的意义之外，它还是陶渊明生活趣味、精神格调的标志与象征。接下去“悠然见南山”一句就更妙了，王国维说，作诗一定要能入能出。当你“采菊东篱下”的时候，你的精神不能被东篱所局限住，还要能跳出去，还要与你心中其他的、与此有关的感受融汇成一片，从而产生诸如“悠然见南山”的进一步的感悟。总之这确实是精神意念活动中的一种境界，“悠然”二字，一方面写出他与南山相距之遥，另一方面还表现出一种自得其乐的意趣境界。这两句结合在一起，恰巧是对陶渊明人品与诗品的最佳概括，其中既有他的操守，又有他的超越。诗人的神思不仅超脱了“东篱”，还越过了“南山”，最后停留在“山气日夕佳，飞鸟相与还”之上：当日暮黄昏、雾霭迷蒙之时，一群群的飞鸟又都匆忙地赶着归巢了。表面看，诗人似乎只是在欣赏这一幕夕阳景，其实陶渊明之所以会在这“夕餐秋菊之落英”之时、“采菊东篱”之际，而忽然被远方的“山气”“飞鸟”所触动，这也不是偶然的，这种视点、形象上的跳跃和组接，正好像陶渊明心理活动轨迹的图像显示：日暮夕阳中的飞鸟使他想起当年那只“日暮犹独飞”的“栖栖失群鸟”，它曾经过了怎样的“晨去于林，远之八表”（《归鸟》）的高飞，又曾怎样的在“和风弗洽”之后，而“徘徊无定止”，而“敛翮遥来归”的。当年那只孤独的“失群鸟”，经过艰苦卓绝的努力，终于在“东篱”之下、“孤松”之上找到了托身之所。而眼前这群“飞鸟”也正飞向它们的归宿。想到此，诗人的内心充满了对宇宙人生的顿悟：茫茫宇宙之中，人类常常盲目地追求着一些莫名其妙的东西，他们之中也许有人永远也找不到精神上的立脚点，他们一生奔波，只为了“倾身营一饱”，可就算你劳碌一世，有了锦衣玉食，难道你生命的意义和价值就算实现了吗？所以陶渊明最后说：“此中有真意，欲辨已忘言。”他想要辨明这其中的哲理和人生的真谛，可是却想不起用什么语言能讲清楚——因为这是人生经历中只能感受和体悟到的一种心灵的会意，是人类有了高层次的理想之后才可能到达的一种精神境界。正由于陶渊明从他所选择的“躬耕”生活中感受和领悟到了这样一份“真”意，这样一条“道”理，这样一种境界，所以他才会由衷地感到“此事真复乐，聊用忘华簪”（《和郭主簿》），才会“俯仰终宇宙，不乐复何如”（《读山海经》），才会如此恬淡、静穆，如此悠然自得、陶然自乐！

《易经》上说“修辞立其诚”，陶诗在艺术表现方式上，同样也可用“真诚”二字来概括。陶诗没有固定的章法和模式，他有时采用平铺直叙的句法结构，如第一首诗就是从一只鸟的“独飞”，写到它的“徘徊”，它的“厉响”，它的“因值孤生松”以及它的“敛翮遥来归”，这完全是依照时间的顺序来叙写的。但他有时也采用跳接的句法结构。如第二首诗从“结庐在人境，而无车马喧”，跳到“采菊东篱下，悠然见南山”；又忽而跳到“此中有真意，欲辨已忘言”，这里从表面看不出任何叙述顺序上的必然联系，而全然是他感情意念的自然流动，因为陶诗一向是“自写其胸中之妙”的，从未想过要“语不惊人死不休”，也从未曾顾及到是否“老妪”能懂。诚如宋人陈模在《怀古录》中所赞美他的：“渊明人品素高，胸次洒落，信笔而成，不过写胸中之妙尔，未曾以为诗，亦未曾求人称其好，故其好者皆出于自然，此所以不可及。”

从上两首诗中，我们可以看到一个伟大的灵魂是如何从种种矛盾、失望、寂寞、悲苦之中，以其自力更生、艰苦卓绝的努力，而终于从人生的困惑中挣脱出来，从而做到了转悲苦为欣愉、化矛盾为圆融的一段可贵的经历。这中间，有仁者的深悲，有智者的妙悟，而究其精神与生活的止泊，则陶渊明乃是在“任真”与“固穷”这两大基石之上建立起他那“傍素波干青云”的人品来的，而且他还以如此丰美的含蕴，毫无矫饰地写下那“千载后，百篇存，更无一字不清真”的“豪华落尽见真淳”的不朽诗篇。

嗟夫，渊明远矣，人世之大伪依然，栗里之松菊何在？千古下，读其诗想见其人，令人徒然兴起一种“愿留就君住，从今至岁寒”的凄然向往。

〖作品选注〗

归园田居（其一）

少无适俗韵[1]，性本爱丘山。误落尘网中，一去三十年[2]。羁鸟恋旧林[3]，池鱼思故渊。开荒南野际，守拙归园田。方宅十余亩[4]，草屋八九间，榆柳荫后檐，桃李罗堂前。暧暧远人村[5]，依依墟里烟[6]。狗吠深巷中，鸡鸣桑树巅。户庭无尘杂，虚室有余闲。久在樊[7]笼里，复得返自然。

【注】〔1〕韵：气质、性格；适俗韵：适应世俗的气质性格。〔2〕“三十年”乃十年之夸词，诗人出仕十余年，而夸言三十。此句有多种解释，这里极言其日久难耐。〔3〕羁鸟：被束缚的鸟。〔4〕方宅十余亩：谓宅地较宽。晋亩较现在小。〔5〕暧暧：隐蔽貌。〔6〕依依：轻柔袅动貌。〔7〕樊：篱障。

归园田居（其三）

种豆南山下[1]，草盛豆苗稀。晨兴理荒秽，带月荷锄归。道狭草木长，夕露沾我衣；衣沾不足惜，但使愿无违。

【注】〔1〕“种豆南山”是即事写实，也是用典。表示唾弃富贵，种田自给。《汉书·杨恽传》：“田彼南山，芜秽不治。种一顷豆，落而为萁。人生行乐耳，须富贵何时。”

这组诗是陶渊明归田后所作，一方面反映了他躬耕生活的真实情形，同时表现出诗人归田后的一种坚毅的理念。

饮酒（其九）

清晨闻叩门，倒裳往自开[1]。问子为谁与，田父有好怀。[2]壶浆远见候，疑我与时乖。[3]褴褛茅檐下，未足为高栖。[4]一世皆尚同，愿君汩其泥。[5]深感父老言，禀气寡所谐。[6]纡辔诚可学，违己讵非迷！[7]且共欢此饮，吾驾不可回。[8]

【注】〔1〕倒裳：《诗经·齐风·东方未明》："东方未明，颠倒衣裳。"此断章取义，言急忙迎客，来不及穿好衣裳。〔2〕"问子"二句："子"指田父，这里暗指假称"田父"来规劝诗人复出为官的人。下面的对话可证明这一点。〔3〕"壶浆"二句：说这位好心的"田父"提了酒远道前来问候，他怪我与时世不合。疑：怪；乖：不合。〔4〕"褴褛"二句：说穿着破烂衣服住在草屋里，这样的地方是不值得作为高栖之所的。言外之意是劝诗人去求高官厚禄。此连下两句都是"田父"的劝说之词。〔5〕"一世"二句：是说现在举世都以随波逐流为高，希望您也随着混日子就是了。汩：同"淈"，搅浊；汩其泥：用《楚辞·渔父》中的成语"世人皆浊，何不汩其泥而扬其波"。〔6〕"深感"二句，是说我深深感激您这一番话的好意，但是我生来就缺少与世俗苟合的性情。禀气：天生素质；谐：调和。〔7〕"纡辔"二句：是说回车改道固然可以学会，但是违反了自己的本心，岂不走入迷途！意即辞仕躬耕是本性使然，不能随世俗而有所改变。〔8〕"且共"二句：是说且来一同欢饮，至于我的车驾，那是不可以回转的。以上六句是诗人回答"田父"的话。

饮酒（其十六）

少年罕人事，游好在六经。[1]行行向不惑，淹留遂无成。[2]竟抱固穷节，饥寒饱所更。[3]敝庐交悲风，荒草没前庭。[4]披褐守长夜，晨鸡不肯鸣。[5]孟公不在兹，终以翳吾情。[6]

【注】〔1〕"少年"二句：是说少年时代我很少交游，志趣在于研读经籍。

游好：爱好；"六经"：谓《诗》《书》《礼》《乐》《易》《春秋》。〔2〕"行行"二句：是说我的年纪已逐渐接近四十岁了，仍然无所成就。行行：走个不停，此谓时光推移；不惑，指四十岁。〔3〕"竟抱"二句：是说我始终抱着"君子固穷"的节操，在生活中饱尝了种种饥寒之苦。《论语·卫灵公》："子曰：'君子固穷，小人穷斯滥矣。'"意谓君子可以固守穷困，小人则可能因穷而堕落。节：操守；更：经历。〔4〕"敝庐"二句：是说房屋破旧，悲风交加，所处荒僻，野草没庭。〔5〕"披褐"二句：因寒冷而披衣起来，坐守长夜，但晨鸡偏不肯报晓。〔6〕"孟公"二句：是说没有像理解仲蔚的孟公那样能理解我的人，因而自己内心的真情也就掩蔽不为人知了。孟公：东汉人刘龚，字孟公。当时的高士张仲蔚家贫，所处蓬蒿没人，时人莫识，只有刘孟公知道他（见《高士传》）。诗人在《咏贫士》之六中曾说："仲蔚爱穷居，绕宅生蒿蓬。……举世无知者，止有一刘龚。"

这组诗表达了诗人在"出处""仕隐"方面的态度，其蕴涵是较为复杂的。前一首（即第九首）表示了诗人不返仕途的决心，后一首则是感叹自己少有壮志，老而无成，而且历尽饥寒，生活困穷，没有一个人理解自己的心情和处境。

拟古（其五）

东方有一士，被服常不完。三旬九遇食〔1〕，十年着一冠。辛苦无此比，常有好容颜。我欲观其人，晨去越河关。青松夹路生，白云宿檐端。知我故来意，取琴为我弹。上弦惊别鹤，下弦操孤鸾〔2〕。愿留就君住，从今至岁寒〔3〕。

【注】〔1〕"三旬九遇食"是说一个月只吃到九顿饭。这里是用子思的故事。《说苑·立节篇》："子思居卫，贫甚，三旬而九食。"〔2〕别鹤、孤鸾：均为琴曲名。这里比喻孤高隐士。〔3〕至岁寒：喻言坚持晚节。《论语·子罕》："岁

寒，然后知松柏之后凋也。”

拟古（其八）

少时壮且厉[1]，抚剑独行游。谁言行游近，张掖至幽州[2]。饥食首阳薇[3]，渴饮易水流[4]。不见相知人，惟见古时丘。路边两高坟，伯牙与庄周[5]。此士难再得，吾行欲何求。

【注】〔1〕壮且厉：谓体壮而性烈。〔2〕张掖：在今甘肃；幽州：在今河北省东北。自张掖至幽州，相距数千里，故上句言“谁言行游近”。路程越远，所到之处愈广，则愈可证明当时确无知己之人。但此诗中之“张掖”“幽州”皆为喻说，并非实指。〔3〕首阳薇：伯夷、叔齐是商朝孤竹君之子，周灭商后，二人隐居首阳山，采薇而食，耻食周粟。〔4〕易水流：荆轲为燕太子丹刺秦王，太子丹与其宾客素服在易水送别，荆轲悲歌道：“风萧萧兮易水寒，壮士一去兮不复还。”这二句表示对夷、齐与荆轲的敬慕。〔5〕伯牙：即俞伯牙。伯牙善鼓琴，钟子期知之，许为知音，后子期死，伯牙不再弹琴（见《韩诗外传》）。庄周：即庄子。庄子与惠施是至交，惠施死后，庄子不再发议论，认为世上无人再理解他了。

这组诗是抒发沧桑之慨的。这里所选的两首诗，都是在赞颂古代圣贤高尚气节的同时，抒发了世无相知的感慨。

杂诗（其二）

白日沦西阿[1]，素[2]月出东岭。遥遥万里辉，荡荡空中景。风来入房户，夜中枕席冷。气变悟时易，不眠知夕永。[3]欲言无余和，挥杯劝孤影。[4]日月掷人去，有志不获骋。念此怀悲凄，终晓不能静。

【注】〔1〕沦：沉；阿：大土山；西阿：西山。〔2〕素：白。〔3〕“气变”二句，是说气候起了变化，因而意识到季节也已变了，不能入睡，才体认到夜是多么长。〔4〕“挥杯”二句：我很想倾吐内心的隐衷，但没有人跟我谈论，只能举杯劝自己的影子喝酒。

这组诗是写人生短暂无常的悲慨的。此诗抒发了诗人因时光流逝、志业未就而感到的悲哀。

咏贫士（其一）

万族各有托，孤云独无依；暧暧空中灭，何时见余晖。[1]朝霞开宿雾，众鸟相与飞，迟迟出林翮，未夕复来归。[2]量力守故辙，岂不寒与饥？知音苟不存，已矣何所悲。[3]

【注】〔1〕“万族”四句：以孤云比喻贫士，说世上万类都有依附，唯有贫士像孤云一样无依无靠。孤云在天空中消散后，再也看不见它的光影。〔2〕“朝霞”四句：说朝霞驱散夜雾，鸟结群飞出，唯有一只（喻贫士）迟迟飞出树林，没到晚上就早早飞回来了。这也是诗人自况。〔3〕“量力”四句：意谓自己量力而行，甘守贫贱故道，虽不免忍饥受寒，但世上没有知音，又有什么可悲伤呢？故辙：旧道，此指前人安贫守贱之道；苟：假如；已矣，犹言算了吧。

这组诗是借古代贤人安贫乐道之事迹，来抒发自己不慕名利的情怀。这首是以孤云为喻，叙述贫士的高洁和孤独。

第十三课　初唐诗与陈子昂

初唐是中国诗歌史上格律诗正式形成的时期。所谓格律诗，就是指律诗和绝句。律诗有五言、七言及排律；绝句也有五言与七言两种类型。格律诗注重诗歌形式上的完美，它讲究声调的平仄、诗句的对仗和押韵，为了与唐以前的古体诗加以区别，通常又称它为近体诗。

事实上，从齐梁以来，中国的诗歌已经有了明显的律化之倾向，自沈约等人对诗歌形式做了一番深刻反省，提出“四声八病”之说后，诗人们更加注重对诗歌声律方面的雕琢与追求，而且这种追求诗体形式完美的风气愈演愈烈。初唐诗坛继承了这种唯美的诗风，并形成了对字数、平仄、对偶都有严格规定的律诗，当时的诗人们视写这种诗为“摩登”之举，如被称为“文章四友”的李峤、杜审言、崔融、苏味道，被誉为“初唐四杰”的王勃、杨炯、卢照邻、骆宾王等，都曾经创作出大量的律诗。初唐的律诗，大多是朋友之间的酬赠、应和之作，其中写得较好的都具有工整、切合的特色。工整是就其中间两联的对仗严格而言，切合是言其诗题与内容的相互吻合。此外，初唐的优秀律诗还常常有一种开阔博大的气象，这是唐代开国时期社会背

◎　陈子昂（661—702），字伯玉，梓州射洪（今四川射洪县）人。

景、气候所带来的一种新风气。像杜审言的《和晋陵陆丞早春游望》：

> 独有宦游人，偏惊物候新。云霞出海曙，梅柳渡江春。淑气催黄鸟，晴光转绿蘋。忽闻歌古调，归思欲沾巾。

又如王勃的《送杜少府之任蜀州》：

> 城阙辅三秦，风烟望五津。与君离别意，同是宦游人。海内存知己，天涯若比邻。无为在歧路，儿女共沾巾。

这些都是唐代早期较有代表性的诗作。除了“文章四友”“初唐四杰”以外，沈佺期、宋之问二人在当时也是名噪一时的诗人，也曾写过许多五言与七言的律诗。这些诗形式工丽，情意贴切，但却缺乏深刻的思想内容。

诗歌作为一种美文，追求形式的完美是无可非议的，但后来形成潮流和风气，诗人把精力都放到声律和对偶的雕饰上去，而那种属于诗歌本质上的兴发感动的生命却逐渐地被忽视了。就在这种时候，陈子昂不同凡响地举起了复古的大旗，提出了自己的文学主张：“文章道弊五百年矣。汉魏风骨，晋宋莫传，然而文献有可征者。仆尝暇时观齐梁间诗，采丽竞繁，而兴寄都绝，每以永叹，思古人常恐逶迤颓靡，风雅不作，以耿耿也。”（《与东方左史虬修竹篇序》）他反对齐梁以来的唯美主义文风，提倡比兴、寄托和汉魏风骨。他的所谓复古，实际是针对时弊进行一场文学革新。陈子昂不仅如此说，也如此创作，他的三十八首《感遇》诗，就是在这种思想指导下写成的。“感”是感慨、兴叹；“遇”是被知用的遇合。对是否有人认识你，并任用你而发的感慨，就叫“感遇”。朱自清先生在《〈唐诗三百首〉指导大概》一文中曾提出，唐诗的一个重要主题就是“仕”与“隐”的问题。“仕”

与“隐”是缠绕在中国古代读书人心中的一个重要的情意结。从孔夫子时代就有了“学而优则仕”的观念，《论语》上记载子夏就曾说过：“百工居肆以成其事，君子学以致其道。”读书人的理想是修身、齐家、治国、平天下。读书是为了明理，明理可以鉴往知来。古人说“士当以天下为己任”，为自己的国家和人民安排一个理想的出路，这是读书人的责任。在古代读书人看来，读书的唯一出路就是求仕，而求仕就会遇到各种挫折和问题。陈子昂诗里所反映出的，还不是一般的出仕与隐退的问题。他所处的时代，正是武则天专权、改唐号为“周”、被人们认为是“篡逆”的时期，处于这种社会时代之中，陈子昂又该如何选择自己的出路呢？

古代的读书人要实现自己的政治理想，常常会有几种不同的形式。一种是做“圣之清者”，这种人追求自我品格的完美，注重名节的清白，国君不好，就不在你国中为官，政府不好，就不在你政府内为吏，像伯夷、叔齐就是这种人的代表。还有一种是“圣之任者”，他们以“拯救天下，普度众生”为己任，不管你朝廷、政府如何，只要任用我，我都要设法努力去实现我所负的使命，否则，谁都不出来做补救的事情，那天下人民岂不更加不幸吗？商汤时代的伊尹正是这种人的典型。陈子昂也选择了出仕，他二十四岁就到了长安，并且得到了武则天的赏识，被任命为麟台正字，后来又做了右拾遗。陈子昂写过歌颂武则天的文章，同时也写了很多批评时弊的奏疏。从他的作为中可以看出，他的确是一个很有政治理想的人。在他三十五岁时，北方契丹人入侵，于是他请求随军出战。当时的主将是武则天的本家侄子武攸宜，这个人昏庸无能，常吃败仗。陈子昂曾经提出许多谏劝，他非但不采纳，反而将陈子昂削职，以泄嫉恨。为此陈子昂感到政治前途无望，就辞官回到了四川老家。但政治上的迫害历来是极其残酷的，即便回了老家，也不会轻易放过你的。武攸宜指使四川射洪县令罗织罪名，将陈子昂逮捕下狱，陈子昂四十二岁就死在了狱中。

当我们对陈子昂有了上述了解之后，再读他的《感遇》诗，就更容易了解他内心深处在“仕”与“隐”这个情意结上所表现出来的种种矛盾和痛苦了。下面就看他其中的两首。

> 兰若生春夏，芊蔚何青青。幽独空林色，朱蕤冒紫茎。迟迟白日晚，袅袅秋风生。岁华尽摇落，芳意竟何成？

这首诗通篇都是用比兴的方法。“若”，是杜若，是一种香草，用兰花香草来象征美好的生命和美好的理想，是自《离骚》就有的一种传统。春夏之交，万物复苏，那一片片盛开的兰花与芬芳四溢的杜若呈现出一派“芊蔚（叶片）何青青”的蓬勃兴盛、欣欣向荣的景象。而这种景象只用前两句的十个字就概括出来了，这种浓缩的句法也是初唐诗歌的一个重要特色。陈子昂虽然反对格律，但时代毕竟发展到了唐朝，所以他的诗作也不可避免地要带有句式浓缩的时代特点——这就是历史，尽管会出现循环，但绝不是简单的重复，而是一种螺旋式的上升。“幽独空林色”，是一种杳无人迹的幽独意境，古人说：“兰生空谷，不为无人而不芳。”有的人天生就能够安心自处，如陶渊明的“托身已得所，千载不相违”。但也有些人，他们的内心永远也不能安定，他们永远要向外发展，要被外界条件所影响所转移。诗中的兰花与杜若，生长在空寂的山林中，带着一种默默无闻、安于寂寞、不求人知的境界与情趣。“朱蕤”指红色的花，这种花从暗紫色的花茎上长出来，因此是“朱蕤冒紫茎”。诗人极言花的美好，一件美好的事物，或是一个美好的人，虽无人欣赏，他照样是美好的；不过最好应该有人欣赏你，才不辜负这一番美好，因此“兰若”才怀着一腔美好的生命和期望等待被欣赏的时刻，然而“迟迟白日晚，袅袅秋风生”，积日成月，积月成年，时间一天天过去了，待到有一天，当袅袅秋风都吹起来了，它们所期待的那一刻还没有到来，于是“岁华尽摇落，芳意竟何成”！不管你“朱蕤”也好，“紫茎”也好，这一切都将随着时光的流逝而消亡，同时它全部的荣华及美好的生命价值也将随之化为空幻！人生一世不过短短几十年的光景，你所有的一切：美好的品德、才智、理想、价值又怎样才能够实现呢？如果你空怀一切美好，而始终没派上用场，那么你的一生，你那份“芳意”，岂不也是落空无成了吗！

这首诗所表现的正是诗人渴求“知遇”的心情。不错，陈子昂后来真的出仕了，而且真的得到了武则天的欣赏，可是结果又怎样呢？他在另一首《感遇》诗里说：

> 翡翠巢南海，雄雌珠树林。何知美人意，骄爱比黄金？杀身炎洲里，委羽玉堂阴。旖旎光首饰，葳蕤烂锦衾。岂不在遐远？虞罗忽见寻。多材信为累，叹息此珍禽。

翡翠是一种鸟，它的羽毛很美丽，可以用来作装饰。装饰在头上叫“翠翘”，装饰在衾被上叫“翠被”。这种鸟结巢在南海，它们成双作对地栖息在“珠树林”中，生活得很快活。可是不幸的是，它们的羽毛被那些漂亮的女子们看上了，将它们看得比黄金还要贵重，为此，有人便在南海畔炎洲这地方，将它们杀死，褪下它们身上的羽毛，将之带到美人所住的玉堂之下，装饰在美人的头上、衣被上，用来增加锦衾的灿烂。“岂不在遐远，虞罗忽见寻”，“虞”是虞人，专门掌管山水中物产的官。尽管这种鸟住在那么遥远的南海之滨，可是因为贵族们看上了它那美丽的羽毛，就叫虞人用网罗把它们捉住。诗人最后慨叹：“多材信为累，叹息此珍禽。”“信”是果然，正因为你果然是美好的，有价值的，才最终落到被杀害的下场！

如果说前一诗所表现的是陈子昂不得“知遇”的悲哀感慨，那么这首诗则是他遇而不得结果的悲慨。翡翠鸟得到了美人的欣赏，这应该说是“遇”了，然而美人所欣赏的不是它的生命，不是它的真正价值所在，美人只不过是要用它身上的漂亮羽毛来装扮自己。人世间有些人主的“重视”网罗人才，也并非看中了他们的真正价值和才干，而是要利用“人才”为自己贴金抬价，他们根本就不关心这些人才自身价值的是否实现。当年陈子昂认为自己应该对国家人民有所贡献，虽然天下的人都反对武则天，可他还是出来做官了，他想：即使是辅佐你姓武的天下，我也要把你的天下治理好。可是，他的理想终于没能实现，反而因此被排挤、被迫害，惨死在狱中。这样的“遇”比不遇还悲惨。像陈子昂这样的悲剧，在中国历史上并不鲜见。

韩愈说：“国朝盛文章，子昂始高蹈。”陈子昂的出现，使唐代诗歌创作步入一个新的阶梯。他的诗是以感发而取胜的，在这方面更能说明问题的是他的《登幽州台歌》：

前不见古人，后不见来者。念天地之悠悠，独怆然而涕下！

前面所讲的《感遇》诗里，他运用了比喻、寄托的技巧，虽然不是对偶，但也属于文学外部形式上的一种表现方法；当然文学一定要有技巧和手法，否则何以表现呢？但这首《登幽州台歌》居然任何形象、结构、章法等外表的包装也没有，只有诗人内心那一份最基本的感慨。那么朴实的，甚至看上去有些“笨拙”的句子，却写得那么真挚强烈，那么简练扼要，那么震撼人心，这才是陈子昂诗歌中最重要的特色。

“幽州台”，一名燕台，又称“蓟北楼”，在今北京的顺义境内。它是战国时燕昭王所筑，筑此台的目的是要广揽天下贤士。燕昭王确实是一位能够欣赏、任用贤士的开明君主，他曾经得到了乐毅等许多人才的辅助，从而使燕国强盛起来。陈子昂当年随武攸宜出征时曾经过此地，想到自己向武攸宜提出过许多建议和谋略均不被采纳的情形，陈子昂感慨自己不得知用，于是写下了这首诗。

面对茫茫尘世中，悠悠天地间，那永恒的时间、广远的空间，与自己区区一身，匆匆百年，形成了强烈的对比。人生苦短，年命无常，这是千古人类的普遍悲哀。而有生之年里，空怀美好的理想才智而终生得不到任用与知赏，这种悲哀寂寞，岂不更加沉痛和深重！而且越是杰出的、天分高的人才，这种痛苦就越甚。古人说“五百年然后王者兴”，可是谁能活五百岁呢？且不要说你活不到五百岁，也等不来“王者兴”，就算是有了“王者兴”，有了能与你相知相赏的人，你难道就能够“遇”到他吗？宋代词人辛弃疾对东晋的陶渊明赏爱至极，他说：“老来曾识渊明，梦中一见参差是”，“不恨古人吾不见，恨古人、不见吾狂耳。”陶渊明虽然不在了，但我们还可以通过他的诗去了解他、欣赏他，可是陶渊明却永远也不会知道和欣赏辛弃疾了。

王国维曾经说过：普通人与天才的不同就在于，一般人只斤斤计较于那些鸡毛蒜皮的琐碎小事，而天才之所以为天才，并不是由于他们没有计较，而在于他们所计较、忧虑的是那些更高远、更长久的事情。因此越是天才的诗人，就越会有这种“前不见古人，后不见来者，念天地之悠悠，独怆然而涕下”的寂寞和悲哀。杜甫说：“摇落深知宋玉悲，风流儒雅亦吾师。怅望千秋一洒泪，萧条异代不同时。”在这《登幽州台歌》的短短四句小诗里，陈子昂把天下有才志、有理想的人共有的悲哀集中起来，用那么简练、朴拙的词语表达出来。它既不是五言的，也不是七言的；既不讲平仄，也不讲对偶；既没有什么比兴寄托，更谈不上任何的修饰和雕琢，然而它却是一首千古流传的好诗，它的好处就在于诗人真正掌握了诗歌中那一份最基本的生命之源——强大的生生不已的兴发感动的作用与力量。

总之，陈子昂的文学主张与诗歌创作，在初唐诗坛上的确是起到了扭偏匡正的重要作用，他把齐梁以来逐渐被人忽视了的诗歌最基本的质素又恢复了起来，为唐代诗歌的健康发展注入了无穷的生机。正是在这样的意义上，金人元遗山才说："沈宋横驰翰墨场，风流初不废齐梁。论功若准平吴例，合着黄金铸子昂。"（《论诗绝句》）元遗山的后两句意思是说，若就陈子昂在初唐诗坛上的功绩而论，也应该得到像当年春秋越王因范蠡灭吴有功，而为他铸金像一样的待遇。对此，陈子昂是受之无愧的。

〖作品选注〗

度大庾岭[1]

宋之问

度岭方辞国，停轺[2]一望家。魂随南翥鸟[3]，泪尽北枝花。[4]山雨初含霁，江云欲变霞。但令归有日，不敢怨长沙。[5]

【注】〔1〕此诗是作者被流放岭南时于途中所作。大庾岭在今江西大余县与广东南雄县交界处，岭上多生梅花，又名梅岭。古人认为此岭是南北的分界线，有十月北雁南归至此不再过岭的传说。〔2〕古代有一种轻便的车就是"轺"（音 yáo）。〔3〕南翥鸟：此指南归的大雁。翥：音 zhù。〔4〕古有"大庾岭上梅，南枝落，北枝开"的说法。这两句是说，我的魂魄就像鸟一样飞到南方去了，可是我的感情是怀念北方的，所以一看到北枝上的花就勾起我对故乡的怀念，因此才"泪尽北枝花"。〔5〕汉代贾谊曾经被贬长沙。《史记·贾生传》云："贾生以适（同谪）去，意不自得，及渡湘水，为赋以吊屈原。"这两句意思是说，只要有一天我能回到故乡去，我绝不会像贾谊那样抱怨的。

这首诗很能代表初唐律诗的面貌，诗中的景象写得较美，感情也比较贴切。但这种诗除了形式上的工丽、贴切之外，在内容上缺少较深刻的意思。

感遇[1]

张九龄

兰叶春葳蕤，桂华秋皎洁。欣欣此生意，自尔为佳节。[2]谁知林栖者[3]，闻风坐相悦。草木有本心，何求美人折？[4]

【注】[1]此诗是作者《感遇》十二首的第一首，全诗以兰、桂为比，寄托以美德自励、不求人知的意思。[2]这几句是说春兰、秋桂生机旺盛、欣欣向荣。这里象征着才智之士们的美好品格和才能，这些春兰、秋桂，以它们自己美好的品质构成了它们自己的佳节。[3]“林栖者”表面指隐逸山林中的人，但此诗是有比兴喻托的，这里是喻指那欣赏“兰”“桂”的当朝之人。[4]“本心”，原指草木的根本和中心（茎干），这里一语双关，同时又是本性、本志的意思。“美人”即喻指“林栖者”与“相悦”者同义，也是跟陈子昂《感遇》诗中的“何知美人意，骄爱比黄金”之“美人”同样，都是指当朝权贵。末两句比喻贤者行芳志洁，不是为了博取高名、求人知赏，正如草木散发芳香本不是为了求人折取。

从陈子昂、张九龄的《感遇》诗中，我们看到初唐诗人对“仕”“隐”问题的三种不同表现。陈子昂的“兰若生春夏”表现了“不得知遇”的感慨；“翡翠巢南海”表现了“遇而不得”的悲哀；张九龄的这首“兰叶春葳蕤”所表现的，则是一种不必求用、自甘寂寞的持守。

春江花月夜[1]

张若虚

春江潮水连海平，海上明月共潮生。[2]滟滟随波千万里[3]，何处春江无月明。江流宛转绕芳甸[4]，月照花林皆似霰[5]。空里流霜不觉飞，汀上白沙看不见。江天一色无纤尘，皎皎空中孤月轮。〔6〕江畔何人初见月？江月何年初照人？人生代代无穷已，江月年年只相似。不知江月照何人，但见长江送流水。〔7〕白云一片去悠悠，青枫浦上不胜愁。谁家今夜扁舟子？何处相思明月楼？〔8〕可怜楼上月徘徊，应照离人妆镜台。〔9〕玉户帘中卷不去，捣衣砧上拂还来。〔10〕此时相望不相闻，愿逐月华流照君。〔11〕鸿雁长飞光不度，鱼龙潜跃水成文。〔12〕昨夜闲潭梦落花，可怜春半不还家。〔13〕江水流春去欲尽，江潭落月复西斜。斜月沉沉藏海雾，碣石潇湘无限路〔14〕。不知乘月几人归，落月摇情满江树〔15〕。

【注】〔1〕“春江花月夜”是乐府旧题，属《清商曲·吴声歌》，相传创自陈后主。本篇除描写花月春江绚烂的景色之外，极写民间离别相思的悲伤之苦。〔2〕这两句写长江下游水面宽阔，春潮高涨，江海不分。明月升于东方恰遇涨潮，似从浪潮中涌现。〔3〕滟滟：水面闪光的样子，这句写月渐升高，清光似随潮水从东海涌进江来，照射四方。〔4〕芳甸：遍生花草的平野。〔5〕霰：雪珠。〔6〕这四句写月满光盛，一片皎洁。霜在古人想象中以为像雪一样从空中落下，所以常说“飞霜”。这里是以霜比月色，所以说只觉其“流”而不觉其“飞”；虽然不觉得霜飞而汀洲之上却像是盖了一片浓霜，使得白沙“看不见”了。〔7〕这六句写诗人以大自然和人生对照而产生的感慨。〔8〕这四句落到“白云”“扁舟”，引出客思离愁。前二句写白云离开青枫浦而去，象征着人的分离。后二句以“扁舟子”和“楼头妇”对照，写出两地相思。青枫浦：今湖南省浏阳有此地名，一名双枫浦，但此处只是泛指；扁舟：孤舟。〔9〕从“可怜”句以下都是设想闺中女子相思之苦。曹植《七哀诗》：“明月照高楼，流光正徘徊。”〔10〕这两句写月光来照闺中和砧上，挥遣不去，好像对人有情。〔11〕这两句写闺中女子的痴想，要随着月光照见在外地的丈夫。相闻：互通音信；逐，跟从；月华：月光。〔12〕这两句写月光的普照和深照。鸿雁是飞得远的，但却不能逾越月

光。江水是深的，但水底的鱼龙也因月光的照射而活动起来。〔13〕这两句说昨夜梦见花落江潭，感到一番春事又将过去，引逗下文“江水流春去欲尽”。〔14〕碣石：山名；潇湘：水名。前者代表北方，后者代表南方。无限路：言离人相去之远。〔15〕本篇以月升起，以月落结。结句言江树满挂着落月的余辉，仍然牵引人的情思。摇情：激荡情思，犹言牵情。

这是初唐诗人张若虚的一篇名作，很有初唐诗的特色，诗人把格律诗的平仄、对偶也加入古诗里去了，这是初唐形成的一种新的古体诗，具有抑扬婉转、朗朗上口的声调美。

第十四课　山水田园诗

在唐朝诗坛上，小作家群集，名作家林立，大作家继起，由于篇幅所限，我们对于像“初唐四杰”“文章四友”等这类小作家群只能是一带而过，重点是要放在对名家和大家的介绍上。本课所要介绍的王维、孟浩然正是从小家向大家过渡中的两位以写自然山水而著称于世的名家。前面我们曾讲过，“仕”与“隐”是唐代诗人的一个情意结，这些极为复杂的入世之情与出世之意，更多时候是体现在对于自然景物的描写之中。不仅唐诗如此，唐以前的陶诗与谢诗中也同样包含着一个“仕”与“隐”的情意之结。所不同的是，陶渊明在一番痛苦挣扎与深刻反思之后，终于转悲苦为欣愉，化矛盾为圆融，在“任真”与“固穷”的两大基石之上，找到了自己的托身之所，因而留下他那天性与自然泯然合一的不朽诗篇。而谢灵运则带着不屑入世而又不甘遁世的难以摆脱的痛苦矛盾，于失意无聊和清高寂寞之中写下他那言山水而包名理的以俪采取胜之作。由此看来，要想了解王、孟及其作品，也只好先从“仕”与“隐”的情意结上入手了。

◎　王维（701—761），字摩诘，世称王右丞；祖籍太原祁县（今山西祁县东南），后迁蒲州（今山西永济西）。孟浩然（689—740），襄州襄阳（今湖北襄阳）人。

据史书记载，王维生于名门望族，早年受过各方面的良好教育，是个能诗、会画、工书法、懂音乐的多才多艺的艺术家。他十六岁时就有了仕进之心，二十一岁以解头登第，可谓少年得意。他一方面热衷求仕，但另一方面又随其母学佛，受佛家消极避世的影响较深。当他后来看到国家政治走向下坡的时候，就产生了隐退之心。他一生有过两次隐迹，一次是在长安城外的终南山住过一阵，还有就是他晚年所居住的那片辋川别墅，也在离长安不远的蓝田县附近。事实上，他一生并没有真正远离尘世，他的所谓“隐居”，不过是在京都附近的山水名胜之地，一方面拿着朝廷的俸禄，一方面又享受隐逸的高名罢了，所以他真正可算是一个仕隐兼得的人物。

然而王维这种表面上的仕隐两得，却又是在内心的两失的情况下实现的。他内心也有着极其复杂的矛盾和痛苦，不过他从来不把这些情意真诚地表现出来，从他的自号“摩诘”就可推知他确是一个性格内向、感情深曲幽隐的人，绝不像欧阳修自号“醉翁”“六一”那样豪宕洒脱。但尽管他从不敞开自己的内心世界，我们也能从他的经历和诗作中窥见他的主要痛苦是来自于：既信奉佛教、厌薄尘世，但又干求名利、患得患失；既有丰美深厚的艺术家的才华修养，又难以免除庸俗虚饰的尘世之情的双重矛盾。这两种矛盾不仅反映在他求仕的手段及求隐的方式上，同样也无意地流露在他山水田园诗的创作上。如他的《送梓州李使君》一诗：

> 万壑树参天，千山响杜鹃。山中一夜雨，树杪百重泉。汉女输橦布，巴人讼芋田。文翁翻教授，不敢倚先贤。

这首诗的前四句真是字字精妙，句句警醒，表现了艺术家、美学家的眼光和手法。但很可惜，后四句却混杂着他那份未能免俗的情味。这是一首为送别而写的诗，凡是作应酬的诗，一定要贴切，要表明送别的地点、情由及情意。这里是送一位李姓的使君到梓州（今四川三台县）去做刺史，因此前半首写的都是蜀地的景物特色。蜀地突出的特征是多山，有山就有壑，而且蜀地气候潮湿，山上多树，所以王维第一句就说“万壑树参天”，“参”是深入的意思，“参天”是说树木高插入云，这是梓州景物所给人的视觉上的特色。接着写听觉印象：“千山响杜鹃”，既然此地多山，山上多树，那么树上自然多鸟，而且杜鹃鸟的啼叫不仅表现出梓州地理位置上的特色，还将此地在历史传说上所具有的神奇色彩也表现了出来（即关于蜀帝死后魂化杜鹃的典故）。接下来又写了梓州的气候特色和自然景观：“山中一夜雨，树杪百重泉。”雨后的蜀山，处处是瀑布和清泉，而且这些水源都好像是从“参天”的树梢上流下来的一样，这样神奇壮观的描绘真是艺术家匠心独具的结果。诗人巧妙地借助数量词来渲染景物的特色，造成强烈的气势，如“万壑”对“千山”，“一夜雨”对“百重泉”，不但气势博大、恢宏壮观，而且给人以极为鲜明突出的感觉印象，真乃一幅奇妙的立体图画。

但后半首写当地风俗民情及使君政事的四句却令人深感遗憾了：“汉女输橦布”是说当地妇女按时向官府交纳用橦木花织成的布匹来抵税；“巴人讼芋田”是说本地的农人常为芋田（耕种芋薯的田地）等事而发生诉讼，这两句符合送别惯例的切事之语，没有任何诗人自己的感受，只是为了酬应而写。接着又赞美勉励这位李使君：“文翁翻教授，不敢倚先贤。”这里诗人用了“文翁治蜀”的典故，文翁是汉景帝时蜀郡太守，他曾兴办学校，教育人才，使这个地区逐渐开化和安定起来。的确，要想使一个地方政治安定，教育和法治是非常重要的，有了好的教育，人民才会遵守礼法。“翻”是反，返回的意思。诗人意谓，希望使君能效法文翁，更新梓州的教化，而且诗人表示相信李使君不会因循守旧，只倚赖先贤已经取得的治绩的。总之这后四句都是客套应酬的世俗之言，没有什么真实深切的感情和感受，这与王勃《送杜少府之任蜀州》中的“海内存知己，天涯若比邻。无为在歧路，儿女共沾巾”之带有感情的诗句颇为不同。

像这一类的诗作还有许多，甚至连他那首流传甚广的《使至塞上》也是如此：

大漠孤烟直，长河落日圆。萧关逢侯骑，都护在燕然。

诗的前半首也写得极为自然超妙，可是在“大漠孤烟直，长河落日圆”这联佳句之后，忽然出来两句非常世俗而不和谐的“萧关逢侯骑，都护在燕然”，这里诗人是借东汉窦宪在大破北单于后，登燕然山刻石纪功的典故，来赞美塞上使君及镇守边关的将军。这是世俗上一般逢迎应酬的话，并非诗人发自内心的真诚感情。我们并不是说所有应酬之情都是世俗的，任何感情，只要是真实的、诚恳的，就不庸俗，甚至连李义山写的“身无彩凤双飞翼，心有灵犀一点通”以及李后主写男女幽会之情的“刬袜步香阶，手提金缕鞋”（《菩萨蛮》）等句中所反映的感情，也是真挚深厚的、发自于内心的。而王维有些诗句所写的却常常只是出于世俗的礼节或利害的得失之需要，这正是我们所以说他未能免俗的原因。

照理说，王维自幼学佛，佛家讲究四大皆空，为何他还难以摆脱这些世俗的利害得失呢？这也许正是他不愿向外人道的矛盾痛苦之所在。不过他学佛的虔诚确是不容怀疑的。《旧唐书》的本传上说他“晚年长斋，不衣文彩。在京师日饭十数名僧，以玄谈为乐，斋中无所有，唯茶铛、药臼、经案、绳床而已。退朝之后，焚香独坐，以禅诵为事”。这正是他晚年在辋川别墅所过的日与道友裴迪泛舟往来、弹琴赋诗，以此自乐的所谓隐士生活。这一时期，由于社会、时代、政治、人生的种种经历和各种原因，王维比较彻底地摆脱了世俗的尘杂之情，并且生活、思想以及作品的风格也随之发生了转变，特别是在对自然景物风光的描绘上，一改过去那种开阔博大、恢宏壮观的气势，而为恬淡空灵、动静交融、明净洗练、意趣天成。更重要的变化是，早年诗中那些未免于俗的情味消失了，代之而生的是一份禅理的妙悟。如他这时期所写的《栾家濑》一诗：

飒飒秋雨中，浅浅石溜泻。跳波自相溅，白鹭惊复下。

王维不愧为艺术天才，这些写于辋川别墅的小诗，不但诗中有画、画中有诗，而且诗中还传达出作者心灵深处的一种很超妙的感受，这不是意识和理念上说得出来的，而是与他艺术家的心灵、手、眼结合在一起才能体会得到的。王维这首诗写的是辋川别墅中的一个风景点，“濑”是水石相激的所在。这短短的二十个字，看似平淡无奇，但如果你也用艺术家的心灵去感受和体味，就不难发现这其中的妙趣：一场正在下着的飒飒秋雨，使那平时流动潺湲的山泉流速加快，清泉淌泻在突出的岩石上，一触即飞溅出去，跌宕的水波自相溅射，无意中惊动了一只正在专心觅食的鹭鸶鸟，它被这突然的水击惊得展翅飞起，但当它终于明白这不过是一场虚惊之后，便很快在空中滑翔一圈后，又安详地落回原处，于是一切又恢复了原有的宁静……这俨然是“动物世界”中的一组纪实镜头。

这般空灵宁静的意趣和境界，完全是通过动态来构成的：正在下着的秋雨，正在流动着的石溜，自相飞溅的跳波，惊飞复下的鹭鸶，这一切现象能给人以安静而不寂寞、清远而不虚空的奇妙感受。尤其当你置身在飒飒秋雨的一派灰蒙蒙的天地之间，忽然看到一只惊飞的水鸟在空中一闪，留下一道白色弧圈之后又落回原处的情景，你的心或许也会随之一动。这一动，不分善恶，不分喜怒，我们说喜怒哀乐之未发谓之“性”，喜怒哀乐之既发则谓之“情”，如你具有一种能感之的本性，就会发觉，在你还没有能够形成喜怒哀乐的感情之前，就在这样一动念之间，你的心没有死，但也没有被喜怒哀乐这些成形的情感所限制，这是一种很难言传的感觉和境界，而这种境界正是王维诗的最高成就，除他之外，很少有诗人能够表现出这样的意境来。

下面我们再来看一看孟浩然。与王维的仕隐兼得截然相反，孟浩然实在是一个仕隐两失的人。他早年闲适，在鹿门山隐居。王士源在《孟浩然集》序中说他是“骨貌淑清，风神散朗”。又说他“行不为饰，动以求贞，故似诞。游不为利，期以放性，故常贫”。可见他确实是鄙薄功利、遁世隐居、追求任性适意的。但后来在他人生过半、亲老家贫之际，他深感一事无成，愧对此生，于是也在仕、隐的极度矛盾中到京都去求仕了。这时孟浩然已经四十岁了，他原以为前半生的隐居苦读会使他进取成功，可没想到竟名落孙山，只好重返故乡。不久后他又来到京都做了第二次努力，但又没能得到任用。两次进京求仕的失败，使孟浩然感到羞惭愧疚，他本想再回故乡隐居，然而早年那一份悠闲自得的情趣和心境已经被失意的哀愁怅惘给破坏了，所以他只有怀着仕隐两空的失落与绝望，在贫病交加中终老故乡。

孟浩然一生写了二百多首诗，按其经历可分成前后两期，前期诗内容风格上都较为单纯，在对自然山水的描写中表现了悠闲自适的情趣。后期诗作则较为复杂，其中有的以景衬情，表现其欲求仕用的迫切愿望；有的情景交融，抒发他不得知用的惆怅之情。其中较有代表性的两首诗是：

望洞庭湖赠张丞相

八月湖水平，涵虚混太清。气蒸云梦泽，波撼岳阳城。欲济无舟楫，端居耻圣明。坐观垂钓者，徒有羡鱼情。

早寒江上有怀

木落雁南度，北风江上寒。我家襄水曲，遥隔楚云端。乡泪客中尽，归帆天际看。迷津欲有问，平海夕漫漫。

前一诗的上半首写得开阔博大，浑成高远。“八月湖水平”两句是站在岳阳楼上远望洞庭湖所获得的远观效果，“虚”是指太空，“涵”者，言水中所包含的一切。这两句写水天相映、相互包含所形成的壮观气象。这与谢灵运等人只注重近镜头地雕刻山水形貌的表现方法迥然不同。诗人在描绘了一幅天高水阔、气象浑成的壮阔景象之后，接下来开始借景抒情：面对眼前一望无际的湖水，一股乘风破浪、扬帆远航的冲动被激发起来；可无奈“欲济无舟楫”，没有达到彼岸的工具，没有实现自己理想的机会。既然如此，那就只得作罢了；可“端居”（闲适隐居）又觉得有愧于这个天高任鸟飞、海阔凭鱼跃的圣明之世，于是诗人直言不讳：“坐观垂钓者，徒有羡鱼情”，看到别人在仕宦上都能有所完成、有所收获，诗人只有空怀一腔跃跃欲试的冲动，徒然旁观了！这首诗真切而生动地传达出诗人求仕的迫切心情。

第二首《早寒江上有怀》是诗人第二次进京求仕失败以后，羞愧自惭、无以还家，怀着生命落空的悲哀徘徊在归途之上时写下的。诗篇表面看来都是写景物的，但他内心的全部感情活动都表现在对自然景物的描写之中了。“木落雁南度，北风江上寒”写的是秋天江上早寒的季节，里面饱含着诗人生命摇落成空的不尽悲哀。“我家襄水曲，遥隔楚云端”写出思乡情切而又阻隔难回的矛盾心理。诗人家在襄阳，古属楚地，故云“楚云端”，“遥隔”不但是地理形势上的阻绝，更有心理上的重重障碍，即无颜面见江东父老的满怀羞耻的愧疚。接着是“乡泪客中尽，归帆天际看”，是的，孟浩然正是那千万个宦游人之一，他曾经也是豪情万丈，而归来却是空空行囊，踏着沉重的脚步，徘徊在漫长的归乡之路，带着满怀的疲惫，眼里充满酸楚的泪……虽然只有故乡能够抚慰诗人那心灵的创痛，然而他那颗残缺受伤的进取心与自尊心却使他没有勇气面对故乡。这种矛盾复杂的迷茫和痛苦真是难以叙说，因而不免发问："迷津欲有问"，我要对迷津发问，我失去了过去隐居的心境和生活，同时也失去了求仕进取的机会和希望，茫茫宇宙，哪里是心灵的去处和归宿？但在诗人生命的津渡上，已经是黄昏日暮、来日无多了，远远望去，只有"平海夕漫漫"的一片茫然……这首诗虽然通篇写的都是景物、形象，但这些景物形象却是被诗人渲染过的、带着兴发感动力量的"兴象"，它使我们从中体会到了当时孟浩然所怀有的那一份茫然落空、凄哀悲楚的生命之感伤。

综观王维、孟浩然的山水田园诗作，我们可以看出一些不同于前代山水田园诗的特色来。首先是这些对于自然景物的描写大都是由物及心，有感而发的。刘勰的《文心雕龙·物色》云："物色之动，心亦摇焉。"盛唐的山水田园之作大都是这种"物色之动，心亦摇焉"的产物，因此这些自然景物都具有极其强烈的兴发感动的力量和生命。此外在表现方式上，唐代山水田园诗大都是情景交融、浑然天成的，而不像谢灵运那样将景物、感情、哲理切割得如此分明。尤其是盛唐诗人所描写的自然景物往往是意境开阔、兴象高远、情趣超妙的，虽然其中也有个别诗人以及诗作还停留在对自然景物之形貌的雕琢与刻画上，但在整个盛唐田园山水诗的创作中，不过是细微末节而已。

〖作品选注〗

九月九日忆山东兄弟

王　维

独在异乡为异客，每逢佳节倍思亲。遥知兄弟登高处，遍插茱萸少一人[1]。

【注】〔1〕茱萸：一名越椒，一种有香气的植物。古有重九佩茱萸登高饮菊花酒可以避灾之说。

王维是个不善于流露感情的人，但有些感情，比如这种怀念兄弟的感情是可以向外人道的。但他真正的矛盾痛苦之情却隐藏得很深，从不向外人倾吐。

辛夷坞〔1〕

王　维

木末芙蓉花〔2〕，山中发红萼。涧户寂无人，纷纷开且落。〔3〕

【注】〔1〕这是诗人晚年所居辋川别墅中又一处风景点。辛夷：木笔树；坞：指地势周围高而中间凹的地方。〔2〕木末：指树杪；芙蓉花：辛夷花，它的花苞生长在树枝的高处，形如毛笔，所以用木末二字是很准确的。而且辛夷花与芙蓉花的颜色、形状很近似，裴迪《辋川集》和诗有“况有辛夷花，色与芙蓉乱”可证。〔3〕这后二句写坞中的寂静，意境极为遥远幽深，很有些“空谷幽兰，不为无人而不芳”的韵味。

竹里馆〔1〕

王　维

独坐幽篁〔2〕里，弹琴复长啸。深林人不知，明月来相照。

【注】〔1〕这也是辋川别墅的风景点之一。〔2〕幽篁：指竹林。柳宗元《青水驿丛竹》诗说“檐下疏篁十二茎”，是极言竹林之稀疏。而“幽篁”则是一片既幽且深的茂密的竹林。

秋登万山寄张五

孟浩然

北山白云里，隐者自怡悦。相望始登高，心随雁飞灭。愁因薄暮起，兴是清秋发。时见归村人，平沙渡头歇。天边树若荠，江畔舟如月。何当载酒来，共醉重阳节。

这是一首怀人之作，是诗人早期隐居时的作品。诗题中的张五名子容，隐居于襄阳岘山南约两里的白鹤山，孟浩然的园庐在岘山附近，因登岘山对面的万山以望张五，并写诗寄意。诗篇兴随景起，有感而发，情景交融，浑为一体，情飘逸而真挚，景清淡而优美，境高远而超妙，是孟浩然诗的代表作之一。

过故人庄

孟浩然

故人具鸡黍[1]，邀我至田家。绿树村边合[2]，青山郭外斜。开轩面场圃，把酒话桑麻。[3]待到重阳日，还来就菊花。[4]

【注】〔1〕鸡黍：泛指待客的饭菜。〔2〕树木多傍村庄种植，村边树木稠密，连接成一片，故称“合”。〔3〕这两句说对着打谷场和菜园子摆开酒菜，饮酒时所谈论的都是桑麻等农家常事。〔4〕末两句说又约定了下次重游的日子。重阳日：农历九月九日。重阳是赏菊的佳节，古人在这一天有饮菊花酒的风俗。

春晓

孟浩然

春眠不觉晓，处处闻啼鸟。夜来风雨声，花落知多少。

这首小诗初看平淡无奇，但反复吟咏，便会从那行云流水般的自然质朴中，感受到一份悠远丰厚、超妙别致的情趣和意境。

第十五课　唐代边塞诗

唐代是我国历史上的黄金时代，当时国家的版图非常广大，华夏族与外族在政治、经济方面的交通来往很多，但在边境之上也时有战争发生。这些战争基本上有两种类型，一种是为保卫疆土、抗击入侵的正义战争；另一种是统治者以炫耀武力、扩大疆域为目的的非正义战争。这两种战争在唐代诗人的笔下都有所反映。盛唐的边塞诗里，有反映征夫在边塞的艰辛生活的，亦有反映思妇在闺中的相思怀念之情的；有表现将士们英勇善战、为国捐躯的豪情壮志的，亦有表现军中主帅“骄恣不法”，“不恤下情”，一味沉醉歌舞宴乐的。总之，诗人们在描写悲壮、艰辛之军旅生活的同时，也用“一将功成万骨枯”的事实，揭示了战争的恐怖与残酷。唐代所以会产生这么多感人的边塞诗，固然与当时国家的背景以及边境上的连年战争有关，同时，唐代许多诗人都曾到过边庭也是一个重要原因。有些人由于仕途坎坷、宦海失意，于是投笔从军，希望能够在军旅中有所建树。也有些人做官做到

◎　王昌龄（698—约 757），字少伯，京兆长安（今陕西省西安市）人。高适（702—765），字达夫，渤海郡蓨县（今河北景县）人。岑参（约 715—769），荆州江陵（今湖北江陵县）人。

了一定的职位，被皇帝派到边境上去带兵打仗。不管他们是失意或得意，总之这些诗人曾到过边庭，才会产生那些反映边塞生活的诗篇。

唐代写过边塞军旅生活的诗人很多，王维曾奉命到边塞犒军而写过《使至塞上》，李太白也写过著名的《塞下曲》。这些诗虽然都反映了边塞风光及军旅生活，但它们大多是一种概念上的、不很切实的表面上的生活现象，因为这些诗人缺乏真正深入的身经百战的切身体验。唐代边塞诗写得最好、最有代表性的，应推王昌龄、高适和岑参，他们都曾到过边塞，体验过真正的军旅生活，所以他们诗中所表现的感情与景象都是非常真切动人的。下面我想简单介绍这三位最突出的诗人及他们的创作。

王昌龄的生平，现存的材料很少，从《全唐文》所收集的王昌龄写给朋友的书信中看，他的生活是非常贫困的，他到边塞去的主要原因可能出于在朝中仕宦不得意，希望在边塞上获得建立功业的机会。他擅长写七言绝句，曾被当时人誉为七言绝句的“诗天子”。他写的边塞诗虽不像高适、岑参那样具体、现实，但较之于王维、李白等人则进了一大步。《从军行》与《出塞》是他最著名的两组边塞之作。七言绝句是一种非常短小的体裁形式，它不适合于铺陈叙述，这与王昌龄擅长抒情而不长于铺叙的特点很吻合。王诗能够把感情与景物结合得很好，通过情景交融、情景相生、由物及心、由心及物的感发过程，在诗中传达出一种原始的精纯而直接的兴发感动的力量。例如《从军行》中的“烽火城西百尺楼，黄昏独坐海风秋。更吹羌笛关山月，无那金闺万里愁”。又如“琵琶起舞换新声，总是关山离别情。撩乱边愁听不尽，高高秋月照长城”。从情意上说，这些诗表现了边关兵士们对家乡亲人的无限眷恋之情，而且这种感情与边塞的景致和生活紧紧地联系在一起，从而产生一种震撼人心的力量。

此外，王昌龄诗还善于通过声音来传达这种感发的力量。一般说来，像七言绝句这样的“近体诗”，是非常注重声调、韵律与情意的结合的。中国的诗歌从一开始就很重视讽咏和吟诵，并且把它与中国诗歌重视兴发感动的传统结合在一起，常常在吟诵之间伴随着声音来传达诗中的感动作用。也许有人觉得，近体诗自有其固定的格式，无论谁写都是同样的声律。其实不然，同样是平声，却有阴阳之分；同样是仄声，也有上去入之别。即使同样的阴平或阳平，还有开口呼、合口呼与撮口呼的不同分别。这其中有一种很复杂的、多方面、多层次的微妙结合，所以杜甫才说“新诗改罢自长吟”。读王昌龄的绝句，一定要对这种声音与感情及景物的结合有所体认。如“烽火城西百尺楼”中的“烽火”与“戍楼”是边塞的典型景物；“百尺”两个字都是入声字，显得极为强劲；“黄昏独坐海风秋”中的“黄昏独坐”表现了生活单调的关塞兵士们内心世界的孤独与苦闷。“海风秋”从声音上看，海是开口的，又是上声字，是由降到升的降升调。风是唇齿之间突然冲出的带有浓重鼻腔共鸣的高平调，这种声调上的结合，给人以雄浑强壮的感触，既是景物与声音的结合，也是情感与声音的结合。从景物上看，“烽火城”“百尺楼”，边塞的景物虽然单调却并不凄凉；从感情上说，“黄昏独坐”“更吹羌笛”，边塞生活虽然枯燥，却不消沉。这种效果的产生，完全是凭借这种声音的作用。这就是王昌龄边塞诗的主要成就和特色。

下面我们来看高适诗作的特色。

高适是一个既有政治理想，又有谋略才干的人，在唐代诗人中，他算是比较显达的。当然显达不一定就得意。他二十岁曾到长安去考试，但没有考中。后来一度到幽蓟从军，可当他赶到时，战争已经结束。虽然他未能得到建功立业的机会，但却对边疆与战争有了深切的了解和体验。他的边塞诗的代表作《燕歌行》，就是此一时期的产物。诗的开篇两句连用两个“汉”字：“汉家烟尘在东北，汉将辞家破残贼。”“汉家”指中国，汉朝也是历史上很强盛的时代。“烟尘”代指战争，古代传递战争消息用烽火，白天点烟，夜晚举火。烽烟与尘土都显示战争的具体形象。由于“汉家”有了战争，作为“汉将”，当然具有一种义不容辞的责任了。“辞家”，体现着报国牺牲的精神；“破残贼”表现了坚决、果敢、勇猛、顽强的战斗意志。在这种“汉家”与“汉将”的相互呼应与承接当中，自然传达出强烈动人的感发力量。就高适而言，他不仅如是说，而且具有这种“辞家”的意志和“破残贼”的勇气。

接下来他说“男儿本自重横行，天子非常赐颜色”，中国古代男子的价值观念是“男子汉大丈夫志在四方，岂能固守家园，作儿女之态”。所以男儿一生下来就应该担负起保家卫国的责任。“重横行”是纵横驰骋的意思，“本自”，是说本来就应如此，“重”是着重。这句话在叙述的口吻中就带着那么强烈的感动。不但如此，他上一句说“男儿”，下一句就是“天子”，作为男儿理应报国，而且报国并非为了酬劳。而天子对这些忠心报国的“男儿”也很珍惜，给予他们很厚的赏赐。“赐颜色”是指天子对这些报国的人给予恩宠。这前四句诗，在铺陈叙述的口吻、结构、声调之中，把一个男子不怕牺牲、报效国家的精神气概完整地传达出来了。

这种古代歌行体的诗歌不需要对句，高适这首诗虽然没有严格的对仗，但他的上下句之间总有一种呼应，一种本质上的相对，比如“摐金伐鼓下榆关，旌旆逶迤碣石间”，“少妇城南欲断肠，征人蓟北空回首”，“边庭飘飖那可度，绝域苍茫更何有？”这种似对非对中的内在关联，于疏散之中透出的严整，体现了作者有心安排的一番用意。

读《燕歌行》这首诗，一定要注意诗前的那个小序，其中的张公指的是唐代辅国大将军兼御史大夫张守珪。据《旧唐书·玄宗纪》载：“开元二十五年(737)二月，张守珪破契丹余众于棣禄山，杀获甚众。”因为他打过胜仗，所以皇帝非常宠信他。可当开元二十六年张守珪再次带兵打仗失败之后，他为保全自己的地位，不致失去皇帝的恩宠，于是就谎报军情。据说高适这首诗就是为了这件事而作的。其中“战士军前半死生，美人帐下犹歌舞”，“身当恩遇恒轻敌，力尽关山未解围”等句，都含有讽喻之意，他想借此来反映军中的腐败现象。高适一直是非常关心国家、民族危亡的，“安史之乱”潼关失守后，玄宗从长安逃奔四川，高适特意赶来，向玄宗提出忠告劝谏。当时的人都认为高适能够“负气直言”。他不仅关心国家政治，对军队中将领与兵士的关系问题也极关注，因此他的边塞诗有明显的现实用意，这与王昌龄无明确目的的边塞诗及岑参为应酬上司及朋友写的边塞之作是很不相同的。

下面我们再看看岑参诗作的特色。

岑参与高适及王昌龄都是同一时代的人，他二十岁左右也到长安求取功名，奔波十余年没有结果，就到边塞军中充当幕僚。他曾在轮台居住过相当长的时间，对于塞外景象及军旅生活有着深刻的体会和认识。他的边塞之作，运用形式自由的古乐府歌行体，为我们描绘出塞上那酷热奇寒、火山黄云、狂风大雪、飞沙走石、金甲旌旗、胡琴羌笛……种种壮景奇观，这一切都是别人笔下不曾有过的。

岑参诗有一个特色也很值得注意，即杜甫在一首写他与岑参兄弟到渼陂划船的诗中所说的：“岑参兄弟皆好奇。”岑参喜欢做不平凡的事，喜欢有不平凡的表现。有人说他的诗“语奇而格峻”，他所写的内容常常是罕见的，他所用的语言常常是不平凡的，风格是矫健而有力的。你看他写的轮台：“君不见走马川，雪海边，平沙莽莽黄入天。轮台九月风怒吼，一川碎石大如斗，随风满地石乱走。”这是何等的壮观。再看他在《白雪歌送武判官归京》中写的：“北风卷地白草折，胡天八月即飞雪。忽如一夜春风来，千树万树梨花开。”第一句的“折”与第二句的“雪”都是仄声韵，因为他要写北风的摧杀，于是就用了这种短促的入声字，使人读后产生一种紧张、寒冷的感觉。但接下来的“忽如一夜春风来，千树万树梨花开”又换为平声韵，“梨”“花”“开”都是平声，好像春天来了，一下子就放开了。这种声音与景物的谐调配合，紧缩与松弛跌宕有致，正是岑参边塞诗作的又一特色。

从诗歌的欣赏角度而言，只有那些寓意深刻含蓄、能够多方面引发人联想的诗，才适合于讲解。像岑参这类以新奇取胜，既不是言情，又没有什么用意的诗，则更适于在诵读中去欣赏，因为他的边塞诗大都是为应答酬谢、歌颂赞美而写的，虽然诗篇所描述的景物，与所使用的语气、声调、口吻，以及气势都很不平凡，但这些好处，都是一读即知的，因此它只适合于诵读，而不太适合于讲解。高与王的诗则与此不同。高适诗的好处在于以“气骨”取胜，“气”是一种精神的力量和作用，这与做人的关系很密切。韩愈曾说过，“气盛则言之长短高下皆宜”，气是通过语言的声音和口吻来传达的。“骨”指作品的章法与结构。高适与岑参的诗能在其章法结构和语气叙述的声调、口吻中，给你一种精神上的鼓舞和感染。王昌龄则是以“情韵”取胜，“情”是他那既悲且壮的怀乡、怀人之情，“韵”是言虽尽而意不绝的绵长余味。对王昌龄的诗，要一边吟咏，一面体味，这样就能从中获得一种身历其景、心临其境的感动。

由于篇幅所限，三位诗人的诗篇详见课后的作品选注。

〖作品选注〗

从军行（其一）

王昌龄

烽火城西百尺楼，黄昏独坐海风秋。更吹羌笛关山月，无那金闺万里愁[1]。

【注】〔1〕无那：无奈，指无法消除思乡之愁。

从军行（其二）

王昌龄

琵琶起舞换新声，总是关山[1]离别情。撩乱边愁听不尽，高高秋月照长城。

【注】〔1〕《乐府古题要解》云："《关山月》，伤离也。"句中"关山"在字面意义外，双关《关山月》曲调，含义更深。

出塞（其一）

王昌龄

秦时明月汉时关，万里长征人未还。但使龙城飞将在[1]，不教胡马度阴山[2]。

【注】〔1〕龙城：或解释为匈奴祭天之处，其故地在今蒙古国鄂尔浑河西侧的和硕柴达木湖附近；或解释为卢龙城，在今河北省喜峰口附近一带，为汉代右北平郡所在地。《史记·李将军传》说："广居右北平，匈奴闻之，号曰汉之飞将军，避之数岁，不敢入右北平。"后一解较合理。〔2〕阴山：在今内蒙古自治区中部。

燕歌行[1]

高　适

开元二十六年（738），客有从御史大夫张公出塞而还者，作《燕歌行》以示，适感征戍之事，因而和焉。

汉家烟尘在东北，汉将辞家破残贼。男儿本自重横行，天子非常赐颜色。[2]摐金伐鼓下榆关，旌旆逶迤碣石间。[3]校尉羽书飞瀚海，单于猎火照狼山。[4]山川萧条极边土，胡骑凭陵杂风雨。战士军前半死生，美人帐下犹歌舞！[5]大漠穷秋塞草腓，孤城落日斗兵稀。身当恩遇恒轻敌，力尽关山未解围。[6]铁衣远戍辛勤久，玉箸应啼别离后。少妇城南欲断肠，征人蓟北空回首。[7]边庭飘飖那可度，绝域苍茫更何有！杀气三时作阵云，寒声一夜传刁斗。[8]相看白刃血纷纷，死节从来岂顾勋。[9]君不见沙场征战苦，至今犹忆李将军！[10]

【注】〔1〕“燕歌行”是乐府《相和歌辞·平调曲》古题，多写思妇怀念征人的内容。〔2〕这四句写开元时东北地方常受骚扰及张守珪立功受赏的情况。〔3〕这两句写军队出征时的壮大声势。摐：撞击；伐：击；碣石，山名。〔4〕这两句写敌军进攻，边地都护府有紧急军书到来。校尉：武官名，位次于将军；羽书：调兵遣将的紧急文书，有急事插羽毛在文书上，表示火急；瀚海：沙漠；单于：古代匈奴称其王为单于；狼山：内蒙古自治区乌拉特旗有狼山，其他地方也有同名山，此处瀚海、狼山都是泛指与敌军交战的地方，非实指。〔5〕这四句写征战之苦与将士间苦乐悬殊。凭陵：逼压；风雨：形容胡骑来势猛烈。〔6〕腓：变黄；恩遇：与前面“非常赐颜色”相照应；轻敌：指张守珪部下裨将赵堪、白真陀罗矫诏胁迫平卢军使乌知义与契丹余部作战事；未解围：据《新唐书·张守珪传》：“知义与虏斗，不胜，还。”〔7〕这四句写战争长期不休止，征人不能还乡，引起戍卒与家人的两地相思。铁衣：铁甲；蓟北：指唐蓟州（今天津市蓟县以北地区）。〔8〕这四句写边地的荒凉和战争气氛的阴森紧张。绝域：极僻远的地方；三时：指晨、午、晚，即一整天；刁斗：古代军中使用的铜炊具，容量一斗，夜间敲击代替更柝。〔9〕这两句写士兵在战场上只想到以死报国，并非为了个人功名，与前写将军的享乐和轻敌恰成对比。〔10〕最后两句赞叹汉代名将李广爱护士兵，借以讽刺张守珪的不恤下情。《史记·李将军列传》：“广廉，得赏赐，辄分其麾下。饮食与士共之。……广之将兵，乏绝之处，见水，士卒不尽饮，广不近水；士卒不尽食，广不尝食。宽缓不苛，士以此爱乐为用。”这与前面的“战士军前半死生，美人帐下犹歌舞”相比，

讽刺意味很深。

白雪歌送武判官归京[1]

岑　参

北风卷地白草折，胡天八月即飞雪。忽如一夜春风来，千树万树梨花开。[2]散入珠帘湿罗幕，狐裘不暖锦衾薄。将军角弓不得控，都护铁衣冷难着。[3]瀚海阑干百丈冰，愁云惨淡万里凝。[4]中军[5]置酒饮归客，胡琴琵琶与羌笛。纷纷暮雪下辕门，风掣红旗冻不翻。[6]轮台东门送君去，去时雪满天山路。山回路转不见君，雪上空留马行处。

【注】〔1〕天宝十三载（754）岑参任安西、北庭节度判官。这诗是他在轮台幕府雪中送人归京之作，表现了边防军营中的奇寒与天山、瀚海的壮丽雪景。〔2〕这四句写边塞北风猛烈，飞雪来得很早。白草：《汉书·西域传》颜师古注："白草似莠而细，无芒，其干熟时正白色，牛马所嗜也。"王先谦补注谓白草"春兴新苗与诸草无异，冬枯而不萎，性至坚韧"。梨花：指雪。〔3〕这四句写苦寒。角弓：用角作装饰的硬弓；控：引子；都护：当时边疆重镇都护府的长官、主将。〔4〕这两句写塞外大雪时的景象。前句写地，后句写天。阑干：纵横貌；惨淡：阴暗。〔5〕这句说到送归的主题。中军：古时多分兵为中、左、右三军。中军为主帅发号施令之所，这里指轮台节度使幕。〔6〕这两句写近处的风雪：因为下雪时间较久，辕门外的红旗已经僵硬得不能飘扬。辕门：军营的门。古代行军扎营时，用车环卫，出入处是把两车的车辕向上竖起，对立如门。掣：极写风吹，仿佛把风拟人化了。

第十六课　李　白

在我们这个国家里，不晓得唐代诗人李白的，恐不多见，但能了解他全部情况的，恐怕也不多。对于一个不同凡俗的天才，只有同样也是不同凡俗的天才，或与之才气相近的人，才能真正欣赏到他的好处，概括出他的神貌。杜甫便是与李白生活在同一时代，焕发着同样夺目之光彩，并且互相倾慕、深知深爱的千古诗史难得一见的另一天才。若想在较短的篇幅里让大家较深刻地了解李太白，我们就不得不借助于杜甫的眼力与笔力，给这位浪漫不羁的绝世之才做个遗貌取神的速写。请看下面杜甫对李白的描述：

赠李白

秋来相顾尚飘蓬，未就丹砂愧葛洪。痛饮狂歌空度日，飞扬跋扈为谁雄。

在这首小诗里，杜甫仅用二十八个字，便把李太白那放浪不羁

◎　李白（701—762），字太白，号青莲居士。祖籍陇西成纪（今甘肃秦安县东）。出生于碎叶（在今吉尔吉斯斯坦北部托克马克附近）。

的绝世之才，以及那落拓寂寞的绝顶之哀表现得淋漓尽致了。开篇的“秋来相顾尚飘蓬”，是何等萧瑟的落拓之悲。昔宋玉有句云：“悲哉，秋之为气也。”杜甫也有诗说“摇落深知宋玉悲”，诗人们所悲的是人生之秋，生命成空的“失落”。也许你要问：如此飘逸豪纵的李太白难道也会有生命成空的“摇落”之悲吗？其实，以李太白那恣纵不羁、放浪形骸的才情，是不应该降生在这尘世中来的，无奈他却偏偏不幸地降于人间，成为既失落于上天、又格格不入于人间的“谪仙人”。另外，以李太白那份惊世骇俗的天才，也本不该受此尘世间种种是非成败以至道德礼法的束缚，可他既已落地为人，就无法不生活在社会人群所形成的种种桎梏中，因而也就无法免除“天生我材必有用”的用世之念。而既想求为世用，又不屑于循规蹈矩的科考仕进，终日幻想着能像“我以一箭书，能取聊城功，终然不受赏，羞与时人同”（《五月东鲁行答汶上翁》）的鲁连，与“入门开说骋雄辩，两女辍洗来趋风，东下齐城七十二，指挥楚汉如旋蓬”（《梁甫吟》）的郦食其一样，有朝一日风云际会，凭自己的三寸不烂之舌，便可轻而易举地立卓然不世之功，然后再拂袖而去，飘然归隐。显然，这种天真浪漫的狂想在现实中是根本行不通的，所以李太白在求为世用上虽曾先后两度得到机会，但也曾两度遭到幻灭与失败。一次是他入为翰林待诏时，若以世人浮浅之眼光来看，这当然是一种幸遇，而且他还曾蒙玄宗“七宝床赐食，御手调羹”的“宠遇”。可是这对于一心向往“直挂云帆济沧海”的李太白而言，却非但不以之为荣，反而感到他的理想将遭幻灭。由于当时的玄宗已非宵衣旰食、励精图治的开元之君可比，而其对太白之任用则无异于只是“以倡优畜之”，所以当这位不羁的天才恍然发现自己所待之“诏”，不过是为玄宗游宴白莲池而作《白莲池序》，于宫中行乐时写《宫中行乐词》，于赏名花对妃子时填写个《清平调》而已，于是这位“安能摧眉折腰事权贵”的李太白，终于大失所望地毅然辞别了金马门而恳求放还归山了。这是李白用世之念的第一次失败。谁知不久“安史之乱”后，这位不羁的天才诗人，又以其天真浪漫的狂想，做了第二度失败的选择。关于这一次李白依附永王璘的事件，历来对之指责或为之解脱的辩论很多，我们这里不想从世俗的忠奸、顺逆的道德观念上做任何衡量和判断，而只觉得应为太白的不羁之才与用世之志的再遭惨败而同声一哭。太白一生都向往着“风云感会起屠钓”（《梁甫吟》）的际遇，天宝之乱时，太白已五十六岁了，他既感老之将至，又恐修名不立，况值世变如斯，于是永王的征辟使他心中用世的希望之火又重新燃起，他幻想着能借此实现灭虏建功的愿望，以便敝屣荣名，拂衣归去。这一不顾现实的幻想，遂导致他误入迷途终而获罪被放逐夜郎。以太白的天赋才华，本该是一位“手把芙蓉朝玉京”的仙人，不想最后竟谪降于人世，落得个在生命之九秋寒风中漂泊无依的下场，所以杜甫这一句“秋来相顾尚飘蓬”真是道尽了这位天才诗人一生的飘零落拓之悲。

如果说此诗首句写尽了天才诗人对现世追求的幻灭之悲，那么第二句的“未就丹砂愧葛洪”所写的，则是这一天才对现世之外的另一种追求的幻灭与失望。“丹砂”是炼丹所用的矿物质。“葛洪”是传说中的一位学道成仙者。我们从太白众多的访道求仙之作中可以看出，他其实并不迷信神仙的必有，而只是想借此一厢情愿的“幻想”来做自我慰藉。在他的狂想之中，他既不甘心让生命落空而向往致用求仕，又不甘心受世俗之羁绊而渴望隐居求仙，他深慨人世的短暂无常，乃以其不羁之天才，不计真伪成败地追求着不朽和永恒。这种天真浪漫的狂想，使人觉得既可爱又可伤。他所以会向往于学道求仙，除了性格与当时社会风气的影响之外，一个更主要的原因就是，他对现世失望之后，想要寻求另外一种安慰和寄托。然而他寻求的结果又是如何呢？《古风》之三说：“徐市载秦女，楼船几时回？但见三泉下，金棺葬寒灰。”《古风》之四十三又说：“瑶水闻遗歌，玉杯竟空言，灵迹成蔓草，徒悲千载魂。”可见太白在欲寻求新的解脱之际，所面对的原来是一个更大的幻灭与失望！况且李太白根本就不是一个真能冥心学道、遗世忘情之人，就在他临终前，还曾想请缨从军，表现出“老骥伏枥，志在千里，烈士暮年，壮心不已”的雄心伟愿。这种既失望于世，又不能弃世，既明知神仙不可恃，又心向往之的复杂悲苦之情，只有杜甫这句“未就丹砂愧葛洪”才足以概括之。

人世无可为，“神仙殊恍惚”，人间天上居然找不到一个可资栖托的荫庇之所，于是这位天才只有以“未若醉中真”自解，以“痛饮狂歌空度日”来求得暂时的麻醉和宣泄。若就“痛饮”而言，昔日陶渊明似乎尚不失为闲情高致的酒人，而李太白则俨然是个烂醉沉迷的酒鬼。他宁愿一醉至死，“会须一饮三百杯”，“但愿长醉不复醒”，“舒州杓、力士铛，李白与尔同死生”。殊不知他所以如此，正缘其赤裸之天才的一份无所荫蔽的悲苦。陶渊明作为一位智者，他能以一己之智慧，为自己觅得一片栖心立足的天地，虽然他时而也有“挥杯劝孤影”的寂寞悲伤，但仍能在“采菊东篱”“既耕已种”之际，获得一份“此中有真意”“不乐复何如”的心灵上的安慰与解脱。可李太白却除了“痛饮”之外，再无任何解脱依恃之物了。那么“酒”真能使诗人获得解脱，真能“与尔同销万古愁”吗？恰恰相反，“抽刀断水水更流，举杯销愁愁更愁”，借酒浇愁的结果却是愈饮愈愁，愈愁愈饮，直至于“痛饮狂歌空度日”。此外，谈到李太白诗集中那些浪漫恣纵的“狂歌”，如《蜀道难》《远别离》《鸣皋歌》《天姥吟》诸作，真有如“列子御风而行，如龙跳天门，虎卧风阙，有非地上凡民所能梦想及者”（清人方东树语），正可谓“笔落惊风雨，诗成泣鬼神”！当这位落拓不羁的天才诗人既失望于人世，又幻灭于仙境之后，除了狂歌与痛饮之外，已一无所有，可杜甫的“空度日”三字又将这仅有的酒与诗也一并抹杀了，杜甫深知以太白的天才与志意，他并不能真正从“痛饮狂歌”中得到满足与安慰，而只能是在多重失望与悲哀之下，求得暂时的逃避和排遣罢了。

最后一句“飞扬跋扈为谁雄”，是继前三句写失望幻灭、落拓悲哀后，总写此一绝世之天才的绝世之寂寞。“飞扬跋扈”使人联想到鹏鸟之飞与鲲鱼之跃。《说文》云：“扈，尾也。跋扈，犹大鱼之跳，跋其尾也。”以诗人之恣纵不羁、迥出流俗而言，正好像《庄子·逍遥游》中那只鲲化而飞的鹏鸟，李白曾多次以此自比。如他在《大鹏赋》里所说的那只巨鲲，它“脱鬐鬣（鱼背上像鬣一样的鳍）于海岛，张羽毛于天门。刷（沐浴）渤海之春流，晞（晾晒）扶桑之朝暾，燀赫乎宇宙，凭陵乎昆仑。一鼓一舞，烟朦沙昏，五岳为之震荡，百川为之崩奔。尔乃蹶厚地，揭太清，亘层霄，突重溟。激三千以崛起，向九万而迅征”。从这些描述中，我们可以看到诗人李白对鹏鸟的振羽高飞，有着极为天真浪漫的向往。其实在现实生活中，且不说你即使飞起来也会因没有“怒无所搏，雄无所争”的对手而倍感孤寂，仅就这尘世人间樊篱重重的环境而言，像“鹏鸟”这样巨大的形魄与气势，恐怕是连容身之处都没有，所以李太白才会无奈而悲叹：“大鹏飞兮振八裔，中天摧兮力不济。”世上没有大鹏所期待的天风海涛，更没有能与大鹏相伴而飞的“稀有之鸟”（李白《大鹏赋》中所写的，一只可与大鹏并驾齐飞的大鸟）；尘世之中只有无知窃笑的斥鷃与徒争腐鼠的鸱鸟。于是李太白只得一生都生活在寂寞中，寂寞地腾跃，寂寞地挣扎，寂寞地摧折，以至寂寞地陨落……杜甫这四句诗真乃是一幕绝顶的天才之悲剧！为了进一步认知李太白的人与诗，我们下面要看一首表现他天才失意之悲的“狂歌”：

远别离

远别离，古有皇英之二女，乃在洞庭之南，潇湘之浦。海水直下万里深，谁人不言此离苦？日惨惨兮云冥冥，猩猩啼烟兮鬼啸雨。我纵言之将何补？皇穹窃恐不照余之忠诚，雷凭凭兮欲吼怒。尧舜当之亦禅禹。君失臣兮龙为鱼，权归臣兮鼠变虎。或云

> 尧幽囚，舜野死。九疑联绵皆相似，重瞳孤坟竟何是？帝子泣兮绿云间，随风波兮去无还。恸哭兮远望，见苍梧之深山。苍梧山崩湘水绝，竹上之泪乃可灭。

凡是有真知灼见、真知真赏的人，一定能把天下最好的东西吸收过来，变成自己的长处。这首古代歌行就是在吸收和融会了古乐府杂言体加散文化的句式，在楚辞的节律基础上创造出来的，这是李太白用得最得心应手的一种体裁形式。你只要反复读两遍这首诗，就不难发现它的这些特点。首先是字句上的长短不齐，从三字句到十字句，参差错落，不拘一格。其次是声律上的多次换韵，时而隔句押韵，时而数句一韵，时而句句入韵，既突出了古代歌行古朴苍劲的力度美，又恰好适应了太白所具有的那一份狂放不羁的天性，而且更适合于表现他那种“大江无风，涛浪自涌；白云在天，从空变灭”的艺术风格，因此就首先从形式上给了你一个不同凡俗的直觉印象。

其次我们再看诗的内容，《远别离》是一个传统的乐府古题，虽然自古人们所表现出的离别之情，曾经有着古今、久远、长短、生死的不同类别，但最基本的无非只有生离与死别这两种类型。生离虽然痛苦，但毕竟还有再见的希望；死别即使悲哀，然而一痛之下断绝了所有的念头，倒也不至于日后再受相思的煎熬。天下最悲哀的，则莫过于从生离转变成死别，而且不但死后尸骨无还，更复不知葬在何处，而李太白这里所写的，正是这样一种离别。

“远别离，古有皇英之二女，乃在洞庭之南，潇湘之浦。”相传帝尧曾将两个女儿（娥皇、女英）嫁给舜。舜晚年南巡，死而葬在苍梧的九嶷山间，皇、英二女望苍梧而泣，泪洒湘竹而成斑，其后死而为湘水之神。诗人以他天才的神思狂想，选取这样一个带有悲剧色彩的事象，究竟要表达什么用意呢？对此，前代学者曾有过种种猜测和推论，这点我们后面谈。我们首先要弄清楚的，应是诗篇本身所具有的艺术价值和表层意义。诗人表面所写的只是离别之情，是那种从生离转到死别的、天下最悲哀的别离之情。而且更悲哀的还在于，这种离别居然发生在贵为天子的帝王与后妃之间，要知道凭借他们的地位与权势，是可以避免一切人为的灾难和祸患的。如果有什么悲剧连他们都无法避免了，那就足以证明它是带有极其深广的普遍性了，所以千百年来，苍梧九嶷始终被这一浪漫而悲凄的气氛所笼罩，洞庭湖与潇湘水也一直载着千古之沉哀东流到海。

“海水直下万里深，谁人不言此离苦”这一句，把天下离别的悲苦从古拉到今，从神转到人，无论从形式结构还是从情意结构上，都为后来“我”的出现做了呼应和铺垫。中国古人讲天人感应，他们认为，人间若有了不幸，上天就会出现迹象和回应。“日惨惨兮云冥冥，猩猩啼烟兮鬼啸雨”是说：不仅天下的有情之人都被这离别的悲哀感动了，连自然界无情的日月风云、禽兽鬼神也都不禁为之黯然哭泣。这正是李太白天才之狂想的体现，不愧是“惊风雨”“泣鬼神”的浪漫之语。

前面开端处，诗篇在隔句押韵、错落有致的章法中，客观地叙述了一个遥远而古老的悲剧传说，这很像一部音乐史诗中的序曲，虽然其中的“谁人”二字已使这悲剧产生了移远就近、从神到人的变化，但至此还丝毫没看出有任何借古讽今、借题发挥的迹象来。可是接下去“我纵言之将何补”的一个韵句突然像个木楔子似的插了进来，非但打破了诗篇已有的韵式整齐之格局，而且在内容上也有了更丰富、更含蓄的用意。至此，诗篇开始进入第二个乐章，即诗篇之主题。于是这便有了表层与深层、言内与言外的双重意义。你看，“我纵言之将何补”一句，不仅把古今的离别之悲巧妙地串联起来，还把对于人间离别的泛论引渡到“我”所要针对的具体对象上来。“补”是挽回、补赎之意，诗人想要挽赎的是那份人间离别的深悲长恨。可是“皇穹窃恐不照余之忠诚，雷凭凭兮欲吼怒”，这种汉乐府杂言加散文化的句式，与屈原《离骚》之情意的结合，表面是说，光明而尊贵的上天恐怕不会洞悉照见我对他的一片忠诚，既然“不照”也就罢了，可没想到上天那些雷公、电母、天兵天将们（喻皇帝宠信的当权得势之人）还对我盛怒，发出闪电雷鸣的攻击。这与屈原《离骚》中的“荃不察余之中情兮，反信谗而齌怒”同义。这自然使人想到太白任翰林待诏期间那份遇中不“遇”的悲哀。当时玄宗一味沉溺于享乐，致使政权落在奸相李林甫、杨国忠等人的手中，朝内重用奸佞，朝外宠信逆贼，这就为“安史之乱”种下了隐患。这一切，虽然太白曾经敏锐地预感到了，但玄宗从不给他商谈政事的机会；就算有机会进言，但因得罪过玄宗左右的宠信，这些人常在皇帝面前毁谤他，即使他一片赤诚，忠言相谏，玄宗也不会听得进去，反而更引起皇亲国戚对他加倍的攻击。所以诗人慨然悲叹：“我纵言之将何补”，“雷凭凭兮欲吼怒”。既然如此，那么预料中的历史悲剧又怎么能避免呢？这就跟上古时的“尧舜当之亦禅禹，君失臣兮龙为鱼，权归臣兮鼠变虎”一样的不幸！“禅”是禅让，特别指皇位的转让。无论古今中外，所有政治不稳定的原因，都与激烈争夺最高统治地位的斗争有关，究竟应以什么方式来获取统治地位呢？是由人民选举，还是世袭的传承，或靠武装夺取政权呢？中国古代的儒家把“禅让”作为一种理想的天子易位的方式来标榜，而且传说上古的国君最初不是把皇位让给儿子的，而是让给他们选拔出来的、人民拥戴的贤德之人，至禹把皇位传给儿子启，中国才开始了父死子继的世袭制。这不过是被儒家所美化了的理想罢了。要知道，上古离我们这么久远，又没有文字记载，谁知道尧就真的是自愿让位的，舜又果真是无条件禅让给禹的？以历史上屡见不鲜的杀君弑父之事件而言，安知这其中没有迫不得已的原因？这并非是无端的怀疑，诗人下面说了他所怀疑的根据：“或云尧幽囚，舜野死”，据《史记·五帝本纪》正义所引《竹书纪年》载“昔尧德衰为舜所囚也”，《国语·鲁语》也有“舜勤民事而野死”的记载。既然历史上确有“尧幽囚，舜野死”之事，那么说不定上古所谓的“禅让”，也会有汉献帝让位给曹丕、曹魏让位给晋司马氏一样的缘由在。历史告诉我们，只有当天子失去了忠臣的辅佐、政权被奸臣所篡夺时，才会有“禅让”的事。照此看来，远古的尧、舜之被“幽囚”，遭“野死”，以致与最亲近的人“远别离”，也未必不是由于“君失臣”“权归臣”的结果。历史的发展证明了，并且还在继续证明着：只要“荃不察余之中情”“皇穹不照余之忠诚”的现象还存在，那么尧、舜的“幽囚”“野死”及其“远别离”的悲剧下场就不可能避免和补赎，这正是诗人李太白寄托在这个古老的离别故事中的深刻寓意。

接下去，随着诗篇韵律上的转换，诗人感慨的情意也逐渐变得深沉和凝重起来。尽管还是接着第一部分来继续渲染舜与二妃的别离之悲，但经过前面一番以尧之“幽囚”“禅让”为陪衬的描述，舜与二妃的离别已不只是普通意义上的人间别离了，而是对特定社会背景的一种暗示，这就更具有深刻而特殊的社会政治意义了。既然“余之忠诚”“皇穹不照”，既然“我纵言之”而于事无补，那么像帝舜这样的失位、失国、亡命、亡家也就不足为奇了。只是舜的下场实在太过于悲惨了：“九疑联绵皆相似，重瞳孤坟竟何是？”“重瞳”指的是舜，相传舜是双瞳，故而又称他为重瞳或重华。这两句是说，九嶷山有九座相似的山峰，那“野死”的舜究竟葬在哪一座山峰之上居然不得而知！天下之悲莫过于此了，以帝王天子之身份，即使没有秦皇、汉武那样恢宏壮观的陵墓与仪葬，恐怕也不至于“野死”吧，何况是死后无葬身之地，以至于其妻妾家人欲哭无处！更为绝妙的还在于，这两句诗还令人在悲哀之余，不禁产生一种自然的联想，或者说是怀疑：难道舜的“野死”真是“勤于民事”的正常死亡，而不是毙命于非常的兵变或动乱？不然怎么竟然会没有人知道这一代贤君的“孤坟竟何是”呢？倘能知道孤坟的是处，那么对他的怀念和哀悼还能有一个固定的宣泄、祭奠之所，可现在居然连一个可以痛快淋漓大哭一场的地方都寻不到。于是，整个九嶷之山、苍梧之野的每一个山丘、每一座孤坟，都会因有可能是“重瞳孤坟”而令人悲泣；同时也因其不能确指是“重瞳孤坟”而倍感压抑。所以诗人说“帝子泣兮绿云间，随风波兮去无还”。娥皇、女英因为是尧帝的女儿故又称“帝子”，传说当年皇英二女因不知舜坟何在，而泣遍了整个苍山竹林，可她们所怀念的舜却“随风波兮去无还”。据说舜当年与二妃离别时是坐着船走的，没想这一别而去，竟从生离到死别，不仅尸骨无还，而且孤坟难觅！所以皇英二女只好将这全部痛苦哀伤全都化作“恸哭兮远望，见苍梧之深山”了。这是何等深重沉痛的悲哀，何等永恒而遥远的别离。天地之间何时才能挽赎这种不圆满的人间憾恨，何时才能消灭造成这不幸与悲哀的根源呢？除非等到那么一天：“苍梧山崩湘水绝，竹上之泪乃可灭”。然而苍梧山无崩塌之日，湘水无断绝之时，那皇英二女挥洒在翠竹上的泪迹——这象征着人间悲剧的“远别离”也就永远不会消失。

从上面的分析中，我们已经清楚地看到李太白真不枉为“天才”诗人，他不但具有天才的狂想与创作才能，更具有天才的洞察和预见。虽然在他写此诗时，唐玄宗与杨贵妃马嵬坡上的“远别离”尚未发生，但我们今天对着这番“别时容易见时难”的人之常情时，居然会不由自主地将之与古往今来、天上人间、无限江山等都联系到了一起，尤其诗中那脱口而出的“我纵言之将何补”以及“皇穹窃恐不照余之忠诚”等句，不仅真切地传达出诗人“逢时吐气思经纶”（《梁甫吟》）的欲求世用的襟怀志意，同时更流露了诗人终于不得真“遇”的悲寂怅惘。这份由生离到死别的离别，就舜与二妃说来，无疑是悲哀之至的；同时对李太白与玄宗的遇而复失而言，难道不也是一种无可挽赎的悲哀吗？尤其可悲的是，这两种悲剧很可能是出自同样一种根源呢。

遗憾的是李太白虽具有超世之才，然而不幸他竟误落凡尘，于是他只好痛饮狂歌而徒叹悲寂了。

〖作品选注〗

梁甫吟[1]

长啸梁甫吟，何时见阳春[2]？君不见朝歌屠叟辞棘津，八十西来钓渭滨。[3]宁羞白发照渌水，逢时吐气思经纶。[4]广张三千六百钓，风期暗与文王亲。[5]大贤虎变愚不测[6]，当年颇似寻常人。君不见高阳酒徒起草中，长揖山东隆准公！入门开说骋雄辩，两女辍洗来趋风。东下齐城七十二，指挥楚汉如旋蓬。[7]狂生落魄尚如此，何况壮士当群雄。[8]我欲攀龙见明主，雷公砰訇震天鼓[9]，帝旁投壶多玉女。三时大笑开电光，倏烁晦暝起风雨。[10]阊阖九门不可通，以额扣关阍者怒。[11]白日不照吾精诚，杞国无事忧天倾。[12]猰貐磨牙竞人肉，驺虞不折生草茎。[13]手接飞猱搏雕虎，侧足焦原未言苦。[14]智者可卷愚者豪，世人见我轻鸿毛。[15]力排南山三壮士，齐相杀之费二桃。[16]吴楚弄兵无剧孟，亚夫咍尔为徒劳。[17]梁甫吟，声正悲，张公两龙剑，神物合有时。[18]风云感会起屠钓，大人蜺屼当安之。[19]

【注】〔1〕“梁甫吟”是乐府古曲。梁甫：山名，在泰山下。张衡《四愁诗》：“我所思兮在泰山，欲往从之梁甫艰。”〔2〕见阳春：《楚辞·九辩》云：“恐溘死而不得见乎阳春！”〔3〕屠叟：指吕望（姜子牙）。传说他五十岁时在棘津卖吃食，七十岁时在朝歌屠牛，八十岁在渭水垂钓，九十岁辅佐周文王。〔4〕这两句说太公不以年老垂钓为羞，时机一到，便能扬眉吐气，治理国家。〔5〕这两句说姜太公在渭水边垂钓十年（每年三百六十天，十年故曰“三千六百钓”）。风期：指品格理想。〔6〕“虎变”，指虎的毛皮秋后更新，文采炳焕。这里用来比人，意思说贤者一旦得志，非愚者所能测知。〔7〕这六句叙述汉初郦食其谒见汉高祖刘邦和游说齐王田广降汉的故事。据《史记·郦生陆贾列传》，郦食其，高阳（今河南省杞县）人，自称“高阳酒徒”。刘邦领兵过

高阳时，郦往谒见，刘邦正让两女子给他洗脚。郦生长揖不拜，向刘邦说：想聚合义兵而灭秦，就不应对长者如此不礼貌（当时郦已六十多岁）。刘邦于是停止洗脚，以礼接待。后来郦生为刘邦游说诸侯，使齐王田广以七十二城降汉。草中：草野之中；隆准：高鼻子。《史记·高祖本纪》："高祖为人隆准而龙颜。"趋风：很快地走上前来；旋蓬：蓬草遇风就连根被拔起，随风飘转。这里比喻郦食其未用一兵一卒，凭三寸不烂之舌就能指挥楚汉，如风吹蓬草一样容易。〔8〕狂生：指郦食其。《史记·郦生陆贾列传》：郦食其"家贫落魄，无以为衣食业……县中皆谓之狂生。"落魄：漂泊不定，生活无依无靠。壮士：李白自指。意思说：郦生是落魄无依的狂生，还有机会辅佐汉高祖成大事，何况我比他还强。〔9〕攀龙：古人将追随君主比作"攀龙"（语出《后汉书·光武帝本纪》）。天鼓：《史记·天官书》："天鼓，有音如雷非雷。"《初学记》卷一引《抱朴子》云："雷，天之鼓也。"从这两句以后，作者写自己，不是咏叹历史故事了。但又采取了《离骚》的手法，以天写人。〔10〕这三句说上帝身旁的很多仙女，正在玩投壶的游戏。上帝时而大笑，发出电光，忽阴忽晴，忽风忽雨。暗指"明主"沉于淫乐，喜怒无常。"投壶"是古代宴饮时玩的一种游戏，宾主依次把箭投入一个瓶状的壶中，负者饮酒。三时：《左传·桓公六年》："谓其三时不害，而民和年丰也。"杜预注："三时，春、夏、秋。"倏烁：电光迅速闪烁之貌。〔11〕这两句意思说，天上的门都关闭了，我用额头叩门，引起了守门者的发怒。阊阖：传说中的天门；九门：天门九重之意。〔12〕这两句说太阳也不能照见我的诚心，我并不是像杞国人那样，无缘无故地担心天会塌下来。《列子·天瑞篇》："杞国有人，忧天地崩坠，身无所寄，废寝食者。"〔13〕这两句说行暴政则人民遭殃，行仁政则人民安乐。猰貐：古代一种吃人而又能快跑的野兽，常用以象征暴政；驺虞：《诗经·召南·驺虞》序云："仁如驺虞，则王道成也。"驺虞或说即白虎，黑纹，不食生物，不踏生草，常用以象征仁政。〔14〕这两句说自己虽处于危险境地，但是充满了信心，并且也有能力应付艰难险阻。据《尸子》记载，古代勇士黄伯能左手接飞猱（一种善攀缘的猕猴），右手搏雕虎（斑驳猛虎）。焦原：据《尸子》载，春秋时莒国有石名焦原，广五十步，下临百仞深渊，勇敢的人才有胆量上此石。张衡《思玄赋》："执雕虎而试象兮，阽焦原而跟趾。"〔15〕这两句言聪明人遇乱世就把自己的才智收藏起来，愚者就自豪了，世人不识我，对我很轻视。《论语·卫灵公》："君子哉蘧伯玉，邦有道则仕，邦无道则可卷而怀之。"鸿毛：鸿雁的毛，很轻。〔16〕这两句借晏子典故说有些忠良智勇之士，被奸相轻易地杀害了。《晏子春秋》卷二记载齐景公时有三士：公孙接、田开疆、古冶子，都以武勇闻名。一日晏子从他们旁边走过，三人都没敬礼。晏子入内，跟齐景公说这三人没有君臣尊卑之礼，将为后患。齐景公说，他们都很武勇，无法除去。晏子出谋让景公赏给三人两个桃子，要他们三人评论自己的功劳，功大的可以吃桃。公孙接和田开疆都认为自己的功劳大，就先拿了桃子。而古冶子却说他们的功劳不如自己，要他俩把桃子退回。两人羞愤自杀。古冶子见二人已死，觉得自己独生不义，也自杀了。古诗《梁甫吟》咏叹过此事，称三人"力能排南山，文能绝地纪。一朝被谗言，二桃杀三士"。李白此处是针对现实而发，并为自己的怀才不遇鸣不平。〔17〕据《史记·游侠列传》，吴楚叛乱时，汉景帝命周亚夫为将出兵，周在河南得到剧孟，他笑吴楚要弄兵而不用剧孟，实是徒劳。咍：嗤笑。此处李白以剧孟自比，以为唐玄宗不重视自己，就像吴楚失去剧孟一样。〔18〕据《晋书·张华传》：张华任雷焕为丰城（今江西省丰城）令，焕在丰城掘得一双宝剑，送了一把给张华。张华写信给雷焕说："详观剑文，乃干将也，莫邪何复不至？虽然，天生神物，终当合耳。"后张华被杀，宝剑不知去向。雷焕死后，他的儿子雷华带剑经过延平津，剑从腰间跃入水中。雷华派人下水去取，不见剑，但见两龙，各长数丈。这两句用以上典故，意谓一时虽受小人阻隔，但与"明主"终当有会合之时。〔19〕末两句言有志之士，终有得意之时，应安于困境，以待时机。《后汉书》卷五十二《马武传》后论"二十八将"云："咸能感会风云，奋其智勇。"岘屼：不平坦，危难。

诗篇引用了大量典故，特别是两个"君不见"的重点段落，明显地流露着诗人对幸逢知遇之姜子牙及郦食其的无限钦羡与向往之情，这充分表现出李太白在欲求仕用方面的浪漫之狂想。

将进酒〔1〕

君不见黄河之水天上来〔2〕，奔流到海不复回。君不见高堂明镜悲白发，朝如青丝暮成雪。〔3〕人生得意须尽欢，莫使金樽空对月。天生我材必有用，千金散尽〔4〕还复来。烹羊宰牛且为乐，会须〔5〕一饮三百杯。岑夫子，丹丘生〔6〕，将进酒，杯莫停。与君歌一曲，请君为我倾耳听。钟鼓馔玉〔7〕不足贵，但愿长醉不复醒。古来圣贤皆寂寞，惟有饮者留其名。陈王昔时宴平乐，斗酒十千恣欢谑。〔8〕主人何为言少钱，径须沽取对君酌〔9〕。五花马，千金裘，呼儿将出换美酒〔10〕，与尔同销万古愁。

【注】〔1〕“将进酒”，汉乐府诗题，属《鼓吹曲·铙歌》。古词有“将进酒，乘大白”，写饮酒放歌（《乐府诗集》卷十六）。元萧士赟说《将进酒》是《短箫铙歌》，“唐时遗音尚存，太白填之以申己意耳”。本篇大约作于诗人被“赐金放还”后，当时李白胸中积郁很深，本篇抒发了他落拓失意后的痛饮狂歌。〔2〕黄河发源于青海的巴颜喀拉山，这里“天上来”是浪漫的夸张。〔3〕这两句说悲愁能令人迅速衰老。〔4〕千金散尽：李白《上安州裴长史书》：“曩昔东游维扬，不逾一年，散金三十余万，有落魄公子，悉皆济之。”〔5〕会须：应该。〔6〕岑夫子：指岑勋，南阳人。颜真卿所书《西京千福寺多宝佛塔感应碑》文的作者。丹丘生：即元丹丘。二人都是李白的好友。岑、元曾招李白相会，李白有《酬岑勋见寻就元丹丘对酒相待以诗见招》诗纪实。〔7〕钟鼓馔玉：指富贵生活。古时富贵人家吃饭时鸣钟列鼎，饮食精美。梁戴暠《煌煌京洛行》：“挥金留客作，馔玉待钟鸣。”馔：吃喝。〔8〕陈王：曹植曾被封为陈王，卒，谥“思”，故称“陈思王”。平乐：观名。斗酒十千：极言美酒价贵。借用曹植《名都篇》“归来宴平乐，美酒斗十千”成句。斗：酒器。

〔9〕径须：只管；沽，买。〔10〕五花马，马毛色作五花纹；一说是把马鬃剪成五瓣为五花马。将出：拿出去。

李太白最好的诗有两种类型，一是长篇歌行，另一种是短小的绝句。长诗可以任凭其才情奔腾驰骋，飞扬跳跃，无论怎样变化都可以。短小的绝句出口成章，带着一种天然的情韵，没等诗人感到约束，诗就结束了。李太白写得最不好的就是七言律诗，因为七律平仄的格式极严格，仿佛一只大鸟被关在笼子里，连翅膀都张不开，更不要说活动自如了。这首《将进酒》以及《蜀道难》《襄阳歌》《梦游天姥吟留别》等，都是李白长篇歌行的代表作，限于篇幅，我们只能选其中一首。

玉阶怨〔1〕

玉阶生白露〔2〕，夜久侵罗袜〔3〕。却下水晶帘〔4〕，玲珑望秋月〔5〕。

【注】〔1〕“玉阶怨”是汉乐府诗题，属《相和歌·楚调曲》，是专门表现“宫怨”的乐曲。〔2〕这句写出女子相思怀念的背景是宁静、晶莹、皎洁而寒冷的。〔3〕侵：侵袭。这句是说白露渐浓，寒冷、孤寂之感也随着增加，浓露逐渐侵袭着这位女子的罗袜。〔4〕却：反而倒。这句说这位女子并没有逃避寒冷与孤独，就此回屋睡觉，反而更垂下了水晶帘。“水晶”也是晶莹皎洁、剔透玲珑的。〔5〕意谓透过透明的水晶帘，遥望着秋夜当空那一轮明亮的皓月。“玲珑”是过渡性的两个字，它将“水晶帘”与“秋月”以及相思怀念的感情品质都凝结在了一起。

这首小诗将相思怀念的人之常情跟“玉阶”“白露”“水晶帘”“玲珑月”这些质地纯净、晶莹、光明、皎洁的景物结合起来，不仅提高了相思者与被思念之人的感情境界，同时也表达出诗人于孤独寂寞中仍不放弃对光明美好之境界的追求和向往的一种精神品质。

第十七课　杜　甫

孟子曾经说，孔子是一位集大成的圣人。什么叫“集大成”？他举了个例子说，好比一个音乐大合奏，其中有各种各样的乐器，以钟的“金声”为开始，以磬的“玉振”为结束。它与个别乐器的独奏不同，需要智慧和技巧，也需要气魄和力量。那是一种兼长并美的品质和才能，不是随便哪一个人都能具备的。在我国诗史上也有这样一位集大成的诗人，那就是被历代读书人尊为“诗圣”、将其诗目为“诗史”的杜甫。

我国诗歌发展到唐代已经到了足以集大成的时代。唐诗名家辈出，风格多彩。王维的高妙、李白的俊逸、韩愈的奇崛、李商隐的窈眇，固然皆属诗苑名花，就连孟郊之寒、贾岛之瘦、卢仝的怪诞、李贺的诡奇，也要算诗苑异草。然而如果站在客观的立场来评断，想要从这种种缤纷歧异的风格中推选出一位足以称为集大成的代表作者，则除杜甫之外，谁也不足以当之！

杜甫之所以能够集大成，首先是由于他具有集大成的胸襟和容量，他博观兼采古人和今人的长处，对各种诗体融会运用，开创变

◎　杜甫（712—770），字子美，原籍湖北襄阳，后徙河南巩县（今河南巩义市）。曾任检校工部员外郎，故世称杜工部。

化，千汇万状，无所不工。他的诗有的工整秀丽，有的老健疏朗，有的声律精美，有的沉郁顿挫。无论妍媸钜细他都能收罗笔下，一切人情物态他都能表现得淋漓尽致。杜甫在古体诗和近体诗上各有独到成就，其中尤其值得注意的是他在前人声律技巧的基础上对七言律诗体式的开拓和发展。在这一点上，他与李白存在着态度的差异，李白说，“自从建安来，绮丽不足珍”（《古风》）；而杜甫说，“不薄今人爱古人”，“转益多师是汝师”（《戏为六绝句》）——这实在就是李白的七言律诗始终比不上杜甫的主要原因！关于杜甫对七律的拓展，大家可以参考我写的《杜甫秋兴八首集说》一书，这里就不赘言了。

杜甫之所以能够集大成的第二个原因，是由于他具有一份博大均衡而且健全的才性。杜甫生活在唐王朝由盛而衰、急剧转变的时代，他所看到的和亲身经历的都是战乱流离和忧伤困苦。然而他既不像李白那样白云在天，飘逸绝尘；也不像王维那样逃隐于禅，消极淡漠；甚至他也不像屈原那样完全被悲苦所击倒而怀沙自沉。杜甫就是杜甫，他能够正视、担荷并且反映时代的苦难，就像大地上一座坚实难移的大山，任凭时代血与泪的冲洗侵袭，却能默默地把它们化为沃土，给后世留下满山生命的碧绿。

不过，杜甫之所以能够集大成还有第三个更主要的原因，那就是他在修养与人格上也凝成了集大成的境界——实现了一种诗人感情与儒家道德的自然而完美的融合。我国传统文化强调教化的作用，轻视那些纯美或纯情的作品，然而很多教化的内容又往往虚浮空泛，与诗人的感情存在着一定的距离。像中唐白居易的讽喻诗，内容当然很好，但那仅仅是一种出于理性的是非善恶之辨，终究难以成为第一流的好诗。唯有杜甫，他的诗中所经常表现的那种忠爱仁厚之情乃是出于一种天性至情的流露，因此总是带着震撼人心的感发力量。这在诗人之中是极为难得的。全面介绍杜甫集大成的成就在这样一篇短短几千字的文章中绝难做到，我们在这一课里只能结合部分作品对杜甫的思想和艺术做一简单的、局部的介绍。下面我们就来看他的一首五言古诗代表作——《自京赴奉先县咏怀五百字》：

杜陵有布衣，老大意转拙。许身一何愚，窃比稷与契。居然成濩落，白首甘契阔。盖棺事则已，此志常觊豁。穷年忧黎元，叹息肠内热。取笑同学翁，浩歌弥激烈。非无江海志，潇洒送日月。生逢尧舜君，不忍便永诀。当今廊庙具，构厦岂云缺？葵藿倾太阳，物性固莫夺。顾惟蝼蚁辈，但自求其穴。胡为慕大鲸，辄拟偃溟渤？以兹误生理，独耻事干谒。兀兀遂至今，忍为尘埃没。终愧巢与由，未能易其节。沉饮聊自遣，放歌破愁绝。

岁暮百草零，疾风高冈裂。天衢阴峥嵘，客子中夜发。霜严衣带断，指直不得结。凌晨过骊山，御榻在嵽嵲。蚩尤塞寒空，蹴踏崖谷滑。瑶池气郁律，羽林相摩戛。君臣留欢娱，乐动殷胶葛。赐浴皆长缨，与宴非短褐。彤庭所分帛，本自寒女出。鞭挞其夫家，聚敛贡城阙。圣人筐篚恩，实欲邦国活。臣如忽至理，君岂弃此物。多士盈朝廷，仁者宜战栗。况闻内金盘，尽在卫霍室。中堂舞神仙，烟雾蒙玉质。暖客貂鼠裘，悲管逐清瑟。劝客驼蹄羹，霜橙压香橘。朱门酒肉臭，路有冻死骨。荣枯咫尺异，惆怅难再述。

北辕就泾渭，官渡又改辙。群水从西下，极目高崒兀。疑是崆峒来，恐触天柱折。河梁幸未坼，枝撑声窸窣。行旅相攀援，川广不可越。老妻寄异县，十口隔风雪。谁能久不顾？庶往共饥渴。入门闻号咷，幼子饥已卒。吾宁舍一哀，里巷亦呜咽。所愧为人父，无食致夭折。岂知秋禾登，贫窭有仓卒。生常免租税，名不隶征伐。抚迹犹酸辛，平人固骚屑。默思失业徒，因念远戍卒。忧端齐终南，澒洞不可掇。

杜甫本是襄阳人，后徙河南巩县，但他的远祖杜预是京兆杜陵人，所以杜甫在诗中经常自称“杜陵野老”。唐玄宗开元年间（713—741）他曾到长安参加科考，没有考中；天宝六载（747）他又到长安参加一次特别考试，由于奸相李林甫捣鬼，报称“野无遗贤”，他又没有考中。有的人考不上也就算了，因为他们以为在朝廷为官无非就是追求个人的功名利禄而已，但杜甫不是这样的人，他是把在朝为官与实现自己的理想志意紧密联系起来的。那么杜甫的理想志意是什么呢？就是“许身一何愚，窃比稷与契”和“致君尧舜上，再使风俗淳”（《奉赠韦左丞丈二十二韵》）。尧舜时代是中国儒家认为最理想的盛世，稷和契都是辅佐舜的贤臣。稷教民耕种，天下有一个人没有吃饱他都认为是自己的责任；契负责民事，天下有一家一户不安乐他也认为是自己的责任。杜甫以一个“布衣”的身份而怀抱这样的理想，自然是很不现实的，可是他说，“盖棺事则已，此志常觊豁”——这个理想，我只要有一口气在就不会放弃！后来到天宝十载（751），杜甫终于找到了一个机会向玄宗献《三大礼赋》，得到玄宗的赏识，召试文章并送隶有司参列选序。这一等又是四年，直到天宝十四载（755）才被授官右卫率府胄曹参军。在这一年的十一月，他从长安去奉先县探望妻子家人，写下了这首有名的《自京赴奉先县咏怀五百字》。这首诗以议论为主，杂以叙事，所用基本上是“赋”的表现方法，全诗语气口吻中带有强烈的直接感发。

在讲《诗经》的那一课里我们讲过，“赋”这种表现方法的效果不一定就不如“比”和“兴”，《郑风·将仲子》通过一个女孩子对她所爱的男子翻来覆去的叮咛，生动地表现了这个女孩子心中那份真纯的感情。现在，杜甫这首诗的第一大段又可以为我们提供一个典型的例证。你看，“杜陵有布衣，老大意转拙。许身一何愚，窃比稷与契”，这是诗人在叙述自己的理想。但叙述理想为什么要用那样的口气？为什么要说“一何愚”？为什么要说“意转拙”？那是因为，他深知他的理想是如何的不合时宜，深知它会给自己带来终身的悲剧。然而什么叫“许身”？女子把自己的一生交付给一个男子叫作“许身”，在封建社会，那是一种永远也不能改变的契约。而诗人也就这样把自己的一生交付给“窃比稷与契”的理想了。他说，即使这个理想不能实现，我也要为它做终生的努力！这里边，其实已经有了一番意思上的转折盘旋。但这还不够，接下来他又有另外的一层转折——“非无江海志，潇洒送日月。生逢尧舜君，不忍便永诀”。他说，我并不是没有考虑过归隐江湖去过那潇洒自在的日子，可是我既然遇到了一个英明的君主，就实在不忍心离开他远走高飞。从历史上看，唐玄宗在早年的确是一个英明干练的君主，否则就不会有媲美贞观（627—649）的开元盛世（713—741），而且玄宗曾经赏识过杜甫，感情深厚的杜甫对这些事情一直到晚年还记忆犹新。所以我以为，杜甫虽然对玄宗晚年的骄奢以及因此招来的祸乱深为痛心，但他在这里所说的“生逢尧舜君，不忍便永诀”两句确实是由衷之言，并不是信口说说而已的。可是尽管如此，以朝廷之大，难道就缺少你这样一个小人物吗？“当今廊庙具，构厦岂云缺”，这又是一层转折。但接下来诗人又诚恳地陈述他不得不如此的理由——“葵藿倾太阳，物性固莫夺”！他说，尽管朝廷有我不多，无我不少，但尽忠朝廷乃是我的本性，就像葵花永远朝着太阳一样，那是无可奈何的事情。诗写至此，本来已经把内心那种盘旋反复的感情表达得很清楚了，可是诗人还觉得意犹未尽，下面又接上几层转折。他说，你看那些蚂蚁一类的昆虫，只要在自己的洞穴里储足食物也就够了，我为什么总是羡慕那巨大的鲸，渴望压倒那海上的波涛？既然有这样的渴望我就该去干谒权贵，尽快为自己在朝廷上找到一个位置，可是我为什么又耻于做那种事情，以致蹉跎至今？既然如此，学巢父、许由那样隐居避世不是也很好吗？可是我又不能放弃“窃比稷与契”的理想。怎样解决这些无法调和的矛盾呢？没有办法的，只有先喝几杯酒，暂时把它忘掉吧！在战火方兴的乱世却抱着“窃比稷与契”的幻想，位卑言轻却固执地以天下为己任——这实在是杜甫一生悲剧的根源，但也是杜诗那种博大深厚的感发力量的源泉！杜甫这首诗的第一大段反反复复地向读者陈述他的这种矛盾和无可奈何的苦衷，每隔几句就是一层转折，有的地方几乎是两句一转或者一句一转。每一层转折实际上都是更深入地披露自己的内心，那种真诚与执着使人们读这首诗的时候很难不动感情。

杜甫从长安去奉先县，途中经过骊山。骊山离长安六十里，上面有华清宫温泉。这个时候，唐玄宗与杨贵妃正在华清宫享乐，把国家大事完全抛在了脑后。可是你要知道，安禄山在范阳叛乱正是天宝十四载的十一月！这时候他已经起兵，只不过由于路途遥远，消息还没有传到长安而已。值得注意的是，杜甫以诗人的锐敏，分明已经有了这种预感，而且在这首诗中，他把这种预感通过一些象喻表现出来了，比如“蚩尤塞寒空，蹴踏崖谷滑”两句就是如此。“蚩尤”，在这里指的是雾。因为传说黄帝的时候蚩尤作乱，曾经造了满天的大雾来围困黄帝的军队。杜甫说，骊山凌晨大雾塞空，人走在山路上一步一滑，十分危险。这从表面上看不过是行路所历与所见，但他所用的语汇和形象却暗示了刀兵将起的一种不安定之感。再比如，“御榻在嵽嵲”的“御榻”指皇帝的座位，而“嵽嵲”则是山高的样子。唐代华清宫确实是在骊山顶上，这有晚唐杜牧的“长安回望绣成堆，山顶千门次第开”(《过华清宫》)为证，因此杜甫在这里完全是写实。但“嵽嵲”押的是入声韵，字形很繁难，是两个不常见的字，这两个字从声音到形状都给人一种不安定的感觉。其他像“岁暮百草零，疾风高冈裂”“天衢阴峥嵘”“乐动殷胶葛”等也都是如此。这是杜甫在艺术上一个很重要的特点。在我国诗史上，善于使用象喻的诗人还有陶渊明和李商隐，但这三个人的风格大有区别：李商隐经常写一些“珠有泪”“玉生烟”等现实中根本就没有的东西，所以可以说他的象喻乃是“缘情造物”；陶渊明所常写的松、鸟等物虽然现实中有，可他所写的自是他心中的松、鸟，而不是现实中的松、鸟，所以可说他的象喻是“以心托物”；只有杜甫，他所写的都是眼前实有之物，但同时又是一种超越现实的意象，因此可说他是“以情注物”。杜甫的这个特点在他晚年的七律里表现得更为突出，本课作品选注中选了他晚年在夔州所写的《秋兴八首》供大家参考。

在这第二大段之中我们还有一个要注意的地方，就是杜甫对朝廷君臣腐败生活的指责。唐玄宗好大喜功，宠信宦官，而且晚年很昏庸，所用的李林甫、杨国忠等都是欺君误国的奸相。天宝六载玄宗下诏举行特别考试以选拔人才，宰相李林甫却命令考官一个也不许录取，然后向玄宗祝贺“野无遗贤”。天宝十三载霖雨伤稼，宰相杨国忠隐瞒灾情，找了些好粮食给玄宗看，说霖雨虽多却没有伤害庄稼。杜甫说，你们这些当权的大臣们享受着皇上的丰厚赏赐，却把国家搞到今天这种危机四伏的地步，难道你们心里就不恐惧吗？而且，“况闻内金盘，尽在卫霍室。中堂舞神仙，烟雾蒙玉质”——这是把矛头直接指向了杨贵妃的姐妹兄弟。皇亲国戚们的穷奢极侈和老百姓的饥寒交迫已经形成了鲜明的对比，一个国家到了这等地步怎能继续粉饰太平！讲到“朱门酒肉臭，路有冻死骨”，我们还要联系杜诗在艺术上的另一个独特之处，那就是诗中不避丑拙。杜甫有一首《义鹘行》，讲述一只“义鹘”除暴安良杀死白蛇的故事，当写到鹘从高空把凶恶的蛇击落在地时，他说那条蛇“折尾能一掉，饱肠皆已穿”——真是鲜血淋漓，使作恶者胆寒！而在另一首《述怀》诗中他说，“麻鞋见天子，衣袖露两肘”——试想，见天子是何等隆重的事情，他居然写出这么一副狼狈相！但那恐怕就是他从长安逃到凤翔时的真实模样。“朱门酒肉臭，路有冻死骨”也是一样。这是杜甫的千古名句，然而它说得是那么直率，对丑恶的现实一点儿也不加隐讳。我以为，杜甫写诗之所以能不避丑拙，那是因为他心中感情的质量是博大、深厚而且真挚的。他也有写得很美的诗，但那些诗别人也能模仿，所以并不能算他的独特之处。而杜甫的不避丑拙，那绝不是感情浅薄的人所能模仿得了的。

杜甫这首诗在章法上也十分严谨。他本来是写凌晨路过骊山途中所见，由此而引发出从“彤庭所分帛，本自寒女出”开始的一番大议论。但“路有冻死骨”一句，又了无痕迹地回到了路上。这种收纵自如的笔力，一般人也很难做到。既然又回到了路上所见，他的第三大段就接着走他的路了。在泾渭二水交汇的地方，他看到汹涌的河水奔腾而下，那气势像是把天柱都要冲折了，幸亏河上的桥还没有断，但已经发出了摇动的声音，行人互相拉扯着过桥，心中越着急越觉得河太宽，桥太长，总也走不到头。这几句写景同样充满了风雨欲来的暗示，尤其是他用了“天柱”这个词，《列子·汤问篇》说：“共工氏与颛顼争为帝，怒而触不周之山，折天柱，绝地维。”在这里，这个词暗示了诗人心中对国家形势十分危险的忧虑。杜甫不但对国家有如此深厚的感情，对妻子儿女也怀有同样深厚的感情。“庶往共饥渴”一句写得真是好。他说，我的妻子儿女都寄居在奉先县，我没有力量使他们生活得更好一些，只能做到去和他们分担这饥渴的生活，以减轻一点儿心中对他们的歉疚。但是一进门就听到妻子的哭声，原来我的小儿子已经因饥饿而死！可是，杜甫在这样的悲痛中所想到的是什么？他想到的是，“生常免租税，名不隶征伐。抚迹犹酸辛，平人固骚屑”——我一个做官的人，既免租税又可以不当兵，尚且遭此不幸，那些平民老百姓又怎能活得下去？这真的是杜甫之所以伟大的根本原因！本来，凡是好诗一定都有一份真挚的感情在里面，可是一般人最真挚的感情往往都是一己的悲欢离合和喜怒哀乐。像李商隐的“身无彩凤双飞翼，心有灵犀一点通”（《无题》）；像晏几道的“记得小苹初见，两重心字罗衣”（《临江仙》），写得当然也很好，但只是个人的爱情，用不得“博大”二字来形容。然而杜甫首先考虑的往往不是个人。当长安沦陷之后，杜甫把家眷安置在鄜州羌村，只身去灵武投奔肃宗，半路被叛军捉回长安，后来他冒着生命危险从长安逃到凤翔去见唐肃宗。那时鄜州曾被叛军占领，当时他心里是多么惦念妻子儿女的安危，多么想回家去看看，可是他说什么？他说，“涕泪受拾遗，流离主恩厚。柴门虽得去，未忍即开口”（《述怀》）！即使在他晚年从四川漂流到湖南，身体衰老多病、生活困顿流离的时候，他所关心的是什么？是“戎马关山北，凭轩涕泗流”（《登岳阳楼》）——国家西北边疆战事又起，当我登上岳阳楼望着那浩瀚无涯、动荡不安的洞庭湖时，就止不住地流下泪来！所以，杜甫真的是一个坚持自己的理想志意一直到死都没有改变的人。而且，他所关怀的范围那么博大，以至“忧端齐终南，澒洞不可掇”——所有这些烦恼忧愁堆积得像高山一样，没有办法理出一个头绪！读杜甫的诗集我们可以看到，作为一个诗人，杜甫对国家、人民、妻儿、好友，直到自然界的一鱼一鸟、一花一木，都始终保持着一种发自内心的关怀与热情。尽管他晚年“牙齿半落左耳聋”（《复阴》），“此生已愧须人扶”（《暮秋枉裴道州手札遣兴呈苏涣侍御》），但在他的诗歌中却永远活跃着一颗不死的心。北宋政治家王安石题他的画像说：“所以见公画，再拜涕泗流。推公之心古亦少，愿起公死从之游。”南宋爱国诗人陆游读他的诗说：“后世但作诗人看，使我抚几空嗟咨。”而著名的民族英雄文天祥则在监狱里集杜诗成两百首绝句，并且说，凡是自己想说的话，杜甫已经全都说过了。由此，也可以看出杜诗中那种千古常新的感发力量对我国的民族精神和爱国传统所起的作用有多么大。

杜甫为后世留下了近一千五百首诗，由于篇幅所限，其中很多十分有名的作品我们都无法涉及。在本课作品选注里我们尽量多选了一些有代表性的作品，并对每一首都做了一些简单的提示。如果读者能够通过这一点点作品对杜甫集大成的成就有一个初步的认识，也就达到了本课的目的。

〖作品选注〗

望岳

岱宗[1]夫如何？齐鲁青未了。造化[2]钟神秀，阴阳[3]割昏晓。荡胸生曾[4]云，决眦[5]入归鸟。会当凌绝顶，一览众山小。

【注】〔1〕岱宗：泰山。〔2〕造化：指大自然。〔3〕阴阳：指山北与山南。〔4〕曾：同“层”。〔5〕眦：眼眶。

这是杜甫早年的作品，并没有很深刻的思想内容，但却可以看出他从早年就致力于对诗歌的继承与开拓，而且表现了何等雄伟的气魄。这本是一首五言古诗，押的是仄声韵，但看起来很像一首五言律诗，因为它的中间两联都是对仗的，而且“荡胸”两句进行了文法上的浓缩和颠倒。

奉赠韦左丞丈二十二韵

纨袴[1]不饿死，儒冠多误身。丈人[2]试静听，贱子请具陈。甫昔少年日，早充观国宾[3]。读书破万卷，下笔如有神。赋料扬雄敌，诗看子建亲。李邕求识面，王翰愿卜邻。自谓颇挺出，立登要路津[4]。致君尧舜上，再使风俗淳。此意竟萧条，行歌非隐沦[5]。骑驴十三载，旅食京华春。朝扣富儿门，暮随肥马尘。残杯与冷炙，到处潜悲辛，主上顷见徵[6]，欻然欲求伸。青冥却垂翅，蹭蹬[7]无纵鳞。甚愧丈人厚，甚知丈人真。每于百僚上，猥诵佳句新。窃效贡公喜[8]，难甘原宪贫[9]。焉能心怏怏[10]，只是走踆踆[11]。今欲东入海，即将西去秦。尚怜终南山[12]，回首清渭[13]滨。常拟报一饭[14]，况怀辞大臣。白鸥没浩荡，万里谁能驯？

【注】〔1〕纨袴：指贵家子弟。〔2〕丈人：对韦左丞的尊称。〔3〕观国宾：《周易·观卦·象辞》："观国之光尚宾也。"〔4〕要路津：《古诗十九首》："先据要路津。"〔5〕隐沦：指隐士。〔6〕指天宝六载，李林甫称"野无遗贤"事。〔7〕蹭蹬：失势貌。〔8〕贡公喜：汉王吉，字子阳，与贡禹为友，世称"王阳在位，贡公弹冠"。〔9〕原宪贫：《仲尼弟子传》：原宪摄敝衣冠见子贡，子贡耻之，曰："夫子岂病乎？"宪曰："吾闻之，无财者谓之贫，学道而不能行谓之病。若宪，贫也，非病也。"〔10〕怏怏：不平貌。〔11〕踆踆：行步迟重貌。〔12〕终南山：在长安附近。〔13〕清渭：指渭水，亦在长安附近。泾浊渭清，故名清渭。〔14〕报一饭：报答一饭之恩。

这是杜甫两次应试都遭到失败之后困守长安时所写。唐朝有一种风气，应试的人来到京城后要与有地位的人交游，向他们投递自己的作品，以便得到他们的援引。这首就是一篇求韦左丞援引的诗。不过，这首诗对了解杜甫的生平很重要，而且诗中仍保持了他那种真诚坦率的风格。

醉时歌

诸公衮衮登台省，广文先生[1]官独冷。甲第纷纷厌粱肉，广文先生饭不足。先生有道出羲皇，先生有才过屈宋。德尊一代常坎轲，名垂万古知何用。杜陵野客人更嗤[2]，被褐短窄鬓如丝。日籴太仓[3]五升米，时赴郑老同襟期[4]。得钱即相觅，沽酒不复疑。忘形到尔汝[5]，痛饮真吾师。清夜沉沉动春酌，灯前细雨檐花落。但觉高歌有鬼神，焉知饿死填沟壑。相如逸才亲涤器[6]，子云识字终投阁[7]。先生早赋归去来[8]，石田茅屋荒苍苔。儒术于我何有哉，孔丘盗跖俱尘埃。不须闻此意惨怆，生前相遇且衔杯。

【注】〔1〕广文先生：指郑虔，郑久被贬谪，天宝中始还京师参选，除广文

馆博士。〔2〕嗤：讥笑。〔3〕太仓：古代设在京城中的大谷仓。〔4〕襟期：襟抱。〔5〕尔汝：彼此以尔汝相称，表示亲昵。〔6〕西汉司马相如和卓文君开店卖酒，文君当垆，相如涤器。〔7〕西汉扬雄校书天禄阁上，治狱使者来收，雄从阁上自投下，几死。〔8〕归去来：东晋陶渊明有《归去来辞》。

杜甫对朋友的感情是十分深厚的，更何况是对郑虔这样一个怀才不遇的知己。当他们在灯前酌酒共话的时候，真的是可以放下人世间一切苦难，达到精神上最美好的境界。“清夜沉沉动春酌，灯前细雨檐花落”两句写得非常美，不过却有一个问题：灯前怎么会有细雨？如果说“檐前细雨灯花落”，在句法上岂不是通顺得多？我说不能那样改。因为，杜甫并没有说“灯花落”呀！在这里他的修辞是以感受为主的。他眼中所看到的是窗内的灯和檐前的落花，他耳中所听到的是屋外的雨声；雨夜灯前的聚会才更加亲切，春花初落所引起的感觉才更加幽微。这句诗中有诗人很多直接的感受在里边，如果改成“檐前细雨灯花落”，那就变成很一般的客观叙述了。类似的句子在后面《秋兴八首》中还可以看到。所以杜甫实在是个很了不起的诗人，他率先在诗的句法上突破传统，这种做法后来对七言律诗的发展产生了重要的推进作用。

秋雨叹〔1〕（其一）

雨中百草秋烂死，阶下决明〔2〕颜色鲜。着叶满枝翠羽盖，开花无数黄金钱。凉风萧萧吹汝急，恐汝后时难独立。堂上书生空白头，临风三嗅馨香泣。

【注】〔1〕天宝十三载（754）秋，霖雨害稼，六旬不止，玄宗忧之，宰相杨国忠取禾之善者以献曰：“雨虽多，不害稼。”杜甫因此有感而作《秋雨叹》三首。这是其中第一首。〔2〕决明：一种开黄花的草本植物，入药能明目。

杜诗所用形象都是现实中存在的，而且“着叶满枝”和“开花无数”两句把决明的形象写得多么美丽饱满！但在诗的结尾，阶下决明的“颜色鲜”和堂上书生的“空白头”忽然之间就打成了一片，诗人是如此多情地再三去嗅决明的最后一点点馨香。因为，阶前这枝可爱的生命竟那么像我们的诗人……

述怀

去年潼关破，妻子隔绝久[1]。今夏草木长，脱身得西走[2]。麻鞋见天子，衣袖露两肘。朝廷慜生还，亲故伤老丑。涕泪受拾遗[3]，流离主恩厚。柴门[4]虽得去，未忍即开口。寄书问三川[5]，不知家在否？比闻[6]同罹祸，杀戮到鸡狗。山中漏茅屋，谁复依户牖。摧颓苍松根，地冷骨未朽。几人全性命，尽室岂相偶。嵚岑[7]猛虎场，郁结回我首。自寄一封书，今已十月后。[8]反畏消息来，寸心亦何有。汉运初中兴，生平老耽酒。沉思欢会处，恐作穷独叟。

【注】〔1〕安禄山兵破潼关后，杜甫把家眷安置在鄜州，自己去灵武投奔肃宗，途中被叛军俘回长安，到这时已近一年。〔2〕肃宗至德二载（757），杜甫从长安逃出，经过十分危险的跋涉逃到凤翔见到了肃宗。〔3〕杜甫到凤翔后被任为左拾遗，这是一个谏官的职务。〔4〕柴门：家的代称。〔5〕三川：在鄜州南，杜甫的家现在那里。〔6〕比闻：近闻。〔7〕嵚岑：山势高耸貌。〔8〕指自去年寄书到现在已经十个月了，还没有接到回信。

有的人认为，写景可以显，写情一定要隐，因为写情如果都说出来就没有余味了。这话并不完全正确。写情隐还是显，主要得看诗人心中那一份感情的质量，如果你的感情本来就不深厚不真挚，那么你即使故作含蓄也不能感动人。而如果你有杜甫这样的一份感情，那么你根本就用不着隐。像“涕泪受拾遗，流离主恩厚。柴门虽得去，未忍即开口”；像“自寄一封书，今已十月后。反畏消息来，寸心亦何有”；像“汉运初中兴，生平老耽酒。沉思欢会处，恐作穷独叟”等，真是披肝沥胆，用血泪写成。在中国诗人里，能够把对国和对家的感情表达得如此深厚缠绵的，只有杜甫。

羌村三首

峥嵘[1]赤云西，日脚下平地。柴门鸟雀噪，归客千里至。妻孥怪我在，惊定还拭泪。世乱遭飘荡，生还偶然遂。邻人满墙头，感叹亦歔欷[2]。夜阑更秉烛，相对如梦寐。

晚岁迫偷生，还家少欢趣。娇儿不离膝，畏我复却去。忆昔好追凉[3]，故绕池边树。萧萧北风劲，抚事煎百虑。赖知禾黍收，已觉糟床[4]注[5]。如今足斟酌[6]，且用慰迟暮。

群鸡正乱叫，客至鸡斗争。驱鸡上树木，始闻叩柴荆[7]。父老四五人，问我久远行。手中各有携，倾榼[8]浊复清。莫辞酒味薄，黍地无人耕。兵革既未息，儿童尽东征。请为父老歌，艰难愧深情。歌罢仰天叹，四座泪纵横。

【注】〔1〕峥嵘：高峻。〔2〕歔欷：哀泣之声。〔3〕追凉：纳凉。〔4〕糟床：制酒用的榨床。〔5〕注：指酒在流注。〔6〕斟酌：指喝酒。〔7〕柴荆：用柴荆编成的门。〔8〕榼：盛酒的器皿。

“群鸡正乱叫”难道也是诗？然而这正是杜甫有名的《羌村三首》中的一句！有的人拼命去研究用各种巧妙的方法修饰点缀，来写出漂亮的句子。然而他们不知道，首先要有真，然后才可以追求美。至德二载，杜甫因疏救房琯得罪了皇上而遭到冷落，八月，墨制放还鄜州省家。这三首诗就是他归家时所作。羌村是山沟中的一个小乡村，“群鸡正乱叫，客至鸡斗争。驱鸡上树木，始闻叩柴荆”，这真是只有在乡下才能体会到的生活情景；“莫辞酒味薄，黍地无人耕。兵革既未息，儿童尽东征”，这也是只有乡下父老才会有的朴实感情。在战乱中艰难度日的父老们如此深情，所以使曾经自比稷契的杜甫感到一种没有尽责的惭愧。诗人用质朴的语言来描写这些质朴的人们，使这首诗的内容与形式达到了完美的统一。

曲江〔1〕二首

一片花飞减却春，风飘万点正愁人。且看欲尽花经眼，莫厌伤多酒入唇。江上小堂巢翡翠〔2〕，苑〔3〕边高塚卧麒麟〔4〕。细推物理须行乐，何用浮荣绊此身。

朝〔5〕回日日典春衣，每向江头尽醉归。酒债寻常行处有，人生七十古来稀。〔6〕穿花蛱蝶深深见〔7〕，点水蜻蜓款款〔8〕飞。传语风光共流转，暂时相赏莫相违。

【注】〔1〕曲江：在长安，唐时是繁华热闹的风景区。〔2〕翡翠：鸟名。〔3〕苑：指芙蓉苑，在曲江附近。〔4〕麒麟：指石麒麟，秦汉间公卿墓地多以石麒麟镇之。〔5〕朝：指官员上朝。〔6〕这两句是很工整的对句。“七十”是数词，表面看与“寻常”不对，但在古代“寻”与“常”也表示数目：八尺曰寻，倍寻曰常。这种对偶的方法叫作“借对”。〔7〕见：同“现”。〔8〕款款：一种和缓而美丽的姿态。

至德二载十月杜甫随肃宗还京，《曲江二首》是他在第二年春天作的。对这两首诗，有不少人不以为然，认为以杜甫那种怀有“致君尧舜”和“窃比稷契”抱负的人，何以竟在长安收复、百废待兴之时写出这种及时行乐的诗来！然而，如果我们仔细从诗中研求一下就会发现，这首诗所表现的只是他的情绪而不是他的志意。当一个人渴望用自己有限的生命去完成一个理想，而又从现实中发现这个理想是如何迂阔而不合时宜的时候，他不可能不感到悲哀失意。锐敏的诗人从看到一片花飞时就想到春光已开始残破，何况现在已经是风飘万点。他在下朝回来之后就去典衣买醉，而且是"日日""每向"，则其对朝廷政治之无可奈何已可想而知。联系到这一年的夏天诗人就与房琯、严武等先后被贬出京，王嗣奭说这两首诗是杜甫忧谗畏讥之作，恐怕是很有道理的。

"穿花蛱蝶深深见，点水蜻蜓款款飞"，是一联十分美丽工整的对句，然而学杜诗如果只学到对句工丽，那就坠入了"恶道"。晚唐诗中有两句"鱼跃练川抛玉尺，莺穿丝柳织金梭"也很工丽，但论高下比杜甫这两句要差得远。为什么呢？因为杜甫的这一联不仅于工丽之中不见琢削痕迹，而且其中还蕴含着一份极深曲的情意。"穿花""点水""深深见""款款飞"这些字样不但写出了春光之中蝴蝶与蜻蜓的美好姿态，而且也写出了诗人对它们的赏爱、珍惜和自我安慰这种种曲折复杂的感情。杜甫之前的七律对句往往平板沾滞，而杜甫却能够在格律的束缚中得心应手地表达他自己在这一时期如此曲折复杂的心情，这代表着整个七言律体的一大进步。

江[1]上值水如海势聊短述

为人性僻耽佳句，语不惊人死不休。老去诗篇浑漫与[2]，春来花鸟莫深愁。新添水槛供垂钓，故着浮槎[3]替入舟。焉得思如陶谢手，令渠[4]述作与同游。

【注】〔1〕江：指锦江。〔2〕漫与：意指漫不经心地写出来。〔3〕浮槎：木桴。〔4〕渠：他。

杜甫任华州司功参军不到一年便弃官而去，带着一家老小在战乱中为觅衣食而先后流徙秦州、同谷，最后到了四川，在成都浣花溪畔建了一座草堂安顿下来，这是诗人一生中生活比较安定的一个时期。这首诗就是草堂建成后不久所作。杜甫写诗最善于安排长题，这首诗的题目就很引人注意。你想，“江上值水如海势”是多么大的气势，如果杜甫在少年时看到这种奇观说不定要写一个长篇，可他现在接下来却是“聊短述”！一个人，当他的生命从成熟走向衰老时，当他的生活和心情略有余裕时，便开始脱略疏放了。他不像年轻时那样羞涩或偏执，而是能够随着外界环境的变化很恰当地按自己的想法来安排自己的一切。杜甫此时就处于人生的这个时期，他用这首七言律诗很好地传达出了人生旅途中的这种感受。不过，这首诗在平仄上虽然全无不合格律之处，但开头和结尾却都不很像七律而更像古诗，颈联对仗也不甚工整，从形式上就先给人一种脱略疏放的感受。这是杜甫对人生的体验与对格律的运用都已经过长久的历练，而逐渐摆脱出其压迫与束缚的一种境界，是他的七言律诗的又一进展。杜甫在这一阶段的作品如《宾至》《卜居》《狂夫》《客至》《江村》《野老》《南邻》等，都表现了类似的境界。

江畔独步寻花七绝句（其二）

稠花乱蕊裹江滨〔1〕，行步攲〔2〕危实怕春，诗酒尚堪驱使在，未须料理白头人。

【注】〔1〕裹江滨：意指江的两边都是花。〔2〕攲：倾侧。

这也是杜甫在成都草堂时所作。一般我们都说“鲜花嫩蕊”或“繁花盛蕊”，杜甫却说“稠花乱蕊”。“稠”和“乱”是很有力量的两个字，但却不一定表示美好。所以，他其实是把喜爱和烦恼的两种感情结合起来了。美好的春天和杜甫这样一个行步欹危的老人是很鲜明的对比。诗人对大自然中这些美好的生命爱到极点，可是他现在已经衰老，已经想到自己恐怕没有足够的生命去表现这些强烈的爱了……

白帝城〔1〕最高楼

城尖径仄〔2〕旌旆愁，独立缥缈〔3〕之飞楼〔4〕。峡坼〔5〕云霾〔6〕龙虎卧，江清日抱鼋鼍游〔7〕。扶桑〔8〕西枝对断石〔9〕，弱水〔10〕东影随长流。杖藜〔11〕叹世者谁子？泣血迸空〔12〕回白头〔13〕。

【注】〔1〕白帝城：在夔州，西临大江，形势险要。〔2〕城尖径仄：指城墙依山而建，起伏的幅度很大，城头走道都是倾斜的。〔3〕缥缈：高远貌。〔4〕飞楼：城楼高得像飞起来一样。〔5〕坼：分裂。〔6〕霾：晦暗。〔7〕这一句意指日照清江，滩石波荡，恍如鼋鼍之游。〔8〕扶桑：古代传说中东方日出之处的神树。〔9〕断石：指峡。〔10〕弱水：古代传说中西方昆仑山下之水。〔11〕杖藜：扶着藜杖。〔12〕泣血迸空：血泪溅洒在空中。〔13〕回白头：掉转鬓发已白的头不再眺望。

这是杜甫成熟之拗律的代表作品。这首诗虽然不遵守格律的拘板形式，却掌握了格律的精神与重点。所以它虽然横放杰出于声律之外，其实却是已深入于声律的三昧之中了。宋代黄庭坚专心致力于拗体的尝试，以拗折为古峻，在形貌与音律方面确实有化腐朽为神奇的效果。可是杜甫以拗折之笔写拗折之情，把一片沉哀深痛都自然而然地表现于拗律之中，这一点，黄庭坚是比不上的。不过杜甫的拗律确为后代诗人开了一条门径，使他们得到了一个避免流于平弱庸俗的写七律的法门，这是极可注意的一大影响。另外，这首诗中“独立缥缈之飞楼”“杖藜叹世者谁子”等都是用的散文句法，“龙虎卧”“鼋鼍游”等想象神奇，这对中唐韩愈的以文为诗和追求险怪的作风有直接影响。

秋兴八首

玉露[1]凋伤枫树林，巫山巫峡气萧森。江间波浪兼天涌，塞上风云接地阴。丛菊两开[2]他日[3]泪，孤舟一系故园心。寒衣处处催刀尺[4]，白帝城高急暮砧。

夔府[5]孤城落日斜，每依北斗望京华[6]。听猿实下三声泪[7]，奉使[8]虚随八月槎[9]。画省[10]香炉违伏枕，山楼粉堞[11]隐悲笳[12]。请看石上藤萝月，已映洲前芦荻花。[13]

千家山郭静朝晖，日日江楼坐翠微。信宿[14]渔人还汎汎[15]，清秋燕子故飞飞。匡衡抗疏[16]功名薄，刘向传经[17]心事违。同学少年[18]多不贱，五陵衣马[19]自轻肥。

闻道长安似弈棋[20]，百年[21]世事不胜悲。王侯第宅皆新主[22]，文武衣冠异昔时。直北关山金鼓震，征西车马羽书驰。[23]鱼龙寂寞秋江冷，故国[24]平居[25]有所思。

蓬莱宫[26]阙对南山[27]，承露金茎[28]霄汉间。西望瑶池降王母[29]，东来紫气满函关[30]。云移雉尾开宫扇，日绕龙鳞识圣颜。一卧沧江惊岁晚，几回青琐[31]点朝班。

瞿唐峡[32]口曲江头，万里风烟接素秋。花萼[33]夹城[34]通御气[35]，芙蓉小苑[36]入边愁[37]。珠帘绣柱围黄鹄[38]，锦缆牙樯起白鸥。回首可怜歌舞地[39]，秦中[40]自古帝王州。

昆明池[41]水汉时功，武帝旌旗在眼中。织女[42]机丝虚夜月，石鲸[43]鳞甲动秋风。波漂菰米[44]沉云黑[45]，露冷莲房[46]坠粉红[47]。关塞极天唯鸟道[48]，江湖满地一渔翁[49]。

昆吾御宿[50]自逶迤，紫阁峰[51]阴入渼陂[52]。香稻啄余鹦鹉粒，碧梧栖老凤凰枝。佳人拾翠春相问，仙侣同舟晚更移。彩笔[53]昔游干气象，白头今望苦低垂。

【注】〔1〕玉露：白露。〔2〕丛菊两开：杜甫自永泰元年（765）五月离蜀南下，打算返回故园，现在已是转年的秋天，他还滞留在夔州，这期间菊已两度花开。〔3〕他日：在这里是指过去。〔4〕刀尺：指做寒衣用的剪刀和尺。〔5〕夔府：夔州。〔6〕京华：京城长安。〔7〕《水经注》引民谣曰："巴东三峡巫峡长，猿鸣三声泪沾裳。"〔8〕奉使：杜甫曾为严武幕僚，而严武是皇帝派到蜀中的节度使，故曰"奉使"。〔9〕八月槎：《博物志》载，有个人住在海边，年年八月有浮槎去来不失期。有一年此人登上浮槎想看个究竟，结果就被浮槎带到了天上的银河。〔10〕画省：唐代有尚书省、门下省和中书省，杜甫任左拾遗时值宿左省，左省即门下省，省中有画壁。〔11〕堞：城上如齿状的矮墙。〔12〕笳：胡笳，古代乐器。〔13〕这两句是以月影的移动表示时间推移。〔14〕信宿：一宿曰宿，再宿曰信。〔15〕汎：同"泛"。〔16〕匡衡抗疏：汉元帝时匡衡上日蚀地震疏，帝问以政治，迁太子少傅。〔17〕刘向传经：汉宣帝时，刘向受诏传经，讲五经于石渠阁。〔18〕同学少年：谓小时同学之辈。〔19〕五陵衣马：指贵公子们。〔20〕似弈棋：指长安先陷于安禄山，又陷于吐蕃，像下棋一样迭相胜负。〔21〕百年：指从唐朝开国到现在。〔22〕新主：指新贵们。〔23〕是时西北多事，故金鼓震而羽书驰。〔24〕故国：指长安。〔25〕平居：平日所居。〔26〕蓬莱宫：唐时宫名，杜甫当年曾献赋于此。〔27〕南山：终南山。〔28〕承露金茎：汉武帝曾在建章宫置承露盘，"金茎"指铜柱。〔29〕《汉武帝内传》说，七月七日西王母降，汉武帝夜忽见天西南如有白云起，俄顷王母至。〔30〕《列仙传》载，老子西游，关令尹喜望见有紫气浮关，老子果乘青牛而过。〔31〕青琐：宫中有青琐门。〔32〕瞿唐峡：长江三峡之一。〔33〕花萼：花萼楼，在长安南内兴庆宫。〔34〕夹城：玄宗筑夹城自宫内通曲江芙蓉苑。〔35〕通御气：指天子游幸往来。〔36〕芙

蓉小苑：即芙蓉苑。〔37〕边愁：意指安禄山之乱。〔38〕黄鹄：此处指珠帘绣柱上黄鹄的花纹。〔39〕歌舞地：指曲江。〔40〕秦中：指长安。〔41〕昆明池：汉武帝在长安作昆明池以习水战。〔42〕织女：昆明池有二石人，东西相望，像牵牛、织女。〔43〕石鲸：昆明池有玉石雕刻之鲸鱼，相传每逢雷雨常鸣吼，鬐尾皆动。〔44〕菰米：即雕胡米。〔45〕沉云黑：言菰之多如云之黑。〔46〕莲房：此处笼统地指莲花。〔47〕坠粉红：花瓣坠落。〔48〕鸟道：只有鸟才能飞过去的道路。〔49〕渔翁：杜甫自谓。〔50〕昆吾、御宿：皆长安地名。〔51〕紫阁峰：终南山之峰名。〔52〕渼陂：长安地名。〔53〕彩笔：江淹梦人授五色笔，自是文藻日进。

“此生那老蜀，不死会归秦”，再回长安始终是杜甫最大的愿望。在他的朋友剑南节度使严武死后，他终于带领全家离开成都草堂，乘舟东下。第二年，他到了夔州，《秋兴八首》就是他在夔州所写。这八首诗，无论在内容还是在技巧上，已经进入一种更为精纯的艺术境界。那一年杜甫是五十五岁，既已阅尽世间的盛衰，也已历尽人生的艰苦，而所有这些在内心中又经过了长时期的涵容酝酿。在这些诗中他所表现的已不再是“穷年忧黎元，叹息肠内热”那样质拙真率的呼号，也不再是“朱门酒肉臭，路有冻死骨”那种毫无假贷的暴露，而是把一切事物都加以综合酝酿后的一种艺术化了的情意，不再被现实的一事一物所拘限了。这种感情，我把它叫作“意象化之感情”。从技巧上看，这八首诗有两点可注意之处，一是句法的突破传统，二是意象的超越现实。有了这两种技巧，七言律诗才真正能够把格律当成被驱使的工具，而无须再像李白那样以破坏格律的形式来求得变化与解脱了。

关于句法的突破传统，我们可以看第八首中的“香稻啄余鹦鹉粒，碧梧栖老凤凰枝”二句。也许有人以为杜甫是为格律所限才把文法颠倒，其实不是。如果他说“鹦鹉啄余香稻粒，凤凰栖老碧梧枝”，也同样符合格律。那么杜甫为什么一定要把话颠倒来说？因为杜甫所要写的既不是鹦鹉也不是凤凰，而是香稻和碧梧——其实他也不是要写香稻和碧梧，他真正要写的是开元年间那美好的时代。那时香稻之多不但人吃不了，剩下的给鹦鹉，鹦鹉也吃不了；碧梧之美丽，使凤凰都愿意在上面栖息一辈子！而且，这正是渼陂那个地方当年的风物之美。这种把握重点的精练对偶和超乎写实的感情境界，既保持了七律的形式之美，又发挥了它的长处与特色，是杜甫对七律一体所做出的重要贡献。

关于意象的超越现实，我们可以看第七首中的“织女机丝虚夜月，石鲸鳞甲动秋风”两句。虽然织女和鲸的石像确为长安昆明池所实有，但杜甫这两句并不只是写对这些景物的怀念，他所要带给读者的乃是借织女、石鲸而表现出一种“机丝虚夜月”与“鳞甲动秋风”的空幻动荡的意象。这种意象极易触发读者的联想：既然是织女，难道不应该织出布来？但那织机上根本就没有线，所以这个织女徒然只有一个形象，其他一切都是落空无成的。只想到这里，在写实之中已经有了象征的含义。但还不止如此，《诗·小雅》中有一首《大东》写当日东方诸侯国家之贫困说：“小东大东，杼柚其空。”“杼柚”就是织布机。织布机上都是空的，说明人民已经无衣无食。这令我们联想到唐代各种战乱所造成的民不聊生的社会状况。至于昆明池里的石鲸，《西京杂记》说每当有雷雨时它就“常鸣吼”，而且“鬐尾皆动”。这当然是传说，可那是一种狂风暴雨之中动荡不安的景象，而且《左传》中曾把叛乱的人叫作“鲸鲵”，所以这里显然也有一种象征的作用。其他像第一首中的“江间波浪兼天涌，塞上风云接地阴”等，也都起着类似的作用。杜甫能够完全不为现实所拘，而只是以意象渲染出一种境界，这在中国旧诗的传统中乃是一种极可贵的开拓。

《秋兴八首》是杜甫晚期的代表作品，其中还有很多值得欣赏和借鉴的东西，例如他那种越来越强烈的进行式的感发，以及他那种

“每依北斗望京华”的催人泪下的深情等等。但由于篇幅所限，我们不能做更多的说明。

登岳阳楼〔1〕

昔闻洞庭水，今上岳阳楼。吴楚〔2〕东南坼〔3〕，乾坤日夜浮。亲朋无一字，老病有孤舟。戎马关山北〔4〕，凭轩涕泗流。

【注】〔1〕岳阳楼：湖南岳阳城西门楼，下临洞庭湖。〔2〕吴楚：指春秋战国时吴楚两国之地。〔3〕坼：分裂。〔4〕当时吐蕃入寇，西北不宁。

杜甫出川以后经过一番艰苦的流浪到了湖南岳阳，后来又到过衡州、潭州，但终于没能回到故园就在他的小舟中死去了，终年五十九岁。这首诗是他五十七岁时所作。这个时候，诗人既贫穷又孤独，而且疾病缠身，然而他胸中装着的，仍然是整个国家的前途和安危。

第十八课　中唐诗坛（上）

杜甫是唐代诗坛上集大成的诗人。他的诗歌创作，把唐代诗歌推向一座新的高峰。同时，杜甫的种种努力和探索，也为后来诗歌创作开辟了多方面的途径。杜甫之后的诗歌流派，很少有不受杜诗影响的。从杜甫诗句的警策、凝练方面，繁衍出韩愈、卢仝等用语“奇险”的一派。从杜甫注重社会现实生活的方面，又滋生了白居易、元稹等人的“新乐府”诗。真所谓“江山代有才人出”。但是，这些诗尽管也都继承和发展了杜诗的某些特点，可是与杜甫比起来却有很大的不同。西方文学批评家布罗姆曾提出过“影响的焦虑”之说，是说后来的诗人在前人的影响笼罩之下，想要超过前人而无能为力的一种焦虑。中唐的这些诗人虽然都各有可观的成就，但终不免有一种努力用心的着迹之感，缺少杜甫所本有的博大深厚的自然感发的力量。不过他们自己的成就也仍是不可抹杀的。

韩愈是中唐诗坛上很有才华的作者，他不仅写诗，还写有一手漂

◎　韩愈（768—824），字退之，河南河阳（今河南孟州）人；郡望昌黎，故世称韩昌黎。白居易（772—846），字乐天，号香山居士、醉吟先生；其先太原（今山西太原）人，后徙居下邽（今陕西渭南）。李贺（790—816），字长吉，河南福昌（今河南宜阳县）人。

亮的散文，是唐代有名的古文运动的倡导者。在语汇和语法的运用掌握上，他有着过人的才能，他的诗里常有“吐奇惊俗”之语。表面上看，他似乎是继承了杜诗形式上讲求炼字、造句的特点，但实际上二人却有很大差别。杜甫说过：“为人性僻耽佳句，语不惊人死不休。”这看上去似乎是个语言修辞的问题，其实修辞并不仅是个语言锤炼的问题，它除了要用脑、用才之外，还有一个用心、用情的问题。《易经·乾卦》中说“修辞立其诚”，修辞绝不是指花花草草地向上涂抹，而是要找到一个最适合的词语来传达你内心的种种感受。法国19世纪著名文学家福楼拜，在写给莫泊桑的信中曾提到过“一语说”，他告诫莫泊桑在写人或状物时，要从众多的语汇中选择出最恰切、最能够表现作者真正感受的那一个字。杜甫诗最重要的一点，是他所使用的语言、所写出的诗句，总是那种与他内心情感相配合，而且是配合得恰到好处的。他的《秋兴》中有两句很著名的诗句：“香稻啄余鹦鹉粒，碧梧栖老凤凰枝。”这句诗不合常规，也不合文法，真可谓“语不惊人死不休”。可杜甫之所以要把“香稻”与“鹦鹉”、“碧梧”与“凤凰”颠倒来写，原因在于，杜甫所要表现的是开元盛世，香稻富足、碧梧茂盛的太平景象。而“鹦鹉啄余”与“凤凰栖老”则不过是对昔日兴盛气象的一种烘托，并非是现实生活中的实有景物。这样的语序安排与杜甫心中对故都、对渼陂当年盛世的怀恋之情结合得恰到好处，也就是说杜甫在文法、句法上的颠倒运用，绝不是为了要“语不惊人死不休”，而完全是为了抒情达意的需要。这与韩愈等人在诗歌中故作“炫奇立异”的奇险之语有着本质的区别。杜诗所以能达到“语不惊人死不休”的境界，其功力不仅在于他驾驭语言、遣词造句的才力，更重要的在于他内心深处那一份博大、深厚的情怀。韩愈等人只从语言形式上争胜求异，只在遣词造句上逞才使气，这就是他们与杜甫的根本歧异所在。

至于白居易，他所继承的是杜诗反映社会现实的传统。他在一篇很著名的文章《与元九书》中指出："文章合为时而著，歌诗合为事而作。"这种主张，明显是受到杜诗在内容方面的影响。不错，杜甫是写实的诗人，他对于社会、民生自有一份本能、由衷的深切关怀。他说"穷年忧黎元，叹息肠内热"，"朱门酒肉臭，路有冻死骨"。直到老年流落于四川的一条小船上，他还想着"戎马关山北，凭轩涕泗流"。这一切都是杜甫的肺腑之言，是"葵藿倾太阳，物性固莫夺"的。他不同于有些人，先要自己吃饱喝足，然后再去关心人民，碰到一点挫折，或是与自己利益相冲突的事，就可以置民族、国家于不顾，而只顾自己了。表面上看，白居易等人与杜甫一样，都有一份对国家、人民的关爱之情，但这两种关怀是不一样的，一种是源于内心感情深处的，而另外一种只是停留在道理、情理的表层之上。当然，能够有这样一份关心也已经很不错了，我们只是想说明白居易、元稹等人的那些反映社会现实的"新乐府"大多是出于"讽喻"的用心，要找些题目来作诗罢了。这种反映现实的写实之作，在本质上与杜甫的诗具有截然不同的性质。我以前说过，最伟大的诗人都是用他们的生命来写诗的，并且是用自己的生命、生活来实践他们的诗篇的，所以讲这些伟大的诗人、诗作就不能不结合其生平事迹及思想经历来讲，但像韩、白等人的诗，就无须结合他们的生平经历，因为他们是以模仿诗歌的艺术形式或追求社会功能为自己的创作目的的。先看韩愈的一首《山石》：

山石荦确行径微，黄昏到寺蝙蝠飞。升堂坐阶新雨足，芭蕉叶大栀子肥。僧言古壁佛画好，以火来照所见稀。铺床拂席置羹饭，疏粝亦足饱我饥。夜深静卧百虫绝，清月出岭光入扉。天明独去无道路，出入高下穷烟霏。山红涧碧纷烂漫，时见松枥皆十围。当流赤足踏涧石，水声激激风吹衣。人生如此自可乐，岂必局束为人鞿？嗟哉吾党二三子，安得至老不更归！

这首诗写诗人有一次偶然在山庙中过夜的见闻。从描写表现的角度来说，确实写得很好。“荦确”是两个很少见的字，是说山石的高低不平，这两个字用得很奇怪，也很妙，如果说“不平”，从意思来看是对的，可从字音、字形上看去就显得很平淡了，而“荦确”无论从字音还是字形上，都给你一种新奇不平的感受。前八句诗人对眼中所见的景物描写很恰当，可你一旦认真追寻下去，就会发现其中缺少一种深层的东西，不像杜甫的诗，每一句都沉甸甸的饱含着深情。接着他写寺中僧人对他的热情款待，以及他自己的感受。“夜深静卧百虫绝，清月出岭光入扉”，深山里这种安宁、静谧的月色、景物与诗人的感受的确写得很妙。接着又写第二天早晨，诗人要下山，却找不到路，无论山上山下，到处都被烟雾所笼罩，诗人就在这一片雾霭茫茫中上下穿行。途中所见的，是山上的红花，涧中的碧水，纷纭烂漫，偶尔可以见到很粗大的松树和枥树，他赤足走上涧石，听到涧中激激的水流，感到山中习习的凉风，如此美妙的情境，如此惬意的感受，不禁引起诗人的感慨：“人生如此自可乐，岂必局束为人鞿？”“鞿”是套在马头上的络头，有这样美好的地方，这样美妙的享受，我们又何必像被套上络头的马一样，任人驱使呢？“嗟哉吾党二三子，安得至老不更归！”最后两句表达了诗人对这种悠哉游哉生活的留恋与向往。

前文中我讲过，对诗歌的欣赏和评价，通常有感受、感动、感发三种不同的层次，《山石》若从感受层次上来说，它是一首好诗，通过此诗可以看出韩愈的确是一位很有才华的诗人，他能够按其感觉、感受的层次和时间、空间的顺序把自己的所见、所闻、所感、所获都准确而巧妙地传达出来。但遗憾的是，除此之外，就再也没有别的更深厚、更强烈的东西了。

对于白居易那些内容上反映现实、文字上“老妪能解”的诗，我们就不过多介绍了。白居易把自己的诗分成四类，除了“合为事而作”的“新乐府”外，还有吟咏性情的闲适诗，情动于中而形于咏叹的感伤诗，以及五言、七言杂诗。他认为前两类是他的主要作品，后两者则可不必保存。其实，正是在这些不被他重视的诗作里，却有两首深受后人喜爱并且广为流传的好诗，即《长恨歌》与《琵琶行》。《长恨歌》写唐玄宗与杨贵妃的一段爱情故事。《琵琶行》写诗人在浔阳江边与一位琵琶女邂逅相遇后所引出的一段有关琵琶女的真实经历与诗人仕途失意之情怀的感慨。就故事而言，《长恨歌》写得情节曲折、凄婉动人；就情意而言，《琵琶行》带有诗人内心深处的悲慨，具有极强烈的感发力量。限于篇幅，我们只能选其中一首附在文后的选注部分。

中唐诗坛除了韩愈、白居易之外，还有一位重要的诗人也是不容忽视的，那就是被称为“鬼才”的李贺。

李贺是一个才大而命短的诗人，他二十七岁就过早地离开了人世。他的一生实在是极不幸的，他父名“晋肃”，“晋”与“进”同音，因避父讳，他被剥夺了参加进士考试的资格。这对才华横溢的李贺说来，实在是一种残酷的打击。从他的诗中可知，他身体羸弱多病。一方面，他在现实生活中遭遇了如此不幸的挫折与打击，另一方面，他又具有敏锐的感觉和丰富的想象力。虽然他仅有二十几岁的短短生命，可他却在中国诗歌史上第一次创造出锐感与奇想相结合的诗歌境界，这对晚唐诗人李商隐产生了重要的影响。李贺诗中的形象，大都来源于神仙、鬼怪或神话传说，并非现实所有。由于早逝，他的生活体验与感情经历不是很丰富的，因此他的诗在内容情意，以及对国家、人民、社会、世事的关怀上都无法与李商隐相比。虽然李贺也写过诸如《老夫采玉歌》一类反映人民生活疾苦的诗章，但他的这种写实与白居易的“新乐府”很相近，更多的是对一时一事外表的观察和反映，只在一定程度上写出了他对民生疾苦的同情。不过在李贺的一些优秀诗作中，我们也可以透过他那种敏锐的感觉和神奇的想象，看到他内心深处的一份悲慨。下面我们看他一首《浩歌》：

> 南风吹山作平地，帝遣天吴移海水。王母桃花千遍红，彭祖巫咸几回死？青毛骢马参差钱，娇春杨柳含缃烟。筝人劝我金屈卮，神血未凝身问谁？不须浪饮丁都护，世上英雄本无主。买丝绣作平原君，有酒唯浇赵州土。漏催水咽玉蟾蜍，卫娘发薄不胜梳。羞见秋眉换新绿，二十男儿那刺促！

这首诗写的是世事无常的悲慨，前两句写宇宙沧桑的巨大变化。《诗经·十月之交》中写过周朝的一次大地震："高岸为谷，深谷为陵"，这是地壳的变化，是写实的。而李贺这里所写的却是世界上从来未曾发生过的事情。"天吴"是古代神话中的水神，"帝"是上天的玉帝。这完全是一种神话的境界，诗人的想象是神奇的，表达也是特殊的："王母桃花千遍红，彭祖巫咸几回死。"神话里说王母娘娘的仙桃三千年开一次花、结一次果。彭祖与巫咸都是传说中长寿的神仙，这里诗人是要写人世的无常，世上的一切都不是永恒的，即使是王母的桃花与彭祖、巫咸这样长命的神物、仙人也在变化之中。接下去他又说，"青毛骢马参差钱，娇春杨柳含缃烟。筝人劝我金屈卮，神血未凝身问谁？"前三句极写生命的美好：你有毛色青白相间的青骢好马，骑在这样的马上，饱览"娇春杨柳含缃烟"的美妙景色，"缃烟"指春天杨柳正要发芽时带有的一种鹅黄色。当你饱览秀色，纵酒放歌，当美人捧着珍贵的金屈卮向你劝酒之时，你有没有想过"神血未凝身问谁"的问题？"神"是精神，"血"是肉体，只有当神、血凝聚到一起时，才有我们这些人的生命，在你生前或死后，当你的神血分离之后，你的身体、你的生命又在哪里呢？这样的问题你问谁？谁又能回答你呢？此四句合起来表现了一种生命短暂无凭的悲慨。

下面接着又说，"不须浪饮丁都护，世上英雄本无主"，丁都护是南北朝时的一个隐士，不得意而经常借酒浇愁。这两句说，你不须为你的才智、武勇不得知用而沉醉纵饮，因为世上的英雄原本就很难找到一个真正能认识你、重用你、值得你为之献身的主人。虽然李贺没有李商隐那么深广的关怀，但他诗中也饱含着生命落空的悲慨。如果一个人在你努力和尝试之后失败了，那还没有什么可遗憾的。可李贺根本连一次尝试和努力的机会都没有，再加上他的体弱多病，所以他的诗里常常带有很深的生命之悲哀。“买丝绣作平原君，有酒唯浇赵州土”，平原君是战国时赵国的公子，以善养士著称，相传他有门客三千。既然天下有这样能够赏爱人才的主人，我李贺一定要买丝绣出他的画像，买酒浇在孕育过这位贤主的赵州的土地上，以表示我对他的崇敬和向往。“漏催水咽玉蟾蜍，卫娘发薄不胜梳”，生不我待，时不我与，时光在漏壶滴水中悄然消逝，当年汉武帝所宠幸的妃子，卫子夫已经衰老不堪，原来以美发而得宠的那满头美发都变白了、脱落了。“羞见秋眉换新绿”，这种想象和比喻真是神奇：“秋眉”是极奇怪的说法，一般人形容眉毛多用黛眉；黛是一种深黑色，这种颜色有时可以发出一种蓝色或深绿色的光亮。古人对颜色的描述常常不是很清楚的，由于青色常常有绿光，因此常说成绿。有时形容一个人的年轻健康，常用“绿鬓朱颜”，这里说的“新绿”即指很年轻的时候。有一天你老了，你的眉毛不仅变白，而且也逐渐脱落了，这就成了“秋眉”了。用“春秋”来形容眉发，这正是李贺诗的修辞特色。李太白用“君不见黄河之水天上来，奔流到海不复回。君不见高堂明镜悲白发，朝如青丝暮成雪”来描写人的衰老，可是李贺却用了“卫娘发薄不胜梳，羞见秋眉换新绿”，这真是两种不同类型的神奇！诗的最后说“二十男儿那刺促”？“刺促”是局限、没有发展的意思。一个人二十多岁已经成年，应该有所作为了，为何生活的天地还是这样的局促？这就又一次在诡奇的想象之中表现出诗人内心那份抑郁不平的悲慨。

以上，我们用对韩愈、白居易和李贺三家的介绍来概括杜甫之后的中唐诗坛，这或许太过于粗略，但由于篇幅的局限，也只好用这种以点带面的方法来处理了。

〖作品选注〗

左迁至蓝关示侄孙湘〔1〕

韩　愈

一封朝奏九重天，夕贬潮州路八千。〔2〕欲为圣明除弊事，肯将衰朽惜残年！〔3〕云横秦岭家何在？雪拥蓝关马不前。〔4〕知汝远来应有意，好收吾骨瘴江边〔5〕。

【注】〔1〕韩愈一生以辟佛为己任，晚年上《论佛骨表》，力谏宪宗“迎佛骨入大内”，触犯“人主之怒”，几乎被定为死罪，经裴度等人说情，才由刑部侍郎贬为潮州刺史。潮州在今广东东部，距当时京师长安有八千里之遥，当韩愈离开京都走到蓝田县（蓝关）时，他的侄孙韩湘赶来与之同行。韩愈此时悲歌当哭，慷慨激昂地写下这首名诗。〔2〕这两句写自己获罪的原因，即因“一封朝奏”，惹来“夕贬潮州”，而且这一贬就是八千里。〔3〕此两句直书自己“欲除弊事”的愿望，以及忠而获罪、非罪远谪的愤慨。使人如见他刚直不阿之态。〔4〕这二句即景抒情。秦岭：指终南山，暗喻家国所在之地；他此时不独系念家人，更多的是伤怀国事。马不前：用古乐府诗“驱马涉阴山，山高马不前”意；他立马蓝关，大雪寒天，联想到前路的艰危；“马不前”露出英雄失志之悲。〔5〕《左传·僖公三十二年》记老臣蹇叔哭师时有“必死是间，余收尔骨焉”之语。韩愈此处用其意，向侄孙从容交代后事，语意紧扣“肯将衰朽惜残年”句意，进一步流露出诗人凄楚难言的激愤之情。

此诗是韩愈七言律诗中的佳作，正如后人所评：沉郁顿挫，其特色在能变化律诗一般的风格而自成面目，其中有韩诗“以文为诗”的特点在。

早春呈水部张十八员外（其一）[1]

韩　愈

天街小雨润如酥[2]，草色遥看近却无。最是一年春好处，绝胜烟柳满皇都。[3]

【注】〔1〕这是写给水部员外郎张籍的，因张籍排行十八，故称“张十八”。〔2〕天街：皇城中的街道；酥：酥油，动物乳制品，极言春雨的温润与光泽。〔3〕绝胜：远远超过。末两句说此时春色最美，等到春晚，烟柳笼罩全城，反觉减色了。

这首小诗似乎与韩愈诗“炫异奇险”的特色极不吻合。诗风清新自然，近于口语，诗人自己曾经说过：“艰穷怪变得，往往造平淡”（《送无本师归范阳》），所以韩愈的诗在奇险以外，也另有些“平淡”之作，这也是不可忽视的。

长恨歌

白居易

汉皇重色思倾国[1]，御宇[2]多年求不得。杨家有女[3]初长成，养在深闺人未识。天生丽质难自弃，一朝选在君王侧。回眸一笑百媚生，六宫粉黛[4]无颜色。春寒赐浴华清池[5]，温泉水滑洗凝脂[6]。侍儿扶起娇无力，始是新承恩泽时。云鬓花颜金步摇[7]，芙蓉帐暖度春宵。春宵苦短日高起，从此君王不早朝。承欢侍宴无闲暇，春从春游夜专夜[8]。后宫佳丽三千人，三千宠爱在一身。金屋[9]妆成娇侍夜，玉楼宴罢醉和春[10]。姊妹弟兄皆列土[11]，可怜光彩生门户。遂令天下父母心，不重生男重生女[12]。骊宫[13]高处入青云，仙乐风飘处处闻。缓歌慢舞凝丝竹[14]，尽日君王看不足。渔阳鼙鼓[15]动地来，惊破霓裳羽衣曲[16]。九重城阙[17]烟尘生，千乘万骑西南行[18]。翠华[19]摇摇行复止，西出都门百余里[20]。六军[21]不发无奈何，宛转蛾眉马前死。花钿[22]委地无人收，翠翘金雀玉搔头[23]。君王掩面救不得，回看血泪相和流。黄埃散漫风萧索，云栈萦纡登剑阁[24]。峨嵋山[25]下少人行，旌旗无光日色薄。蜀江水碧蜀山青，圣主朝朝暮暮情。行宫[26]见月伤心色，夜雨闻铃[27]肠断声。天旋日转回龙驭[28]，到此踌躇不能去。马嵬坡下泥土中，不见玉颜空死处。君臣相顾尽沾衣，东望都门信马归。归来池苑皆依旧，太液芙蓉未央[29]柳。芙蓉如面柳如眉，对此如何不泪垂。春风桃李花开日，秋雨梧桐叶落时。西宫南内[30]多秋草，落叶满阶红不扫。梨园弟子[31]白发新，椒房阿监青娥[32]老。夕殿萤飞思悄然[33]，孤灯挑尽未成眠。迟迟钟鼓初长夜，耿耿星河[34]欲曙天。鸳鸯瓦冷霜华[35]重，翡翠衾[36]寒谁与共。悠悠生死别经年，魂魄不曾来入梦。临邛道士鸿都[37]客，能以精诚致[38]魂魄。为感君王展转思，遂教方士[39]殷勤觅。排空驭气[40]奔如电，升天入地求之遍。上穷碧落[41]下黄泉，两处茫茫皆不见。忽闻海上有仙山，山在虚无缥缈间。楼阁玲珑五云[42]起，其中绰约[43]多仙子。中有一人字太真[44]，雪肤花貌参差[45]是。金阙西厢叩玉扃[46]，转教小玉报双成[47]。闻道汉家天子使，九华帐[48]里梦惊魂。揽衣推枕起徘徊，珠箔银屏迤逦[49]开。云鬓半偏新睡觉，花冠不整下堂来。风吹仙袂[50]飘飖举，犹似霓裳羽衣舞。玉容寂寞泪阑干[51]，梨花一枝春带雨。含情凝睇[52]谢君王，一别音容两渺茫。昭阳殿[53]里恩爱绝，蓬莱宫[54]中日月长。回头下望人寰处，不见长安见尘雾。唯将旧物表深情，钿合[55]金钗寄将去。钗留一股合一扇[56]，钗擘黄金合分钿[57]。但教心似金钿坚，天上人间会相见。临别殷勤重寄词〔58〕，词中有誓两心知。七月七日长生殿〔59〕，夜半无人私语时。在天愿作比翼鸟〔60〕，在地愿为连理枝〔61〕。天长地久有时尽，此恨绵绵无绝期。

【注】〔1〕汉皇：喻指唐玄宗；倾国：喻指美女。《汉书·外戚传》载李延年在武帝面前唱的歌："北方有佳人，绝世而独立。一顾倾人城，再顾倾人国。"〔2〕御宇：统治天下。〔3〕杨家有女：指杨玉环。先为寿王李瑁（玄宗子）的妃子，天宝四载（745）被唐玄宗册立为贵妃。〔4〕六宫：古代后妃住地；粉黛：以化妆品指代妇女。〔5〕华清池：温泉浴池名，开元十一年（723）建于骊山。〔6〕凝脂：形容洁白柔嫩的肌肤。《诗经·硕人》："肤如凝脂"。〔7〕步摇：一种插在发髻上的首饰，所缀珠玉走动时摇动生姿。〔8〕夜专夜：每夜都得专宠。〔9〕金屋：指宫中杨贵妃的住处。《汉武故事》：帝为胶东王，数岁，长公主抱置膝上，问曰："儿欲得妇否？"曰："欲得。"……指其女阿娇："好否？"笑对曰："好，若得阿娇作妇，当作金屋贮之。"〔10〕醉和春：醉意中含着春情。〔11〕列土：本谓封建最高统治者分封土地，此指得到封官晋爵。杨贵妃有三个姐妹分别封为韩国、虢国、秦国夫人，三个伯叔兄弟居高官，其中杨钊赐名国忠，天宝十一载（752）为右丞相。〔12〕《长恨歌传》载当时民谣："生女勿悲酸，生男勿喜欢。""男不封侯女作妃，看女却为门上楣。"〔13〕骊宫：指骊山上的华清宫。〔14〕丝竹：管弦乐器。〔15〕渔阳：郡名，范阳节度使所辖，治所蓟州（今天津蓟县）。鞞鼓：古代军中所用的一种小鼓。此下四句写安史之乱的爆发。〔16〕霓裳羽衣曲：舞曲名。相传来自西域，曾经玄宗改编，是当时著名舞曲。〔17〕九重城阙：指京城长安；京城为皇宫所在，皇宫有九重，故云。〔18〕西南行：自长安逃向蜀中。〔19〕翠华：用翠鸟羽毛装饰的旗帜，为皇帝仪仗所用。此下八句写马嵬兵变、诛杨贵妃事。〔20〕指马嵬驿，故址在今陕西兴平市西北。〔21〕六军：古代天子六军，这里指护卫皇帝的羽林军。〔22〕花钿：镶嵌金银珠宝的首饰。〔23〕翠翘、金雀：都是钗名；玉搔头：玉簪。〔24〕云栈：

高入云霄的栈道；剑阁：即剑门关，在今四川剑阁县境。〔25〕峨嵋山：在四川峨眉山市境内，这里泛指蜀山。〔26〕行宫：皇帝出行时的住地。〔27〕铃：指风铃的响声。《明皇杂录》："明皇既幸蜀，西南行，初入斜谷，属霖雨涉旬，于栈道雨中闻铃音，隔山相应。上既悼念贵妃，采其声为《雨霖铃曲》以寄恨焉。"〔28〕天旋日转：比喻政局转变。回龙驭：指玄宗的车驾返回长安；肃宗至德二载（757）九月郭子仪收复长安，十二月玄宗返京。〔29〕太液：汉朝建章宫北的池名。未央：汉代宫名。这里借"太液""未央"指唐代的宫廷池苑。〔30〕西宫：太极宫。南内：兴庆宫。兴庆宫在东内之南，故称南内。唐玄宗还京后，初居兴庆宫，因邻近大街，时常和外界接触，肃宗恐他有复辟之心，将他迁入太极宫的甘露殿，加以变相的软禁。〔31〕梨园弟子：唐玄宗设宜春、梨园二教坊，教练供奉宫廷的歌舞艺人，称艺人为梨园弟子。〔32〕椒房：后妃所住的宫殿，用花椒和泥涂壁，取其香暖兼有多子之意。阿监：宫中女官。青娥：青春美好的容颜。〔33〕悄然：忧愁的样子。〔34〕耿耿：微明的样子；星河：银河。〔35〕鸳鸯瓦：两片嵌合在一起的瓦；霜华：即霜花。〔36〕翡翠衾：一说是织着翡翠鸟花纹的被；一说饰有翡翠鸟羽毛的被。〔37〕临邛：县名，唐属剑南道，今四川省邛崃市。鸿都：原为东汉都城洛阳的宫门名，这里借指长安。〔38〕致：招来。〔39〕方士：古称炼丹、求仙的人，这里指临邛道士。〔40〕排空驭气：腾空驾云。〔41〕穷：穷尽，指寻遍；碧落：道家称天界为碧落，一般用作天上的代称。〔42〕五云：五色彩云。〔43〕绰约：轻盈美好的样子。〔44〕太真：杨贵妃开元二十八年（740）被度为女道士，道号太真。〔45〕参差：仿佛、差不多。〔46〕金阙：道教相传的"仙境"，这里指神仙住的宫殿。玉扃：玉做的门。〔47〕"小玉""双成"：小玉传说为吴王夫差的女儿；双成传说是西王母的侍女。〔48〕九华帐：彩饰繁丽的帐子。〔49〕珠箔：珠帘；银屏：镶嵌银丝花纹的屏风；迤逦：接连地。〔50〕袂：衣袖。〔51〕阑干：形容泪水纵横的样子。〔52〕凝睇：凝视。〔53〕昭阳殿：汉成帝皇后赵飞燕所居之宫殿名，这里借指杨贵妃生前所居处。〔54〕蓬莱宫：神话传说中仙山上的宫殿。〔55〕钿合：即钿盒，用黄金珠宝嵌成花纹的盒子，有一底一盖。〔56〕合一扇：指钿盒的盖或底；扇：量词。〔57〕钗擘：黄金做头钗分开成两半；擘：分开；合分钿：嵌金属花片的盒子各得一半。〔58〕寄词：捎话给对方。〔59〕长生殿：天宝元年（742）造长生殿于华清宫。又，唐代后妃的寝宫，可通称长生殿。〔60〕比翼鸟：《尔雅·释地》："南方有比翼鸟焉，不比不飞，其名谓之鹣鹣。"这里指雌雄相并而飞的鸟。〔61〕连理枝：两棵树不同根，而枝干结合在一起的树叫连理枝。

《长恨歌》是一首写得很美的长篇歌行体叙事诗。中国旧诗中的歌行体有两种：一种是像李白、高适、岑参他们所写的那种古诗体的歌行；一种就是白居易所写的这种结合了律句的歌行。白居易把近体诗格律融会到歌行体长诗中，创造出这种新的体式，《长恨歌》《琵琶行》都是代表之作。旧的歌行体多用杂言，强调古朴，尽量避免使用律句。而这首《长恨歌》写得很华丽，其中有不少句子都是十分工整的律句，如"行宫见月伤心色，夜雨闻铃肠断声""春风桃李花开日，秋雨梧桐叶落时"等。另外，这首诗每隔数句一换韵，显得十分整齐，表现出一种曲折婉转而又缠绵的姿态，非常适合于委婉的叙事。中国诗歌中向来比较缺乏长篇叙事诗，所以歌行体的这一开创对后世产生了相当大的影响，像吴梅村的《圆圆曲》等，就是明显受到《长恨歌》影响的作品。

买花

白居易

帝城[1]春欲暮，喧喧车马度。共道牡丹时，相随买花去。贵贱无常价，酬直[2]看花数[3]。灼灼百花红，戋戋[4]五束素。上张幄幕庇，旁织笆篱护。水洒复泥封，移来色如故。家家习为俗，人人迷不悟。有一田舍翁，偶来买花处。低头独长叹，此叹无人谕[5]。一丛深色花，十户中人赋[6]。

【注】〔1〕帝城：指京城长安。〔2〕直：与“值”通，物价。〔3〕数：计算的意思。〔4〕戋戋：《易经·贲卦》：“束帛戋戋。”〔5〕谕：知道，理解。〔6〕中人赋：中等人家所缴纳的赋税。

我国古人十分重视诗歌的社会功用，从《诗经》开始就有“美刺比兴”之说。传说古代还设有专职官员负责采诗，通过这种办法使执政者了解民间疾苦，以便改善政治。白居易继承中国诗歌的这一传统，写了《新乐府》《秦中吟》等大量反映民间疾苦的讽喻诗，这首《买花》就是《秦中吟》里的一首。白居易主张“文章合为时而著，歌诗合为事而作”，主张用诗歌来“救济人病，裨补时阙”；同时，他还努力使自己的诗写得通俗平易，让不识字的老太婆也能听懂，这用心是极好的。但我必须要说，诗歌本是一种感发的生命，如果理性的安排思索所占比重太多，就不可避免会影响到感发的力量。白居易很推崇杜甫，但二人的诗有所不同：杜诗中更多的是抑制不住的感情，而白居易讽喻诗中更多的是理性。一个是“自发”，一个是“有心”，这一点点的区别就决定了二人诗歌艺术成就的不同。不过尽管如此，在中国诗歌史上，白居易对古乐府诗的继承和拓展做出了重要贡献，这一点是不可忽视的。

赋得[1]古原草送别

白居易

离离[2]原上草，一岁一枯荣。野火烧不尽，春风吹又生。远芳侵古道，晴翠接荒城。又送王孙去，萋萋满别情。[3]

【注】〔1〕赋得：凡指定、限定的诗题，例在题目上加“赋得”二字。〔2〕离离：长貌。〔3〕此二句用的是《楚辞·招隐士》“王孙游兮不归，春草生兮萋萋”句意。“王孙”在此处是借指送别的朋友。

这首诗相传是白居易十六岁时所作。他写的虽然只是原上野草，但开头四句气象开阔博大，表现出在周而复始的盛衰循环之中那一种不可摧毁的生命力。这是一首感发力量很强的好诗。据说白居易初到长安，当时名士顾况曾戏笑他说“长安米贵，居大不易”。但当顾看到他这首诗，便立即改口说“有才如此，居易不难”。这首诗确实是一首才气发扬的好诗。

第十九课　中唐诗坛（下）

《孟子》云：“观于海者难为水，游于圣人之门者难为言。”意思是说，见过大海壮阔波澜的人，不会再为江河湖泊的水势而感到惊叹，在孔夫子门下游学过的人，对别人所讲的道理就都觉得不够好了。同样，当我们讲过盛唐李、杜、王、孟、高、岑等人的诗篇之后，再来看中晚唐的诗，就会觉得味道不够了。当然这是就盛唐以后诗歌发展的整体趋势而言，对于某个具体诗人来说，也并不尽然。本课我们要介绍的韦应物与柳宗元，便是中唐时期诗歌创作方面较广，并且较有特色的两位诗人。

以前我们说过，诗人的身世经历决定着他们诗歌的风格特色，但对韦应物来说，启蒙学诗的早与晚，对其诗歌的创作也有重要的影响。韦应物出身于贵族世家，他的祖先有好几个人曾做过宰相。但要知道，仕宦是没有保障的，政海波澜中，灾祸是旦夕之间的事。韦应物出生时，他的家族已经走向衰落了，但唐代规定，官宦世家的子弟

◎　韦应物（737—约786），京兆长安（今陕西西安）人，曾任滁州、江州、苏州刺史，世称韦江州或韦苏州。柳宗元（773—819），字子厚，河东解县（今山西运城）人，世称柳河东。

都有选充皇家侍卫的资格，皇帝以为用这些人做侍卫较为可靠，所以韦应物在十四五岁就入选侍卫了，而且做了玄宗的侍卫。不久安史之乱发生，长安陷落，玄宗出奔蜀，韦应物没能来得及跟玄宗走。天宝之乱以后，少年没有好好读书的韦应物就以皇家侍卫的身份进了刚刚恢复起来的太学开始读书和学诗，那时他已经二十多岁了。杜甫是“七龄思即壮，开口咏凤凰”，当然七岁与二十岁都有可能写出好诗来，但这中间有一点是截然不同的。如果你的学习是从幼年开始的，那你所学到的东西是伴随着你的生命、身心一同生长发育起来的。六七岁开始吟诗的人，他的感发之情来得更真切、更自然，他写的诗也不是想出来的，而是不假思索、出口成章地流淌出来的。可韦应物二十多岁才“拔笔学题诗”，他的学习都是有意的，写作也是有意的，所以他有意学陶就像陶，有意学谢就像谢了。他描写自然景物的诗里，就既有像陶诗的一类，又有像谢诗的一类，他的诗的好处不是在自然感发中得到的，而是需要通过思索才能体会出来。另外，由于他不是从小就学诗，所以他对诗歌的声韵、节律等缺乏一种与生俱来的天然的掌握，因此他的诗中，古体比近体好，五言比七言好。

下面我们就循着他的诗形成的途径，用思索和理性的方法来寻求、品味韦诗的好处。文学史上习惯把王、孟、韦、柳并称为山水田园诗派的代表，其实韦应物对各类题材和体裁都有过实践，并且都取得了一定的成就，限于篇幅，我们只能看他两首有代表性的山水诗：

初发扬子寄元大校书

凄凄去亲爱，泛泛入烟雾。归棹洛阳人，残钟广陵树。今朝为此别，何处还相遇？世事波上舟，沿洄安得住？

寄全椒山中道士

今朝郡斋冷，忽念山中客。涧底束荆薪，归来煮白石。欲持一瓢酒，远慰风雨夕。落叶满空山，何处寻行迹？

这两首诗都不是律诗（因为律诗必须押平声韵），但从平仄和对偶上看，又很近于近体诗，像这种介于古体和近体之间的一类诗叫作格诗，韦应物写得较好的正是这类五言格诗。前一诗是他从扬子江出发时写给一位姓元、排行老大、任校书郎的朋友的。韦应物曾任过滁州、江州和苏州的刺史，故经常往来于扬子江上。这诗的前四句是结合着离别的感情描写景物：我怀着凄然的远别之情与亲爱的朋友们离别，我泛舟漂泊在朝雾茫茫的大江之上，欲回到洛阳去。当我渐渐远离故人之际，透过重重烟树听到广陵（扬州）传来的渐渐微弱的钟声。这随波飘摇的小舟，茫茫的江雾及余音缭绕的钟声结合在一起，不由得引起诗人对人生的慨叹："今朝为此别，何处还相遇？"我们这些政海波涛之中身不由己的人，岂不正像这千顷波涛中的一叶小舟，随时都有倾覆的危险，这真是此地一为别，会面安可知！回首展望命运多变的人生，真可谓"世事波上舟，沿洄安得住"！"沿"是顺水而下，"洄"是顺水回旋。命运的顺逆如浪里行舟，只要我们一上船，一切只有听任天命了，我们自己是主宰不了的！诗篇在情景之中有一种思致的融会，也就是说，他的感情的传达，以及兴发感动的力量是在"泛泛入烟雾""残钟广陵树"的情境和"世事波上舟，沿洄安得住"的思致中传达出来的。

下面的《寄全椒山中道士》一诗，是韦应物任滁州刺史时在当地郡斋中写的。"全椒"是滁州的一个地名，在今安徽省东部。他说自己独居在寂寞寒冷的郡斋之中，忽然想起山中学道的道士朋友来。他的朋友，即"山中客"所过的是怎样的生活呢？"涧底束荆薪，归来煮白石。"学道的人不食人间烟火，他们从涧底打来木柴，然后"煮白石"以充饥。这里诗人用了葛洪《神仙传》中白石先生因常煮白石为粮，故就白石山居，时人号称白石先生的典故。"白石"是一种矿物。魏晋时人讲究服药以求长生，传说嵇康有个朋友到山中去，吃了一种尚未凝固的钟乳石，他想带一些给嵇康吃，但那东西带出来就变得僵硬、咬不动了。我想煮白石大概就是煮这类的矿物。韦应物想到山中朋友宁静淡泊、意趣超逸的生活，不由得心向往之，于是产生了"欲持一瓢酒，远慰风雨夕"的愿望。但是"山中客"与世隔绝，就算你去了，在那"落叶满空山"的一片苍茫寂寥中，你又"何处寻行迹"呢？贾岛有《访隐者不遇》诗说："松下问童子，言师采药去。只在此山中，云深不知处。"这情趣超逸、意境遥深、格调高古、余味无穷的韵致跟韦应物的这首诗很相似。

一般说，对诗歌的欣赏可分成三个层次，第一是感官上的感受，像谢灵运那些刻画山水形貌的诗，除了给读者的感官上留下一些新奇的印象外，再也没有更深层次的作用和力量了。第二是感情上的感动，像孟浩然的"木落雁南度，北风江上寒。我家襄水曲，遥隔楚云端。乡泪客中尽，归帆天际看。迷津欲有问，平海夕漫漫"，读后使你不禁为这个浪迹天涯的游子如今落得困顿无成、泪痕满面、行囊空空、有家难归的凄惨下场而深感悲哀。第三是感发的联想。前两者都是可以确指的描写，都有一个可以引发你感受与感动的对象在，而第三类诗常常是超乎具体情景、事象之外的一种思致或意境。这一类诗人中最有代表性的当然要首推李商隐了。此外，像陶渊明的"采菊东篱下，悠然见南山"，"此中有真意，欲辨已忘言"，像王维的"飒飒秋雨中，浅浅石溜泻。跳波自相溅，白鹭惊复下"以及韦应物的"欲持一瓢酒，远慰风雨夕。落叶满山空，何处寻行迹"，也都在不同程度上表现出一种说不出来的、超乎你耳目感官感受之外的一种心灵及精神上的触引和兴发，这是一种不十分具体，也不十分强烈，易于意会而难以言传的特殊境界，有人称之为"一片神行"，我想这应该算是自然山水诗中最好的一类了。那么下面我们来看看柳宗元又当属于哪种类型呢？

金人元遗山有一首《论诗绝句》说："谢客风容映古今，发源谁似柳州深。朱弦一拂遗音在，却是当年寂寞心。"意思是说，谢灵运以刻画山水形貌闻名于世，从而开了山水诗的传统，影响了后来众多的唐代诗人。柳宗元在描写自然山水景物上似乎与谢灵运是同出一源的，但透过外表的"风容"之美，我们可以看到两位诗人所共同蕴含着的是一份寂寞的心情。"寂寞心"是指没有知道了解他们感情的人，其中也包含了无人知遇、不得任用的意思。前面我们讲过左思的"铅刀贵一割"，讲过李白的"天生我材必有用"，这都是些具有远大政治理想、却因不被知用而深怀寂寞之心的人。不过谢灵运的寂寞与柳宗元是很不一样的。谢灵运以他富贵、豪奢的地位而经历了改朝换代的变迁，陡然从高贵的世胄而沉沦为卑微的下僚，他当然不免抑郁于心，因此他的不甘寂寞，是源于一己权势地位陡然失落所引起的恣纵者的失意，而柳宗元则是由于政治理想不得实现才产生的抑郁和苦闷。

柳宗元的家世也是非常显赫的，后来也渐趋衰落。柳宗元是他这一代中的独子，所以家里都希望他能重振家风。当柳宗元二十几岁考上进士后，众人皆谓"柳氏有子矣"，可见他家对他的厚望。柳宗元确实不负众望，他具有远大的政治理想、深刻的思想见解和多方面的能力才干。当永贞元年（805）顺宗皇帝继位任用王叔文之后，柳宗元、刘禹锡等一批富有改革魄力的人也都受到了重用，随后便实行了一系列重要的改革措施。正当王叔文等人准备革除唐朝历代最大的积弊，夺取宦官和藩镇的实权之际，发生了一件最不幸的事情：等了许多年才做上皇帝并且积极支持王叔文革新政治的顺宗，因病不得不让位给太子李纯（宪宗）。古今中外的新皇帝都不喜欢父辈的臣子，为了摆脱父辈老臣的控制，宪宗一继位就把王叔文等改革派全都贬到边远的外省去做司马，这就是历史上有名的"永贞八司马"事件。柳宗元当时被贬到永州（在今湖南），他没有弟兄姐妹，加之妻子早逝，无儿无女，只好一个人孤苦伶仃地被冷落幽闭在那里。他曾借助游山玩水的方式来排解内心的痛苦，这一时期他所写的山水游记及山水田园诗，外表看去都是在写对山水景物的赏玩，而且常常故意写得冷静，似乎是超脱了。但事实上，冷静超逸之中常流露出他的热情和痛苦。柳宗元在永州一待就是十年，后被召回朝廷，不久又被贬为柳州刺史。柳州在今广西境内，是少数民族聚居的地方，当时这里落后、闭塞、不开化。但此次柳宗元身为刺史，有了地方上的实权，因此他一到此地就开渠凿井，借助人们的迷信心理，在庙宇里开展文化教育。这一时期他不仅写了大量的自然山水诗作，还写了许多政论文章和寓言故事，如《封建论》《捕蛇者说》等等。下面我们来看他此时所写的两首描写自然山水的诗。

溪居

久为簪组累，幸此南夷谪。闲依农圃邻，偶似山林客。晓耕翻露草，夜榜响溪石。来往不逢人，长歌楚天碧。

与浩初上人同看山寄京华亲故

海畔尖山似剑芒，秋来处处割愁肠。若为化作身千亿，散向峰头望故乡。

这两首诗都是借景物抒发寂寞、痛苦、悲慨、热烈的情怀。《溪居》外表写得冷静、超然，其实说的都是反语："久为簪组累，幸此南夷谪"二句中的"簪组"指的是仕宦人的服饰。意思是说，我长久地做官，这对我来说是一种牵累，如今能够贬逐到这南方的蛮夷之地，可谓一大幸运。接着他又说，闲暇时，我与农夫野老为邻居和朋友，我与他们在一起的那份适意悠闲的情趣真像那无忧无虑的"山林客"。我所过的是真正的农家生活："晓耕翻露草"，日出而作；"夜榜（划船用的桨）响溪石"，日入而息。诗篇至此，也许你还看不出诗人是在说反话，等到最后两句一出口："来往不逢人，长歌楚天碧"，我们方才深刻地感受到了诗人那份无法排遣的寂寞悲哀。既然你有"农圃邻""山林客"为友，何言"来往不逢人"呢？既然有"晓耕""夜榜"的情趣和适意，又为何要"长歌楚天碧"？原来他并非真的超然和悠闲，因为那些"农圃邻""山林客"与我们这位被谪南夷的诗人本来就不属于同一阶层和类型，诗人可以很快就适应、了解了他们，而他们却永远也不会理解诗人内心的真正感情，所以诗人只好面对着茫茫的苍穹，仰天长啸，将那份深深的寂寞与悲慨全都发泄在苍茫无际的天地之间。可见诗人愈是极力用冷静与超然的姿态来掩饰内心的情怀和悲慨，这种悲慨之情就愈是表现得真挚、强烈，这就是柳宗元山水田园诗的一大特色。

除此之外，他也有直抒胸臆的诗作，如《与浩初上人同看山寄京华亲故》一诗就是这类诗的代表。在柳宗元的诗作中，写得最好的也是五言诗，但这一首七言绝句也写得极为出色。诗篇从头至尾，每一个形象、每一个词汇都充满了感发的力量。本诗作于柳州，"浩初上人"是诗人的一位僧人朋友。诗一开篇就利用当地的景物特色直抒思乡之情。柳州（广西）多山水，而且秋天的群山因没有水雾的缭绕而显得格外清晰。一座座山峰远远看去像是一柄柄锐利的剑锋，而诗人内心思乡的痛苦如同万剑穿心一般难以忍受。痛苦使得诗人忽发奇想："若为化作身千亿，散向峰头望故乡。"诗人是被贬到这远离家乡的偏僻之地的，没有朝廷的诏书，就没有诗人还乡的自由。既然不能回到故乡去，那只有登高向故乡的方向遥望。但此地最高处只有那些"似剑芒"的"尖山"，尽管如此，诗人也恨不能用分身之术把自己分解出千亿个身体，这千亿之身将不辞剑锋穿肠，一齐分散到每一座尖山顶上，向着一个共同的方向遥望！可见思乡之苦远甚于万剑穿肠！这首诗短短二十八个字，把诗人一腔迫切的乡情表现得强劲、炽烈、沉痛而悲凉。这是柳宗元山水诗的又一特色，这方面较有代表性的还有他的《登柳州城楼寄漳、汀、封、连四州刺史》等。

清朝王士祯《戏仿元遗山论诗绝句》中有一首诗，是专门批评韦应物与柳宗元诗的：

风怀澄淡推韦柳，佳处多从五字求。解识无声弦指妙，柳州那得比苏州。

我觉得韦应物与柳宗元仅就其山水诗的创作而言，是难以分出高下的，在表现山水自然的意境和韵味方面，韦应物确实胜过柳宗元；而在写景抒情的丰厚、深挚、浓烈、真率上，韦应物又明显地逊色于柳宗元，可以说，二人各具特色，各有千秋。

〖作品选注〗

滁州西涧〔1〕

韦应物

独怜幽草涧边生〔2〕，上有黄鹂深树鸣。春潮带雨晚来急，野渡无人舟自横。〔3〕

【注】〔1〕这诗是作者在滁州刺史任上所写。滁州在今安徽省滁州市。〔2〕“怜”字有两重意思，一是可爱，二是可惜，这样茂密的芳草真是可爱，然而却可惜没人欣赏。一般人只注意名利的追逐，而对于大自然中的一切，似乎是声色全盲，所以只有诗人是“独怜”的，欣赏到了这般美好的景色。〔3〕这两句写在无人注意的山野之间的渡口码头上，一只小船被春雨春潮的急流推向浅滩，随便而悠闲地横在那里。这两句写得极闲静、恬淡、高远，是七言绝句中的佳作。

登柳州城楼寄漳、汀、封、连四州刺史[1]

柳宗元

城上高楼接大荒[2]，海天愁思正茫茫。惊风乱飐芙蓉水，密雨斜侵薜荔墙。[3]岭树重遮千里目，江流曲似九回肠。[4]共来百越文身地，犹自音书滞一乡！[5]

【注】〔1〕唐顺宗永贞元年（805），王叔文革新集团被击败，柳宗元等八人都被贬为边远州郡的司马，时称“八司马”。唐宪宗元和十年（815）重被起用，其中除凌准、韦执谊已死贬所、程异另先任用外，柳宗元、韩泰、韩晔、陈谏、刘禹锡分别任为柳州、漳州、汀州、封州、连州的刺史。本篇即是这年夏天诗人抵柳州后寄赠给四州刺史的。〔2〕接：连接。亦可作目接（看到）解。大荒：泛指荒僻边远的地区。〔3〕这两句写夏雨急骤的近景。飐：风吹浪动。薜荔：一种常绿的蔓生植物，常缘壁而生。〔4〕这两句写远景，景中寓情，表示相望的殷切和相思的痛苦。重：层层。〔5〕百越：即“百粤”，泛指五岭以南的少数民族之地；文身：身上刺花，古时南方少数民族有“文身断发”的习俗；滞：阻隔。

这是给最亲近的、同命相怜的朋友们的一首抒情诗，诗篇情景相生，情景交融，景真情切，极富感发。

江雪

柳宗元

千山鸟飞绝，万径人踪灭。[1]孤舟蓑笠翁，独钓寒江雪。[2]

【注】〔1〕这两句说栖鸟不飞，行人绝迹，极写大雪中环境的幽寂。〔2〕这两句用孤舟独钓来点缀雪景，曲折地反映了作者在政治革新失败后，既孤独寂寞又不甘屈服的精神面貌。

第二十课　李商隐

繁星璀璨的唐代诗空中，除了李白、杜甫之外，还有一颗放射着神异凄迷之光的明星，那就是李商隐。虽然他没有李太白的飞扬不羁，也没有杜少陵的博大深厚，但他所特有的那一片幽微窈眇、扑朔迷离的心灵之光，在参横斗转、月坠星残的迢迢银汉中，无疑也是一种前无古人的永恒！他的神奇绚烂如同“夜月一帘幽梦”，他的缠绵悱恻恰似“春风十里柔情”（秦观词句）。尽管千百年来，在对最能代表李商隐特色之诗篇的认识上，几乎无一不存在着分歧；尽管古今评说者异口同声地公认他的诗难懂、更难解；尽管你对他所写的背景和用意一无所知，一无所懂，但你仍能被他感性上的直觉魅力所吸引、所打动，这就是李商隐诗的最大成功。我们不妨先以他的两首小诗为例，来体味一下他留给你的直觉印象和感受。

丹丘

青女丁宁结夜霜，羲和辛苦送朝阳。丹丘万里无消息，几对梧桐忆凤凰？

◎　李商隐（813—858），字义山，号玉谿生，怀州河内（今河南沁阳）人。

瑶池

瑶池阿母绮窗开，黄竹歌声动地哀。八骏日行三万里，穆王何事不重来。

李商隐诗的题目有许多是取于本诗中的某两个字，对这种题，你懂不懂都没有关系。“丹丘”与“瑶池”都是神话中神仙的住处，它所象征的是完美而崇高的理想境界。传说“青女”是天上主霜的女神，“羲和”是管理太阳的男神。《丹丘》所写的是：青女以叮咛专注、无限深切的关爱之情，竭尽全部心力才凝结起那美丽晶莹的霜花；羲和不辞艰辛劳苦，日复一日地驾着日车奔波往来于东西之间。这种不分昼夜、不分男女，千般叮咛、万般辛苦的对于美丽与光明的追求向往，其结果如何呢？不要说寻到神仙之地的丹丘，连丹丘的消息都没能寻到。假如换了别人，没有寻到，把它放弃就是了，可李商隐的无可奈何就在于他不肯放弃，他仍然还在“几对梧桐忆凤凰”。《庄子》上说，凤凰非梧桐不栖，而梧桐树也只有凤凰才配让它栖息，因而凤落梧桐便成了美满遇合的象征。而今梧桐虽在，凤鸟却不至，这岂不是天地间最大的缺憾！所以李商隐怎么也不会甘心，既然青女、羲和付上了这样的心力和体力，怎么就没有结果呢？既然有了梧桐，怎么就没有凤凰呢？为此他要期待，他要无数次地面对梧桐，翘首企盼着凤凰的到来……

《瑶池》一诗用了周穆王求神仙的典故。《穆天子传》载，周穆王想求长生，曾驾八骏去瑶池见西王母，途经黄竹时看到漫天大雪之中，遍地都是冻饿而死的人，他于是就作《黄竹歌》以哀之。李商隐袭用这个典故的本意，进而想到那位住在瑶池的西王母如果真像“阿母”一样慈祥亲切，关怀抚爱人间的生灵，那她一定会敞开通往人间的“绮窗”，那么天下人间的苦难也一定会随着“黄竹歌”传入“绮窗”，感动她慈悲的心肠，唤起她深切的母爱。倘若真有这样的瑶池，真有这样一位神仙“阿母”，那么凭周穆王那“日行三万里”的八骏，肯定会到达瑶池，找到阿母，解救天下百姓脱离苦海的。可事实上周穆王却为什么没有再来呢？

这两首小诗使我们感到李商隐所追寻的理想境界确实是崇高而完美的：“丹丘”“瑶池”，多么崇高神奇！“凤凰”“绮窗”，多么遥远绚丽，然而这一切竟都是虚无缥缈的，如果真有“丹丘”和“凤凰”，为何诗人终生都没能寻到，而只能在臆想之中向往呢？如果真有“瑶池阿母”，真有“绮窗”“八骏”，为什么神仙的境界就再也不能达到呢？为什么直到李商隐的时代，大地人间还沉浸在痛苦悲哀之中呢？其实李商隐并非不晓得这一切都是虚幻的，可是他就是不甘心放弃，就是要怀着无限悲哀的痴情，苦苦地渴望和期待着。

读李商隐的这些诗，即使你不知道他所追寻的究竟是什么，他的言外之意指什么，仅他那种怅惘哀伤、缠绵悱恻的感情形象本身，就足以在直觉上打动你，使你不由得被那难以言状的悲怆之美所震慑、所吸引。同时也正因为你难以用理性去解说，难以用指实的框子来圈定，因而它所带给你的感动和联想才是自由和无限制的。那么李商隐为什么会有这种怅惘哀伤的感情，又怎么会写出这样窈眇隐晦的诗作来呢？这就是他所经历的时代、家境，以及本人性格、遭遇等多方面因素结合的结果了。

李商隐所经历的唐代，已到了一个急剧下滑的陡坡上，任何力量也阻挡不住它注定倾覆的惯性。李商隐在短短四十六载的生命历程中，曾目睹了宪宗、穆宗、敬宗、文宗、武宗、宣宗六朝的更替。这正是唐代的多故之秋，外有藩镇割据，内有宦官专权，加之大臣之间的朋党争斗，因此形成当时朝中帝王之生杀废立尽出于中官（太监），朝士之进退黜升半由于恩怨的局面。历史上有名的“甘露之变”，使李商隐深为唐文宗“受制于家奴”以至于“运去不逢青海马，力穷难拔蜀山蛇”（《咏史》）的处境而痛惜。

此外，更令人痛惜的还在于诗人的不幸身世和遭遇。史籍中记载，他少小孤寒，十岁丧父，十二岁就作为长子而担负起养家的责任。为此他曾刻苦读书，除欲求得仕宦的因素外，李商隐还是一个关怀国家民生、有理想、有见解的有志之士。不幸他科场不利，两次应考皆未登第。直到他二十六岁那年，才因令狐楚、令狐绹父子的推荐考中进士。就在这一年的冬天，他写了《行次西郊作一百韵》的著名长诗，诗中描绘出当时民间的荒凉景象："高田长槲枥，下田长荆榛。农具弃道旁，饥牛死空墩。依依过村落，十室无一存"，指出了当时政纲紊乱的弊端在于"中原遂多故，除授非至尊。或出倖臣辈，或由帝戚恩"；"巍巍政事堂，宰相厌八珍，敢问下执事，今谁掌其权。疮疽几十载，不敢抉其根"。最后诗人陈述自己的愿望说："我愿为此事，君前剖心肝。叩头出鲜血，滂沱污紫宸。九重黯已隔，涕泗空沾唇"，表现出深挚强烈的想要救国救民之愿望。就在他写此诗的次年，他又去参加博学鸿词科的考试。当时他本已被吏部录取，可当他的名字上报到中书省时，却由于中书长者说"此人不堪"，遂又落选。李商隐为何会令中书长者感到"不堪"呢？这之中有两种可能，首先不能排除他当时既受知于令狐氏（牛僧儒党人），又娶了王茂元（李德裕党人）之女为妻的事实，这被当时朋党交争、各执一见的官场视为背恩之举；此外更重要的还可能在于李商隐的这首长诗触犯了当权者的忌讳。因此以李商隐那一份执着多情、幽微善感的天性，他既要追求"欲回天地入扁舟"（《安定城楼》）的理想境界，又要保持"一生无复没阶趋"（《任弘农尉献州刺史乞假归京》）的高尚气节；既不能忘怀令狐父子的知遇之恩而与之断绝来往，又不忍伤害与爱妻、岳父之间的亲情关系；再加上他写的那些政治诗所招来的许多麻烦，这一切都注定了他在感情上将终身陷在进退两难的矛盾旋涡中难以自拔。

在政治作为上，他更是失意，一生穷困漂泊，先后数次为人做幕僚（给地方军政长官当秘书），从未有过施展才志的机会。翻开李商隐的文集，可以看到，他十之八九的文章都是给人家做掌书记时留下的。以这样才学卓越的有志之士，而一辈子都浪费在写那些无聊的应酬文字上，这实在是人世间最大的遗憾和悲哀。正是这种“虚负凌云万丈才，一生襟抱未曾开”（崔珏《哭李商隐》）的终生憾恨与他“古来才命两相妨”（《有感》）的种种遭遇，才使李商隐的诗风染上了那些怅惘哀伤、凄迷晦涩的情调。

下面我们来看他一首最有名、也是最难懂的诗：

锦瑟

锦瑟无端五十弦，一弦一柱思华年。庄生晓梦迷蝴蝶，望帝春心托杜鹃。沧海月明珠有泪，蓝田日暖玉生烟。此情可待成追忆，只是当时已惘然。

这是李商隐作品中后人分歧最大、争议最多的一首诗。有人说是爱情诗，有人说是政治诗，有人说是悼亡妻的，有人说是泄积怨的，有的说此一句指令狐绹，彼一句指李德裕……真可谓“一篇锦瑟解人难”。我认为还是应该抛开各种成见，先从诗篇本身所使用的典故、形象、结构、口吻中去体会它给予我们的直觉感受。

李商隐诗难懂的另一重要原因，还在于他频繁地用典，因此读他的诗，首先要弄清他诗中典故的本来意义。“锦瑟无端五十弦”句中就用了《史记·封禅书》中的一个故事：上古时“太帝使素女鼓五十弦瑟”，瑟这种乐器发出的声音本来就是低沉哀伤的，再加上它的弦有五十根之多，所奏出的乐曲就更是繁复曲折、忧郁悲怆了，所以每次奏瑟，都令太帝泣不可止，后来太帝实在无法忍受这么沉重的哀痛，就“破其瑟为二十五弦”。李商隐用此典故的重点在于“无端五十弦”之上，一般乐器有四弦的琵琶，五弦的、七弦的琴，十三弦的筝，你“锦瑟”为什么偏偏比别人多出这么多根弦来？你李商隐为什么偏要比别人的情感更锐敏纤细，更幽微抑郁？孰令为之，孰令致之？是“无端”而然，无缘无故，生来如此，无可奈何的！这是美丽珍贵之“锦瑟”与生俱来的悲哀，也是才情华美之李商隐命定的悲剧！所以下面的“一弦一柱思华年”便过渡到诗人对自己悲剧年华的追忆。由于“锦瑟”之弦与诗人之心弦是同声相应、互为应和的，那么锦瑟上每一根弦柱所发出的声响，都自然会引起诗人心灵的波动和震颤，于是诗人触绪伤怀，引出了对平生感情经历与生命遭遇的追溯和回忆。

“庄生”两句所忆及的是诗人华年之中的感情经历。首先他用了《庄子·齐物论》上的典故：庄子有一天梦中变成了蝴蝶，但梦醒之后，发现自己还是庄周，于是他茫然不知是蝴蝶变成了庄周呢，还是庄周变成了蝴蝶。庄子的本意是要表现齐物的哲学思想。但李商隐的用意不在“齐物”上，他只是借典发挥，沿着“梦为蝴蝶”这个美丽的形象思路，再加一“晓”与“迷”字，使之又翻出一层新意：梦是理想的象征，蝴蝶又是永远追寻着鲜花的，这里都蕴含着对于美好理想与情感的追寻和向往。李商隐于“梦”前加一“晓”字，意在突出强调那是一场破晓之前很快就要破灭的残梦。“迷”字的重点则在于衬托蝴蝶之梦的美好。梦越是美妙、香甜，就越对之执迷痴狂、流连忘返。这一句完整的意思是：我曾有过执迷痴狂的梦想，而且这梦幻有如蝴蝶一般美丽翩跹，但没料到我这一份如痴如狂的热情和希望，竟会在这么短的时间内，这么轻易地就毁灭了。现实中李商隐所追求的、所梦想的究竟是什么呢？其实无论是什么，他都不妨可以有这种追求的感情！

接着，“望帝春心托杜鹃”又用了望帝魂化杜鹃的典故：古时蜀地有一皇帝名杜宇，号称望帝，他曾因一失足，铸成失位、失国的千古憾恨而终生陷于愧疚自责之中。死后他的灵魂化作杜鹃鸟，每到春来，杜鹃鸟就不住地鸣叫，其啼声酷似“不如归去”，而且直啼得泣血为止。这里李商隐除了袭用望帝死后仍难摆脱对旧情故国的牵恋之情以外，又在“望帝魂托杜鹃”的典故中间加上“春心”二字。“春心”在中国传统诗歌中所代表的，是一种浪漫而热烈的感情的萌动，但由于对这样一种美好感情的追求，常常要伴随着许多痛苦悲哀，所以李商隐在一首《无题》中说道：“春心莫共花争发，一寸相思一寸灰。”李商隐的悲哀正在于他明知春心会寸寸成灰，却偏偏还要“春蚕到死丝方尽，蜡炬成灰泪始干”。尤其是当诗人的这份“春心”一旦加之于“望帝托杜鹃”的固有意象之上，遂又有了更深层次的喻义：与花争发的春心托情于“春蚕”“蜡炬”，这份至死方休的执着已弥足感人了，更何况这“春心”竟又寄托在至死不休的“望帝”与“杜鹃”之上呢！

从“晓梦”到“春心”，从“迷蝴蝶”到“托杜鹃”，随着李商隐低回婉转、幽隐哀怨的心弦的拨动，那些旧情如梦、憾恨无穷的华年往事被重新唤醒，联想到命途多舛、浮生如萍的遭遇，诗人禁不住触绪伤情……

“沧海月明珠有泪，蓝田日暖玉生烟”的前两句“庄生”“望帝”都是从人说起的，这两句的“沧海”“蓝田”则是从景物上说的。景就是“境”，就是境遇和遭际，如果说前两句是诗人内心感情经历的象喻，那么这两句所象喻的，则是诗人外在的环境和遭遇。“沧海”一句是三个典故的结合。李商隐诗不仅喜欢用典，而且也善于用典，有时他是直接用典故的原意，有时是借典发挥，翻用新意。这句他是把几个相关的典故结合在一起连用。首先用了蚌珠的典故：中国古籍中记载，月满则珠圆，月缺而珠虚（空），只有当夜明月满之时，你才能采到圆润美满的珍珠。所以“沧海月明珠有泪”的第一层用意是说，海上月满，海蚌珠圆（这是典故上说的），而且这明珠还含着晶莹的眼泪（这是李商隐加上去的）。珍珠是美丽的，泪滴是悲哀的，为什么天下那些最美好的事物总要伴随着悲哀呢？而且是在“沧海”这如此广漠荒凉之中的悲哀！于此又有了第二个典故，即“沧海遗珠”的联想：珠宝的价值就在于有识货的人把它当作珠宝来珍惜和赏爱，而事实上那些采珍珠的人们却往往把一颗最美好、最明亮的珍珠遗漏在茫茫沧海之中，如果真有这样一颗被遗弃的、永远得不到知赏的珍珠，它又怎么能不“珠有泪”呢！这就又引出了第三个典故：传说大海中有一种“水居如鱼”的鲛人，她哭泣时，能够泪落成珠。“珠有泪”说的是如此珍贵美好的事物却充满了凄凉悲哀；“泪成珠”是说如彼沉痛悲哀的情感竟具有美好珍贵的价值；一个是美丽而且悲哀的，一个是悲哀然而美丽的，这美与悲、悲与美所构成的种种形象，岂不正是李商隐其人、其诗，与其不幸的身世境遇相结合的浓缩概括吗！

下句中的“蓝田”，是长安附近以盛产玉石而闻名的一座山的名称。这首诗不但每一句都表达了一个完整的意象，而且形象与形象之间还具有相得益彰的对比效果。“沧海”是海，“蓝田”是山；“月明”是夜晚，“日暖”是白天。在“沧海月明”的凄凉孤寂之中，诗人曾有过“珠有泪”般美好而悲哀的感情经历，那么在“蓝田日暖”这样温暖和煦的环境里，诗人的境遇又是如何呢？古人说“石蕴玉而山辉”。所谓“玉生烟”这里可能有两种喻义，一是把玉当作可望而不可即的追寻对象，欲采而不得；另一种是以玉自比，言其由于无人开采，因此当日光照射在玉石之上才焕发出凄迷朦胧的烟光。不管是要采而不得，还是有玉无人采，总之都是蕴藏与采用相违反、相悖逆的不幸际遇。

总观诗人一生的身心经历，他曾有过梦迷蝴蝶的美妙幻想，可那终归是残更晓梦，转瞬即逝；他曾竭力控制压抑自己的满怀春情，可那“春心”非但不死，还附魂“望帝”，托情“杜鹃”；他晶莹美丽如沧海明珠，但不幸竟被采珠者遗落在苦海沧茫之中；他玲珑珍贵如蓝田宝玉，却幽闭埋没于岩石层中，凄然散发着渴求与无奈的迷雾灵光……诗的结尾总结道："此情可待成追忆，只是当时已惘然。""此情"指的即是从"庄生"到"蓝田"这四种不同的身心境遇。对于这种种感情的经历与遭遇，难道一定要等到今天追忆它的时候才觉得它们是怅惘哀伤的吗？清朝人写过两句词："当时草草西窗，都成别后思量。"人生有许多感情是在失去之后才认识到它的意义和价值的，但李商隐不是，他在"当时已惘然"了。"惘然"是一种怅惘哀伤、若有所失、若有所寻的感情，这是一种人之常情，每个人都有过追寻和失落的感受，人生就徘徊在这追寻与失落的情感之间，而将人生这种感情境界表现得最深切感人的，莫过于李商隐了，在他之前，没有人能写出这样的诗来。

那么李商隐的特色和魅力究竟是什么呢？

概括地说，李商隐的诗最突出的特色就是用理性的章法结构来组织非理性的、缘情而造的形象。如这首《锦瑟》，前两句在结构上具有起承的作用，中间四句排列了四种情、境的形象，最后两句是全诗的总结和收束，具有转合之妙。这种理性与非理性的结合，使你产生似懂非懂的印象，它的起承转合、条理层次与情绪口吻，都使你感到完全可以理解；而"晓梦迷蝴蝶"，"春心托杜鹃"，以及"沧海珠有泪"和"蓝田玉生烟"等超现实、超理性的形象，又给你一种不可理喻的、朦胧的美感，并在打动你的同时带着一种不可知的吸引力。从心理学上讲，人们对事物的认知都是"贵远而贱近"的，对某一事物的了解如果到了一览无余的程度，那它就不再具备吸引你的力量了，只有那些你看得见、摸得着，却猜不透的、似懂非懂的、似曾相识又不曾相知的事物对你才有魅力，才能诱发你的好奇心。"魅"字之所以从"鬼"部，就在于它具有一种神奇而不可知的、非人之理性所能控制的强大的吸引力。李商隐的《锦瑟》《燕台》《无题》等诗就具有这样的艺术魅力。

对于这些完全诉诸感性的，完全凭心灵感受的触动而写成的诗篇，原本是不可以有心求的。所以要想欣赏李商隐的诗，首先应当具备一颗与诗人相类似的心灵，用“心有灵犀一点通”的直觉感受去收集他留给你的能够感受而却难以言说的印象，凭借这些印象所组织起来的感觉线索，去逐渐深入地体会他那“才命两相妨”的抑郁悲伤，去探索他幽微窈眇的心灵迹象，去沟通他朦胧凄迷的神致思路，去分享他如梦如幻的追寻向往。而不应带着某种固有的成见，用完全猜谜的方式去测验它，其实就算你能机智取巧地猜对了，也仍然不是正当的欣赏之道，因为你所猜中的部分，不过只是诗中所蕴含的那份直接感动你的素质的一部分在起作用，如果你把这属于诗歌本身的兴发感动之因素完全忽略掉，而只按自己的猜测去牵合附会，这就难免舍本逐末了。

〖作品选注〗

安定城楼〔1〕

迢递高城百尺楼，绿杨枝外尽汀洲。〔2〕贾生年少虚垂涕〔3〕，王粲春来更远游〔4〕。永忆江湖归白发，欲回天地入扁舟。〔5〕不知腐鼠成滋味，猜意鹓雏竟未休！〔6〕

【注】〔1〕安定：郡名，即泾州（今甘肃泾川北），唐代泾原节度使府所在地。文宗开成三年（838），作者参加博学鸿词科考试，因故落选。这首诗是本年春天在其岳父、泾原节度使王茂元幕时登临抒怀之作。〔2〕迢递：绵长缭绕的样子；尽：尽头。这两句意谓：登上城楼眺望，在枝柯披拂的绿杨林外，视线尽处，都是泾水之中片片的洲渚。〔3〕贾生：西汉的贾谊，他青年时所上的《陈政事疏》中针对当时国家的种种弊端，指出当时形势有“可为痛哭者一，可为流涕者二，可为长太息者六”，提出

了一系列的建议。这句说自己虽忧国事，却得不到当权者的重视，故云“虚垂涕”。〔4〕王粲：东汉末年人，曾流寓荆州依刘表，作《登楼赋》，抒写其“冀王道之一平兮，假高衢而骋力”的怀抱和不得志的苦闷。这句说自己落第远游，寓居泾幕，心情悒郁。〔5〕永忆：长想，一贯向往；江湖：与朝廷相对，喻指归隐的处所；入扁舟，暗用春秋时越国大夫范蠡功成后乘扁舟泛五湖而归隐的典故。两句意为自己一贯向往着年老白发时乘舟归隐江湖，但希望是在做出一番回天转地的宏伟事业后才遂此夙愿。〔6〕“不知”二句典出《庄子·秋水》：惠施在梁国当宰相，庄子前去见他。有人对惠施说，庄子想取代你的相位，惠施很恐慌。庄子见到惠施，用寓言讽刺他道：南方有一种叫鹓雏的鸟，不是梧桐不栖，不是竹实不吃，不是甘泉不饮，鸱鸟弄到一只腐鼠，看到鹓雏飞过，怀疑它要来抢食，就冲着它发出“吓”的怒叫声；现在你惠施也想用梁国这只腐鼠来“吓”我吗？作者借这个典故，讽刺那些猜忌和排斥自己的朋党势力。腐鼠，喻自己所鄙视的利禄；成滋味：当作美味；猜意：猜疑他人心意；鹓雏：凤凰一类的鸟，喻具有雄心壮志和高洁品格的人物。两句谓自己具有忧时爱国的高情远志，不屑于个人利禄，不料嗜腐成癖、醉心利禄的人们却对自己猜忌不休。

诗篇表达出李商隐的理想与追求。尤其是后两句写得很激动，其中的感慨很像西方作家卡夫卡小说《一个绝食的艺术家》中所讲：一个不食人间烟火也能生存的艺术家，不被食人间烟火之同类所相信，后来就把他当作怪物（异类）送到马戏团去展览。就这样还是有人怀疑夜间可能有人给他送饭吃，于是就把他装进铁笼，与外界隔绝，并暗中侦察他是否真不吃饭……整个故事表现的意念是，世上有一种人，他们所追求的不是现实中、物质上的名利禄位，然而却无人相信，就像不相信老虎不吃肉也能活一样。

李商隐所抒发的正是这种跟一般人不一样的人所具有的孤独、痛苦、寂寞和悲愤。

任弘农尉献州刺史乞假归京[1]

黄昏封印点刑徒[2]，愧负荆山入座隅[3]。却羡卞和双刖足，一生无复没阶趋。[4]

【注】[1] 开成四年（839），李商隐由秘书省校书郎调任弘农（今河南省灵宝）尉，因为活狱（免除或减轻对受冤死囚的处罚）而触怒了上司，于是诗人愤而辞去尉职。这首诗是呈给上级要求离职的。[2] 封印：封存官印。封印与清点囚徒是县尉每天散衙前的例行公事。作者《偶成转韵七十二句赠四同舍》"手封狴牢屯制囚，直厅印锁黄昏愁"可参证。[3] 荆山：虢州湖城县（今河南灵宝）有荆山（又名覆釜山），山势雄峻。作者《荆山》诗云："压河连华势孱颜，鸟没云飞一望间。"雄峻的荆山与诗人沉沦下僚，趋走于长官之前的屈辱地位正成鲜明对照，故面对映入座隅（边）的荆山，深感惭愧，觉得自己有负于荆山。[4] 卞和刖足：相传春秋时楚人卞和在荆山（在今湖北南漳西）得一玉璞，先后献给楚厉王和楚武王，却都被人说成是石头，因而相继被砍去双脚。楚文王即位，他抱璞哭于荆山，文王命玉工雕琢这块玉璞，果得宝玉，称"和氏之璧"。刖足：断足，古代的一种酷刑。虢州荆山与卞和献玉的荆山同名，作者因"活狱"而触忤上司的不平遭遇又与卞和献玉反遭刖足的遭遇有类似之处，故生此联想。没阶：尽阶，走完台阶；没阶趋：形容拜迎长官时奔走于阶前的卑屈情状。县尉职位卑微，低于县令、县丞和主簿。这两句是说，我反倒很羡慕卞和被刖去双足，免得一辈子遭受在阶前逢迎奔走的耻辱。

赋得鸡[1]

稻粱犹足活诸雏，妒敌专场好自娱。[2]可要五更惊稳梦，不辞风雪为阳乌？[3]

【注】〔1〕《战国策·秦策》："诸侯不可一，犹连鸡不能俱止于栖亦明矣。"用缚在一起的鸡喻互相牵制不能一致的诸侯割据势力。本篇取这一比喻加以生发，借鸡来揭露当时的藩镇。根据指定的题目而写诗，一般题前例加"赋得"二字。〔2〕稻粱：鸡饲料；妒敌专场：刘孝威《斗鸡篇》："丹鸡翠翼张，妒敌得专场。"写斗鸡彼此妒视，都想压倒对方，独占全场。这两句说稻粱食料足够养活鸡的幼雏，但它们仍互不相容，以独霸全场为乐。比喻藩镇虽割据世袭，仍为各自的私利而彼此敌视，相互火并。〔3〕可要：是否要；阳乌：传说太阳中有三足乌。这两句意谓，鸡的本能应是报晓的，除了为诸雏打算和妒敌专场以外，是否它还愿意在五更时惊醒人们的酣梦，不辞风雪来报晓，以迎接太阳的升起呢？以此喻指藩镇各谋私利，彼此割据竞争，不肯为改善国家的黑暗政治而努力。

无题

相见时难别亦难〔1〕，东风无力百花残〔2〕。春蚕到死丝方尽，蜡炬成灰泪始干。〔3〕晓镜但愁云鬓改，夜吟应觉月光寒。〔4〕蓬山此去无多路，青鸟殷勤为探看。〔5〕

【注】〔1〕古人常说"别易会难"，这句翻进一层，说会面本已困难，而分别更令人难以为怀。上"难"指困难，下"难"言难堪。〔2〕这一句说分别正值暮春，伤春与伤别的双重悲哀更令人触景伤怀。〔3〕"丝"与"思"谐音，蜡烛燃烧时烛脂流溢如泪，故称"蜡泪"。这两句比喻对所爱者至死不渝的思念和无穷无尽的别恨。〔4〕云鬓：青年女子浓密的头发，此指青春年华。"但愁""应觉"都是设想对方心理的语气。两句意即，对方晨起揽镜，唯忧会合无期，年华易逝；凉夜吟诗，当感月色凄寒，心绪悲凉。〔5〕蓬山：神话传说海上有仙山，这里指所思念的女子的居住之处；青鸟：传递消息的仙鸟。两句是说对方所居不远，仍希借青鸟传书，试为殷勤致意。这是在失望中仍有所希冀之语。

无题

飒飒东风细雨来，芙蓉塘外有轻雷。[1]金蟾啮锁烧香入，玉虎牵丝汲井回。[2]贾氏窥帘韩掾少，宓妃留枕魏王才。[3]春心莫共花争发，一寸相思一寸灰！[4]

【注】〔1〕飒飒：风声；芙蓉：荷花的别名。两句写滋润的春日风雨唤醒万物，雷声隐隐惊眠起蛰，以烘托女主人公的相思也被唤醒了。〔2〕金蟾：指蛤蟆形状的香炉；啮：咬；锁：指香炉的鼻钮，可以开闭，放入香料；玉虎：用虎状玉石装饰的辘轳；丝：指井索。这两句含义比较隐晦，意思是说当春天到来时，即使隔绝闭锁很严的心灵，也会被“烧香入”的热烈馨香所熏染；即使枯竭如古井一样的感情，也会在“玉虎牵丝”、辘轳交往的钩引触动下涌出清泉。〔3〕贾氏窥帘：晋韩寿貌美，贾充辟他为掾（僚属）。一次充女在门帘后窥见韩寿，很喜爱他，于是二人私通。后被贾充发觉，遂以女妻寿。事载《世说新语》。宓妃留枕：传说伏羲氏之女宓妃溺死于洛水，遂为洛神，此处指魏文帝曹丕之甄后。《文选·洛神赋》李善注说：曹植曾求娶甄氏（原为袁绍儿媳），曹操却将她许给曹丕。甄氏死后，曹丕将她的遗物玉镂金带枕给了曹植。植离京归国途中，在洛水边止宿，梦见甄氏对他说：“我本托心君王，其心不遂。此枕是我在家时的从嫁，前与五官中郎将（指曹丕），今与君王。”植因感其事而作《洛神赋》。这里由上文“烧香”引出贾氏窥帘、韩寿偷香的爱情故事；由“牵丝”引出甄后留枕、情思不断的爱情故事。两句意谓：贾氏窥帘，是爱韩寿的少俊；甄后情深，是慕曹植的才华。她们追求爱情的愿望是不可抑止的，即“春心共花争发”的意思。〔4〕“春心”二句：意谓相思之情如春花萌发不可抑止，但每次追求总是带来新的失望。香灭成灰，故说“一寸相思一寸灰”。

此诗通篇写的是感情的萌发，即“春心”。诗中既有诗人炽烈奔放的热情，也有他抑郁无奈的感伤。

暮秋独游曲江

荷叶生时春恨生，荷叶枯时秋恨成。深知身在情长在，怅望江头江水声。

这首诗所表现的是一种无可奈何的怅惘哀伤，这是流露于作者绝大多数诗篇中的基本感情格调。

下编　词

词之为体，要眇宜修，能言诗之所不能言。词之雅郑，在神不在貌。

——王国维《人间词话》

第二十一课　温庭筠

中国古典文学向来有“诗言志”“文载道”的传统。但是有一种文学体式从兴起时就突破了这个传统，它就是我们从这一课开始要讲的“词”。

隋唐以来，中国旧有的音乐融会当时的外来音乐，形成了一种新的音乐。词，就是配合这种新兴音乐演唱的歌词。词本来流行于市井里巷之间，后来文人们觉得它曲调很美而文辞不美，就自己下手来填写。早期的文人词大多以美女和爱情为主，写得漂亮婉约，适宜在歌酒筵席上给那些年轻美丽的歌女演唱。我国最早的一本文人词集叫作《花间集》。这书名很美，西方把它译成《花丛里的歌》(*Songs among the Flowers*)。

然而，这些晚唐五代歌酒筵席上的流行歌曲，后来却发展成了一种最富于寄托深意的文学体式，这实在是很奇妙的一件事情。词体为什么能够有这样的发展呢？它与诗体到底有什么不同？温庭筠是《花间集》中的第一位词人，现在我们就通过他的一首《菩萨蛮》来看一看词体的特质。

◎　温庭筠（约812—约866），原名岐，字飞卿，太原（在今山西省）人。

菩萨蛮

小山重叠金明灭，鬓云欲度香腮雪。懒起画蛾眉，弄妆梳洗迟。　照花前后镜，花面交相映。新帖绣罗襦，双双金鹧鸪。

小词内容很简单，从头到尾不过是描写一个美丽的女子起床梳妆、簪花照镜。但是我要说，不要轻易否定纯美的文学，也不要把言志载道看成死板的教条。孔子说“诗可以兴”，“兴”就是兴发感动。诗可以培养人有一颗善于兴发感动的心灵，从宇宙间一花一鸟一草一木都能体会到生活的理想和情趣。因此，读中国的古典诗词，有时一定要能够超出外表所说的情事，看出一种精神上的本质才行。对温庭筠这首词，我们也应该作如是观。

什么是“小山重叠金明灭”？对于这个“小山”，有人说是“山眉”，有人说是“山枕”。但人的眉毛和古人用的枕头都不可以重叠。温庭筠在他的另一首《菩萨蛮》中有“无言匀睡脸，枕上屏山掩”的句子，“屏山”是指古人睡觉时放在枕头前边的一个小小的屏风。这里的“小山”，其实也就是指的这样一个屏风。由于屏风是曲折的，上边又有金碧螺钿的装饰，所以日光照在上面就显出金光流动、闪烁不定的样子。但是为什么要说“小山”，而不直接说“屏风”或者“小屏”呢？这就是温庭筠在语言风格上的一个特色了：他往往不向读者提供理性认知的概念，而是只提供一种感官的直觉。温庭筠的这个特点曾经受到很多人的批评，说他用词模糊晦涩，不知所云。但是我以为，诗歌乃是一种唯美的感性作品，有的时候需要和现实拉开一段审美的距离。这就像是观看一幅画，稍稍站远几步反而能够更好地观赏它的美。比如他的第二句“鬓云欲度香腮雪”，“鬓云”是“鬓发的乌云”，“香腮雪”是“香腮上的白雪”。他不说“乌云般的鬓发”“雪白的香腮”，因为那样讲太庸俗，太缺乏韵味。而“乌云”“白雪”，再加上前一句的“小山”，这三种品质相近的大自然景象就为人物增添了一种远韵。

试想：早晨的阳光照在小山一样重重叠叠的屏风上，光影的闪动惊醒了熟睡中的女子，她美丽的头在枕上微微一动，长发的乌云一下子就飘过了白雪般的面颊。你们看，这幅图画是不是很美？

"懒起画蛾眉，弄妆梳洗迟"与前边两句又有所不同，它带有传统文化的背景。如果你对中国的传统文化没有一定了解，你就只能停留在表面的意思上，无法对这两句产生感发。在这里，有些语汇我把它们叫作"语码"——语言的符码。一旦你叩响了它，就能带出一大串有关的联想。是哪些语汇呢？就是"蛾眉""画蛾眉"和"懒起画蛾眉"。屈原《离骚》说"众女嫉余之蛾眉兮，谣诼谓余以善淫"；李商隐《无题》说"八岁偷照镜，长眉已能画"；杜荀鹤《春宫怨》说"早被婵娟误，欲妆临镜慵。承恩不在貌，教妾若为容"……在这些诗句中，"蛾眉"是美好才智的象征；"画眉"是对美好才智的向往追求；"欲妆临镜慵"则是因为空有美好的才智却不能为世所用……从屈原开始，我国古典文学就有一个以美女、香草托喻君子的传统。古人常说，"士为知己者死，女为悦己者容"。"容"，在这里有梳妆打扮的意思。可是，如果没有人欣赏，你还梳妆打扮给谁看？"懒起画蛾眉"的"懒起"二字和"弄妆梳洗迟"的"迟"字，就暗含有这样一种哀怨的情意。不过，温词之妙也正在这里：虽然"懒起"，可毕竟还是"画蛾眉"了；虽然"迟"，可毕竟也要弄妆梳洗。原来，中国还有一个传统的说法是"兰生幽谷，不为无人而不芳"。尽管无人欣赏，但仍要画眉，为的是保持自身容德的美好。

"弄"字本身有一种赏玩的含义，所谓"弄妆"者，是说在对镜化妆时也有一种自我欣赏之意。一般来说，自我欣赏并不是一种好的习惯。但我实在也要说，一个人对自己一定要有所认识，应该从自爱中表现出自信。近代词学家王国维有一首词中说："从今不复梦承恩，且自簪花坐赏镜中人"——我绝不因无人欣赏而自暴自弃，我自己簪花在镜中欣赏自己。这不是一般人所说的那种肤浅的自我欣赏，而是对自己人格品德的尊重与赏爱。因为你的价值并不是建立在别人赏识上的。

在这里需要说明的是，“懒起画蛾眉，弄妆梳洗迟”表现了一个美丽女子因无人欣赏而寂寞孤独的心情，本来并没有超出艳情绮思的范围。而且据史书记载，温庭筠“士行尘杂，不修边幅”，就其生平为人以及当时那种歌酒筵席的写作背景来看，他不大可能有什么比兴寄托之心。但是由于他所使用的“蛾眉”等语汇恰好与中国文化传统中美人、香草的托喻暗合，所以就很容易引起读者的感发和联想，从而也就提高了这首词的意境。

这首词从女子的起床、梳洗、画眉，直写到梳妆已毕，簪花照镜，达到高潮。这是一个美好的完成！“照花前后镜，花面交相映”，这两句不但形象美好，而且叙写的口吻中都饱含着活泼的生命和充沛的感发力量。你看她，“照花”要用“前后镜”！就是说，除前面的妆镜外，还要把一面镜子置于脑后，用来从各个角度观察头上的花是否戴好。这本是对照花动作很客观的叙写，但从中流露出一种追求完美和自我珍重的情意。什么是“交相映”？如果你用两面镜子前后对照一下就能体会到：由于两面镜子里边都有对方的影像，所以“人面”与“花”两个美丽的形象前后相生，无尽无穷！你看，多么饱满的笔力，多么飞扬的神采，难怪清代词学家张惠言竟说这后半首有《离骚》“初服”之意！“初服”指《离骚》中的“进不入以离尤兮，退将复修吾初服”，表现的是屈原虽然忠而被谤却宁死也不肯苟合求容的道德操守！

现在我们再来看这个女子梳洗之后要换什么样的衣服：“罗”，已经是一种很好的衣料；“绣罗襦”，是说用罗制作的短衣上还绣有美丽的花纹；“新帖”有两种解释的可能，一种是刚刚熨烫平整，一种是刚刚绣出来的“帖绣”——那是类似现在“补花”的一种绣花方法；“双双金鹧鸪”，是说那绣罗襦上所绣的花样乃是一对对金色的鹧鸪鸟。所以你看，这真是层层推进。从起床画眉、簪花照镜到着装，把这个女子容貌与服饰的美渲染到了极点。但是，“双双金鹧鸪”的含义还不止于此。要知道，中国人常常用比目鱼、鸳鸯鸟等成双作对的鱼、鸟来象征理想的归宿和幸福的生活。绣罗襦上绣的花样是成双成对的金鹧鸪，而这个女子现在却是这样寂寞孤独。这首词通篇都是客观描写，没有一句话正面提到她的寂寞孤独，但是在结尾处却用反衬的笔法暗示了这一点：她为什么如此慵懒？因为她的美丽无人欣赏，她还不如绣罗襦上那成双作对的金鹧鸪！“双双金鹧鸪”，写得如此华美如此客观，你得琢磨一下才能明白里面蕴含着的情意。这真是温庭筠！同样描写美女，但比起《花间集》里一般的浮艳浅俗之作，温词总是有一种深远含蕴的姿态。

现在我们已经能够体会到，温庭筠这首词确实写得很美。这种美感是如何产生的呢？首先，它的句子长短错综，读起来低回摇曳，与读诗的感觉大不相同。其次，它所写的内容乃是男女爱情，这是人世间最热烈、最容易引起感动的一种感情。第三，它与中国文化中“美人、香草以喻君子”的传统暗合，可以把读者的感发联想引向高洁美好的境界。这三点，都涉及词的特质。

《人间词话》的作者王国维说：“词之为体，要眇宜修，能言诗之所不能言，而不能尽言诗之所能言。诗之境阔，词之言长。”所谓“要眇宜修”，乃是《楚辞·湘君》里的一句话，形容一个女性不但有外在修饰的美，而且有内在品质的美。王国维就用这句话来说明词体的特质。词很美丽并且余味深长，有些难以用诗表达的感情可以很完美地用词表达出来。但是词也有局限，一些反映社会历史事件的鸿篇巨制以及反映民生疾苦的内容，如杜甫的《北征》、白居易的《新乐府》等，就不是词所能胜任的了。张惠言有一段话说得也很好，他说词是“缘情造端，兴于微言，以相感动，极命风谣里巷男女哀乐，以道贤人君子幽约怨悱不能自言之情”（《词选序》）。就是说，词是从写爱情开始的，但是它把一般人的相思爱情和悲欢离合写得那么委婉含蓄、韵味深远，结果就产生了另外的一种作用，就把那些贤人君子由于志意理想不能实现而产生的幽约怨悱之情表现出来了。需要说明的是，这种表现在词的早期仅仅是“微言”的暗合或者潜意识的流露，要等到苏、辛等大家陆续出现之后，词的抒情言志功能才逐渐从自发走向自觉，形成了两宋词坛鼎盛的局面。

王国维和张惠言所总结的这些词的特质，在温庭筠这首《菩萨蛮》里我们都有体会。张惠言所说的“微言”，实际上就是我们在这首词中所讲的“蛾眉”“画蛾眉”之类的“语码”。由美感和“语码”引起读者比较高远的感发和联想，乃是温词的一个显著特点。这一特点使词体开始脱离歌酒筵席上那些毫无意义的艳歌，逐渐提高了自己的价值和地位。温庭筠作为自中晚唐以来诗人中以专力作词的第一人，不但写了数量较多的词，而且所用牌调也有比较丰富的变化。所以，从词的整个发展历史来看，他应该是一位很重要的奠基作者。

《花间集》收集了温庭筠词六十六首，其中很多都具有物象精美和“兴于微言”的特色。本课作品选注中选择了比较有名的六首，聊供初学者作举一反三的参考。

〖作品选注〗

菩萨蛮（十四首之二）

水精[1]帘里颇黎[2]枕，暖香惹梦鸳鸯锦。江上柳如烟，雁飞残月天。　藕丝秋色浅，人胜[3]参差剪。双鬓隔香红，玉钗头上风。

【注】〔1〕水精：即水晶。〔2〕颇黎：即玻璃。〔3〕人胜：古人以正月初七为人日，女子在人日剪彩为饰戴在头上，叫作“人胜”。

这首词中也用了很多精美的名物。值得注意的是，词人还通过对比增加了词的美感。“水精帘”和“颇黎枕”两个形象都是晶莹、坚硬、寒冷的，而“暖香”“鸳鸯锦”和“梦”都是温馨、柔软、朦胧的，这是外表的孤独寒冷和内心的缠绵热烈的对比。更妙的是，他从“水精帘里颇黎枕，暖香惹梦鸳鸯锦”，忽然就跳到了“江上柳如烟，雁飞残月天”。有人说后两句是梦境，但那样解释未免死板。温词特点之一就是标举精美的名物做感性的呈现，而不做理性的说明，所以还是俞平伯先生说得最好，他说：“帘内之清秾如斯，江上之芊眠如彼，千载以下，无论识与不识，解与不解，都知是好言语矣。”（《读词偶得》）另外，这首词声音也很精美，像“枕”“锦”的悠远，“烟”“天”的轻灵，“参差”的错落，都增添了读词时的美感。

南歌子（七首之一）

手里金鹦鹉，胸前绣凤凰。偷眼暗形相[1]，不如从嫁与，作鸳鸯。

【注】〔1〕形相：打量。

同样写相思之情的题材，品质上往往有很大差异，有的肤浅轻薄，有的深刻浓挚。温庭筠这首小词虽然简单，却具有较高的品质。人们对“金鹦鹉”“绣凤凰”有各种解释，但不管它们是什么，总之代表着珍贵和美好。唯其具备这样的持有和怀存，才对得起别人的知赏，才有资格“偷眼暗形相”。由此我们也可以联想到，一个人无论有什么理想，从事什么样的事业、工作，不是都应该有这种自尊自爱和许身投注的感情吗？

南歌子（七首之三）

倭堕低梳髻，连娟细扫眉。终日两相思，为君憔悴尽，百花时。

古代女子的发式有高髻、丫髻、倭堕髻等种种不同。高髻端庄严肃，丫髻天真烂漫，而倭堕髻则是把髻斜在一边低低地垂下来，既不那么严肃，也不那么幼稚，那是女子懂得感情之后的一种颇为浪漫的美丽发式。“连娟”，也是一种细长而修整的眉毛的样式。所以，这“细扫”和“低梳”之中，就表现了一种柔婉多情之致。宋人有一首小词描写女子说，“脚上鞋儿四寸罗，唇边朱粉一樱多，向人无语但回波”。那几句虽然也写化妆和修饰，但表现出来的品质却显然比温词差得远。

菩萨蛮（十四首之十二）

夜来皓月才当午〔1〕，重帘悄悄无人语。深处〔2〕麝烟长，卧时留薄妆。　当年还自惜，往事那堪忆。花露〔3〕月明残，锦衾知晓寒。

【注】〔1〕当午：指月在中天。〔2〕深处：指重帘深处。〔3〕花露：一作花落。

这个“卧时留薄妆”的女子长夜无眠，睹明月而思往事。“深处麝烟长”的“长”字，形容静止空气中的烟气，真可与王维“墟里上孤烟”的“上”字媲美，区别仅在于一浓一淡、一绮艳一闲逸而已。结尾两句，无限哀怨尽在不言之中。白居易《琵琶行》的“夜深忽梦少年事，梦啼妆泪红阑干”，情景虽然颇为相似，但脂粉狼藉，了无余蕴，不及此词多矣。

更漏子（六首之一）

柳丝长，春雨细，花外漏声迢递。惊塞雁[1]，起城乌[2]，画屏金鹧鸪。　　香雾薄，透帘幕，惆怅谢家[3]池阁。红烛背[4]，绣帘垂，梦长君不知。

【注】〔1〕塞雁：征塞之雁。〔2〕城乌：宿城之乌。〔3〕谢家：自晋以来，王、谢二家世称望族，故谢家有大家、豪家的意思。〔4〕背：将烛光遮掩。

这首词开头三句音节极佳，颇能以声音表现意象。“柳丝长”的“长”字声音宽宏舒缓，正像春夜之静美；“春雨细”的“细”字声音纤细幽微，渐有雨丝飘落矣；“花外漏声迢递”的“迢递”二字，就好像真的有滴滴答答的响声一样。所谓“漏声”，并不一定真的指计时用的漏。因为细雨落在花木上，渐积渐多，汇成一滴又滴了下去，那声音岂不大与漏声相似？读者室外倘有花木，可试于细雨之夜一静听之。

更漏子（六首之六）

玉炉香，红蜡泪，偏照画堂秋思。眉翠[1]薄，鬓云残，夜长衾枕寒。　　梧桐树，三更雨，不道[2]离情正苦。一叶叶，一声声，空阶滴到明。

【注】〔1〕翠：黑色中稍带青翠之色。〔2〕不道：不理会。

不少人对“梧桐树”数句大为称赏，但我以为这几句并非温词的佳处所在。温词的长处在于以客观景物、精美意象触发人的情感，并不以主观热烈真率地抒写感情见长。而“梧桐树”数句却正是直抒感情，所以就不免有些言浅而意尽了。至于“花间”词人里真正以抒写主观感情见长的，那要数我们在下一课所要讲的韦庄。

第二十二课　韦　庄

这一课我们要讲《花间集》里的另一位词人韦庄。词到了韦庄手里又有所进步，虽然内容仍然不离美女爱情，但开始突出了作者的主观感情。温庭筠的词是客观的，虽很华美却没有明显的个性，可以随便拿给任何一个歌女去演唱，《花间集》里的大部分作品也都是如此。而韦庄所写的爱情歌曲却是有主人公的。例如，“记得那年花下，深夜，初识谢娘时。水堂西面画帘垂，携手暗相期”（《荷叶杯》）；“昨夜夜半，枕上分明梦见，语多时。依旧桃花面，频低柳叶眉”（《女冠子》），时间、地点俱全，人物楚楚动人，呼之欲出！而且，还不仅如此，温词总是以女子的身份说话，韦词则常常直接用男子的口吻。即使有的时候他也像温庭筠一样假托女子口吻抒写爱情，那感情也总是带有一种劲直真挚的个性。下面我们就通过他的一首小词《思帝乡》来体会一下这种个性。

思帝乡

春日游，杏花吹满头。陌上谁家年少足风流？妾拟将身嫁与

◎　韦庄（836—910），字端己，京兆杜陵（今陕西西安市东南）人。

一生休。纵被无情弃，不能羞！

这首小词看起来真是既明白又浅显，然而却含有极强劲的感发力量。这种力量从开头的“春日游，杏花吹满头”两句中就流露出来了。李商隐有一首《无题》：“飒飒东风细雨来，芙蓉塘外有轻雷。金蟾啮锁烧香入，玉虎牵丝汲井回。贾氏窥帘韩掾少，宓妃留枕魏王才。春心莫共花争发，一寸相思一寸灰。”说的是，春天万物复苏，在春雨来、春雷响的时候，人类追求爱情的一份感情也被唤醒了，于是就发生了贾氏窥帘、宓妃留枕这一系列爱情故事。所以你们看，“春日游”这三个字在一开始就把读者的感情直接领向这样一个途径：“春日”，一个爱情萌发的季节；“游”，一种向外的寻觅。春郊杏花盛开，当一阵风吹过时，花瓣漫天飞舞，落得人满头都是。“杏花吹满头”——那种撩动是如此地贴近了你。于是，处于这种情绪感染下的这个女孩子就说：“陌上谁家年少足风流？妾拟将身嫁与一生休”——陌上有那么多游春的少年，谁是真正值得我以身相许的？如果找到这样一个对象，那我就把整个的一生全都交给他！“陌上谁家年少足风流”是个九字长句。“妾拟将身嫁与一生休”，又一个九字长句。前一句是期待，后一句是奉献，两相呼应，一口气读出，产生一种喷涌之势，有力地表现了期待之真诚迫切和奉献之彻底坚决。这还不够，接着她又说：“纵被无情弃，不能羞！”这句话说得真是斩钉截铁，它使人联想到——“亦余心之所善兮，虽九死其犹未悔！”（屈原《离骚》）

记得杨振宁和李政道两位博士得到诺贝尔奖时，台湾有不少年轻人都想学物理，希望将来和他们两位一样。可是每个学物理的人都能得诺贝尔奖吗？要是得不到你又将如何？会不会后悔为这项事业付出了太多的代价？杜甫有诗说：“杜陵有布衣，老大意转拙。许身一何愚，窃比稷与契。”（《自京赴奉先县咏怀五百字》）稷和契是舜时的两位贤臣，杜甫希望做到像他们二人辅佐舜的时候那样，使天下人民都能吃得饱，家家户户生活安乐。这是古人一种美好的政治理想。古往今来，有很多读书人把自己的一生交付给这一理想，这就叫作“许身”。可见，无论事业还是理想都需要奉献，它们也像爱情一样，在经过慎重的选择之后必须“殉身无悔”！韦庄这首小词虽不必有儒家的修养和“楚骚”的用心，但他所写的那种用情的态度实在感人至深！

由于不同作家有不同的个性特点，所以我们在读他们的作品时也要有不同的侧重点。温庭筠的词，客观精美，启发联想，读他的词就应该多注重那些“微言”的感发。韦庄的词包含有丰富的主观感情，读他的词就要有一个“知人论世”的态度。因此，适当了解一些韦庄本人的身世和他所处的时代是很必要的。韦庄生活在唐王朝由衰败到灭亡的时代，他经历过黄巢攻破长安的战乱，从长安逃到洛阳，写下了有名的长诗《秦妇吟》，后来又在江南长期漂泊。唐昭宗乾宁元年（894），他五十九岁时考中进士，六十六岁时被西川节度使王建聘请入蜀为掌书记。四年之后，朱温胁迫昭宗迁都于洛阳，然后杀死了昭宗，不久篡唐自立，是为后梁，唐朝从此灭亡。接着王建也称帝，是为前蜀。韦庄虽然受到王建信任，做了前蜀的宰相，但是他从此就留在蜀中，再也没有回中原故乡。七十五岁的时候，韦庄死于成都。《花间集》里有韦庄的五首《菩萨蛮》，由于篇幅所限，我们不可能详细讲解，只是想通过它们来进一步阐明韦词个人情感的特色。

菩萨蛮

红楼别夜堪惆怅，香灯半卷流苏帐。残月出门时，美人和泪辞。　琵琶金翠羽，弦上黄莺语。劝我早归家，绿窗人似花。

人人尽说江南好，游人只合江南老。春水碧于天，画船听雨眠。　垆边人似月，皓腕凝霜雪。未老莫还乡，还乡须断肠。

如今却忆江南乐，当时年少春衫薄。骑马倚斜桥，满楼红袖招。　翠屏金屈曲，醉入花丛宿。此度见花枝，白头誓不归。

劝君今夜须沉醉，樽前莫话明朝事。珍重主人心，酒深情亦深。　　须愁春漏短，莫诉金杯满。遇酒且呵呵，人生能几何。

洛阳城里春光好，洛阳才子他乡老。柳暗魏王堤，此时心转迷。　　桃花春水渌，水上鸳鸯浴。凝恨对残晖，忆君君不知。

第一首“红楼别夜堪惆怅”，写出了满纸的离情别绪，那红楼绿窗下的“美人”，显然是一个他曾经爱过的女子。在离别的夜晚他们彻夜未眠，那女子为他弹奏琵琶，弦上的声音诉说着她深情的叮咛：“劝我早归家，绿窗人似花。”“人似花”与“早归家”有什么因果关系？王国维有一首《蝶恋花》说：“阅尽天涯离别苦，不道归来，零落花如许！”花是人世间最美丽也最不久长的事物，几天不见它就会憔悴零落，何况游子久羁他乡呢！事实上，他们这次离别所造成的毕生遗憾，我们是要一直读到最后一首的结尾，才能更深切地体会出来的。

第二首“人人尽说江南好”，描写了秀丽的江南风景和人物。然而我们更要注意的是他的口吻：是“人人尽说”而不是他自己说江南好，是别人都劝他而不是他自己愿意在江南终老。为什么人们会劝一个游子不要再回他的故乡？因为那时长安和洛阳都在战乱之中，是“内库烧为锦绣灰，天街踏尽公卿骨”（韦庄《秦妇吟》），哪里有江南生活这样逍遥自在！然而，中国人的传统观念是狐死首丘，落叶归根。所谓“未老莫还乡，还乡须断肠”，他的言外之意正是：我现在虽然不回去，可将来无论如何是要回去的。

但是在第三首中，他终于承认江南生活毕竟是值得回忆的：“如今却忆江南乐，当时年少春衫薄。”为什么离开了江南才承认这一点？因为在江南的时候他一心思念着故乡，可现在他不但没有回到故乡，反而漂泊到更远的地方。唐人有一首诗说：“客舍并州已十霜，归心日夜忆咸阳。无端更渡桑乾水，却望并州是故乡。”这诗有人说是贾岛写的，也有人说是刘皂写的。诗的意思是，我在并州作客十年，那时心里只想回到咸阳；可是现在我到了更远的地方，才知道我对并州早就有了像对故乡一样的感情。失去了的东西总是最美好的，古今人同此心，心同此理。那么，他现在真的改变主意，打算“此度见花枝，白头誓不归”了吗？我以为，这乃是一句反话，是人在无可奈何的时候故作决绝无情之语。因为，从“未老莫还乡”到“白头誓不归”，到“遇酒且呵呵”，层层转折，层层深入，虽然有时故作决绝，有时故作旷达，但实际上却一首比一首更明显地透露出作者内心的痛苦。这就是韦庄在感情表达上的“似直而纡，似达而郁”（陈廷焯《白雨斋词话》）。

第四首他说，“劝君今夜须沉醉，樽前莫话明朝事”；又说“须愁春漏短，莫诉金杯满”。在短短四十四个字的小令中竟连用两个“须”字和两个“莫”字，这种重叠反复的口吻表现出多少无可奈何和强自挣扎的心情！所谓“漏”，指计时的更漏。我以为“须愁春漏短”一句很可能就暗喻着他自己的迟暮衰老。如果我们把这些结合韦庄的身世以及“珍重主人心，酒深情亦深”等言语来看，那么他现在所处的地方应该是王建的前蜀。但是他留在蜀中，真的就把当年的“红楼”忘记了吗？

第五首开端“洛阳城里春光好，洛阳才子他乡老”二句，一开口就重复说了两遍“洛阳”，对洛阳充满了眷念的情意，流露出一片呼唤的心声。“柳暗魏王堤”当然是洛阳的春天，而“桃花春水渌，水上鸳鸯浴”则是成都的春天。风景不殊，举目有山河之异。所以“凝恨对残晖，忆君君不知”两句，忽然就折回到了第一首那红楼的别夜。他说，我面对落日余晖思念着你，可是我既然不能回去，又怎样向你证明我没有忘记你呢？“忆君君不知”这五个字写得真是沉痛，可以想见他对回乡团聚已灰心绝望的痛苦。

张惠言说这是唐朝灭亡韦庄留蜀后的寄意之作，我以为是有可能的。韦庄这一组词的章法、句法、口吻，都带有感发的力量，而且“凝恨对残晖”的“残晖”二字就很可能有所喻托。古人经常用落日斜阳来慨叹一个朝代的衰亡，例如辛弃疾的《摸鱼儿》“休去倚危栏，斜阳正在，烟柳断肠处”就有这种含义。朱温在洛阳杀死了昭宗，可以说，唐王朝最终的灭亡就是在洛阳。结合韦庄的身世来看，如果那个“红楼别夜”的“美人”是他在洛阳时所爱的一个女子的话，那么他在怀念她的同时也怀有一份对故国和故主的哀思是十分可能的。

现在我们已经可以看出，韦庄的词和温庭筠的词虽然都写美女爱情，其实却有很大的不同：温词客观，韦词主观；温词秾丽，韦词清简；温词对情事常不作直接叙写，韦词则多作直接而且分明的叙述。韦庄通过他个人劲直真挚的感情，把以往歌酒筵席间那些不具个性的艳歌变成了抒写一己真情实感的诗篇，这在词的发展初期乃是一个很重要的转变。

应该说明的是，以抒写劲直真挚的感情取胜本是韦词的好处，但由此也带来了韦词的缺点。那就是他往往只能写出一个感情的事件，而不是感情的境界。由于他写得过于真切率直，读者被他这些具体的情事所限制，就不容易引起更深远、更自由的联想。那么，是谁进一步打破了这种局限，使词体既富于直接感发的力量，又能产生较高的境界呢？那就是下一课要讲的冯延巳了。

〖作品选注〗

谒金门（二首之二）

空相忆，无计得传消息。天上嫦娥人不识，寄书何处觅。　新睡觉来无力，不忍把伊书迹。满院落花春寂寂，断肠芳草碧。

杨湜《古今词话》记载，韦庄有一宠姬，貌美且通书翰，被王建召入禁中教导宫女而终未放回。韦庄因思念她而写了这首词。此说并不可信，夏承焘先生在《韦端己年谱》中考辨甚明。然而杨湜之说虽属无据却又并非无因。正由于韦词所写的人物情事特别真切具体，使读者感到其所写者必为个人真实的感情经历，所以杨湜才会有这样的说法。

天仙子（五首之三）

蟾彩〔1〕霜华〔2〕夜不分，天外鸿声〔3〕枕上闻，绣衾香冷〔4〕懒重薰。人寂寂，叶纷纷，才睡依前〔5〕梦见君。

【注】〔1〕蟾彩：天上的月光。〔2〕霜华：地上的月色。〔3〕鸿声：雁叫声。〔4〕香冷：指熏香烧完。〔5〕依前：依然。

天上的月光，地上的霜华，那一片空明、渺茫的寂寞之感，便是这首词情意感发的由来。它没有造作，没有雕饰，也没有逞才使气，很像李白的那首《静夜思》——“床前明月光，疑是地上霜。举头望明月，低头思故乡。”这样的诗，有时候反而最难讲。

女冠子（二首之一）

四月十七，正是去年今日，别君时。忍泪佯低面，含羞半敛眉。　不知魂已断，空有梦相随。除却天边月，没人知。

这首词和以下的两首，都是以男子的口吻来写他所爱的女子。时间、地点、人物、事件俱全，甚至连梦中所见的容貌、态度都写得那么清晰。我以为，韦庄以男子的口吻写对女子的相思怀念，比其他的男子写这类相思爱恋之情表现得更为深挚、真诚。这也是韦词的一点特色。

女冠子（二首之二）

昨夜夜半，枕上分明梦见，语多时。依旧桃花面[1]，频低柳叶眉[2]。　半羞还半喜，欲去又依依。觉来知是梦，不胜悲。

【注】〔1〕唐崔护《题都城南庄》:“去年今日此门中，人面桃花相映红。人面不知何处去，桃花依旧笑春风。”〔2〕唐白居易《长恨歌》:“芙蓉如面柳如眉。”

荷叶杯（二首之二）

记得那年花下，深夜，初识谢娘时。水堂西面画帘垂，携手暗相期。　惆怅晓莺残月，相别，从此隔音尘[1]。如今俱是异乡人，相见更无因。

【注】〔1〕音尘：消息。

第二十三课 冯延巳

冯延巳，生于唐昭宗天复三年（903），卒于宋太祖建隆元年（960）。《唐宋名家词选》说："延巳在五代为一大作家，与温、韦分鼎三足，影响北宋诸家者尤巨。"在词发展演变的历史上，其词作具有重要的地位。冯词的主要特色是：一方面能够像韦词那样给人以强烈的直觉感动，另一方面又能像温词那样给人以自由丰富的联想，尤其突出的是，冯词所表现的是一种感情和精神上的境界。何以见得？且看最能代表冯词这种特色的一首词：

鹊踏枝

谁道闲情抛掷久，每到春来，惆怅还依旧。日日花前常病酒，不辞镜里朱颜瘦。　河畔青芜堤上柳，为问新愁，何事年年有。独立小桥风满袖，平林新月人归后。

你看冯正中所写的感情："谁道闲情抛掷久"，何谓"闲情"？建安时曹丕诗说："高山有崖，林木有枝，忧来无方，人莫之知。"（《善哉

◎　冯延巳（903—960），又名延嗣，字正中，广陵（今江苏扬州）人。

行》）李商隐诗说："荷叶生时春恨生，荷叶枯时秋恨成。深知身在情长在，怅望江头江水声。"（《暮秋独游曲江》）曹丕为何而"忧"？李商隐"恨"自何来？这种连诗人自己都难以言状的、每到闲暇就会无端涌上心头的，莫知为而为、莫知至而至的情绪，便正是冯正中的"闲情"。

再看冯词的抒情方式："谁道"一句只有七字，却一波三折，回环往复。"闲情"是主词，如何安排处理这份闲情呢？"抛掷"二字写出了词人为排遣摆脱闲情所采取的态度，这是此句的第一层意思。抛掷闲情，非同抛掷物件掷地有声那么简单，而是需要一个长期的挣脱、努力的过程，因此一个"久"字，言尽了"抛掷"过程中的艰难痛苦，这是第二层意思。经过此番艰苦的抛掷，那"闲情"果然就真的被"抛掷"掉了吗？"谁道"二字遂使那一番长久的、艰苦的挣扎努力化为乌有："闲情"依然如旧，长久的抛掷纯属徒劳！这就是盘旋郁结的冯正中。

既然"闲情"难以抛掷，所以就"每到春来，惆怅还依旧"。何为"惆怅"？那是一种若有所失、若有所寻、无所依傍的感觉。久抛难去之"闲情"未已，春来亦然之"惆怅"依旧，对此，冯正中索性直面这"闲情"与"惆怅"，毅然以全身心投注："日日花前常病酒，不辞镜里朱颜瘦"！这就是冯词的"境界"了——"花前"为什么要"病酒"？因为使人最敏感地意识到时光易逝、生命无常的莫过于花了。李后主说："林花谢了春红，太匆匆，无奈朝来寒雨晚来风。"（《相见欢》）杜甫说："一片花飞减却春，风飘万点正愁人。且看欲尽花经眼，莫厌伤多酒入唇。"（《曲江二首》）"经眼"，言花期短暂，如过眼烟云；"欲尽"，指残红。从"一片花飞""风飘万点"到"欲尽"的残红，这是一个美好生命被毁灭的惨痛过程。自古文人出于对花的珍重爱赏之情，故而在花落之前就要尽情地欣赏它，即使为它沉醉也在所不辞。冯正中天生具有一种悲剧精神，知其不可为而为之，面对惨痛的悲哀而不逃避、不改变，明知要失败，要毁灭，也决不放弃挣扎和努力。这就是"不辞"二字所传达出的感情境界。

不但如此，他的悲剧精神还表现为一种带着反省的挣扎，“镜里”两字便暗示出这种反省和觉悟。有的人莫名其妙地就落入一场悲剧中，冯延巳绝对不是，他难道不知道“病酒”会“朱颜瘦”吗？既然“镜里”自知红颜消损，为何还要赏花、病酒，为何还要“不辞”？王国维说“正中词品，若欲于其词句中求之，则‘和泪试严妆’殆近之欤”（《人间词话》），是说纵然我泪痕满面，也要保持我一份美好的妆束。这是一种对于美好事物的执着任真的向往和追求，是一种义无反顾、殉身无悔的悲剧精神，这种不自觉而溢于言外的精神向往和追求，正是冯词所特有的感情境界。

“河畔青芜堤上柳，为问新愁，何事年年有。”过片数句，义兼比兴，上承“闲情”“惆怅”，下启“新愁”。无论新愁旧恨，都有如“河畔青芜”、堤上新柳之年年相续。你看他那劲直的口吻：我努力挣扎过，我纵情沉醉过，为什么新愁旧愁仍年年不绝，永不得脱？于是他再一次直视并承受起“新愁”（亦旧愁）的侵袭：“独立小桥风满袖，平林新月人归后”。有人说这比喻他所受到的朝廷政敌的攻击，我认为可以这样理解，但不可以确指。总之他内心深处确实有那么一种孤独凄寂的悲哀存在。每人都有一个存身的归宿，都有一个温暖的庇护所，当平林远处的新月升上树梢，所有的行人都归去了，你冯正中为什么还要独自孤立在那没有屏障、没有遮蔽的小桥之上，听任四面寒风的侵袭呢？清人黄仲则说的，你“为谁风露立中宵”？其实，我们不必追究他到底是“为谁”，不管他为谁，那份不辞“日日花前常病酒”，不辞“镜里朱颜瘦”，不辞“独立小桥风满袖”的“不辞”之中所表现出的顽强、坚定、任纵、执着的精神品格，才真正是冯正中词的价值所在，也正是冯词所以具有强烈感发，所以有境界的缘故所在。然而冯正中究竟哪里来的这般千回百转，这般抑郁缠绵，这般惝恍幽咽，这般顿挫盘旋的“闲情”“惆怅”和“新愁”呢？这便是他内在天性与外在遭遇相结合的结果了。

天下之不幸，莫过于一个人生来就注定了悲剧的命运，而冯延巳却恰恰如此。冯氏之父在南唐开国之初就官至吏部尚书，所以冯正中自幼出入于宫廷内部，并与南唐君主以世家相交往。李璟即位后，冯正中做到了宰相。当北方五代之中最后的周代逐渐强盛起来，而南方小国一个个陷入危亡之际，与南唐朝廷关系甚密的冯延巳便开始步入悲剧之途。偏安江南的南唐小国，处在进不可以攻、退不可以守的境况之中，对此，高居相位的冯正中真可谓进退两难。当时朝内主战者、主和者分宗结派，在激烈的党争中，冯氏因异母弟伐闽失败而涉罪罢相，谪为抚州节度使。后因母丧去职，复出后又做了宰相。不久又因伐楚的最终失败而再度遭黜免。南唐历史上的这两次对外战争的失利，使国家一步步走向败亡，在冯氏临终前的几年里，南唐已经丢掉了自己的国号而尊奉了后周。以冯正中那样顽固、执拗的天性，以他一个"开济老臣"，"负其才略而不能有所匡救"的沉痛心情，必然会有为挽救家国危亡而殉身无悔的、知其不可为而为的悲剧精神。当这份执着深沉的感情与他在朝廷屡遭攻击、诋毁乃至罢黜的经历相结合之后，遂变得更加繁复曲折、缠绵郁结起来。

如此遭际，就冯氏个人而言，无疑是不幸的，但若就其对词的影响而论，却不失为一大幸运。我们知道，韦庄、冯正中所经历的五代，是一个战乱流离、国无宁日的时期，然而奇怪的是，这一特殊历史背景对中国小词的发展竟然起了意想不到的作用。已过世的台湾大学的方东美教授在他的一本讲稿中写过这样一段话：中国的人心不死，而宋朝又取得那么高的文化成就，就因为五代的小词。一般认为五代的小词都是淫靡的，怎么方先生反说它对北宋文化有巨大贡献呢？人世间的因果、利害关系并非那么浅显易见，五代小词的奇妙，就在于它唤醒了被礼教束缚着的那一份对美与爱的追求，而这一追求，永远是人类社会最珍贵、最美好的感情。等到社会堕落到有一天连男女之间的爱都不忠实了，那人心就真的是彻底败坏了！庄子说"哀莫大于心死，而人死亦次之"

(《庄子·田子方》)，有对爱和美的追求，正是人心尚未全死的标志。

更为奇妙的是，这颗追求爱与美的不死之心，又与五代的乱离、忧患结合了起来，遂使小词所言之情的成分无形中起了变化：男女欢爱、伤春怨别，跟家国忧患、身世感慨中和为一体，如韦庄《菩萨蛮》中“凝恨对残晖，忆君君不知”，如冯正中《采桑子》中“满目悲凉”“绿树青苔半夕阳”等句，明显流露着家国、身世的忧患感慨。这已经远远超出词在初起时的体裁内容，一向被视为郑卫靡靡之音的侧艳之词中，不仅有了对爱与美的向往追求，还有了家国、身世的深层感发，难怪王国维说，“冯正中词虽不失五代风格，而堂（正厅）庑（两厢）特大，开北宋一代风气，与中、后二主词皆在花间范围之外”(《人间词话》)。这便是词境逐渐拓展的第一步，也是词向诗化（即言志）的方向转变的一个过渡阶段。而使小词这一过渡性变化明显起来，并对后世产生深远影响的人，正是冯正中。所以冯煦在给冯词《阳春集》写的序文中说：“吾家正中翁，鼓吹南唐，上翼二主，下启欧晏，实正变之枢纽，短长之流别。”意思是说，我们本家的正中老先生，上与南唐二主相结合，形成南唐词的风气，往下还影响了欧阳修和晏殊，所以他在词风的转变中起了关键的作用，是长短句中形成流派的人物。此言极有见地，待以后论及北宋晏、欧时再加详述。

最后我还要再说明一下：“词以境界为最上”，这是王国维的《人间词话》开宗明义提出来的一个评词标准。中国的文学一向注重言志载道的传统，诗，以其所言之“志”的高下为尺度；文，以其所载之“道”的深浅为准绳。那么如何衡量“逐弦吹之音，为侧艳之词”的“词”呢？还是王国维有见识，他不仅提出“境界”之说，还提出了“词之雅郑，在神不在貌”的高见。“貌”就其词表面之情意而言，“神”则言其词品，即感情的品格。一首词的好坏，不在于表面所写的情事如何，而在于所传达出的感情的资质、品格、姿态，以及其兴发感动之作用、程度如何。就冯正中这首词而言，他貌似写“闲情”“惆怅”“新愁”，但深深打动我们的却是那词中的“神”致——那种深沉、挚烈、凝重、郁结的感情质地，那份顽强、执着的用情态度，那种义无反顾、殉身无悔的投注精神。

〖作品选注〗

鹊踏枝

梅落繁枝千万片，犹自多情，学雪随风转。昨夜笙歌容易散，酒醒添得愁无限。　　楼上春山寒四面，过尽征鸿，暮景烟深浅。一晌凭栏人不见，鲛绡[1]掩泪思量遍。

【注】〔1〕据《述异记》云，鲛绡乃南海鲛人所织之绡，而鲛人则眼中可泣泪成珠者也。此处解为用以掩泪之巾。

这首词表达出词人盘旋郁结、肝肠寸断的悲苦情怀，同时也传达出一种千回百转、万死不辞的执着而悲壮的感情境界：即使“梅落繁枝千万片”，一切都将零落成空，眼看就要委于泥尘，走向灭亡，然而却还依旧要保持“犹自多情，学雪随风转”的一份从容潇洒的姿态。即使是“一晌凭栏人不见”，没有任何希望可言了，也决不放弃自己的期待，还要“鲛绡掩泪思量遍”！

抛球乐

酒罢歌余兴未阑，小桥流水共盘桓。波摇梅蕊当心白，风入罗衣贴体寒。且莫思归去，须尽笙歌此夕欢。

这首词表现的是一种“郁抑惝恍”之情，透过“波摇梅蕊当心白，风入罗衣贴体寒”的一番情景交融的描写和体会，那水面之波心与作者之词心，“风入罗衣”之体寒与孤寞凄寂之心寒浑然打成了一片，至此作者与之共盘桓的已不仅是“小桥流水”，还有那千回百转的柔肠与郁抑惝恍的怅惘。

抛球乐

逐胜归来雨未晴，楼前风重草烟轻。谷莺语软花边过，水调声长醉里听。款举金觥[1]劝，谁是当筵最有情。

【注】〔1〕金觥：盛酒的器皿。

这首词表现出冯延巳词之“俊”的一面。这是一种微妙的姿态美，“逐胜归来”，多么惬意逍遥；天色将晴未晴，多么深沉幽微；“楼前风重草烟轻”，景色多么凄迷；而“谷莺语软花边过”与“水调声长醉里听”又是多么富有逸趣……这一切都是轻描淡写的，但也是意味深长的，虽然你说不清它表现的是愉快，还是悲哀，是惆怅，还是感慨，可你却从中获得心灵上的触引，一种思绪的兴发和心灵的感动。

采桑子

花前失却游春侣，独自寻芳。满目悲凉。纵有笙歌亦断肠。　林间戏蝶帘间燕，各自双双。忍更思量。绿树青苔半夕阳。

浣溪沙

转烛飘蓬一梦归，欲寻陈迹怅人非，天教心愿与身违。　待月池台空逝水，荫花楼阁漫斜晖，登临不惜更沾衣。

长命女

春日宴。绿酒一杯歌一遍。再拜陈三愿。一愿郎君千岁，二愿妾身常健。三愿如同梁上燕。岁岁长相见。

第二十四课　李　煜

这一课，我要讲讲让人一言难尽的南唐后主李煜。陆游《南唐书》记载："李煜，字重光，元宗（李璟）第六子。建隆二年（961）嗣位，在位十五年。开宝八年（975）宋将曹彬攻破金陵，煜出降，太平兴国三年（978）殂，年四十二岁。"作为社会的人，以伦理的价值标准而论，李煜只是一个身败名裂的亡国君主。有人指责他不会安邦治国，这话对他根本用不上，因为他根本就没有治国安邦的用心和打算。他与《红楼梦》中的贾宝玉一样，"生于深宫之中，长于妇人之手"（《人间词话》），天生就不是拯民济世的材料。成为一国之君，对李煜说来，实在是历史的误会。但作为自然的人，用艺术的价值标准来衡量，他又正因为"生于深宫之中，长于妇人之手"，阅世不深，没有世故的伪饰，才"不失其赤子之心"（《人间词话》），始终以其真淳与世人相见。

在中国诗人中，最能以自然纯真之本性与世人相见的就是陶渊明和李后主。只是渊明之"真"，是深涉人世之后所得到的一种带着反

◎　李煜（937—978），字重光，号钟隐，初名从嘉，徐州人。南唐中主李璟第六子，史称南唐后主。

省节制、闪着哲学智慧之光的“真知”；而后主之“真”，则是无所谓阅历、理念，无所谓反省节制的一己之“真情”。他这一腔真情，如滔滔滚滚的江水，一任其奔腾倾泻而下，绝无堤坝边岸的拘束，更无含敛脉脉的风度。其势乃随物赋形，经蜿蜒之曲涧，即发为动人心弦的潺湲，过峻峭之陡壁，便成为撼人心魄的喧啸。无论亡国之前的享乐，还是亡国之后的悲哀，他都是兴之所至，为所欲为，全无顾忌；情之所至，全神贯注，入而不返。下面我要讲的两首词，便是他纯情与任纵的一体两面。

玉楼春

晚妆初了明肌雪，春殿嫔娥鱼贯列。凤箫吹断水云闲，重按霓裳歌遍彻。　临风谁更飘香屑，醉拍阑干情味切。归时休放烛花红，待踏马蹄清夜月。

虞美人

春花秋月何时了，往事知多少。小楼昨夜又东风，故国不堪回首月明中。　雕栏玉砌应犹在，只是朱颜改。问君能有几多愁，恰似一江春水向东流。

《玉楼春》写的是亡国之前，宫廷夜晚歌舞宴乐的盛况。词中没有任何高远深刻的情意思致可求，但那纯真任纵的态度，奔放自然的笔法，以及俊逸潇洒的神韵，却是无人可及的。句首的“晚妆”，是指为配合歌舞宴乐之场合，为适应灯红酒绿之光线，为取悦听歌看舞者之欢心而修饰的浓妆艳抹。可以想见，满殿嫔娥经此一番“晚妆”后，带着明媚飞扬的神采和珠光宝气的装饰，以“鱼贯列”的规模翩跹而至的场面，这是最先进入李后主感觉器官的视觉享受。接着，“凤箫吹断水云闲，重按霓裳歌遍彻”写出了他的听觉感受：如凤翼般精美华贵的参差不齐之竹箫，尽情吹奏出的乐曲绕梁不绝，与天上之浮云地上之流水一同飘荡闲扬；不但如此，他还要让弹奏者更多次地重复弹奏盛唐著名的霓裳大曲，以极尽其欢娱。而且，这“遍彻”二字所以显得异常饱满有力，还因为它具有双重意义。首先“遍”与“彻”都是《霓裳》之中的乐曲名目，而且“彻”还是其中一段声音特别高亢急促的曲调。同时“遍彻”在此句中作补语，表示周遍、彻底之意，它与句首“重按”一结合，立刻强化了欢娱享乐恣纵无度的艺术效果。这便是李后主的任纵与奔放！

下半阕“临风”二句紧承上面令人目不暇接、声不绝耳的视听享乐，又写出不见其人、遥闻其香气扑鼻的嗅觉感受。据说南唐宫中有主香的宫女，定时在宫里撒放香料的粉末。“谁更”二字在极力突出了眼、耳、鼻多种感官上的享受之后，又引出了“醉拍阑干情味切”那美酒之口味与内心之情味的切身体会。想想看，那满殿翩跹的嫔娥已使人目不暇接，更有满堂凤箫霓裳之曲不绝于耳，还有一阵阵香气临风扑鼻，一盏盏美酒伴情陶醉，即便是在微醺半醉之时，他还在不住地随着音乐的节奏拍打着玉石栏杆，尽情体味、受用这一人间欢乐的美妙情味。

待到歌阑舞罢，酒醒人散，后主依然余兴未尽，他不让在回寝宫的途中点燃红烛，因为他要在享尽人间欢乐之后再改换一种享乐的方式：尽情地享受大自然赋予人间的那一片清澈皎洁的月色。李后主不愧是真正懂得享乐之人，这“归时休放烛花红，待踏马蹄清夜月”是一种多么闲雅、美妙的神致情趣，不只是词义微妙传神，在用字上，如“待”“踏”“蹄”这些舌尖音与它们本身传达出的意义凝结在一起，那马蹄踏在清凉霜色中发出的“嘚嘚”之声如在耳畔，这实在是妙不可言！

全词通篇以自然纯真、奔腾放纵之笔，表现出一种全无反省节制的、完全沉溺于享乐之中的豪纵意兴，既没有艰深的字面需要解释，也没有深微的情意可供阐述，可那俊逸神飞的感受却实在令人一言难尽。难怪王国维赞叹："李重光之词，神秀也。"（《人间词话》）

要知道，使一个人有省悟、有思索，使他深刻起来的是人生的劫难和悲哀。假如李后主没有破国亡家的遭遇，没有"一旦归为臣虏"的感受，如果他只是写歌舞宴乐，就算他的手法再高超，效果再美妙，也终究是浅薄狭隘、毫无境界可言的。命运成就了作为艺术家的李后主，他以纯真的赤子之心体认了人世间最大的不幸，他以阅世甚浅的真性情感受了人生最深重的悲哀，这遂使他的词风陡然一变，成为"眼界始大，感慨遂深""俨有释迦基督担荷人类罪恶之意"（《人间词话》）的千古词人。而《虞美人》就是此一时期的代表作。

"春花秋月何时了，往事知多少"，真正是"奇语劈空而下"（俞平伯《读词偶得》），把天下人都一网打尽了！一般而言，诗人大概可分作两类，一是客观理念型，一是主观纯情型。李后主自然属于后者，这类诗人不是由表及里、举一反三，用理性去感知事物的因果原委、趋势规律，而是纯以挚诚敏锐的赤子之心与外界事物相接触。破国亡家之痛对于李后主有如一块巨石从天而降，击碎了那一片清静澄澈的赤子的心湖，所产生的震荡，所波及的范围是一般人难以想象的。像"林花谢了春红，太匆匆，无奈朝来寒雨晚来风"（《相见欢》）；"流水落花春去也，天上人间"（《浪淘沙》），以及这首《虞美人》等，便是这一石激起的千层巨浪！所以王国维才会说"词至李后主而眼界始大，感慨遂深"，"俨有释迦基督担荷人类罪恶之意"的话。释迦曾说：我不入地狱，谁入地狱，我要把众生的不幸和苦难都担在我一人身上。基督死在十字架上，也是为了救赎所有人类的罪恶。王国维在此是用释迦基督来比喻李后主词所具有的以个人身世之悲而穷尽人类共同悲哀的覆盖与担荷作用。

"春花秋月何时了"是一个真理，"往事知多少"也是一个真理，每个人都在这"春花秋月何时了"的永恒无尽中，悲悼"往事知多少”的长逝不返。有人批评这种情绪太消极，其实只有认识到人生的短暂，才能不被眼前的利害得失所羁绊，才能提高你的精神境界。陶渊明说“人生似幻化，终当归空无”(《归园田居》)。他所以自食其力，不与世俗同流合污，就是因为他很清楚眼前的一切浮华终将化为虚幻。佛经上说，先有大悲的觉悟，才会有大雄的奋发，天下的道理总是相辅相成的。后主这两句词劈天盖地、突如其来，使宇宙的永恒无尽和人事的短暂无常无情地对立起来，那不假思索润色、脱口而出的“何时了”“知多少”，使古往今来无数担负无常之深悲的人，面对宇宙运转无穷而生出的那一份无可奈何之情一泻千里！

开篇二句所以能写尽天下人之同悲，正因为他深切地感受到了“小楼昨夜又东风，故国不堪回首月明中”的悲惨“往事”。小楼之上，年年有东风，月月有月明，昔日曾“待踏马蹄清夜月”的那一轮明月倘若有知，或许也要询问何处是当年的“春殿”？哪里有当日的“笙歌”？哪里去唤回“醉拍阑干”的那一份情味？苍天明月无知，雕栏玉砌无言，即使它们永恒长在，也永远不解我亡国之痛。那曾经在“明月东风”之中，“雕栏玉砌”之下流连欢乐的有情之人，而今却非当年的神韵光采，早已“朱颜改”矣！

李后主的任纵沉溺，无论何时、何地、何等处境都一以贯之地不加反省节制。历史上的蜀后主刘禅也曾身降曹魏，当有人使蜀国故伎表演以助宴乐时，旁人皆感悲怆，而刘禅却喜笑自若，当问他“颇思蜀否？”禅曰：“此间乐，不思蜀。”（见《三国志·蜀书·后主传》裴松之注）由此看来，人称“阿斗”的蜀后主并非愚钝之辈。倒是不识时务的李后主“一旦归为臣虏”，成了赵宋的阶下之囚，仍执迷不悟，终日“往事”“故国”“朱颜”地一味“不堪”，结果“太宗闻之，大怒……赐牵机药（毒药），遂被祸云”（宋王铚《默记》卷上）。纯情任纵的本性使他一旦陷入悲哀，就再也无法自拔了。这首词的前六句，他三度运用对比，以“春花秋月”“小楼东风”“雕栏玉砌”的无情永恒来对比"往事""故国""朱颜"的长逝不返。这循环往复的渲染，不由得使你想起他那不顾一切地倾吐宣泄的词句："恰似一江春水向东流"，他将全部的血泪倾覆而出……

李后主写哀愁的任纵奔放亦如他前首《玉楼春》写欢乐的任纵奔放。唯有能以全身心去享受欢乐的人，才能以全身心去感受悲哀；而也唯有能以全身心感受悲哀的人，才能真正探触到宇宙人生的真理与至情，所以这首词才能从一己遭遇之悲，写尽千古人世无常之痛，而且更表现为"春花秋月何时了""一江春水向东流"这超越古今、开阔博大的浑厚气象。

上一课曾讲过，冯正中词虽"堂庑特大"，但犹"不失五代风格"，因为冯词所写的仍是闺阁园亭、相思离别的传统题材。可李后主却一反常规，独能以沉雄奔放之笔，将破国亡家之恸，将普天之下人类的共同悲哀赤裸裸地倾泻出来。这种深远博大、滔滔滚滚的意境气象，不仅突破了词写闺阁园亭、伤春怨别的题材拘限，还使其在性质上完成了"变伶工之词而为士大夫之词"（《人间词话》）的过渡性转折。这正是作为艺术家的李后主在词史上的成就和贡献。但值得玩味的是，这些成就的取得，并非都出自李煜的有心追求，而完全是他纯真、任纵的本性使这一切成就都本能地达到了极致，这一点才真正是李后主最不可及的过人之处！

〖作品选注〗

相见欢

林花谢了春红，太匆匆。无奈朝来寒雨晚来风。　胭脂泪〔1〕，相留醉〔2〕，几时重〔3〕？自是人生长恨水长东。

【注】〔1〕指花红得像胭脂，落在上面的雨点如同女子面颊上的泪滴。〔2〕即

将飘零的花树，它红色花瓣上的泪点，似乎邀留我再为她沉醉一次。〔3〕林花与我何时再重逢呢？即使明年花还再开，可是眼前的这一枝、这一朵再也不会回来了。王国维《玉楼春》词有“君看今日树头花，不是去年枝上朵”之句。

这是作者在亡国之后所写的以全身心投入哀痛之中的一首小词。从中可以看到他是怎样以真淳的心灵去“担荷人类的罪恶”，又是怎样以一己之哀伤去体验人类所共有的悲慨的。其中“谢了”和“太匆匆”等词语，都是从词人内心之中，流着泪、淌着血迸发出来的，它不光是在时间概念上对“凋谢”的文法上的确定，而且透过“了”“太”等字，更表现出一种毫无挽回余地的遗憾；它所包含的那种嗟叹惋惜之情，是一往无回、入而不返的，这何止是在哀悼“林花”，他是由花及人，由此推及到对整个宇宙世界所有有生之物的无常的悲悼。这正是作者眼界大、感慨深的缘故，也是李后主最了不起的地方。

相见欢

无言独上西楼，月如钩。寂寞梧桐深院锁清秋。　　剪不断，理还乱，是离愁。别是一般滋味在心头。

王国维《人间词话》说：“一切景语皆情语也。”这首词恰好可为此语作注。词篇情景相生，互为映衬，具有极其和谐完美的艺术境界和感染力量。

清平乐

别来春半，触目愁肠断。砌下〔1〕落梅如雪乱，拂了一身还满。　　雁来音信无凭〔2〕，路遥归梦难成。离恨恰如春草，更行更远还生。

【注】〔1〕砌下：台阶之下。〔2〕古人谓鸿雁可以传书，这里指雁归但没有传来人的音信。无凭：没有凭信。

浪淘沙

帘外雨潺潺，春意阑珊[1]，罗衾[2]不耐五更寒。梦里不知身是客，一晌[3]贪欢。　　独自莫凭栏[4]，无限江山，别时容易见时难。流水落花春去也，天上人间。

【注】〔1〕阑珊：衰残，将尽。〔2〕罗衾：丝绸做的被子。〔3〕一晌：一会儿，片刻。〔4〕凭栏：倚栏远望。

这首词虽然明白地写出了“流水落花春去也”，但它所表现的并不仅是伤春的悲哀。词中最可注意的一点，似乎应在最后的“天上人间”一句。俞平伯先生的《读词偶得》以为此句有四层意思：第一是疑问的口气，是说流水落花的归宿在天上呢，还是人间呢？第二是对比的口气，昔日是天上，如今是人间。第三是嗟叹的口气，天上啊！人间啊！第四则不从口气方面来体会，而是从承接、呼应来考虑，“天上人间”是承接着“别时容易见时难”一句的，“流水落花”是别时容易如此，“天上人间”是见时艰难如此。其实这四种解释都很妙，对这四个字，李后主并没有以理性的思索来说这句话，只是所有的悲哀都集中于他的内心，不假思索便脱口而出了。这四个字可以兼有四种含义，一切的感慨都包含尽了，不可以分明的理性去解释，只可以直接的感受去体会。

破阵子

四十年来家国，三千里地山河。凤阁龙楼[1]连霄汉[2]，琼枝玉树作烟萝[3]。几曾识干戈[4]？　　一旦归为臣虏[5]，沈腰[6]

潘鬓[7]销磨[8]。最是仓皇辞庙[9]日，教坊[10]犹奏别离歌，垂泪对宫娥。

【注】〔1〕凤阁龙楼：指宫廷豪华的建筑。〔2〕霄汉：高空。〔3〕指宫廷的奇珍异宝形成的美景。〔4〕干戈：古兵器名，代指战争。〔5〕此句指宋太祖开宝八年（975）冬十一月，金陵城陷，李煜出而请降，做了宋朝的俘虏。臣虏：被俘称臣。〔6〕沈：指沈约，字休文，是南朝有名的文士，他在《与徐勉书》中叙说自己年老多病时云："百日数旬，革带常应移孔；以手握臂，率计月减半分。似此推算，岂能支久。"后来"沈腰"便成了憔悴瘦损的代称。〔7〕潘：指潘岳，字安仁，是晋朝名士，诗文多哀愁之作。他在《秋兴赋》序里说："余春秋（年龄）三十有二，始见二毛（花白头发）。"后以"潘鬓"代指多愁善感、未老头白。〔8〕销磨：即消磨，逐渐消耗。〔9〕辞庙：离开故国时辞别太庙。太庙是古代帝王供奉祖先牌位的地方。〔10〕教坊：古代管理宫廷音乐的官署。此指宫廷乐伎。

第二十五课　晏　殊

晏殊与李后主截然相反，是一个典型的理性词人。《宋史》记载他七岁能属文，十四岁就以神童闻名，得到宋真宗的赏识，被赐同进士出身，以后就平步青云，宠用不衰。一般人都认为“天以百凶成就一词人”，像晏殊这种仕途得意、富贵显达的身世经历，懂得什么叫痛苦悲哀，又能有多少真情锐感？甚至有人讥讽他的词是“富贵显达之余的无病呻吟”。这对晏殊是极不公平的。诗人的穷与达，大半取决于他们的性格，并没有什么“文章憎命达”“才命两相妨”的必然性。而诗人之性格可分为成功与失败两种类型，前者多为理性诗人，后者属于纯情诗人。李后主“为人君所短处”正在于他的沉溺任纵、不懂得反省节制、不善于思索权衡，在社会政治生活中简直像个未成熟的“赤子”。因而，破国亡家必然成为这类诗人的典型下场。而晏殊虽出身平民，却凭着自己幼而好学、聪慧过人的真才实学得到了开明君主的知遇；又凭着他思力超群、明谋善断的将相之才而得以在朝中立足荣迁。应当看到，他圆融、平静的风度与他富贵显达的身世，正是他这样一位理性词人同株异干的两种成就。

◎　晏殊（991—1055），字同叔，抚州临川（在今江西省）人。卒谥元献，世称晏元献。

同时，还应看到，无论晏殊官居几品，他首先是一个诗人。有人以为理性诗人就精于世故，老谋深算，斤斤计较人我、利害的得失……其实，这种目光短浅的权衡计较，根本当不起我们所说的“理性”二字。我们称之为理性诗人的，是与纯情诗人一样具有真诚、敏锐的心灵和感受的诗人，只是纯情诗人以心灵与外界事物相接触，并以心灵反射这种直觉的感受；而理性诗人则将这份心灵的感受上升为理念的思辨，经过哲学提炼之后，聚结为智慧的光照，并通过诗篇折射出来。他们的感情不似滚滚滔滔的激流，而像一面平湖，风雨至也縠绉千叠，投石下亦旋涡百转，但却无论如何也不会失去含敛恬静、盈盈脉脉的一份风度。对外界事物的处理，他们既有思考和判断，又有反省与节制。他们具有社会人的权衡和操持，同时还保有自然之子的一颗真诚锐感的诗心。大自然的花开叶落，人世间的离合悲欢，同样使他们性情摇荡，心灵震颤。当日月逝于上、体貌衰于下的时候，他们也会有时移事去、乐往哀来的无限感伤；当晏殊暮年失志，以“非其罪”之名被黜斥贬谪时，他也同样激越难平、感愤无已……从以下三首词中，我们将看到作为理性词人，晏殊是如何表达其悲哀伤感与激愤之情的。

浣溪沙

一曲新词酒一杯，去年天气旧亭台，夕阳西下几时回。
无可奈何花落去，似曾相识燕归来，小园香径独徘徊。

浣溪沙

一向年光有限身，等闲离别易消魂，酒筵歌席莫辞频。
满目山河空念远，落花风雨更伤春，不如怜取眼前人。

山亭柳

赠歌者

家住西秦，赌博艺随身。花柳上，斗尖新。偶学念奴声调，有时高遏行云。蜀锦缠头无数，不负辛勤。　数年来往咸京道，残杯冷炙漫消魂。衷肠事，托何人？若有知音见采，不辞遍唱《阳春》，一曲当筵落泪，重掩罗巾。

前两首《浣溪沙》写的还是人类的永恒主题“人生几何”“去日苦多”的悲哀。但晏殊不像李后主一开篇就把你推进悲痛的深渊，而是若无其事地引你渐入境界。“一曲新词酒一杯，去年天气旧亭台，夕阳西下几时回。”听歌饮酒，是多么美妙的人间享乐，然而他的悲哀也就正在这歌词与酒杯之中被引发了。曹孟德诗说：“对酒当歌，人生几何。譬如朝露，去日苦多。”（《短歌行》）《世说新语》载，桓子野“每听清歌，辄唤奈何”。因为饮酒听歌会无端唤起一种对往事的追怀，况且酒是新酒，歌是新词，而天气依旧，亭台依旧，这一“新”一“旧”，不又是无常与永恒的鲜明映衬吗？物是人非，逝者如斯，由此感喟“夕阳西下几时回”！人生能有几度夕阳红，你也许会说明天还有夕阳红，可是伴随每一次夕阳西下而消逝的光阴岁月也会回来吗？这真是：“胭脂泪，相留醉，几时重？”若是李后主，接下去又会是一番血泪淋漓。但晏殊不同于李煜之处正在于此，他所写的“无可奈何花落去，似曾相识燕归来”，是多么富于变通的用情态度。自其变者而观，“花落去”是一去不返了，即使明年再开花，也不是去年由此落下的“枝上朵”；但自其不变者而观，则“燕归来”却有可能是去年由此飞走的“老相识”。这是一种极富诗意的反省和妙悟，那“似曾相识”、依依多情的归燕，难道不是对“无可奈何花落去”这一生命缺憾的挽赎和补偿吗？难道不是宇宙人生自然平衡的一种圆融观照吗？“小园香径独徘徊”写得更是雍容闲雅、柔婉微妙。晏殊《破阵子》词中有“重把一尊寻旧径”句，既然是熟悉的“旧”径，又何须去“寻”？其实所“寻”者，非“旧径”也，而是寻思、追怀旧日、旧地的旧情怀。“小园”一句，于“徘徊”之中传达出对“去年天气旧亭台”上失落的和似曾相识的旧情怀的追思和回味。多么温馨恬淡，多么含蓄蕴藉，虽说他所写的仍是女性十足的闺阁园亭之景，伤春悲秋之情，但在同类作品之中，那雍容闲雅的作风格调，那多情善感的诗人资质，那盈盈脉脉的风容仪态，与一般同类作品却显然已有了很大的不同。

另一首开端的“一向年光有限身，等闲离别易消魂”，依旧是出语平淡。“一向年光”即一年短暂的韶光。人生自少壮而衰老正有如韶光之春夏秋冬的一次轮回，正可谓“林花谢了春红，太匆匆”！可是更悲哀的在于，这匆匆人生之中还充满了“等闲离别”的苦痛。面对这人生匆促之悲、等闲离别之苦的双重悲哀，李煜与晏殊，纯情词人与理性词人的区别又一次显示出来：晏殊不但具有自觉的反省节制，还隐然有一种化解排遣这悲苦的方法——“酒筵歌席莫辞频”。有酒时就尽情地饮酒，有歌时就尽情地听歌，能够欢聚的时候就尽情地享受这欢聚的幸福，因为月有圆缺，人有聚散，这是非人力所能逆转的自然规律，所以“满目山河空念远，落花风雨更伤春，不如怜取眼前人”！多么通达理智的情怀，若是李后主，一旦陷入“念远伤春”中，绝不会有“空”的反省和体认，而晏殊却有着一种“空”念、“空”伤，“更”念、“更”伤的双重省悟和认知。因为逝去的一切已无可挽回，“念远”未必就能相逢，“伤春”更不能把春光留住，与其空空地追怀离别之人，不如更加珍重尚未分别的“眼前人”。这三句与前一首词的后半阕同样隐含着某种人生的哲理，表面看来，不过是“伤春”“念远”之情，但它所引起的感发与启迪则是——人生对一切不可获取之物的向往都是无益的，对一切无可挽回之事的伤感也都是徒劳的，与其徒劳无益地空怀过去，幻想将来，不如面对眼前，把握住现有的一切，使之不再失落……这就是晏殊词中的思致。晏殊词集名为“珠玉”，实在是贴切之至，这温润如玉、圆融如珠、情中含思、隐而不露的风情意韵，正是晏殊词风的典型特征。

如果说《浣溪沙》二词，以圆融的观照和理性的反思来处理排遣伤春怨别之悲，是化解有方的话，那么《山亭柳》一词“借他人酒杯，浇自己心中块垒”，借“题”发挥抑郁不平之气，便可以说是脱身有术了。晏殊何以会有“块垒”和不平呢？本来他自十五岁以神童擢为秘书省正字，直至五十四岁以前，在仕途上一直是一帆风顺的。但没想到晚年他却意外地受到传说中的所谓“狸猫换太子”之事的牵连：宋仁宗本是李宸妃所生，却被章献刘皇后据为己有，这在刘皇后当朝期间，无人敢言。因此当李宸妃死后，晏殊奉命所写的墓志上，只说李宸妃生一女，早卒，无子。后来，刘皇后卒，就有人上言告晏殊隐瞒天子的身世，结果晏殊被罢黜贬谪。五年之后，晏殊虽又被召回京都，但不久又因人告他利用公差修私宅而再遭贬斥。《宋史·晏殊传》里记载当时有人“以为非殊罪”，因为李宸妃的墓志换了谁写，在当时都同样不敢直言其事。而用公差修房在当时北宋的官僚阶层中也是屡见不鲜的。晏殊就这样怀着一腔抑郁，先后出知亳、楚、颍、陈、许等州，最后奉命到了永兴军。“军”非指军队，而是一个地区，永兴军在今陕西西安、咸阳一带，《山亭柳》词中提到的“西秦”“咸京”即指此地。

这首词激昂慷慨，其强烈的主观色彩与他平时珠圆玉润的风格判若两人。特别是词前还冠以“赠歌者”的题目，这在词的发展历史上，尚属首见。词前的标题把读者的注意力全部引向了词中的“歌者”，那么且看这到底是怎样的一位“歌者”——她“家住西秦，赌博艺随身”。许多人不是靠自己的能力和本领，而是仰仗家族、亲朋的势力而显达的，这位歌者却完全凭借自身渊博的才华技艺得以在“花柳上，斗尖新。偶学念奴声调，有时高遏行云”。无论任何歌舞宴乐的浪漫场合，她都能够展现出其出类拔萃的才能技艺，甚至偶然模仿唐代天宝年间（742—756）著名歌者念奴的发音，其高亢的声调也居然可以留住天上的行云。古诗说：“不惜歌者苦，但伤知音稀。”她用自己美妙的歌声赢得了众多欣赏者“蜀锦缠头无数”的酬答，同时她也深为听众们没有辜负自己的一番辛勤奉献而感到由衷的欣慰。然而，当她红颜渐老之时，其才华虽说不减当年，但一切都发生了变化：“数年来往咸京道”，得到的却是“残杯冷炙漫消魂”。还是在当年赢得“蜀锦缠头无数”的地方，而今只剩下别人弃掷的残酒与吃剩的冷肉！杜甫当年叙述他报国无门的境遇时说：“朝叩富儿门，暮随肥马尘。残杯与冷炙，到处潜悲辛。”晏殊此处以杜甫的原诗比类这位歌者，正透露出他不能自已的言外之意；杜甫满腔壮志，不得知遇，歌者满怀“衷肠事”，又托与何人？自古臣妾同命，“若有知音见采，不辞遍唱《阳春》”，这肝胆相照的两句词，道出了古往今来所有为臣者、为妻者、为歌者的共同心声：假如能有真正听懂我的歌唱、赏识我的才华、认识我的价值的人，我定会不辞辛劳，不惜把天下最美好的歌曲、一生最精湛的技艺全都奉献出来！这是一种多么热烈、多么执着的献身精神！然而世无相知，天下如此之大，居然找不到一个懂她、理解她、欣赏她的人，所以每每当她情不自禁地“一曲当筵落泪”时，就赶忙“重掩罗巾”，不肯让不懂她的人发现其内心的悲哀。真乃“和泪试严妆”！这个催人泪下的故事，所以会感人至深，是由于词中那位晚年凄凉的歌者，与我们这位暮年失志的作者同声相应、同病相怜！故事讲的是歌者，而那激越悲慨的感情却是作者的。

王国维《人间词话》云：“尼采谓一切文学余爱以血书者。”有些人愿意将自己血淋淋的伤口裸露给人看，但也有人宁愿将血泪咽下去，或者借助某一媒介作间接的表现，这正是理性诗人的特色。晏殊在感情的处理上一贯是理智而从容的，他加“赠歌者”之题，是为了把感情的距离拉开，然后才无所顾忌地将满腔抑郁和激愤彻底倾泻出来。不但如此，我以为这题目未必就是凭空而加的，说不定确有一位曾经引起晏殊感情上共鸣的歌者在，也许正是这样一种特殊的、可遇不可求的机会，才产生了这首与《珠玉集》极不和谐的变调，不过这一曲的主题变调，与《珠玉集》的其他作品一样，共同说明了晏殊作为一位理性词人所具有的一体两面。

回想词自伶工之手转到士大夫之手以来的一些著名词人，如韦庄、冯延巳、李后主、晏同叔以及后来的范仲淹、欧阳修、苏东坡等等，他们或为一代君主，或为当朝宰相、国家重臣，都是以兼善天下为己任的济世经邦、出将入相之人，都是满腹经纶、学富五车的饱学之士。他们的学识、修养、理想、怀抱、品格、操守，在小词的写作之中不由自主地流露出来，这就无意之中使闺阁园亭、伤春怨别的小词的意境，从最早的对于爱与美的追求到对战乱流离的忧患，从破国亡家的悲慨到人生哲理的省悟，有了越来越深沉丰厚、越来越开阔博大、越来越情中有思、越来越情中有理的明显进化。晏殊词的情中之思，虽不及苏东坡之自觉深刻，但能引起读者有关人生方面的广泛联想和启迪，却是不可否认的事实。王国维认为他《蝶恋花》词中“昨夜西风凋碧树，独上高楼，望尽天涯路”几句，是古今成大事业、大学问者必须经过的第一种境界。事实上，这本来是一首典型的伤别念远之词，但不管它写的是什么情意和主题，这词句本身所产生的感发，绝不是某种情意和主题所能拘限的：你有没有超凡脱俗、登高临远的志向与追求？你有没有在一夜西风之间，碧树凋零之际的恶劣环境下“独上高楼”的胆略与气魄？你有没有透视纷纭迷雾，“望尽天涯路”的眼力与见识？这确实是古今中外一切想有所成就、有所作为者必须首先回答的第一道选题。这种情中之思致，词中之感发，恐怕连晏殊本人也未曾料及，这正是“词之言长”的绝妙所在，也是晏殊词的特美所在。当然，晏殊的情中思致，也是因词而异的，它时而表现为圆融之观照，时而表现为理念之启迪，时而为人生之了悟，时而为宇宙之至理……因此，我们对晏殊词的欣赏，也要具备那种“独上高楼，望尽天涯路”的见识和眼光。如果不能从他情中含思的意境着眼，那真将有如入宝山空手回的遗憾了。

〖作品选注〗

踏莎行

细草愁烟〔1〕，幽花怯露〔2〕，凭栏总是消魂处〔3〕。日高深院静无人，时时海燕双飞去。　带缓罗衣〔4〕，香残蕙炷〔5〕，天长不禁迢迢路〔6〕。垂杨只解惹春风，何曾系得行人住？〔7〕

【注】〔1〕谓草因被烟雾罩笼而哀愁。〔2〕写由于露水凝聚不散，逐渐沉重以致细小的花朵不堪负担的怯弱形象。〔3〕用以形容悲伤愁苦时的感情状态。江淹《别赋》：“黯然销魂者，惟别而已矣。”〔4〕言行人日渐远去，相思使我憔悴消瘦，衣带一天一天地宽松了。〔5〕写兰蕙之香炷的烧残，也象征着热情的销蚀磨减。〔6〕写分别之后相隔遥远，极言离别阻隔之苦。〔7〕“垂杨”两句意谓：垂杨的柔细枝条只会随风拂动，去牵惹春风，却不会将远行人系住。

这首词上半阕写景，下半阕抒情。晏殊有理性的一面，也有感受锐敏的一面。在写景的细腻锐感上，晏殊与冯延巳很相近，但在写情上，晏殊却表现出委婉、轻柔的特色来。无论是相思、怀念、哀怨、悲寂，他都用温柔缠绵的口气陈述出来，不像冯延巳那样执着、强劲。

踏莎行

小径红稀，芳郊绿遍，高台树色阴阴见。春风不解禁杨花，濛濛乱扑行人面。〔1〕　翠叶藏莺，朱帘隔燕，炉香静逐游丝转〔2〕。

一场愁梦酒醒时，斜阳却照深深院。

【注】〔1〕“春风”二句是抱怨春风不知道禁止杨花的舞动而让它漫天飞扑，乱扑在悲哀的远行人的脸上。〔2〕是说香炉中的香烟静静地随着空中飘飞的游丝旋转。“游丝”，是春天里一种昆虫的分泌液，类似蛛网。

清平乐

金风细细〔1〕，叶叶梧桐坠。绿酒初尝人易醉，一枕小窗浓睡。〔2〕　紫薇朱槿花残，斜阳却照阑干。双燕欲归时节，银屏昨夜微寒。

【注】〔1〕是说那带着肃杀之气的秋风暗暗袭来。〔2〕“绿酒”二句是写一种寂寞无聊赖之感。

像这样的词不需要理性的思致，也不需要有哲理，更无须深厚的感情，就是那词人的一份敏锐的感觉，从“细细”“叶叶”之景物的微小变化之中传达出的一种感受，便带有极浓厚极美妙的诗意。

蝶恋花

槛菊愁烟兰泣露。罗幕轻寒，燕子双飞去。明月不谙离恨苦，斜光到晓穿朱户。〔1〕　昨夜西风凋碧树。独上高楼，望尽天涯路。欲寄彩笺兼尺素，山长水阔知何处！〔2〕

【注】〔1〕“明月”两句意谓：明月之光不懂得人生离别的悲愁哀苦，竟自从晚到晓一直斜照着离人的闺房，这就更增添了离别之人对月圆人不团圆的哀苦憾恨。〔2〕“欲寄”二句是写想要寄信给远行之人，表达离别的思念，无奈欲寄无处。

第二十六课　欧阳修

在讲冯延巳词时，我们曾引过冯煦“上翼二主，下启晏欧”的话，冯词开北宋一代词风。冯、晏、欧三家词的风格、意境确实很相近，其主要缘故在于他们都能掌握运用词之“要眇宜修”的特质，而且都能在无意之中结合了自己的学问、修养与襟怀，从而传达出深隐幽微、含蓄丰美的意境。不过，由于各自性格禀赋、身世经历的不同，他们在相似之中又各具风貌：冯延巳是在缠绵郁结中表现了热情挚烈、殉身无悔的执着精神；晏殊是于圆融温润之中表现了情中含思的理性观照；而欧阳修则是在豪宕沉挚、抑扬唱叹中表现出一种遣玩的意兴。

一个人的心灵本质及性情禀赋在终日饱食安睡、无所用心的平静生活里是看不出来的，只有当他真正体验到人生多艰，真正经历过劫难忧患之后，才会显示出来。中国封建社会为有志之士提供的唯一出路就是做官。与晏殊相同的是，欧阳修也曾官至参知政事，相当于副宰相，然而不同的是，欧阳修的仕宦之途却极其曲折坎坷。人一生中究竟会遇到什么凶吉祸福，这谁也说不准，但当祸患临头时，你的反应和态度却是可以自己掌握和主宰的。欧阳修就是以一种风趣诙谐

◎　欧阳修（1007—1072），字永叔，号醉翁，晚号六一居士，庐陵（今江西吉安）人。

的态度，一种赏玩、驱遣的豪兴来对待他一生屡遭诋毁贬谪的不幸的。这也许不一定是最佳的方式，但至少是使他不致被忧患灾难所伤害、所击败的正确选择之一。

这一特点在他的诗、文中随处可见。他曾不无解嘲地自取别号为“醉翁”，在贬为滁州太守后所写的《醉翁亭记》中，他自叙与客人携酒而游，“饮少辄醉，而年又最高，故自号醉翁也。醉翁之意不在酒，在乎山水之间也”。又说“人随太守游而乐，而不知太守之乐其乐也”。他自有其独到之乐趣，即使与他同游之人也并不了解他这种情趣。他在同一时期所写的《丰乐亭游春》诗说：“春云淡淡日辉辉，草惹行襟絮拂衣。行到亭西逢太守，篮舆酩酊插花归。”是说你若到丰乐亭来游春赏花，在路上碰到一个坐着小竹轿子、喝得酩酊大醉的头上插满鲜花的人，那就是我，当地太守欧阳修。晚年他又自号为“六一”。他说：我有琴一张、棋一局、酒一壶、书一万卷、金石佚文一千卷，以我一老翁，老于此五物之间，故自号“六一”也。多么风雅的意趣，多么豪爽的情味！在历尽挫伤忧患之后，他不但没有沉溺于忧患悲哀之中，反而从中获得了某种足资赏玩的乐趣，这真是古之圣贤才具有的修养。有些人在朝的时候，还能慷慨激昂、主持正义，一旦受挫下野，就立刻牢骚满腹、伤感无已，甚至变作一副可怜相，卑躬屈膝，卖身求荣！而欧阳修却写信给同时被贬的难友尹师鲁，相约到贬谪之地后不说一句“戚戚之辞”。

这种胸怀素养和兴致情趣，也同样表现在小词的写作上。在创作上，他常常是不写则已，一写起来就一发而不可收。他的《渔家傲》词，两组共二十四首，写尽了从正月到十二月各种风光节物的美好；他的一组《采桑子》共十首，每一首开口就是“西湖好”，直把西湖一年四季、朝夕阴晴中的好处“歌遍彻”！那份“人生自是有情痴”（《玉楼春》）的程度，丝毫不逊于纵情享乐的李后主，所不同的是欧阳修那种“无奈情多无处足”的奔放中，隐然有着一段“忧患凋零”（《采桑子》）、“聚散苦匆匆”（《浪淘沙》）的人生慨叹。下面我们就看这组《采桑子》中的二首。

采桑子（其四）

群芳过后西湖好，狼藉残红，飞絮濛濛，垂柳栏干尽日风。　　笙歌散尽游人去，始觉春空。垂下帘栊，双燕归来细雨中。

采桑子（其十）

平生为爱西湖好，来拥朱轮，富贵浮云，俯仰流年二十春！　　归来恰似辽东鹤，城郭人民，触目皆新，谁识当年旧主人？

词中的西湖并非今日杭州之西湖，而是在当年的颍州（今安徽阜阳西北），现已找不到它的旧迹了。欧阳修四十三岁时曾被贬出知颍州，他很喜欢这里的风景，发誓将来告老还乡还回此地定居。这以后，他又历尽人世沧桑、宦海波澜，终于在六十五岁时辞官隐居，实现了他来西湖终老的夙愿。这组词就是他定居颍州后，用民间通俗鼓子词的形式写的。词前还有一段念语，限于篇幅，文中不作讲解，可参见本课作品选注部分。我们要讲的是这组词中的第四首和第十首。

词的前三首，欧阳修写出西湖春夏云水之间，“绿水逶迤，芳草长堤”“百卉争妍，蝶乱蜂喧”这一番美不胜收的景象，这些确实很值得歌咏和赞赏，但接下去的第四首，就需要有一份会意了——“群芳过后西湖好”，此句所含的会意是难以言传的。这组词凝聚着作者二十多年的人生体验，读这类小词往往比看那些满纸仁义道德的大块文章更能使人感动。前辈词人顾随先生曾认为，欧阳修虽在古文、诗歌方面开了一代风气，但能够使我们更真切、更活泼地理解、认识欧阳修之心性、品格和为人的，却是他的词。一般人只会欣赏那万紫千红、似锦如绣的繁花，可欧阳修却认为“群芳过后”“狼藉残红”“飞絮濛濛”中的西湖依然是美好的。“狼藉”是凌乱之意。满地落英，杂乱不堪，满目杨花，一片迷蒙，这种美不是所有人都能获得的视觉上的感受，而是通过心灵深处的体悟方能领略到的，这是失落之中的惆怅，是寂寥之中的迷茫。正如五味之于众口，有人嗜咸，有人嗜酸，还有人独能于苦涩中品得一份甘甜。

“群芳过后西湖好”，这是经历了怎样的人生五味之后才能道出来的一句话。鲁迅说：没有哭过长夜的人不足以语人生。一个无愧于“人生”二字的人，最重要的是看他是否能够忍耐失落和寂寞。你平生经过多少摧伤和苦难，别人不了解、不理解，而你自己一定要了解，而且要能够担荷和忍耐，这是做人非常重要的条件。欧阳修不仅认识了、忍耐了，还从中领略到一份“垂柳栏干尽日风”的意趣。在繁花似锦、游人如织的时候，你往往无心顾及杨柳微风的存在；只有当“群芳过后”“狼藉残红”“笙歌散尽游人去”之后，你才会恍然发现那楼前栏杆之外，微风依依吹拂着长长的柔条的那一种摇曳荡漾的美妙姿态，这也正是欧阳修为文、为诗、为词，乃至为人的又一特色，即如苏洵在《上欧阳内翰书》中曾经赞美他的文章有“揖让进退”的姿态美，好比一个人在盛典礼仪中的举手投足都极富有自然得体、潇洒有致的美感一般。只有具备了这样的感情姿态和风范修养的人，才能在人生盛衰、荣辱、得失、有无的变迁中坦然自处，才能在“始觉春空”的彻悟之后，从容若定地“垂下帘栊”——收拾起那一份用以欣赏“芳草百卉”“急管繁弦”的春情，以一种新的心境不失时机地转而欣赏那“双燕归来细雨中”的另一番情味。而这份“始觉春空”与“双燕归来”中的思致与情味，与晏殊的“满目山河空念远”“似曾相识燕归来”何等相似！

一般而言，对“空”的觉悟和体认，是人生较高层次的修养。佛家的小乘也讲“空空”，即从有到无，由盛到衰，所谓四大皆空。那是一种灭绝了情欲的“空”，而古代人物如晏、欧者，他们认识了“空”，则是要将空念远、空伤春、始觉春空的一怀春情保留下来，暂且收拾、珍藏起来，转而还要以依然多情的兴致去“怜取眼前人”，去玩赏眼前景。

不过，欧阳修的遣玩，不是对那种肤浅欢乐的追逐，而是透过对悲慨的排遣而转为欣赏的。天下自其可悲者而观之，事事皆有可悲；而自其可乐者而观之，则事事也皆有可乐之处。欧阳修的特色，是他善于从人生悲慨之中去寻求赏玩的欢乐，同时又能以赏玩的欢乐来驱遣人生的悲慨。当年陶渊明与影为伴、独游暮春时，大自然景物的美好与世无相知的悲哀交织在一起，使他感到“欣慨交心”（《时运》）；如今欧阳修也是满怀“欣慨交心”之情，写出了这组游西湖的词。其中的第十首虽排在最后，却是整个十首词的全部背景，如同整幅画面上衬底的颜色。

“平生为爱西湖好，来拥朱轮，富贵浮云，俯仰流年二十春！”回想当年作为颍州太守初来西湖时，有官家驷马朱轮的高车，有众多前呼后拥的随从。然而《论语》上说“富贵于我如浮云”，一切荣华富贵、一切权势地位、一切功名利禄，全在这一俯一仰的转瞬之间，随着二十年的年华而化为空幻，这真是从盛到衰、从有到无的人生巨变！对这一切，欧阳修似乎早有了悟。此处不妨再回味一下前首词中“群芳过后”“狼藉残红”的西湖之好，与“始觉春空”“垂下帘栊”的意境之妙，就不难心领神会了。

“二十春”里，天地沧桑，人间巨变，所以他接下去写道：“归来恰似辽东鹤，城郭人民，触目皆新，谁识当年旧主人？”传说汉朝人丁令威离家学道，成仙后化鹤归来，落在华表上，面对家乡的巨变唱道：“有鸟有鸟丁令威，去家千年今始归。城郭如故人民非，何不学仙冢垒垒。”（《搜神后记》）欧阳修虽非学道成仙，但也已饱经沧桑，深谙世道，当他暮年归来，看到当年治下的城郭人民，举目皆无相识，遂用此典，自比恍如隔世的辽东之鹤，借以抒发“谁识当年旧主人”的万端感慨。二十年前，他以父母官的身份，关心、爱护、治理过这里的山山水水及父老乡亲，而如今这块凝结着他心血生命的土地上，却无人知晓他曾是当年、当地的旧主人。这对别人来说是一件多么令人伤心的事，当然，欧阳修也未必就不感伤，但与众不同的是，他能以“垂下帘栊”的姿态，收拾起那份悲伤，并以“昔者王子猷之爱竹，造门不问于主人，陶渊明之卧舆，遇酒便留于道上”（见文后作品选注部分词前的“念语”）的意趣豪兴，借纵情赏玩西湖之诸般美景来排遣内心深处的悲慨。这便是王国维《人间词话》中对他词品的概括：“豪放之中有沉着之致。”由此看来，如果说晏殊词的特色是“情中有思”的话，那么欧阳修词的特色就是“情中有致”，即沉着的情致与遣玩的兴致。

冯煦的《宋六十家词选例言》说：“宋初大臣之为词者……独文忠（欧阳修的谥号）与元献（晏殊的谥号），学之既至，为之亦勤，翔双鹄于交衢，驭二龙于天路。……其词与元献同出南唐，而深致则过之。”这话不仅概括了晏、欧在宋初词坛上的地位，还阐明了他们与南唐词的承袭关系。刘熙载的《艺概》也说：“冯正中词，晏同叔得其俊，欧阳永叔得其深。”可见，无论是晏殊圆融温润、姿态俊美的“情中之思”，还是欧阳修豪宕深沉、抑扬唱叹的“情中之致”，都未能脱离南唐冯正中这一源头，即都是在闺阁园亭、伤春怨别的笔墨游戏中，无意识地流露出作者的性情、品格、理想、怀抱、学识和修养。这是北宋初年小词发展的主流，也是词向诗（言志）方向转化的第一个阶段，这阶段始于冯正中，止于欧阳修。因此欧阳修在词史上的地位和作用，虽不及他在诗文方面的影响显著，却仍不失为一道分水岭、一座里程碑。

为了进一步说明这一阶段小词的品格境界，我想再举三首小词为例，试做高下、优劣的比较。

南乡子

欧阳炯

二八花钿，胸前如雪脸如莲。耳坠金环穿瑟瑟，霞衣窄，笑倚江头招远客。

浣溪沙

薛昭蕴

越女淘金春水上，步摇云鬟佩鸣珰，渚风江草又清香。　不为远山凝翠黛，只应含恨向斜阳，碧桃花谢忆刘郎。

蝶恋花

欧阳修

越女采莲秋水畔，窄袖轻罗，暗露双金钏。照影摘花花似面，芳心只共丝争乱。　鸂鶒滩头风浪晚，雾重烟轻，不见来时伴。隐隐歌声归棹远，离愁引着江南岸。

《南乡子》写的是一位年方十六岁、戴着美丽花钿等饰物的摆渡女，她胸前露着雪白的肌肤，脸颊像莲花一样娇美，耳坠的金环上穿满了瑟瑟的珠子，彩霞般的衣服紧裹着身体，向着等待渡船的客人招手。这位女子的相貌、装束以及佩饰虽然都很美，但她不能使人产生任何美的感发和联想，更没有深意在其中，因此，根本谈不上有境界。

薛昭蕴的《浣溪沙》写的是江浙一带的一位漂亮的淘金女，她头上戴着“步摇”的首饰，走起路来随步摇荡，身上还饰有鸣声叮当的玉佩，她正在春水之上淘金，沙洲上一阵风吹过，送来岸边芳草的清香，她不为远山而皱起眉黛，只是带着愁恨注视着斜阳，因为她所爱的那位“刘郎”（神话传说中的人物，借指所爱之人）没有来。这首词写出了一些相思怀念的情感，但表现得很肤浅，也谈不上有境界。真正有境界的是后面一首欧阳修的《蝶恋花》。

欧阳修这首词写的也是美女，这女子也佩有美丽的装饰，也在从事着某种劳作，但她给你的感觉与感受却与前面那两位摆渡女、淘金女大不相同——“越女采莲秋水畔”，“越女”是以美貌而闻名天下的，就连极少写女性之诗的杜甫都承认“越女天下白”。“采莲”又是多么美好、高尚的行为，那出污泥而不染的莲花，具有天生丽质、独立不倚、圣洁高雅的资质禀赋。况且“秋水”碧波，又是何等多情的场所。不仅如此，再看她的衣饰：“窄袖轻罗”，罗是多么轻盈飘逸的丝织品，用它制成的窄袖上衣，穿起来是那般的轻盈窈窕、精美纤巧，这里暗示出了一种温馨、柔美的品格气质。尤为绝妙的还是“暗露双金钏”，“双”，是美好、圆满与多情的，“黄金”，是珍贵的。但无论是精神上的富有，还是物质上的优裕，她都没有丝毫的炫耀，只是“暗露”：在采莲的过程中，偶然透过窄袖才隐约闪露出来。这是一种多么含蓄、多么蕴藉、多么深沉、多么凝重的内在的魅力！相比之下，那“耳坠金环穿瑟瑟”“步摇云鬓佩鸣珰”的摆渡女和淘金女该有多么的炫耀和浅薄。

接下去，“照影摘花花似面，芳心只共丝争乱”更是灵光闪烁的神来之笔：当她低头采莲，偶尔看到自己在水中的倒影时，一种对于美的意识突然觉醒了。在中国诗词传统中，临镜、照影的本身就带有反省与觉悟的含义，这两句正像白居易《长恨歌》所言：“天生丽质难自弃”，一个人骄傲是不好的，但应该意识到并且珍重自己的价值，而且还要将这种价值交托和奉献出来。那么交托奉献给谁呢？所以才“芳心只共丝争乱”了。莲藕的茎断“丝连”与感情的思恋、思念谐音，这一语双关的字句为本词提供了更加丰厚的感发和联想，这使她不知不觉沉浸于思绪纷纭的感情境界中，直到“鸂鶒滩头风浪晚，雾重烟轻”，天光暗淡之际，她才恍然注意到“不见来时伴”了，那些类似“摆渡女”和“淘金女”的伙伴们不知何时与她分道扬镳了。这真是欧阳修词的绝妙特色，它妙就妙在这“雾重烟轻，不见来时伴”的境界与“群芳过后”“狼藉残红”“城郭人民，触目皆新”的境遇同样令人感伤悲慨，然而这正是一个想完成自己、实现自身价值的人所必须经过的一种孤独、寂寞、失落、怅惘之境界。因此才能在认识到“空念远”“空怅惘”之后，也毅然地“垂下帘栊”：“隐隐歌声归棹远，离愁引着江南岸”，她唱起离歌，摇起归棹，渐渐向彼岸驶去，歌声带着她的追寻和怅惘，弥漫在一望无际的江面上……

古人说“观人于揖让，不若观人于游戏”。一个人的品格、气质、姿态和风范，往往不是在那种有心表现、循规蹈矩的程式化礼仪中看得出来的，更多的是流露在他们忘情而无心的游戏之中。同样以游戏的笔墨写美女、美貌、美服、美饰，欧阳修笔下的采莲女与那两位“笑倚江头招远客”“碧桃花谢忆刘郎”的摆渡女、淘金女比起来，其风格确实有很大的不同。而风格即人格，词品即人品，唯有一代儒宗如欧阳修者，才能为此词；也唯有以“境界”、以“在神不在貌”为标准者，才能赏此词。

〖作品选注〗

采桑子（十首）

西湖念语[1]

昔者王子猷之爱竹，造门不问于主人；[2]陶渊明之卧舆，遇酒便留于道上。[3]况西湖之胜概，擅东颍之佳名。虽美景良辰，固多于高会；而清风明月，幸属于闲人。并游或结于良朋，乘兴有时而独往。鸣蛙暂听，安问属官而属私？曲水临流，自可一觞而一咏。至欢然而会意，亦傍若于无人。乃知偶来常胜于特来，前言可信；所有虽非于己有，其得已多。因翻旧阕之词，写以新声之调。敢陈薄伎，聊佐清欢。

轻舟短棹西湖好，绿水逶迤，芳草长堤，隐隐笙歌处处随。　无风水面琉璃滑，不觉船移，微动涟漪，惊起沙禽[4]掠岸飞。

春深雨过西湖好，百卉争妍，蝶乱蜂喧，晴日催花暖欲然[5]。　兰桡[6]画舸悠悠去，疑是神仙，返照波间，水阔风高飏管弦。

画船载酒西湖好，急管繁弦，玉盏催传，稳泛平波任醉眠。　行云却在行舟下[7]，空水[8]澄鲜，俯仰留连，疑是湖中别有天。

群芳过后西湖好，狼藉残红，飞絮濛濛，垂柳栏干尽日风。　笙歌散尽游人去，始觉春空。垂下帘栊，双燕归来细雨中。

何人解赏西湖好？佳景无时[9]，飞盖[10]相追，贪向花间醉玉卮。　谁知闲凭阑干处，芳草斜晖，水远烟微，一点沧洲[11]白鹭飞。

清明上巳[12]西湖好，满目繁花，争道谁家[13]？绿柳朱轮走钿车[14]。　游人日暮相将去[15]，醒醉喧哗，路转堤斜，直到城头总是花。

荷花开后西湖好，载酒来时，不用旌旗，前后红幢绿盖随〔16〕。　画船撑入花深处，香泛金卮，烟雨微微，一片笙歌醉里归。

天容水色西湖好，云物俱鲜，鸥鹭闲眠，应惯寻常听管弦。　风清月白偏宜夜，一片琼田，谁羡骖鸾〔17〕？人在舟中便是仙。

残霞夕照西湖好，花坞蘋汀〔18〕，十顷波平，野岸无人舟自横。　西南月上浮云散，轩槛凉生，莲芰〔19〕香清，水面风来酒面醒。

平生为爱西湖好，来拥朱轮，富贵浮云，俯仰流年二十春！　归来恰似辽东鹤，城郭人民，触目皆新，谁识当年旧主人？

【注】〔1〕念语是北宋流行的一种歌唱形式中的开场白，也叫“致词”。这类作品是一种念白和歌唱兼而有之的表演形式，俗称“鼓子词”，它是用同一牌调连续歌咏某一人、一物的组词。这一组《采桑子》(十首)即为歌咏西湖美景的，故其开场白曰“西湖念语”。〔2〕王子猷为晋代人，《晋书》记载，吴地有一人家种了许多竹子，王子猷登车造访，主人洒扫阶庭，置酒候客。但王子猷全然不顾，下车后径奔竹林，饱览秀色之后，便扬长欲去。〔3〕陶渊明辞官后不愿见官，江州刺史王弘打算与陶渊明会面，却一直没有机会。有一次王弘趁陶乘轿游庐山的机会，让陶渊明的老朋友庞通在半路上备下酒肴，陶公一见有酒就留下与庞、王二人痛饮，打消了去庐山的念头。舆：即轿子。〔4〕沙禽：即小鸟。〔5〕然：同“燃”。〔6〕兰桡：用木兰树制作的船桨。桡：船桨。〔7〕“行云”一句谓湖水清澈，天空行云倒映在船下的湖水里。〔8〕空水：指天空与湖

水。〔9〕无时：不受四季时节限制；意谓风景四时宜人。〔10〕飞盖：即飞车。盖：指有篷顶的车。〔11〕沧洲：指水滨。〔12〕上巳：古时阴历三月上旬巳日为上巳节，魏晋以后改为三月三日。这天，男女老少皆出门游春，谓之“踏青”。〔13〕“争道”句应与下句连读才算完整，谓争着询问那是谁家的华贵的车子。〔14〕朱轮：指红色轮子的车。年俸在两千石以上的大官才能用朱轮之车。钿车：用金银宝石装饰的车子，一般为贵族妇女所乘。〔15〕相将去：相随离去。相：随。〔16〕红幢绿盖：指荷花与莲叶。与前句相连，意谓不必用旌旗，前后相随者有莲叶与荷花。〔17〕骖鸾：传说中神仙所乘之车，它以三鸾驾车。骖：原指在车两旁的马。〔18〕花坞：有挡风设备的花圃。蘋汀：指开满蘋花的水中的沙洲。汀：水中或水边之沙洲。〔19〕莲芰：长出水面的荷叶、菱花等。

玉楼春

尊前拟把归期说，未语春容先惨咽[1]。人生自是有情痴，此恨不关风与月。　离歌[2]且莫翻新阕，一曲能教肠寸结[3]。直须看尽洛城花，始共春风容易别。

【注】〔1〕惨咽：哽咽状，形容极为伤心的样子。〔2〕离歌：指离别的歌，古人演唱离歌，常常是一曲既终，再接一曲。〔3〕肠寸结：哀痛至极，肝肠寸断之意。

这首词很能代表欧阳修的特色：一个是他两方面的张力，他要从悲苦中挣扎起来，尽情地欣赏遍、欣赏够这大自然的美好景色，这是他既豪放、又沉着的缘故；另一个是他叙写的口吻，“拟把”“自是”“且莫”“直须”“始共”都是豪放之中有沉着之致的表现。

玉楼春

雪云乍变[1]春云簇，渐觉年华堪送目。北枝梅蕊犯[2]寒开，南浦[3]波纹如酒绿。　芳菲次第还相续，不奈情多无处足。尊前百计得春归，莫为伤春歌黛蹙[4]。

【注】〔1〕乍变：初变。〔2〕犯：冒犯，抵制的意思。〔3〕南浦：古水名，在今湖北武汉市南。《九歌·河伯》云："子交手兮东行，送美人兮南浦。"以后常用来泛指送别之地。〔4〕歌黛蹙：因伤心而皱起眉头。

这首词在情意上与前一首很近似，但在对自然景物的描写和感受上具有突出的特色，诗人要表现的是春天悄然走近时内心的欣喜。大自然的景色变化本是有目共睹的，但写出诗词来，人与人之间就有了高下的区别，有的人写的只是他耳目感受的再现，而有的人所写的则是他心灵感受的兴发。欧阳修正是后者的典范。

朝中措

平山堂[1]

平山栏槛[2]倚晴空，山色有无中。手种堂前垂柳，别来几度春风？　文章太守，挥毫万字，一饮千钟[3]。行乐直须年少，尊前看取衰翁。

【注】〔1〕平山堂：宋叶梦得《避暑录话》说，欧阳修在扬州修建一座平山堂，"壮丽为淮南第一，上据蜀冈，下临江南数百里……公每暑时，辄凌晨携客往游"。〔2〕栏槛：栏杆。〔3〕钟：即酒盅。

一般说来，欧阳修是于豪放之中见沉着的，这是他的基本特色，可是当他豪放多于沉着之时，他的豪放就表现得有一种疏朗飞扬的意态。这首词里，虽然他也有感慨，但却写得很有潇洒飞扬之致，这一点正是后人所谓“疏隽开子瞻”的地方。

第二十七课　柳　永

柳永，原名三变，字耆卿，官至屯田员外郎，世称柳屯田，是北宋时著名的词人。宋人笔记曾称“凡有井水饮处即能歌柳词”。在柳永的词集《乐章集》中，他所使用的牌调比任何人都丰富。特别是，他继承了民间流行的俗曲慢词，突破了晚唐五代及北宋初年文人雅士只填小令不写慢词的风气，这是在形式上对词的一大开拓。因此，在中国词的发展史上，柳永成为文人之中大量填写慢词和自谱新腔的第一人。柳永的词声律特别谐美，同时又由于他经常使用长调，所以特别注意章法结构、层次安排及领字的使用等等。这些形式上的特色，对北宋后期长调的写作，特别是对周邦彦“清真词”中的铺叙及音律，曾经产生过很大影响。

除了这些外表上的特征，柳永还有一点最值得注意的成就，那就是他的词中常有一些接近于唐诗的高处与妙境。在这一类词中，柳永往往以高远的景象、劲健的音节，传达出一种“贫士失职而志不平”的悲秋的深慨。这种悲慨，来源于他家庭传统的仕宦观念与他个人的浪漫天性及音乐才能之间所形成的矛盾与冲突。柳永生在一个非常注

◎　柳永，字耆卿，生卒年不详。初名三变，字景庄，崇安（在今福建省）人。

意儒家道德的仕宦之家，父兄都曾有过科第功名。然而柳永自己却是一个具有浪漫性格和音乐才能的人，他经常为乐工歌伎作词。这种才能和爱好造成了他个人一生的悲剧。宋人笔记说："柳耆卿为举子时多游狭邪，善为歌辞，教坊乐工每得新腔，必求永为辞，始行于世。"（叶梦得《避暑录话》）而谱写歌词的结果，却使士大夫们认为他品格卑下、词语淫秽，因此而影响了他的仕宦。据说柳永参加考试不中，写了一首《鹤冲天》词，其中有"才子词人，自是白衣卿相""忍把浮名，换了浅斟低唱"等句子。这首词很快就被落第秀才们传唱一时。当他再参加考试的时候，宋仁宗一看到他的名字就说，这不是写了"忍把浮名，换了浅斟低唱"的柳三变吗？且去浅斟低唱，何用浮名！结果他又没考上。可是柳永不自悛改，反而更加纵情于游冶，而且自称为"奉旨填词柳三变"。实际上，他是在以狂放来发泄自己的悲慨和不平。柳永在政治上遭到摒斥，终身落拓失意，其症结就在于填词。在历代词人里边，把自己的一生与歌词结合了如此密切之关系的，只有柳永。

柳永的词不只是在形式上有开拓，在内容上也有开拓。他所写的美女和爱情，表现了与"花间"一派完全不同的另外一种意境和风格。首先，"花间词"所写的女性感情都是诗化了的，写得很含蓄，很美，容易引起人们的寄托联想；而柳永的词所写的是真实的、活生生的女性感情，用的是很通俗的语言，有时候甚至写得很大胆，很露骨，因此就不易引起读者的寄托联想。其次，"花间词"经常假借女子的口吻，有的作者虽然也用男子口吻，但词的内容仍然是写闺中感情多，写外界高远的景物少。而柳永却经常直接用男子的口吻，以一个仕途失意者的身份，来抒写自己落拓失意的悲慨。在这一类词中，他写秋天草木的黄落、凋零，写羁旅行役所见的景色，写大自然的寥廓、高远，景中有情，情中有景，开阔博大，在形象与意境上与以前的词显然不同。中国文学史上本来早就有一个"悲秋"的传统，柳永把这个传统和他个人的悲慨结合起来，在词的领域里开拓出“秋士易感”的内容，这是他的一个很重要的贡献。最早看到柳词中这一面的，是苏轼。苏轼对于柳词中的淫靡之作虽也表现了鄙薄和不满，但对柳词中兴象高远的特色却特别赏识。赵令畤的《侯鲭录》记载说：“东坡云：世言柳耆卿曲俗，非也。如《八声甘州》之‘霜风凄紧，关河冷落，残照当楼’，此语于诗句不减唐人高处。”所谓“唐人高处”，指的是唐人诗歌中以“兴象”的特质取胜的诗。“兴”，是一种感发；“象”，就是形象。“霜风凄紧，关河冷落，残照当楼”，这几句的好处，就正在于其所写的景象高远而且富于感发的力量。实际上，柳词之中表现此类意境的词不只是这几句，如其《雪梅香》的“景萧索，危楼独立面晴空。动悲秋情绪，当时宋玉应同”；《曲玉管》的“陇首云飞，江边日晚，烟波满目凭阑久。立望关河，萧索千里清秋，忍凝眸”；《玉蝴蝶》的“望处雨收云断，凭栏悄悄，目送秋光。晚景萧疏，堪动宋玉悲凉”；《戚氏》的“当时宋玉悲感，向此临水与登山”，这些例证都可以说也是极富于“兴象”的感发作用，有近似于唐人的高处与妙境的作品。而这一类词，无论就形式还是就内容而言，在中国词的发展演进历史之中都具有一种开拓的作用。

现在我们就来看他的这首《八声甘州》。

八声甘州

对潇潇暮雨洒江天，一番洗清秋。渐霜风凄紧，关河冷落，残照当楼。是处红衰翠减，苒苒物华休。惟有长江水，无语东流。　　不忍登高临远，望故乡渺邈，归思难收。叹年来踪迹，何事苦淹留。想佳人、妆楼颙望，误几回、天际识归舟。争知我、倚阑干处，正恁凝愁。

这是柳永写“秋士易感”的内容写得最好的一首词。词的上半阕以写全景取胜，所写景物极为开阔高远。其中，“暮雨”“霜风”“残照”等字眼，暗示了使人联想到生命之落空的那些大自然中瞬息不停的变化。除了这些开阔高远的形象，词人还以“潇潇”“清秋”“冷落”等叠字与双声的运用，从声音方面给读者一种极为强烈有力的感受。然而，他的声音虽然纷至沓来，令读者应接不暇，却又丝毫不显得杂乱。这是由于他叙写的层次很有章法的缘故。在词的开端，“对”是个领字，它直贯“潇潇暮雨洒江天”及“一番洗清秋”两句，十三个字一气呵成，写的是今日眼前的景象；然后又以一个“渐”字领起下面“霜风凄紧”“关河冷落”“残照当楼”三个四字句，也是十三个字一气呵成，写的则是日复一日正在转变中的景象。这两个十三字句气势虽同，却音节各异。前者是一、七、五的排列，后者则是一、四、四、四的排列。而这两组不同的形象和音节又指向一个共同的作用和目的，那就是在大自然的景色中所显示的无常的推移和变迁。这种由景象所传达的感发力量，就正是所谓“兴象”的作用。柳永最善于用领字，他在一首长调里，可以用好几个领字，带领出层层不同的景物或感情。实际上，柳词层次分明的原因，也就由于他的善用领字。

这首词开端中的“洒”字用得也很好，“洒”是上声字，读时有一个转折，所以这一句读起来就显得特别有力量。“潇潇”的暮雨飘洒在江天之中，这是一种动态，于是，从水面到天空，就都充满了大自然的这种动态的变化。所谓“洗清秋”，一方面是说，秋天草木凋零之后，江天显得更加空阔了；另一方面是说，经过秋雨的冲洗之后，山峰、树木都显得更加干净。这两个十三字句，把大自然季节的变化、人生时光的消逝抒写得淋漓尽致。

下面，“渐霜风凄紧，关河冷落，残照当楼”，是写雨后的景色。“渐”，说明要有一个过程，强调了时间感；“紧”，显得十分强劲，有的本子写成“惨”，我以为不如“紧”好，因为柳永在这里是把悲慨结合在景色之中的，并没有正面写感情。“霜风凄紧”，与前面的“潇潇暮雨”相呼应，正是由于秋天风风雨雨交相侵袭，才引起了词人“关河冷落”的感受。在秋风秋雨的侵袭下，草木都零落了，关塞江河显得非常凄凉，词人站在高楼上，面对着落日的余晖，就从时节的消逝联想到岁月的不返和生命的落空。

接下来词人说，“是处红衰翠减，苒苒物华休”。每一朵红色的花、每一片翠绿的叶子都凋零了，万物的芳华都走到了尽头！这真是不可排解的一种悲哀。在这里，“物华休”才是作者真正要写的三个字，在这三个字里包含了作者心中对眼前大自然景色的所有感受。从词的开端写到这里，柳永把大自然景物从繁茂到凋败的过程一层层写来，终于逼出了一句结论——“苒苒物华休”。万物都是要凋零残败的，生命无常，光阴易逝，一个人空有一番美好的志意和理想，到头来也只能随着生命的消逝而落空。那么，宇宙之间万物都在改变，有不变的吗？有。“惟有长江水，无语东流”。“长江水”跟“苒苒物华休”是表面对举而实在加深一层的叙写。江水的东流，代表的正是永不回头的长逝的悲哀。在这里，柳永把他独特的感受写出来了：江水不因为芳华的消逝而发出什么慨叹或表示什么同情，它永远是冷漠的，是长逝不返的。

这首词的上半阕写才人志士那种生命短暂、志意落空的悲哀，写得很好，把“秋士易感”的悲慨跟大自然的景物完全融合在一起了，因此显得兴象超远，能够引起读者十分强烈的共鸣。

下半阕笔锋一转，开始写怀人伤别的儿女柔情：“不忍登高临远，望故乡渺邈，归思难收。”柳永对羁旅行役有很深的感慨。自己本希望能够实现抱负，却把生命消磨在旅途辗转之中。家乡是那么遥远，此时团聚无望，何必登高临远，白白地引起一番思乡的凄苦之情！所谓“叹年来踪迹，何事苦淹留”，是说一年多了，我一直漂泊在外边，不能回到我所爱的人身边，那究竟是为了什么？柳永在另一首词里还说过，“驱驱行役，苒苒光阴，蝇头利禄，蜗角功名，毕竟成何事”

（《凤归云》）。这也是一种“秋士易感”的悲慨。从词的演进发展来看，早期的文士们所写的大多是闺阁园亭、伤离怨别的一种“春女善怀”的情意，虽然它们也可以使人产生才人失志的联想，但那类作品的主角大都是绮年玉貌的佳人，景物也大都幽微纤细；而柳永的这首词，则写出了一种关河冷落、羁旅落拓的“秋士易感”的哀伤，它是真正以男子为主角的，是中国传统士人恐惧于暮年失志而产生的悲哀。就词的发展而言，从“春女善怀”到“秋士易感”，这是在词的内容上一个很重要的开拓。

柳词中的铺叙是很平顺的，时间、地点的改变都很明显。“想佳人、妆楼颙望，误几回、天际识归舟。”柳永说：我想，我的妻子也正在怀念我，她在妆楼之上举首遥望，有多少次，她看到天边有小船来了，就以为船中有我，可是都错认了。这一回回的错认，就是一次次希望的落空。她怎么能知道，我现在依然羁旅天涯，驱驱行役，而且也同她一样因相思怀念而悲哀——“倚阑干处，正恁凝愁”。这几句，不仅写出了两地相思之情，也反衬出了上半阕所写的羁旅漂泊、生命落空之感，进一步加深了悲慨。

柳永词中很值得注意的一点，就是他常把兴象高远的秋士之感与怀人念远的儿女之情在一首词中互相结合。不只《八声甘州》如此，像《雪梅香》《夜半乐》《曲玉管》等都是这样。而且柳永所写的儿女柔情是极现实、极真切的，并没有如温、韦、晏、欧等人那种足以引人产生托喻之想的作用，因此，也就使得一般读者只看见他在叙事铺写中所表现的相思离别之情，而忽略了他在景物铺写中所表现的兴象高远的那一面。这对柳词而言，自然是一种不幸，而对读者来说，也未必不是一种遗憾的损失。

〖作品选注〗

夜半乐

冻云[1]黯淡天气，扁舟一叶；乘兴离江渚。渡万壑千岩，越溪[2]深处。怒涛渐息，樵风[3]乍起，更闻商旅相呼，片帆高举。泛画鹢[4]、翩翩[5]过南浦。　　望中酒旆[6]闪闪，一簇烟村，数行霜树。残日下、渔人鸣榔[7]归去。败荷零落，衰杨掩映，岸边两两三三，浣纱游女，避行客，含羞笑相语。　　到此因念，绣阁[8]轻抛，浪萍难驻[9]。叹后约[10]丁宁竟何据！惨离怀、空恨岁晚归期阻。凝泪眼、杳杳神京[11]路。断鸿声远长天暮。

【注】〔1〕冻云：云层凝结不开。〔2〕越溪：越国美人西施浣纱的若耶溪。此处为泛指。〔3〕樵风：山风。〔4〕画鹢：指船。〔5〕翩翩：船行轻快貌。〔6〕酒旆：酒旗。〔7〕鸣榔：捕鱼时，用长木条敲船作声，使鱼受惊入网。〔8〕绣阁：女子闺房。〔9〕浪萍难驻：萍随浪转，漂浮不定，用来比喻流浪生活。〔10〕后约：约定的后会之期。〔11〕神京：京师，指宋都汴京。

柳永善于铺叙，这首是典型的代表。此词分为三段，叙事详尽，有头有尾。第一、二段写路途的经过及景物，有时间有地点，清楚明白；第三段是写羁旅之人的心情；非常生动而有层次地写出了一个完整的过程。此词的前边是平铺直叙，末句跳起把精神和景物融为一体，真是画龙点睛之笔。

蝶恋花

伫[1]倚危楼[2]风细细，望极春愁，黯黯生天际。草色烟光残照里，无言谁会凭阑意？　　拟把疏狂[3]图一醉，对酒当歌，强乐[4]还无味。衣带渐宽[5]终不悔，为伊[6]消得[7]人憔悴。

【注】〔1〕伫：久立。〔2〕危楼：高楼。〔3〕疏狂：放纵无拘束。〔4〕强乐：勉强作乐。〔5〕衣带渐宽：意谓人渐瘦而衣渐肥。〔6〕伊：她。〔7〕消得：值得。

这首词写一种纤细幽微的感触，颇含凄凉之意。这种凄凉反映了柳永内心的悲慨，是他真正精神品格的流露。

定风波

自春来，惨绿愁红[1]，芳心是事可可[2]。日上花梢，莺穿柳带，犹压香衾卧。暖酥消，腻云亸[3]，终日厌厌倦梳裹。无那[4]！恨薄情[5]一去，音书无个。　早知恁么，悔当初、不把雕鞍锁。向鸡窗[6]、只与蛮笺[7]象管[8]，拘束教吟课[9]。镇[10]相随，莫抛躲。针线闲拈伴伊坐，和我，免使年少光阴虚过。

【注】〔1〕惨绿愁红：指因心头苦闷而把红花绿叶都看作愁惨景色。〔2〕是事可可：什么事都不在意。〔3〕亸：下垂貌。〔4〕无那：无可奈何。〔5〕薄情：指薄情郎。〔6〕鸡窗：代指书窗、书房。〔7〕蛮笺：本指古时南方所产的彩色笺纸，这里泛指纸。〔8〕象管：象牙做的笔管。〔9〕吟课：把吟咏作功课。〔10〕镇：镇日，整天。

这首词写一个女子对远别之情人的怀念。柳永不因袭陈旧的辞藻，不用套语，敢于用新鲜的、大胆的、露骨的词句，写出活生生的女性形象及其感情。但这也正是人们认为他的词鄙俗的原因。其实，柳永的俗词，正有他真切、大胆地反映女性生活的开创性的一面。

雪梅香

景萧索，危楼独立面晴空。动悲秋情绪，当时宋玉应同。渔市孤烟袅寒碧[1]，水村残叶舞愁红[2]。楚天阔，浪浸斜阳，千里溶溶。　　临风，想佳丽，别后愁颜，镇敛眉[3]峰。可惜当年，顿[4]乖[5]雨迹云踪[6]。雅态妍姿正欢洽，落花流水忽西东。无憀恨，相思意，尽分付征鸿。

【注】〔1〕碧：指烟的灰蓝的颜色。〔2〕愁红：指霜叶。〔3〕敛眉：皱眉，表示哀愁之意。〔4〕顿：马上，当时。〔5〕乖：分别。〔6〕雨迹云踪：指男女欢乐。用宋玉《高唐赋》的典故。

这首词前面是写秋士易感的悲哀，后面是写因羁旅行役与情人离别的悲哀。结句的“征鸿”遥遥与“景萧索，危楼独立面晴空”相呼应，表现了一种高远渺茫的情致，使全篇所写的“无憀恨”和“相思意”得到振起的效果。

曲玉管

陇首[1]云飞，江边日晚，烟波满目凭阑久。立望关河，萧索千里清秋，忍凝眸。　　杳杳神京，盈盈仙子，别来锦字[2]终难偶。断雁无凭，冉冉飞下汀洲，思悠悠。　　暗想当初，有多少、幽欢佳会，岂知聚散难期，翻成雨恨云愁。阻追游，每登山临水，惹起平生心事，一场消黯，永日无言，却下层楼[3]。

【注】〔1〕陇首：指山头。〔2〕锦字：指书信。〔3〕层楼：高楼。

这首词有三个段落。一般词大多只有两个段落，就词调形式而言，若词的上下阕的字数及句法完全相同，叫“重头”，上下阕不相同叫“换头”。这首《曲玉管》是特殊形式，叫“双拽头”，如同两匹马拉着车一样，即第一、二段是“重头”，平仄和字句的长短应该完全一样，有的版本把这首词分为两段，在“立望关河萧索”处断句，是误断。词的第三段才是“换头”。

这首词与柳永其他词不同，一般的柳词常在上半阕写秋士易感，下半阕写相思之情。但这首词首尾两段写秋士易感，中间一段写相思离别。把相思怀念的感情和用世志意的落空结合在一起写，这是柳词最大的特色。

凤归云

向深秋、雨余爽气肃西郊。陌上夜阑[1]，襟袖起凉飙[2]。天末残星，流电未灭，闪闪隔林梢。又是晓鸡声断，阳乌[3]光动，渐分山路迢迢。　驱驱行役，苒苒光阴，蝇头利禄，蜗角功名，毕竟成何事，漫[4]相高。抛掷林泉，狎玩尘土[5]，壮节等闲消。幸有五湖烟浪，一船风月，会须归去老渔樵。

【注】〔1〕夜阑：谓夜残。〔2〕飙：狂风。〔3〕阳乌：传说日中有三足乌。〔4〕漫：徒然。〔5〕狎玩尘土：意思是，所亲近的就是路途上奔波劳苦的生活。

这首词写辗转途中的凄凉之情。景色写得细致生动，极有层次，而且都是眼前真切的感受，没有一句陈腐因袭的滥言。

鹤冲天

黄金榜上，偶失龙头[1]望。明代[2]暂遗贤，如何向？未遂风云便，争不恣狂荡？何须论得丧。才子词人，自是白衣[3]卿相。　烟花巷陌[4]，依约丹青屏障。幸有意中人，堪寻访。且恁偎红翠，风流事，平生畅。青春都一饷[5]，忍把浮名[6]，换了浅斟低唱。

【注】〔1〕龙头：指状元。〔2〕明代：政治清明的时代，这里是反话。〔3〕白衣：

指平民。〔4〕烟花巷陌：妓女住的地方。〔5〕一饷：片刻。〔6〕浮名：虚名。

从这首词中，我们可以看出，柳永是一个敢于大胆发泄自己满腹牢骚的人，他为落第的秀才们鸣了不平，同时还表现了对士大夫们的鄙薄。

少年游

长安〔1〕古道马迟迟，高柳乱蝉嘶。夕阳岛外，秋风原上，目断〔2〕四天垂。　　归云一去无踪迹，何处是前期？狎兴生疏，酒徒萧索，不似少年时。

【注】〔1〕长安：诗人经常用长安借指首都所在之地。〔2〕目断：目力达到的最远的地方。

这首小词与前面的慢词一样也是写秋天的景色，不过失去了那一份高远飞扬的意兴，也消逝了那一份迷恋眷念的感情，全词所弥漫的只是一片低沉萧瑟的色调和声音。此词表面平淡，内中感发的情意却很丰富。当柳永年少失意时还可以借着“浅斟低唱”的浪漫生活来排遣；但当他年华老去时，对冶游之事逐渐失去了当年的意兴，于是在志意落空之余，又增加了一种失去感情寄托之所的悲感。此词前半阕全从景象写起，而悲慨尽在言外；后半阕以“归云”为象喻，写一切期望的落空，最后三句以悲叹自己落拓无成作结。全词情景相生，虚实互映，是一首极能表现柳永一生悲剧而艺术造诣又极高的好词。

第二十八课　苏　轼

身为一代文豪的苏东坡，以其德业文章而永垂青史，他的一生，表现了过人的才情和智慧。对别的词人，我们可以不详细介绍他们的生平经历，但要想了解苏东坡的才情与智慧，就必须从他早年的成长经历谈起。

《宋史》的传记记载，苏轼幼年时因其父苏洵四方游学，便由母亲程氏“亲授以书”。他天资聪颖，凡“闻古今成败”，都能“语其要”。有一次听母亲读《后汉书·范滂传》：范滂是东汉党锢之祸中的受害者，桓帝时，冀州有盗贼，朝廷命他为清诏使，他立志要有所作为，便登车揽辔，走马上任，慨然有澄清天下之志。当后来党锢之祸发生时，他不委曲求全，宁肯付上生命的代价。在他准备舍生取义时，曾为老母在堂、养育之恩未报而深感愧疚。然而其母却说：能以这样好的理由去死，死亦何憾？人怎么能够既希望有品德节义的令名，又希望能富贵寿考呢？苏轼听到此，便问母亲：“轼若为滂，母许之否乎？”意思是，我将来若遇到这类生死的抉择，也采取范滂的做法，您是否

◎　苏轼（1037—1101），字子瞻，一字和仲，号东坡居士，眉州眉山（今四川省眉山）人。

也能像范母那样割舍得下呢？苏母回答说："汝能为滂，我顾不能为滂母耶？"一般而言，个性不同的人，即使同在一起读书，同读一本书，尽管所接触的内容相同，但每个人的收获却不尽相同，这是由人的天性禀赋所决定的。苏轼天性中原本就有一种忠义奋发、欲以天下为己任的用世怀抱，因此他才深为范滂杀身成仁，宁为玉碎、不为瓦全的品德节义所打动，所以他才能在日后的宦海波澜中，不盲从，不苟且，始终坚持自己的理想、意志和怀抱，所以他才不管位卑位高，不管在朝在野，不管何时何地，都在力所能及之下，为国家百姓兴利除弊。这种"士当以天下为己任"的理想志意，这种对国家、对人民忠爱不渝、恪尽天职的品德节义，正是他所以能具有第一流情感的根源所在。

此外，传记上还记载苏轼幼年曾与僧人密切交往，受佛家思想的影响。长大之后"既读庄子"，又为之所打动，他曾说："吾昔有见，口未能言，今见是书，得吾心矣。"可见早在接触《庄子》之前，他就已经有了对宇宙、人生、历史的感悟和见解在心了，所以他才会在"今见是书"之后，与那位人类历史上大彻大悟的智者一见如故，心心相通。那么究竟他从《庄子》中得到了些什么呢？总观苏轼之向往高远、善处穷通的一生，不难发现，使他得之于心的，正是老庄专门用以应付外物之变的"齐死生，一毁誉，轻富贵，安贫贱"的静而达，超旷而逍遥的精神持守。其中有击水三千里，扶摇直上九万里的鲲鹏；有大水滔天，大旱熔金，也不为之所伤害的藐姑射山之神人；还有那操刀十九载，深谙解牛之道使刀刃无伤的庖丁。所以，他才能不被后半生连续十几次的谗毁、贬逐所击败；才能在艰险忧患的境况中安然自处，始终保持了一种拿得起、放得下的豁达从容之心态。苏东坡最可贵的优点是他不偏狭、不拘执。他生来具有极强的，对于各种事物的要义、道理的摄取能力。经史古籍的阅读，形成了他通古今之变的思想观照；对《庄子》诸书的感悟，使他获得了融天地、宇宙于一身的精神贯通。在他的精神世界里，似乎有一个庞大无极的集儒、道、佛、史诸家之精髓而自然浑成的独特而完整的思想体系，这也就是他所以能具备第一流智慧的根源所在。

在论晏、欧词时，我就曾讲过，北宋的一些名臣，往往于其德业文章之外，以游戏的笔墨沉溺于小词的写作，并在无意当中流露出他们的理想怀抱、品格和修养。苏东坡也不例外，他在仕途受挫、以余力所写的词作中，就充分表现出前文所说的那第一流的情感和智慧。我还曾反复地说过，一个人的人格即是他的风格。凡是真正富于智慧才华的人，无论做任何事，总是出手不凡的。正如苏东坡在智慧上能集诸家众说之精华一样，在词的写作上，也博收众家之长。他的词中，有冯延巳炽烈深沉的执着，有李后主滔滔滚滚的奔放，有晏殊情中有思的圆融，有欧阳修疏隽豪放的意兴与柳永开阔博大的气象……但奇怪的是，他在遍汲各家之不同特点之后，唯独放弃了各家的共同特点，即闺阁园亭、伤春怨别的传统题材。这在自晚唐五代以来的词"逐弦吹之音，为侧艳之词"的历史演进中，无疑是一大突破。

不但如此，他还以自己的写作实践，开创了"东坡词颇似老杜诗，以其无意不可入，无事不可言"（刘熙载《艺概》）的新风气，从而把词的诗化推上了最高峰。胡寅在《酒边词·序》中曾说："眉山苏氏，一洗绮罗香泽之态，摆脱绸缪宛转之度，使人登高望远，举首高歌，而逸怀浩气，超然乎尘垢之外。"这话概括了他在词史发展演进中的成就和贡献，其中的那一股超乎尘垢之外的"逸怀浩气"，来源于苏轼那一流的情感与智慧，并决定了苏词独具的疏隽超旷之风格。当然，苏词不仅只有一种风格，但最主要的、最能区别于其他词人的，还是他的疏隽与超旷。

许多人喜欢用"豪放"二字来称述他，并把他与南宋的辛弃疾并称为豪放词人，但苏、辛两家的风格实在并不尽同，王国维说："东坡之词旷，稼轩之词豪。"（《人间词话》）虽说二人皆有能"放"的一面，但辛词之“放”乃是一种英雄豪杰、忠义奋发之气，而苏词则是一种天趣独到的超逸旷达之怀。

苏词在用情的态度上具有一种豁然超解的美感，如同天风海雨，飘然而来，倏然而去，刘熙载称之为“悬崖撒手处，无昝莫能追蹑矣”（《艺概》）。但因此也不免使人感到苏轼超脱得太容易，旷达得太轻松了，甚至有人怀疑他俨然具有“神仙出世之姿”（《艺概》）。“超乎尘垢之外”，是否就“短于情”或“不及情”呢？近人夏敬观曾把苏词超旷的特色分作两类，一类“如春花散空，不着迹象……正如天风海涛之曲，中多幽咽怨断之音，此其上乘”；另一类“若夫激昂排宕，不可一世之概，陈无己所谓‘如教坊雷大使之舞，虽极天下之工，要非本色’，乃其第二乘也”（《映庵手批东坡词》）。后者主要指苏轼早期于超旷中流露有一些粗率弊病的词作，这多是由于东坡才气过人，俗话说“才”大“气”粗，所以为词下笔之际，难免有率意之处。而另外一类属于“上乘”的作品，则既有超旷的特质，也不流于粗豪；既有“寄慨无端”的幽咽怨断之音，又能将这种幽咽的悲慨表现得如“春花散空，不着迹象”，因而才不易为一般人所察觉。他的许多写于仕宦失意、流转外地时的词，表面看起来，都很潇洒飘逸、超然旷达，然而其中却时而隐现出一种失意、流转之悲。如《水调歌头》中的“明月几时有？把酒问青天，不知天上宫阙，今夕是何年。我欲乘风归去，又恐琼楼玉宇，高处不胜寒。起舞弄清影，何似在人间”，其中隐然表现出他内心深处的一种入世与出世之间的矛盾悲慨。再如他著名的《念奴娇·赤壁怀古》，开篇数句“大江东去，浪淘尽、千古风流人物”，其气象固然高远不凡，结尾的“人生如梦，一尊还酹江月”，语气也甚为旷达，但事实上却在“公瑾当年”的“谈笑间，樯橹灰飞烟灭”与自己壮志未酬，被贬黄州而“早生华发”的对比中，蕴含了深痛的悲慨。

苏东坡虽然“以诗为词”，但无论他词中有多少浩气逸怀，有多少豪情壮志，其最好的作品中，总有一种曲折幽微的情思。那是将逸怀浩气、豪情壮志与词之“要眇宜修”的特质结合起来的一流之作，是他用世之志意（一流的情感）与超旷之襟抱（一流的智慧）相融会所达成的最高境界，是后世既无此学识志意、更无其性情襟抱的人无论怎样也无法学到的，这是苏词之开拓中所表现出的一种最可贵的成就。《念奴娇·赤壁怀古》有一点近似这类作品，但毕竟开阔飞扬之处多，而幽微隐约之处少。那么我们就来看他另一首真正如“天风海涛之曲，中多幽咽怨断之音”，同时在表现上又似“春花散空，不着迹象”的词。

八声甘州

寄参寥子

有情风万里卷潮来，无情送潮归。问钱塘江上，西兴浦口，几度斜晖？不用思量今古，俯仰昔人非。谁似东坡老，白首忘机？　　记取西湖西畔，正春山好处，空翠烟霏。算诗人相得，如我与君稀。约他年，东还海道，愿谢公雅志莫相违。西州路，不应回首，为我沾衣。

这首词写于第二次离开杭州之际。苏轼一生曾两度被贬杭州。第一次是在神宗任用王安石变法期间，苏东坡因上万言书批评新法的缺陷而触怒了执政的新党，因而被逐为杭州通判。第二次是神宗死后的元祐年间（1086—1094）。中国封建制度历来是一朝天子一朝臣，哲宗继位后因年幼无知，所以很长一段时间里是宣仁太后掌朝听政。宣仁太后起用了曾经激烈反对过新党的司马光为宰相，并把因反对新党而被贬出去的人都召回来，苏轼也在其中。苏东坡的胸怀宽广、志向远大还表现在他从不计较个人恩怨。回朝之后，他非但没因受过新党排挤就一味地否定新党，反倒因为不同意将新法一概废除而得罪了旧党。结果苏轼便以与司马光论政不合为由请求外放，做了杭州的知州。不久，他又接到了回朝的命令，这首词就是他在奉命还朝之前写给杭州的好朋友参寥子的。

此词开篇二句“有情风万里卷潮来，无情送潮归”真是逸怀浩气，喷薄而出。前文讲过，苏词汇聚了前辈词人的各种精华，这两句词其气势之奔放，气象之博大，较之李煜和柳永，实在有过之而无不及，因为它既非出于亡国之君的极痛深悲，也非源自失意词人、落拓秋士的无限伤感，它是历尽人间沧海、身经大浪淘沙之后才获得的智慧哲思。宇宙人生充满着兴盛衰亡的变化和聚散离合的往复，在这“有情”“无情”及“来”与“往”的对举中，隐含着多少悲喜祸福的变迁。“问钱塘江上，西兴浦口，几度斜晖？”西兴浦是钱塘江观潮的地方，就在这每一天、每一月的风来风往，潮涨潮落之中，多少岁月年华和人间往事被冲刷殆尽了，那真是“不用思量今古，俯仰昔人非”！且不用说历史古今的变化，只以宋朝眼前的党争而言，“俯仰”之间，多少人被无情之风潮吞没了。这两句含有无限的苍凉悲慨，因为苏东坡不仅是政海波涛中的观潮者，更是一个弄潮人。写此词时，他先后经历了自杭州而密州、徐州、湖州、黄州、汝州又杭州的七次贬逐，特别是经过那次大难不死的“乌台诗案”之后，他对宦海波澜之中变幻莫测的潮来、潮往、有情、无情，有了更加深切的感受和体验，同时也有了更加洞达、通脱的精神了悟。所以他接着说：“谁似东坡老，白首忘机”，仿佛超身一跃而起，就从悲慨中挣脱出来了。“忘机”见于《列子·黄帝》，传说海上有一个人喜欢鸥鸟，每天坐船到海上，鸥鸟下来与他一起游玩，在他手里吃食。一天他父亲对他说：“吾闻鸥鸟皆从汝游，汝取来吾玩之”，他就有了捉鸟的“机心”（算计的心），于是从此鸥鸟再也不落下来了。“忘机”是说苏轼在历尽人生风雨、宦海浮沉之后，早已把得失荣辱、机智巧诈置之度外了。此次奉旨还朝，等待他的是福、是祸还很难预测，想到与人生知己分别在即，一种人生无定在、聚散两依依的酸楚油然而生，所以下面说“记取西湖西畔，正春山好处，空翠烟霏。算诗人相得，如我与君稀”，这才是苏东坡最难以忘怀、最难以摆脱的情感，即他超旷中的多情。

如此美妙的西湖胜景，为这对友人增添过多少欣悦欢愉。况且苏轼两度来此为官，对西湖的一山一水、一草一木都产生了深厚的感情，更何况还有这里的人民、朋友，特别是像参寥子这样懂音乐、能诗文、得大道的僧友！这本是千古难求的美好遇合，而现在却要被迫分离，此去何时才能再相会？一想到政海之中的风云变幻，苏东坡自知若要坚持理想、操守和节义，免不了还要再遭迫害，于是他满怀悲慨地与参寥子约定：“约他年，东还海道，愿谢公雅志莫相违。”“谢公”是指东晋谢安（字安石），当年他隐居在东山，不肯出山为官，后因百姓们呼吁“安石不出，如苍生何”，于是他才出山辅佐东晋，淝水一战打败了前秦苻坚，立了大功。但自古历史上从来都是功高见嫉，后来他果然受到佞臣的谗毁与朝廷的猜忌，在决定离开首都建康的临行之前，他“造泛海之装”，准备“东还海道”，从水路回到他当年隐居的东山去。但他刚走到新城就生病了，只得又回建康治病，此时他已不能走路了，就“舆过西州门”，被人用轿子抬过了通向建康的西州门，到建康后不久就死了。谢安死后，他的外甥羊昙发誓“行不过西州路”。可是有一天羊昙醉酒后不知不觉间就来到了西州门，当他清醒之后，想到舅父由此门出去后再没能生还，就忍不住痛哭流涕。苏轼这里用此典故自比谢安，他说咱们也定一个后约，如果有一天我再被贬出首都汴京时，希望也像谢安一样“东还海道”返回杭州，但愿这一希望能够如愿以偿，别像谢安那样身与愿违。“西州路，不应回首，为我沾衣”，是说想我苏轼不会像谢安那样此去不返，死在首都；想你参寥子有朝一日经过西州路时也不会像羊昙那样，为我的不能生还而泪湿衣衫！这真是悲痛欲绝之意，悲慨万端之语，悲壮至极之境！佛家说“才说无便是有”，当他说不要为我死而哭泣时，正是他内心已经想到了这种结果。可见苏东坡对自己的前途命运有着多么冷静清醒的认识，不过苏轼内心中的血泪与悲慨在他那天风海涛、漫天舒卷之中，显得那么疏放壮美，幽咽绵长。这才是苏轼词的最高成就和最佳境界！只有了解了这一点，才可能更深入、更透彻地体会和欣赏他的隽逸和超旷。

下面我们就来看他一首疏隽超旷的小词：

定风波

三月七日，沙湖道中遇雨，雨具先去，同行皆狼狈，余独不觉。已而遂晴，故作此。

莫听穿林打叶声，何妨吟啸且徐行。竹杖芒鞋轻胜马，谁怕？一蓑烟雨任平生。　　料峭春风吹酒醒，微冷，山头斜照却相迎。回首向来萧瑟处，归去，也无风雨也无晴。

这是苏轼于“乌台诗案”幸免于难之后被贬黄州所作。关于“乌台诗案”的大致经过是这样的——原来苏轼早年曾因反对新法中的某些弊端而遭到迫害，被一贬再贬，在他被调往湖州所写的“谢表”里曾说过“知其愚不适时，难以追陪新进；察其老不生事，或可牧养小民”的话，意思说朝廷深知我是个傻瓜，不懂得投机取巧，无法侍奉那些台上的新党；但念我年岁大了，不可能再惹麻烦了，也许还能当个小小的地方官来管理小百姓。这话里确实有些牢骚，结果被攻击他的党人摘录去，诬告他诽谤朝廷。另外苏轼还写过两首咏桧树的诗，其中有“根到九泉无曲处，此心唯有蛰龙知”两句，是说我从桧树外表挺立的样子想象它的根也不会是弯曲的，但这种正直的根本有谁能认识呢？如果地下有蛰龙的话，也许只有它才能知道桧树正直不弯的根本。于是这竟招来横祸，因为古代中国，龙一向是天子的象征，天子本来是飞龙在天的，可你说：只有地下的龙才知道你，那蛰龙到底是谁呢？这岂不是犯了叛逆的死罪！所以朝廷派人捕捉他，把他打入御史台狱里。御史台的院子里有很多柏树，树上有乌鸦栖息，因此也叫乌台。苏轼在狱中给其弟（子由）的诗里曾说："柏台霜冷夜凄凄，风动琅珰月向低。梦绕云山心似鹿，魂飞汤火命如鸡。"可以想见他在狱中受尽了精神和肉体上的折磨。好在神宗还是一个明白人，当他看了那些诬陷苏轼的证据后说："彼自咏桧，何预朕事，自古称龙者多矣，如荀氏八龙、孔明卧龙，岂人君也！"于是这才免除了苏轼的死罪，将他贬到黄州做了团练副使。这首《定风波》以及《念奴娇·赤壁怀古》《前赤壁赋》《后赤壁赋》等著名的诗文都是此一时期所作。

这首词的前面有段序文："三月七日，沙湖道中遇雨，雨具先去，同行皆狼狈，余独不觉。已而遂晴，故作此。"沙湖在黄州东南三十里。一日，在去沙湖的路上遇雨。本来他们是带着雨具的，但开始他们以为不需要，就让人先带走了，不料后来竟下起雨来，同行者都显得惊慌失措，狼狈不堪，唯有苏东坡"不觉"，这倒并非是他麻木迟钝，而是他清楚地知道：狂风骤雨不会久长，紧张和狼狈也于事无补。果然没多久，雨停天晴了。由此，苏轼联想到自己风雨飘摇中的大半生经历，于是他就借题发挥，写下了这首充满人生智慧和哲理的小词。

"莫听穿林打叶声，何妨吟啸且徐行"，天下有许多事情，不会因为你心理上的畏惧而改变其现状，当暴风雨向你袭来，而你又无法回避它时，紧张与畏惧不仅无济于事，反而有可能滑倒在泥泞中，加重对你的伤害。因此你要有一种精神，从宗教来说是一种定力，从道德来说是一种持守。自然界的风雨虽不足道，但若要在人生的风吹雨打中站稳脚跟、不被打倒，就必须具备这种定力和持守。儒家的持守就是"富贵不能淫，贫贱不能移，威武不能屈"。陶渊明诗说："结庐在人境，而无车马喧。问君何能尔，心远地自偏。""无车马喧"是由于陶公的心境远离了车水马龙、人声嘈杂的尘世；"莫听穿林打叶声"也是因为苏公不以其为然。儒家提倡"泰山崩于前而色不变"，这似乎很夸张，但人应该具备这种修养。好，既然不为外物所动，难道就站在那里情愿挨打，并声称我不在乎风吹雨打吗？那就是鲁迅所说的阿Q精神。天下许多事情看来很相似，但只差那么一点点，就完全不同了。超脱是好的，但麻木迟钝就不应该了。你可以不在乎外界的打击，但你麻木不仁，痛痒不分，站在原地甘愿忍受打击，实在是太蠢了。所以苏东坡接下去就说："何妨吟啸且徐行"。瞧，这有多么潇洒，非但"莫听"风吹雨打，还能伴随着风雨声而"吟啸"（吟诗歌唱）着从容地走自己的路。

人要训练自己在心境上留有余裕，保持一份化悲苦为乐趣的赏玩的意兴。苏轼晚年曾被贬至荒凉偏僻的海南岛，他非但没有抱怨，反而还欣然自得地写诗道："九死蛮荒吾不恨，兹游奇绝冠平生。"（《六月二十日夜渡海》）《圣经·新约》上说：万事都互相效力，使信主的人得益处。如果我们不提宗教，只从哲学修养上讲，那就是说你无论在任何环境中，无论做任何事情，都要学会在各种环境和事物的相互作用中，汲取于你有益处的东西。苏东坡就具有这种能力：不管是自然界的一场风雨，还是人生之中的某种意外遭遇，他都能从中获得精神智慧上的启迪，所以他才有"竹杖芒鞋轻胜马，谁怕，一蓑烟雨任平生"的洒脱旷达，这正是超旷豪迈与"阿Q精神"的本质区别。

苏东坡之可贵还在于，他人生的自我完成，完全是在"无待于外"的情况下实现的，在任何环境中，他都是求诸己，而非求诸人；求诸内，而不是求诸外的。谁都晓得，风雨兼程之中，若有一匹马当然最好不过了，但若没有的话，每个人的反应就会不同了。苏东坡在"竹杖芒鞋"为护身防雨的仅有之物时认为，它们也自有其轻松舒适、胜似于马的优越之处，这样想来，还有什么可畏惧和遗憾的呢？所以说"谁怕？一蓑烟雨任平生"，这是多么强有力的自持、自立和自信！至此，苏东坡所写的已经不是自然界的风雨了。

"料峭春风吹酒醒，微冷，山头斜照却相迎。"苏轼常常喜欢写梦中觉醒的境界，像“人生如梦”“古今如梦”等等，此处不是梦醒，而是酒醒，这同样也是一种觉醒，人在觉醒之初，都会有“微冷”的感觉，何况在料峭春寒中。但后面的“山头斜照却相迎”，一下子将寒冷全部驱散了。“相迎”二字很妙，当你刚刚从风雨寒冷中经过，偶一抬头，看到雨过天晴，霞晖斜照，心中立即会充满亲切、温暖和振奋的感情，这话很难讲，人生确实有这种体会。以苏东坡而言，“乌台诗案”在他的一生中，无异是料峭春寒中的一场噩梦，直至被贬黄州，他才大梦方醒，才有了对宇宙人生的一种通明洞达的观照，这其中的感受很像是“山头斜照”之“相迎”而来，于是苏东坡的精神境界、修养操持又一次得以净化和升华，这时当他再回过头看他曾经走过的旅途时——居然“也无风雨也无晴”了！因为此时此刻，他已完全超脱于风雨阴晴、悲喜祸福之上了！无论进退荣辱，无论祸福得丧，在苏东坡看来，早就等量齐观，超然物外了。风雨阴晴是外来的，而我仍是我；荣辱得丧是外来的，我还是我，这已经不只是通观了，而是一种透视人世、洞达人生之后的旷观！唯其具备了这样的智慧与修养，苏东坡才会在“同行皆狼狈”的情况下，有“余独不觉”的反应；才会在宦海波涛、风疾浪险的九死一生中，始终坚信“云散月明谁点缀，天容海色本澄清”！由此看来，这首《定风波》不仅仅是一首小词，它更是苏东坡一生善处穷通的智慧结晶。

以上两首词不仅概括了苏东坡为人的品格、境界与修养，概括了他为词的主要风格特色和成就贡献，还使我们从中领略和感受到他所具有的较高层次上的情感和智慧。千古之下，当我们读其词，想见其光辉而又不平坦的一生时，禁不住为这位东坡老先生的明智贤达而备加崇敬和钦佩！

〖作品选注〗

念奴娇

赤壁怀古[1]

大江东去，浪淘尽、千古风流人物[2]。故垒西边，人道是、三国周郎赤壁。[3]乱石崩云，惊涛裂岸，卷起千堆雪。[4]江山如画，一时多少豪杰！　遥想公瑾[5]当年，小乔[6]初嫁了，雄姿英发。羽扇纶巾[7]，谈笑间、樯橹[8]灰飞烟灭。故国神游，多情应笑我，早生华发。[9]人生如梦，一尊还酹江月[10]。

【注】〔1〕赤壁：本指三国时吴将周瑜击破曹操的地方，在今湖北嘉鱼县境内。苏轼这首词中所写的则是黄州（今湖北黄冈）的赤壁矶，亦称赤鼻矶。〔2〕大江：即长江；淘：冲洗；风流人物：即“如风之行，如水之流”的那些有才气、富于激情的杰出人物。〔3〕故垒：旧日营垒。“人道是”二句意为：人们都以为这是当年周瑜破曹的古战场，“赤壁之战”的遗址。〔4〕“乱石”三句意思是：乱石崩到空中，震散了天上的云簇，惊人的巨浪似乎把山石堤岸都打裂了一样，汹涌的怒涛撞击着山岩陡壁，激起一团团、一堆堆水花，仿佛白雪一般。崩云：一作“穿空”；裂岸：一作“拍岸”。〔5〕公瑾：周瑜，字公瑾。〔6〕小乔：即乔玄的小女儿。乔玄有二女，都很美丽，长女嫁给孙策，次女嫁给了周瑜。〔7〕纶巾：青丝做成的头巾。〔8〕樯橹：指曹军的战船。一作“强虏”。〔9〕故国：指三国时的古战场；华发：花白头发。这三句是说：如果周瑜故国神游，一定会多情地笑我苏东坡一事无成，却白发早生。〔10〕尊：酒杯；酹：洒酒祭奠。

此词是苏东坡超旷词风的典型代表，词里透过对人生的悲慨而表现了一种旷达的宇宙观和历史观。虽然词中有作者政治理想徒然落空的悲哀，有他一事无成与周公瑾年轻有为的对比，但比较的结果并没有使作者像李后主那样从此沉溺于悲哀，而是用对历史的观照来化解这种悲哀：周公瑾风流有为，可最终不也被“大江东去”而“浪淘尽”了吗！作为一个人，应该培养自己通古今而观之的眼光，要学会把自己放到整个宇宙和历史的大背景中去，把一个人的荣辱、成败与整个人类历史的盛衰兴亡联系起来，这样才不至于把一己的利害计较得很多，也不会把小我的忧患和悲慨看得那么沉重，因为古往今来，有无数的历史人物在与你共同分担着这些盛衰兴亡、荣辱成败的悲慨。这就是历史的通观，也正是这首词之所以写得如此超旷、通脱，如此博大开阔的原因所在。

水调歌头

丙辰中秋，欢饮达旦，大醉，作此篇兼怀子由[1]。

明月几时有？把酒[2]问青天。不知天上宫阙[3]，今夕是何年？我欲乘风归去，又恐琼楼玉宇[4]，高处不胜[5]寒。起舞弄清影，何似在人间！　转朱阁，低绮户[6]，照无眠。不应有恨，何事长向别时圆？人有悲欢离合，月有阴晴圆缺，此事古难全。但愿人长久，千里共婵娟[7]。

【注】〔1〕丙辰：宋神宗熙宁九年，公元 1076 年。子由：苏轼之弟苏辙，字子由。当时苏轼在密州，苏辙在济南。〔2〕把酒：持酒。〔3〕宫阙：即宫殿。〔4〕琼楼玉宇：想象天上的宫殿瑰丽无比，皆以玉石砌成。〔5〕胜（shēng）：意思是禁受、承受。〔6〕朱阁：指华美的小楼；绮户：刻有美丽雕饰的门窗。〔7〕婵娟：月的别称。

永遇乐

彭城夜宿燕子楼，梦盼盼，因作此词。[1]

明月如霜，好风如水，清景无限。曲港跳鱼，圆荷泻露，寂寞无人见。紞如三鼓[2]，铮然一叶[3]，黯黯梦云惊断[4]。夜茫茫，重寻无处，觉来[5]小园行遍。　　天涯倦客，山中归路，望断故园心眼。[6]燕子楼空，佳人何在，空锁楼中燕。古今如梦，何曾梦觉？但有旧欢新怨。[7]异时对，黄楼夜景，为余浩叹。[8]

【注】〔1〕这首词作于神宗元丰元年（1078），苏轼为徐州知州任上，彭城在今江苏省徐州市。白居易《燕子楼诗序》说："徐州故尚书（张建封）有爱妓曰盼盼，善歌舞，雅多风态。尚书既没，彭城有旧第，第中有小楼名燕子。盼盼因念旧爱而不嫁，居是楼十余年。"〔2〕紞（dǎn）如三鼓：意思是从击鼓的声音上判断，可知已是三更了。紞：击鼓的声音；三鼓：三更天。《晋书·邓攸传》："紞如打五鼓，鸡鸣天欲曙。"〔3〕铮然：树叶落在石阶上发出的声音。韩愈诗说："空阶一叶下，铮若摧琅玕。"〔4〕黯黯：很迷茫很模糊的样子；梦云：是说梦境就像天上的云一样飘忽渺茫、不可把捉。〔5〕觉来：醒来。〔6〕"天涯"三句意谓：我厌倦了这种到处漂泊的仕途生活，很想寻找归路，到故乡的山中去过田园生活，可是故乡渺茫，我不仅望断了眼，连心也望断了。〔7〕"古今"三句是说：人生的梦幻很难苏醒，因为有许多悲欢恩怨之情的缠绕。很少有人能摆脱这种情感的纠缠。〔8〕"异时对"三句，是作者设想将来人们对着这黄楼夜景凭吊，也一定会为我长叹。黄楼：苏轼知徐州时为治理黄河水患所建的镇水之楼。

这首词表现出苏东坡的另外一种风格，即细腻婉转，柔美韶秀。一般人只注意欣赏苏词的豪放和超越，但他不仅仅是超旷豪放的，他也有其委婉韶秀的一面。他有时将自己的悲慨表现得很含蓄委婉。开头的几个句子，都是一骈一散、一骈一散地整齐排列，而不是一口气地奔腾直下，这就从声音和口吻上形成了细腻婉转的风格基调。下半阕他开始明写自己的人生悲慨，但可以看出他是渐渐地在表达中摆脱这种悲慨："燕子楼空，佳人何在，空锁楼中燕。古今如梦，何曾梦觉？但有旧欢新怨……”你看，他慢慢地就化解了这份悲慨：有盛就有衰，有来就有去，这是宇宙之间的一种无尽的循环。可是有谁能在尚未经历完自己一生旅途的时候，就突然从梦中清醒过来呢？又有几个人能从自己的悲欢得失之中跳出来而体会到大自然之中那一份永恒不变的美好呢？词篇借对关盼盼的感叹，来抒发作者自己的人生感慨，而且在古今的结合中，表现出一种哲理上的觉悟。

西江月

顷在黄州[1]，春夜行蕲水[2]中。过酒家饮酒，醉，乘月至一溪桥上，解鞍曲肱[3]，醉卧少休，及觉已晓。乱山攒拥[4]，流水铿然[5]，疑非人世也。书此语桥柱上。

照野弥弥浅浪[6]，横空隐隐层霄[7]。障泥未解玉骢骄[8]，我欲醉眠芳草。可惜一溪风月，莫教踏碎琼瑶[9]，解鞍攲[10]枕绿杨桥，杜宇[11]一声春晓。

【注】〔1〕谓宋神宗元丰五年（1082），作者谪居黄州。〔2〕蕲水：水名，源于湖北蕲春县。〔3〕解鞍曲肱：解鞍下马，弯着胳膊，当作枕头睡。〔4〕指山峰与山石丛聚在一起。〔5〕流水淙淙，声若金石。〔6〕谓月光照在旷野里，微风吹过，月光闪动就像一片光明的波浪。弥弥：水波流动的样子。〔7〕层层的云气隐隐约约地横在天空。〔8〕马儿矫健，因障泥披在它身上而更加有神气。障泥：马鞯（jiān），是马鞍两边垂下来用以挡泥土的布。玉骢：雪白而骏健的马。〔9〕意谓不要让马儿下水踏碎了这一溪的月色。琼瑶：美玉，比喻月光照在水中的倒影。〔10〕攲：枕，侧卧。〔11〕杜宇：杜鹃鸟，它的叫声好像说“不如归去”，常鸣于春夜之中。

一般的骑士只能在辽阔的原野上驭马扬鞭、纵横驰骋，一旦转到体育场里来，就难以施展他的骑术了。而苏东坡却不然，从他的作品中，我们不难看出，他不仅在长调的写作上能够驱使古今、纵横驰骋，充分展示他的天赋才华，而且在小词的写作上也很有成就和特色。虽然小词不能像写长调那样铺陈，但却能表现出一种刹那之间的灵感来。这首小词是他从九死一生的患难中挣脱出来到黄州以后写的，且看他在解脱之后那“我欲醉眠芳草”的一份逍遥！那“杜宇一声春晓”之顿然觉醒后的一份惊喜。当你从睡梦中醒来，当你从人生沧桑的梦境里恍然清醒，忽然发现了一个你从来也不曾见到过的世界时，你是否也会有“杜宇一声春晓”的哲思与逸趣、顿悟与惊喜呢？

水调歌头

黄州快哉亭赠张偓佺〔1〕

落日绣帘卷，亭下水连空。知君为我，新作窗户湿青红〔2〕。长记平山堂〔3〕上，攲枕江南烟雨，渺渺没孤鸿〔4〕。认得醉翁语：“山色有无中”〔5〕。　一千顷，都镜净，倒碧峰〔6〕。忽然浪起，掀舞一叶白头翁〔7〕。堪笑兰台公子〔8〕，未解庄生天籁，刚道有雌雄。〔9〕一点浩然气，千里快哉风。〔10〕

【注】〔1〕北宋神宗元丰六年（1083），苏轼谪居黄州时，有友人张怀民，字偓佺，又字梦得，在黄州宅舍西南的长江边建筑一所亭台。苏轼为此亭起名为快哉亭。同时填写了这首《黄州快哉亭赠张偓佺》词以赠之。〔2〕作：建造。“窗户湿青红”是说亭台的门窗涂着青红相间的油漆，色彩极为绚丽。“湿”为动词，在此含有油漆未干之意。〔3〕平山堂：在今江苏扬州西北蜀岗法净寺内，是欧阳修于宋仁宗庆历年间（1041—1048）修建。欧阳修写有《朝中措·平山堂》词。〔4〕渺渺：幽远的样子；孤鸿：指失群的大雁。〔5〕认得：体会到，领略到。“醉翁”指欧阳修。欧词《朝中措·平山堂》中有“山色有无中”句。〔6〕镜净：犹言江水清澈平净像镜面一样；倒碧峰：指青碧的山峰倒映在江水中。〔7〕一叶：即一条小船。白头翁：这里指驾船的白发人。

〔8〕兰台公子：指宋玉。据说宋玉曾随楚襄王游于兰台（今湖北钟祥市东），故称兰台公子。〔9〕庄生：即庄周。天籁：自然界所发出的声响。《庄子·齐物论》曰："女（汝）闻人籁，而未闻地籁；女闻地籁，而未闻天籁。""刚道有雌雄"是说硬称风也有雌雄。宋玉《风赋》中说，风有雌雄之风，雄风乃"大王之风"，雌风乃"庶人之风"。刚道：偏说、硬说之意。〔10〕浩然气：正大刚直之气。《孟子·公孙丑上》："我善养吾浩然之气。"古人认为"浩然之气"是最高的正气和节操。快哉风：语出宋玉《风赋》："有风飒然而至，王乃披襟而当之曰：'快哉，此风！'"

临江仙

夜归临皋〔1〕

夜饮东坡〔2〕醒复醉，归来仿佛三更。家童鼻息〔3〕已雷鸣。敲门都不应，倚杖听江声。　长恨此身非我有〔4〕，何时忘却营营〔5〕？夜阑风静縠纹平〔6〕。小舟从此逝，江海寄余生。〔7〕

【注】〔1〕这词作于元丰五年（1082）九月。临皋：地名，在黄州城南长江边上，作者贬居黄州时在此有寓所。〔2〕东坡：地名，在黄冈城东，原是一片营房废地，作者谪居黄州后，请得此地，并在此修建了房屋，作为游息之所。作者自号东坡，即源于此。〔3〕鼻息：打鼾的声音。韩愈《石鼎联句序》说衡山道士"倚墙睡，鼻息如雷鸣"。〔4〕《庄子·知北游》："舜问乎丞曰：'道可得而有乎？'曰：'汝身非汝有也，汝何得有夫道？'舜曰：'吾身非吾有也，孰有之哉？'曰：'是天地之委形也。'"〔5〕营营：往来不断的样子。这里指为功名利禄而奔波劳碌。〔6〕夜阑：夜深；縠纹：指水的波纹。縠：绉纱，一种有皱纹的丝织品。〔7〕"小舟"两句表示要弃官不做，隐居江湖以托余生。

第二十九课　秦　观

秦少游与苏东坡生活在同一时代，比苏轼小十三岁。历史上记载，苏、秦二人均才华横溢，他们相互推崇，关系甚密。而且，他们在仕途经历上也极为相近。但由于性情禀赋的不同，作为苏门四大学士之一的秦少游，不仅在词作风格上，甚至在安身立命的处世态度上，都表现出与苏东坡截然不同的另一番面貌。这似乎又一次证明了一个道理：一个人的性格，不仅形成了他的风格，还往往决定着他的命运。

秦观生性敏锐，多愁善感，无论对自然界的良辰美景还是对人世间的悲欢离合，他都毫无假借地用最纤柔细腻、敏锐多情的心灵，去做本能的感受和承担。因此在以纯情锐感直觉地感受事物的方式上，秦观与李后主很相似；但在表达其感受的方式上，秦少游却不同于李后主的任纵和奔放，而是表现为幽微柔婉之特色。这完全是由他那颗敏锐善感的心决定的。冯煦的《蒿庵论词》中说："他人之词，词才也。少游，词心也，得之于内，不可以传。"这种"得之于内，不可以传"之"心"，与词所独具的"要眇宜修"的体裁特质最为接近，也最

◎　秦观（1049—1100），字少游，又字太虚，号淮海居士，扬州高邮（在今江苏省）人。与黄庭坚、晁补之、张耒被时人称为"苏门四学士"。

为本色，这遂造成秦词意境上与那些以辞采、情事、学问修养、志意怀抱取胜者之间的区别。举例而言，如他早年最著名的一首小词：

浣溪沙

漠漠轻寒上小楼，晓阴无赖似穷秋。淡烟流水画屏幽。
自在飞花轻似梦，无边丝雨细如愁。宝帘闲挂小银钩。

词中写的是一个细致幽微的感觉中的世界。“漠漠轻寒上小楼”，看似平淡无奇，但词一开篇就把这“漠漠”二字本身所包含的全部意义都挥发出来了：一方面是广漠的空间，四面八方都被“轻寒”包围封闭着；另一方面，这无边无际的寒意使人感到有一种无情的冷漠。一般人对“轻寒”是感觉不出来的，但它却触动了秦少游那颗纤柔敏感的“词心”。“上小楼”可以有两种解释，一是说“轻寒”上了小楼，一是说他自己跟着轻寒的感觉一同登上了小楼。李后主词有“无言独上西楼，月如钩。寂寞梧桐深院锁清秋。剪不断，理还乱，是离愁。别是一番滋味在心头”（《乌夜啼》）句，显然，李煜的寂寞凄凉是源于“离愁”，而秦观随着“漠漠轻寒”而陷入的那种清冷凄寂之境，却是只能意会而无法言传的，因为那是连他自己也说不清楚的一种感受。由于是在一个阴天的清晨，才使这暮春的气候变成了一片“漠漠轻寒”，使人觉得有如深秋般肃杀萧瑟，所以说“晓阴无赖似穷秋”，“无赖”者，无奈也，可以理解它是指“晓阴”，也可将它理解为上楼人的感受。总之这两句都是写楼外之景象。“淡烟流水画屏幽”则转而写到楼内那画着淡烟流水的屏风。无论是楼外的“轻寒”“晓阴”，还是楼内那扇烟雨迷蒙的屏风，它们所传导出的感觉全都是清冷、沉寂、孤寞和凄凉的。

接着，秦少游写出了千古传诵的一联名句：“自在飞花轻似梦，无边丝雨细如愁。”这两句的独绝之处，实在妙不可言。首先你看不出它是在状物，还是抒情。“自在飞花”“无边丝雨”似乎都是写景状物之语，可是“梦”与“愁”却是言情写意之词。其次这二句的语法也很特殊，通常的“比喻”格式，是用直观具体和通俗的事物来比喻抽象复杂和深奥的事理，而这两句恰恰相反，他说那具体形象的“自在飞花”有如“梦”幻一般模糊缥缈，那真切可感的“无边丝雨”恰似看不见摸不着的“愁”思一样细密不断。这样一来，情与景、心与物便浑然打成一片了。这里秦观之所以要把“飞花”“丝雨”比成“梦”和“愁”，完全是由于他内心之中早已先有了梦幻和愁思，很可能这登楼人不久前才刚从梦幻愁思中醒来，因此这“漠漠”“晓阴”中的“轻寒”“飞花”“丝雨”及“淡烟流水”的画屏才使他心中早已有之的清冷孤寂之感、自在飘遥之梦、绵密无端之愁一触即发。另外，这两句的妙处还在于秦少游笔轻意重：梦境虽如飞花般美妙逍遥，但最终要像委于泥尘的落红一样被毁灭；愁思虽如丝雨一般纤细，却是连绵不断、漫无尽头、难以摆脱。可这究竟是什么样的“梦”？又为何而“愁”呢？词至结尾也没有回答，只以闲雅恬淡的笔调写道：“宝帘闲挂小银钩。”他是用一种漫不经心的无聊之感，来欣赏这“宝帘”随意闲挂在美丽小巧银钩之上的那份富丽精美、雍容闲雅的姿态，同时也是以一种淡淡的哀伤，欣赏玩味这“宝帘”内外浑然一片的“轻似梦”“细如愁”的意趣境界。

这首词通篇所写的，实在只是一个细致幽微的感觉中的世界。寒是“轻寒”，阴是“晓阴”，画屏是“幽”，飞花之轻似“梦”，丝雨之细如“愁”，宝帘之挂曰“闲”，挂帘之钩为“银”且“小”……所有的形容词无一处是重笔。外表看似平淡无奇，而平淡之中却带有词人极其纤柔、幽微的敏锐感受。周济《介存斋论词杂著》引董晋卿语曰：“少游正以平易近人，故用力者终不能到。”王国维也曾特别强调地指出：“‘淡语皆有味，浅语皆有致’（此语原为冯煦《蒿庵论词》中对晏几道和秦观的评价），惟淮海足以当之。”要知道，这种淡语有味、浅语有致的纤柔婉约之美，也只能通过感觉才能获致和领略到。如果说他人所写的是喜怒哀乐已发之情，那么秦词写的，常常是喜怒哀乐未发之前的一种心灵感受的投射，这首《浣溪沙》正是秦少游敏锐纤柔之“词心”的一次反射。

秦观所生活的那个时代，外有异族侵扰之忧，内有新旧党争之患，同时还是一个文士参与论政之风盛行的时期。以秦少游那多愁善感的天性和纤柔敏锐的词心，生逢此一激烈动荡、错综复杂的社会时代，其结果无异于卵石相击，注定失败。前文提到，苏东坡很赞赏秦观，这不仅因秦观“才敏过人”，还因为他与苏轼志同道合。《宋史》记载他：“少豪隽，慷慨溢于文辞”，又谓其“强志盛气，好大而见奇，读兵家书，以为与己意合”。他曾写过一篇《单骑见虏赋》，赞颂唐朝郭子仪单人匹马入敌营，慑服敌人的勇武之举。他希望自己也能像这些英雄一样为国建立功业，改变积贫积弱的北宋现实。早年他也曾参加过科举考试，却不幸未中。一般而言，人一生之中会遭遇到什么样的挫折是难以预料的，但应付处理这些遭际的对策却掌握在你自己手里。苏东坡不仅有慷慨用世的志意，还具有超然旷达的襟怀，只有这两种禀赋相互为用，才能在风云变幻的仕途中卓然挺立，泰然自处。然而秦少游天性中除了身为艺术天才所具备的“词心”之外，其余就只剩下一腔激昂慷慨的忠义奋发之气了。因而，顺利时他还能够应付，一旦遭到挫折，就必然显出不堪一击来了。史书记载说，秦观第一次科考失利就万念俱灰、颓唐自弃了。他写了一篇《掩关铭》，一反早年“强志盛气”之貌，表示从此“退隐高邮，闭门却扫，以诗书自娱”。但事实上，他在此一段家居期间，不仅未曾享受到“自娱”之乐，反而贫病交加，一场大病，几乎丧命。又因见乡里亲朋纷纷出仕而内心充满矛盾哀伤。后来在苏轼的一再勉励和推荐下，秦少游才“始登第”，进而步入仕途。由于他是苏轼举荐上来的，因此在新旧党争的宦海波澜中，他也随着苏东坡而一同沉浮。在哲宗亲政，起用新党，苏东坡作为元祐党人被贬惠州时，秦观也被人弹劾，贬逐到处州去监酒税。敏感而自尊的秦少游对此又经受不住了，于是他就请病假去学佛。这又被人以“谒告写佛书”之罪告发到朝廷。要知道，天下有一些小人，他们没有真正的是非观和正义感，他们只会看风使舵，看谁倒霉了，就落井下石，看谁得意了，就去锦上添花。秦观远在处州，他请不请假，写没写佛书，谁能知道？可见这是地方上的小人在谗毁他。于是又一道贬谪的诏书下来了，将他从处州贬到郴州。经过这次打击，秦观更加悲观绝望了，他那颗不堪一击的“词心”，早已经处州的一贬而转为“凄婉”了（详见他写于处州的《千秋岁》等词），再加郴州的这一贬，便正如王国维所说，“遂变为凄厉矣”！且看最能代表他晚年这种凄厉风格的一首词：

踏莎行

郴州旅舍

雾失楼台，月迷津渡，桃源望断无寻处。可堪孤馆闭春寒，杜鹃声里斜阳暮。　　驿寄梅花，鱼传尺素，砌成此恨无重数。郴江幸自绕郴山，为谁流下潇湘去？

篇首三句为写景之语，但却并非现实所有的景物，他是以一种象喻的笔法，表现一种心伤望绝的感受，虽然词前分明标有“郴州旅舍”的题目，可只有在第四、五两句的“可堪孤馆闭春寒，杜鹃声里斜阳暮”中写的才真正是文题相符的实有之景。至于前三句的“雾失楼台，月迷津渡，桃源望断无寻处”则完全是词人内心的深悲极苦所化成的一片幻景的“象喻”。这里所说的“象”是专为作比喻而假想出来的形象，它常常不是现实中实有之物的形象。那么这些假想事物中的景象所象征、比喻的究竟是什么呢？首句的“楼台”喻示着一种崇高而远大的理想境界，但加以“雾失”二字，则这一高远境界遂变得茫然无所寻觅了；次句的“津渡”，原意是“码头”，此处喻示着可以指引济渡的出路，而冠以“月迷”二字，则又使寻求超渡的出路成为一片渺茫；第三句的桃源，引起人们对陶渊明《桃花源记》中“黄发垂髫，并怡然自乐”的一片人间乐土的向往，然而“望断无寻处”五字竟又将这片人间乐土化为乌有。这岂不正是秦少游悲观绝望、凄厉哀伤之内心的生动写照！这三句所写的景物形象已不同于前首词中的“轻寒”“晓阴”“飞花”“丝雨”等目之所见的现实之景，而是进入一种含有丰富象征意义的幻想中之境界了。这在小词的发展演进中，实在是一种新的开拓和成就。像这样完全用假想中的景物形象来表现内心世界的，在诗人中应推李商隐为最佳。词人里如民国初年的王国维也很值得称道，他曾写过一首《蝶恋花》:“忆挂孤帆东海畔，咫尺神山，海上年年见。一霎天风吹棹转，望中楼阁阴晴变。”他说记得当年传说东海之外有神山，他就在东海畔挂起孤帆，准备出海寻找那座神山；本来那神山就近在咫尺，而且他曾不止一次地看到过，可当他驶出东海，忽然之间，狂飙突起，风涛改变了船的航向，这时再看他向往已久的神山，那原本美丽的琼楼玉宇，此刻完全消失在烟雾迷茫的阴晴变幻之中了。难道王国维果真去挂帆东海、寻求神山了吗?其实根本没有此事，这完全是用想象中的情事来抒发内心失落的情绪罢了。在秦少游之前，尚未有人在词中表现过这种象喻的境界，而秦观之所以能写出这种境界，则完全是由于他敏锐善感的“词心”与他人生的不幸遭遇相结合的结果。当然这些假想中的景象也不是毫无根据就凭空出现的，秦观这首词所用之象喻联想的线索就在“桃源”二字上。因为词中写的郴州正与传说中“桃花源”的所在地武陵相近，都在今天的湖南省境内，正是这一地域上的巧合引起了秦观的丰富想象。《桃花源记》之“后遂无问津者”的悲慨，与秦少游早年强志盛气、欲有所为的理想终于在现实中破灭成空的悲哀交织在一起，遂使他写下“桃源望断无寻处”这样凄厉哀伤的词句。所以接下去他便赋予现实景物以“可堪孤馆闭春寒，杜鹃声里斜阳暮”的凄凉色彩。“可堪”者，不堪也，“楼台”之希望既“失”，“津渡”之出路亦“迷”，“桃源”在人世间更是“无寻处”，这一切都愈加使他对身外的“孤馆”“春寒”、鹃啼春去、斜阳日暮感到不堪！

下半阕的“驿寄梅花，鱼传尺素，砌成此恨无重数”三句，是写其远谪之恨的。据秦少游年谱记载，他自贬谪以来，并无家人相伴，其孑然飘零之苦，思乡感旧之悲，是可想而知的。“驿寄梅花”用了《荆州记》的典故：陆凯与路晔为友，在江南时陆凯曾寄梅花给长安的路晔，并赋诗云：“折花逢秦使，寄与陇头人。江南无所有，聊寄一枝春。”（《太平御览》）“鱼传尺素”是沿用古乐府《饮马长城窟》诗意：“客从远方来，遗我双鲤鱼。呼儿烹鲤鱼，中有尺素书。”总之这两句意为怀旧之多情与远书之难寄，所以接下去的“砌成此恨无重数”，道出了远谪离别所造成的深愁长恨，“砌”字使内心的悲愁憾恨具象化了，“砌成此恨”足见这愁与恨在日复一日、年复一年的积累砌筑下所形成的坚不可摧、牢不可破的程度！秦少游是最善于选用恰当的文字来写词的，正如他早年以其敏锐善感的本能写出“宝帘闲挂小银钩”那样轻淡之字句一样。当他晚年身经劫难、心怀悲恨之际，同样以其锐敏善感的本能写出了“砌成此恨无重数”这样沉重的词句，这恰恰说明了由那颗敏锐善感之“词心”所决定的词风，在外来遭遇的作用下所必然产生的变化。

紧接在这深重坚实的苦恨深悲之后，秦少游发出了“郴江幸自绕郴山，为谁流下潇湘去”的无理诘问。本来郴江绕郴山、流下潇湘去纯属自然造化使之然，无任何理由与感情可言，可是一经被饱受远谪思乡之苦的秦少游那敏锐善感的“词心”所摄取，便立刻有了一种情浓意切、凄伤无奈的象征之喻义：无情的郴江郴山顿时充满了依恋之情，那使郴江与郴山被迫分离，并被无情逐下潇湘去的造物主却竟然如此残忍冷酷，不近情理！秦少游在《自作挽词》中说：“奇祸一朝作，飘零至于斯。”由此我们不难悟出，在这远离郴山，一去不返的郴江之中，有着词人流离失所、远谪苦度的长恨深悲。所谓“为谁流下”者，正是他对无情之天地竟使他“奇祸一朝作”的极悲深怨的究诘。这种悲恨交集、幽微深隐，而又究诘无理的情意，实在是极难用理性给予解说。难怪苏东坡读后，“绝爱其尾两句”，并“自书于扇”，叹曰：“少游已矣，虽万人何赎。”(《苕溪渔隐丛话》)只有像苏轼这样同样历尽仕途远谪之苦的人，才会与秦少游灵犀相通，产生如此强烈的兴发感动之情。

经过上述两首秦词的分析，我们已经清楚了，秦观之所以没有追随苏东坡的超然旷达之词风，正是由于他从根本上就不具备苏氏那样的性情和襟怀。但就苏、秦二人在词史上的地位和贡献而言，则是各有千秋。如果说苏东坡是以其博大的胸怀、气魄和才华把“绮罗香泽”之词转为抒情言志之词的话，那么秦少游则是以其敏锐善感之“词心”，把纤柔婉转、“要眇宜修”的特质又还原到词里去。这表面看似乎是词体发展演变中的一种回流或倒退，其实秦词的回归绝不是对前代词人的简单的、一成不变的重复，而是在“还原”的过程中，赋予词以更加醇正的体裁特质。特别是他融会了自己的天赋和经历，以及多年写词的艺术修养而取得的那种使词的境界深化到象喻层次上的成就，实在是对词之本质意境的一种新的、深层的拓展，它对于后来的南宋词风曾产生过相当重要的影响。

此外，还应看到，秦词早期所表现出的柔婉之风格，与他后期词作中以象喻之手法所开拓出的词境，同样都是发源于他那颗敏锐善感、脆弱多情的“词心”。若就艺术的标准而言，秦词的幽微纤柔、含蓄婉约，正是淡语有味、浅语有致这一深层美感的来源；而就其社会的伦理标准而言，秦观的多情善感的资质禀赋，也正是人类一切真、善、美的根源和基础。

〖作品选注〗

画堂春

落红[1]铺径水平池，弄晴[2]小雨霏霏，杏园憔悴[3]杜鹃啼，无奈春归。　柳外画楼独上，凭栏[4]手捻花枝，放花无语对斜晖[5]，此恨谁知。

【注】〔1〕落红：落花。〔2〕弄晴：天将晴未晴的样子。〔3〕杏园憔悴：指杏园凋零荒凉之状。〔4〕凭栏：倚栏。〔5〕斜晖：指日暮斜阳。

这首词通篇表现的都是“无奈春归”的感伤。但词句非常轻柔、婉转，绝不像李后主“林花谢了春红”那样沉痛悲伤、强劲奔放。最妙的是末二句的“放花无语对斜晖，此恨谁知”，它流露出浓厚的惜花伤春之情，多少欲说还休的幽微感受，尽在“手捻花枝”“放花无语”的动作中体现出来，这真是一种非常细致、幽隐、微妙的感情。

千秋岁

谪处州日作

水边沙外，城郭[1]春寒退，花影乱，莺声碎[2]。飘零疏酒盏[3]，离别宽衣带。人不见，碧云暮合[4]空相对。　忆昔西池[5]会，鹓鹭同飞盖[6]。携手处，今谁在？日边清梦断[7]，镜里朱颜改。春去也，飞红万点愁如海。[8]

【注】〔1〕城郭：古代内城为城，外城为郭。〔2〕此二句意谓，万花纷纭，在日影下迎风摇曳；流莺歌唱，细促轻幽。唐人杜荀鹤《春宫怨》有“风暖鸟声碎，日高花影重”诗句。乱：众多貌。〔3〕飘零：漂泊；疏：疏远。

〔4〕碧云暮合：指时近傍晚，云色凝重。江淹《休上人怨别》有“日暮碧云合，佳人殊未来”句。〔5〕西池：晋明帝曾经在丹阳筑西池，此借比汴京西郊的金明池。秦观曾有《上巳游金明池》诗略记其胜。〔6〕鹓鹭：鹓、鹭为两种鸟，它们飞行时常按一定的次序排列，此借以比喻百官上朝时秩序井然，这里指师友、同僚。盖：即车篷；飞盖：即疾行的车子。〔7〕此句意谓：重返帝都，共侍君侧，终成幻梦。〔8〕结尾二句是作者对自己前程无望的悲慨。杜甫《曲江二首》诗云：“一片花飞减却春，风飘万点正愁人。”

本词写于作者被贬处州的第二年，词里所表现出的凄婉特色，是秦观词从早年柔婉向晚年凄厉风格转变的过渡。词中的“日边清梦断，镜里朱颜改”表达了词人对用世前景的灰心与失望，虽说感情极其痛苦悲伤，但还未最后绝望，还有他对“花影乱，莺声碎”和“碧云暮合空相对”的一份欣赏的余裕。

减字木兰花

天涯旧恨[1]，独自凄凉人不问。欲见回肠，断尽金炉小篆香[2]。　　黛蛾[3]长敛，任是东风吹不展。困倚危楼[4]，过尽飞鸿字字愁。

【注】〔1〕此四字极言离别之遥远，离恨之深长。〔2〕古代一种篆字形式的香。〔3〕黛娥：指女子的眉头。〔4〕危楼：即谓高楼。

望海潮

梅英[1]疏淡，冰澌[2]溶泄，东风暗换年华。金谷俊游，铜驼巷陌[3]，新晴细履[4]平沙。长记误随车[5]；正絮翻蝶舞，芳思交加，[6]柳下桃蹊[7]，乱分春色到人家。　　西园夜饮鸣笳[8]。有华灯碍月，飞盖妨花。[9]兰苑[10]未空，行人[11]渐老，重来是事[12]堪嗟。烟暝[13]酒旗斜。但倚楼极目，时见栖鸦[14]。无奈归心[15]，暗随流水到天涯。

【注】〔1〕梅英：梅花。〔2〕冰澌：薄片的、碎裂流动着的冰。〔3〕“金谷”是洛阳的园名，为晋朝石崇所建。“铜驼”是洛阳皇宫前的一条繁华街道名，路旁置有铜骆驼。此处以金谷、铜驼代指洛阳的名胜古迹。〔4〕履：踏。〔5〕误随车：即错跟了别家女眷的车。韩愈《游城南十六首》中的《嘲少年》云：“直把春偿酒，都将命乞花。只知闲信马，不觉误随车。”〔6〕“正絮翻”二句意为：春风吹拂着柳絮像蝴蝶一样上下飞舞，美好而芬芳的情景使人心荡神怡。交加：极言其盛多。〔7〕柳下桃蹊：柳树下被人走出的小路。《史记·李广列传》：“桃李不言，下自成蹊。”〔8〕“西园”句是说：我们这些诗人墨客，也与曹家兄弟、建安七子一样，在美丽的春天，有美好的聚会。曹植《公讌》诗云：“清夜游西园，飞盖相追随。”曹丕在给吴质的信中写道：“清风夜起，悲笳微吟。”〔9〕“有华灯”两句意谓：各种花灯都点亮了，使明月失去了光辉；许多车子在园中飞驰，也顾不上车会触损路旁的花枝。〔10〕兰苑：指种有芬芳美丽花草的花园。〔11〕行人：指来此游春的人，即作者自己。〔12〕是事：即事事。〔13〕烟暝：烟霭昏冥的样子。〔14〕栖鸦：在空中寻觅归巢的乌鸦。〔15〕无奈归心：即是归心无奈。

这是作者柔婉词风的代表。因为是长调，需要铺陈，因此词的前片写景，后片抒情。无论写景还是抒情，都写得纤柔婉转，细腻多情。特别是最后的“无奈归心，暗随流水到天涯”两句，不仅可以看出词人那颗柔婉纤细的“词心”，还可以看到他在情与景的相互映衬、相互配合上的奇妙表现。

鹊桥仙

纤云弄巧[1]，飞星传恨[2]，银汉迢迢暗度[3]。金风玉露[4]

一相逢，便胜却人间无数。　　柔情似水，佳期如梦〔5〕，忍顾鹊桥归路〔6〕。两情若是久长时，又岂在朝朝暮暮〔7〕。

【注】〔1〕纤云弄巧：做出种种巧妙的形态。〔2〕此句指流星传递着牛郎织女不能相见的离愁别恨。〔3〕银汉：即银河。迢迢：遥远貌。〔4〕金风玉露：代指秋天。“金风”即秋风，“玉露”即白露。〔5〕相会的美好时光恍惚如梦幻。〔6〕忍顾：不忍回顾。鹊桥：民间传说每年七夕之夜，众喜鹊都要在银河上相聚搭成桥，牛郎织女借此渡河相会。〔7〕朝朝暮暮：早早晚晚，指日日夜夜地长相厮守。

第三十课　周邦彦

周邦彦，字美成，号清真居士。他在词史上是一位集北宋诸家之大成、开南宋诸家之先声的重要作家。从他开始，词在写作上就发生了一种本质的转变。对这种转变，后代词学家看法不同，有的奉周邦彦为“千古词宗”，有的却认为他的这一类词缺乏深远的意境。为什么会有这样的分歧？我以为问题出在欣赏的途径上。读周邦彦的清真词和受清真词影响至深的南宋词，我们必须抛掉读北宋词时所养成的那种直接感发的习惯，走一条以思索去探寻的途径才行。下面我们就通过周邦彦的一首著名长调《兰陵王》来认识一下这条途径。

兰陵王

柳阴直，烟里丝丝弄碧。隋堤上，曾见几番，拂水飘绵送行色。登临望故国，谁识，京华倦客。长亭路，年去岁来，应折柔条过千尺。　闲寻旧踪迹，又酒趁哀弦，灯照离席，梨花榆火催寒食。愁一箭风快，半篙波暖，回头迢递便数驿，望人在天北。　凄恻，恨堆积。渐别浦萦回，津堠岑寂，斜阳冉冉春无

◎　周邦彦（1057—1121），字美成，自号清真，钱塘（今浙江杭州）人。

极。念月榭携手，露桥闻笛。沉思前事，似梦里，泪暗滴。

这是一首送别的歌词，绍兴（1131—1162）初年曾在南宋京城临安盛行一时，“西楼南瓦皆歌之”。因为它分为三段，所以人们叫它“渭城三叠”。据说它的最后一段声音尤其高亢激越，只有教坊里最有经验的老笛师才能吹出那么高的声音。宋人笔记《贵耳集》中有一个故事，里面提到这首《兰陵王》是周邦彦被宋徽宗贬出汴京、京师名妓李师师去送行时他所写的。这个故事本来就不大可信，王国维也曾在《清真先生遗事》中把这件事考证辩白得很详细。但宋人之所以能够编出这样一个故事，也正说明了这首词给一般人的印象就是写男女之间相思离别的歌词。可是大家想必还记得，在开始讲词的时候我们曾提出说“词之言长”——词的特质是余味深长，能够引起读者的感发联想。像“梅落繁枝千万片，犹自多情，学雪随风转”（冯延巳《鹊踏枝》），像“菡萏香销翠叶残，西风愁起绿波间”（李璟《山花子》），它们使你一读之下不免就联想到世间那些美好生命的残败凋零。而周邦彦的这种很明显是写男女相思离别的歌词，是否就没有“词之言长”的特色了呢？我以为并非如此。这首词同样具有能够引起读者感发联想的特质，只不过它引起感发的方式是间接的而不是直接的，因而使一些读惯了北宋小令的读者感到难以适应而已。

前人说周邦彦的词是“浑成”的。所谓“浑成”，就是说，他的长调全篇都好，具有一种完整的气势。这种气势来源于作者精心的结撰安排，而不像北宋小令那样因作者情之所至脱口而出。周邦彦对长调的精心结撰，主要表现在他的“钩勒”。“钩勒”本是中国画的一种技法，周邦彦在对长调的感情、情节、口吻以及用字造句上，描了一笔又描一笔，盘旋反复，犹如绘画一样，把他的感发婉转细腻地传达出来。这首《兰陵王》就是周邦彦在其“钩勒”特点上最见功力的一首长调。

第一段开头的“柳阴直”是隋堤柳树一望无边的远景镜头，“烟里丝丝弄碧”推到了近景的特写，“拂水飘绵”则是写柳丝的柔长和柳絮的零乱。在一首送别歌词的开端，作者为什么要如此翻来覆去地描写柳呢？原来，北宋年间离开汴京远行的人们大多是从城外隋堤登船，沿大运河南下。隋堤柳是十分有名的，唐代诗人白居易曾用“绿阴一千三百里”来描述隋炀帝当年在运河两岸种下的这些柳树。因此，周邦彦就抓住了隋堤柳作为送别的典型环境。另外还有一个原因：周邦彦很善于写赋，赋这种体裁需要铺陈描绘，还需要对材料进行精心的组织安排，他把这些写作习惯都带进了词。这一段对柳的描写，可以说完全是属于辞赋性质的。有人不赞成这种写法，认为这样写缺乏意境。其实，这些铺陈和描述虽然从表面上看起来都是“景语”而非“情语”，但一假思索就会明白，他的离情从“丝丝弄碧”就开始引发。到“拂水飘绵”，离人心头那种缠绵零乱的感觉已经尽在不言之中。

但是他并没有到此为止，第一段的最后一句“长亭路，年去岁来，应折柔条过千尺”，又返回去重新描了一笔。“长亭路”指送别的地点，它就在前边那个“隋堤上”；“年去岁来”是年年如此，和“曾见几番”的意思是一样的；“柔条”，也就是“丝丝弄碧”的那个柳丝。然而这句话并非简单的重复，它又有了新的意思。首先，“柳”与“留”同音，古人送别时往往折柳相赠，隐含有不希望对方走的意思，但由于种种原因，行人的去留并不是主观愿望能够决定的。人们在隋堤上折下来的每一段柳条都包含着一段离别的情事，那么，年去岁来隋堤柳被人折下来的那千尺柳条，不就凝聚着人间离别的千尺悲哀吗！其次，“曾见几番”本是一种泛指的口气，“年去岁来”把这口气又重复了一遍，其用意就不像是在写他个人的某一次离别。而且，第二段开头“闲寻旧踪迹，又酒趁哀弦，灯照离席”中的“旧”字和“又”字，把“年去岁来”和“曾见几番”的口气又重复了一遍，再一次强调，今年隋堤上的离别场面不过是往年那些离别场面的重演而已。这种盘旋反复的口吻，就值得我们思索一番了。

对这首词，人们曾有过到底是送者之词还是行者之词的争论，之所以发生这种争论是因为它前后的口吻不统一，有时像送者之词，有时又像行者之词。这种送者和行者的含混不清，也从另一个角度为我们提供了思考的线索：作者用意的重点并不在写某一次具体的离别，他是在泛写年去岁来隋堤上所有人的所有离别！如果我们再来研究送别的地点“隋堤上”，这层意思就更加清楚了：隋堤就在汴京城外；汴京是北宋的首都，是人们争名逐利的中心所在；而周邦彦又恰恰生活在北宋新旧党争最激烈的时代，在那个时代，一会儿新党上台，一会儿旧党上台；今天你被贬出去了，明天我又被贬出去了，每天在这隋堤上来来去去的，都是那些在宦海波澜里沉浮的人们！

说周邦彦有这样的感慨并不是牵强附会，因为在第一段里他还说：“登临望故国，谁识，京华倦客。”——周邦彦早年曾向宋神宗献《汴都赋》，歌颂神宗变法，因此宣仁太后当政时，就把他出官到南方。他曾做过庐州教授、溧水知县，还曾流转到荆楚一带。虽然哲宗亲政后又把他召回汴京加以任用，但他在经历过这一番挫折之后，对仕途似乎有了一种觉悟，变得“学道退然”，不再像少年时那样热衷于进取，成了宦海中的一名“倦客”。

在这里，我们要说几句题外的话：一位词人的理想襟抱，以及他透过自己的天性对人生挫折所做出的反应，都随时会影响他作品的意境与风格。如果拿周邦彦和我们前面讲过的苏东坡做一比较，则周邦彦早年曾上近万言的赋，苏东坡早年也曾上过万言书；周邦彦晚年学道恬退，苏东坡晚年学道旷达，表面上好像很相似，其实两人却有绝大的区别。苏东坡的万言书里真正有一份自己的政治理想和见解，周邦彦的万言赋却是称颂新政的成分居多；苏东坡的旷达是对自身的得失祸福无所顾虑，周邦彦的恬退正是由于他对自身的得失祸福还有一种恐惧之心。因此，他们的作品之中感发生命的质素在深浅厚薄方面就有了明显的差别，这也正是周邦彦的词在艺术功力上虽然“精工博大”，但在意境上却终究比不上苏东坡的根本原因。不过，北宋党争毕竟是一件很可悲哀的事，在早期还可以说是君子之争，到后期就发展成排除异己的小人之争，而国家也就在党争中逐步衰亡了。比起那些庙堂之上热衷于权力之争的小人，周邦彦还不失为一个洁身自好的明智之士，他对于这些宦海波澜的感慨是具有一定积极意义的。在这首《兰陵王》中，他的这种感慨并不是直接传达出来的，你必须了解北宋的历史，而且要结合他的口吻来猜测他的用心，才能体会到他寄托的深意，才能明白：清真词的意境也并不是像人们从表面上所看到的那样肤浅。

当然，清真词的好处并不完全在于它有寄托。在艺术手法上，这首《兰陵王》有不少值得我们欣赏、学习和借鉴之处。我们上面已经讲过周邦彦在用字造句和口吻上的钩勒，下面我们还要举一个例子来说明他在描写感情上的钩勒，那就是第二段中“愁一箭风快，半篙波暖，回头迢递便数驿”和第三段中“凄恻，恨堆积。渐别浦萦回，津堠岑寂”之间的重复和呼应。在这里，前面一句是临行前设想登船启程后的情景，他说，我愁的是上船之后，只要一阵风把帆一吹，那撑船的竹篙往水里一插，船就会像箭一样出发了，等到再回头的时候已经走过了好几个驿站，把在隋堤上送行的那个人抛在远远的天边了。这句中连用了三个数量词:“一箭”“半篙”和“数驿”。“一箭”和“半篙”的少，强调了离别的容易；“数驿”的多，暗示了再见的艰难。后面三句是登船启程后的切身体会，“别浦”是水的支流处，“津堠”指渡口码头。他说，我上了船之后果然是如此的，因为每经过一处河水的支流或渡口码头，我就和隋堤上送我的那个人之间多了一段距离，少了一份再见面的希望，所以我心中的离愁别恨也就随着路程的增加而飞快地增长，一直积累到我难以承受的地步。这就是“凄恻，恨堆积”！所以你们看，周邦彦的钩勒有多么委婉细腻！在他那盘旋反复的运笔之中，往往有很深切的感受让你去细细地体会琢磨。因此，清代词学家周济称赞他说："钩勒之妙，无如清真，他人一钩勒便薄，清真愈钩勒愈浑厚。"(《介存斋论词杂著》)

周邦彦在感情和语言的搭配安排上也是十分严谨和细致的。第三段中"斜阳冉冉春无极"一句，乃是这首《兰陵王》中的名句，自古以来有不少人称赞这一句写得好。清人谭献甚至说："斜阳七字微吟千百遍，当入三昧出三昧。"(《谭评词辨》) 这一句为什么好？因为它从那些越积越多的离愁别恨中一下子跳出去了，但这一跳不但没有能甩脱那些离愁别恨，反而使周围整个春天的环境都染上了离愁别恨！看似解脱，实际却是一种更深的沉溺。因为，一个人要想彻底解脱，就必须对一切都无所牵挂才行，可是那"斜阳冉冉春无极"是多么美的景色，其中该有多少你不能不牵挂的东西——尽管你明明知道斜阳沉没后它们的消失是无可挽回的！在古典诗词中，有些东西实在是只可意会难以言传。由于篇幅所限，对这一句我只能讲到这个地步。倘若你真像谭献所教的那样去"微吟千百遍"，也许自会有更深的理解。不过，我之所以提到这一句的好处是为了说明，它写得好并不是孤立的，它后面的"念月榭携手，露桥闻笛。沉思前事，似梦里，泪暗滴"几句配合得更好。"斜阳冉冉春无极"是绮丽的、飞扬的，而紧跟着的这几句是朴实的、沉重的。他说：记得我跟我所爱的那个人曾经在月榭前携手散步，曾经在露桥边欣赏吹笛，现在汴京那些快乐的生活都像一场梦一样过去了，今天我离开了汴京不知以后是否还能回来，因此不免寂寞地流下了眼泪。这几句写得很真挚、痛苦，而且把音调和内容也配合得恰到好处："似梦里，泪暗滴"六个字全是仄声，读起来就给人一种很沉重的感觉。前人评论说这两句是"重笔"和"拙笔"。只有感情深厚的人才能在诗词中用好重笔和拙笔。后代有些诗人一味追求"斜阳冉冉春无极"这一类"跳出去"的写法，总是想写一些漂亮的、飞扬的句子，但是他们忽略了，这种写法必须有深厚的感情来做基础，否则就会轻飘飘没有分量了。

也许有人会提出一个问题："念月榭携手，露桥闻笛"写的是对爱情生活的怀念，但前面我们也说过，周邦彦在这首《兰陵王》里透露了他对宦海波澜的感慨。政治感慨为什么会归结到对爱情生活的怀念呢？我以为，结合时代背景来看，这并不奇怪。首先，这本是婉约派词人的一贯作风。像前面讲过的柳永的《八声甘州》，前半阕完全是从高远的兴象写秋士的悲慨，后半阕也同样归结到相思怀念的儿女之情。其次，对于当时这些知识分子来说，汴京一方面是追求功名利禄的中心，一方面也是歌舞繁华的场所，它给予他们的既有仕宦的梦想，也有爱情的遇合。日后当他们想起汴京的时候，这两种感情往往就会同时流露于笔下。

现在，我们可以总结一下了：《兰陵王》这首长调在"钩勒"上极其细腻，因此而形成了严谨的结构，完整的气势，并隐含有政治的感慨。它体现了作者在谋篇布局、语言技巧、学问见识、音律声调诸方面的能力，这种能力我们把它叫作"思力"。周邦彦博涉百家之书，诗文和赋也写得很好，而且精通音律，能够制作各种繁难的曲调。由于他本身具有这些条件，同时又由于词从小令发展到长调需要在结构安排和用笔方法上有更多的考虑，所以他的长调就走了这样一条以思力取胜的道路。这在当时乃是词的一种新的发展趋势，后来南宋的几家代表词人，除辛弃疾之外都是走的这条路子，不过他们在意境上又各自有不同的开拓，在表现手法上也更为繁复。我们应该学会欣赏这一类作品，尤其是对南宋词应该有一个比较公正的评价。有的人很不欣赏这种以思力取胜的作品，认为它们比之北宋词有"人巧"和"天工"之别。我认为，人巧和天工固然是评价作品的一个因素，但却不是决定因素。一篇作品中所包含的感发力量最主要决定于作者心中感发生命的质素，而不是决定于他的表现手法。春兰秋菊各擅一时之美，固不必勉强为它们评个高下。至于北宋词和南宋词，我想也是一样的道理。

需要补充说明的是，我们这篇文章中所重点介绍的仅仅是周邦彦在词史上开拓和创新的一方面，也就是他“开南宋诸家之先声”的一个方面。但与此同时，周邦彦在“集北宋诸家之大成”方面也有很高的成就，主要表现在对北宋各家风格的广泛继承上。由于北宋各家的特点我们在前面几课中已有专门论述，在周邦彦这里就不再重复。本课作品选注里，我们选了周邦彦比较有典型特色的几首长调和北宋风格的两首小令供大家参考。

〖作品选注〗

渡江云

晴岚[1]低楚甸[2]，暖回雁翼，阵势[3]起平沙。骤惊春在眼，借问何时，委曲到山家。涂香晕色，盛粉饰、争作妍华。千万丝、陌头杨柳，渐渐可藏鸦。　堪嗟。清江东注，画舸西流，指长安日下[4]。愁宴阑[5]、风翻旗尾，潮溅乌纱。今宵正对初弦月，傍水驿、深舣[6]蒹葭。沉恨处，时时自剔灯花。

【注】〔1〕晴岚：日光照耀下山上的烟霭。〔2〕楚甸：楚地郊外的平原。〔3〕阵势：指雁阵。〔4〕长安日下：指京师。〔5〕宴阑：宴会快要结束。〔6〕舣：停泊。

此词写于绍圣年间（1094—1098）旧党多被贬谪、新党重新得势之际。其中，“暖回雁翼，阵势起平沙”“愁宴阑，风翻旗尾，潮溅乌纱”等句都有明显托喻之意。

夜飞鹊

河桥送人处，凉夜何其[1]？斜月远堕余辉。铜盘烛泪已流尽，霏霏凉露沾衣。相将散离会，探风前津鼓[2]，树杪参旗[3]。

花骢会意，纵扬鞭、亦自行迟。　　迢递路回清野，人语渐无闻，空带愁归。何意重经前地，遗钿[4]不见，斜径都迷。兔葵燕麦，向残阳、影与人齐。但徘徊班草[5]，欷歔酹酒[6]，极望天西。

【注】〔1〕何其：意思是问现在到了夜里什么时候了。《诗·小雅·庭燎》："夜如何其？"〔2〕津鼓：码头上将要开船时的鼓声。〔3〕参旗：星宿名。〔4〕遗钿：《史记·滑稽列传》里说淳于髡和女孩子们在一起饮酒杂坐，"前有堕珥，后有遗簪"。这里的意思也是指当初送别饮酒时那女子失落在地上的发饰。〔5〕班草：语出《左传》"班荆"，意思是朋友相逢途中，布草于地而坐。〔6〕酹酒：把酒洒在地上。

这首词虽然分成上下两段，其中却有三个不同的时间和地点。第一个时间是一个秋天的夜晚，地点是河桥送行处；第二个时间是行人登舟之后，地点是送行者骑马独归的路上；第三个时间是兔葵燕麦都长得很高的时候——那可能已经是一年或几年之后的夏天了，地点还是当年的河桥送行处。而且只有读到最后一个时间地点时你才会明白：原来作者用了倒叙的方法。那本来是写小说的一种方法！从这首词中我们可以看到清真词的另外一种成就——它的故事性。

解连环

怨怀无托。嗟情人断绝，信音辽邈[1]。信妙手、能解连环[2]，似风散雨收，雾轻云薄。燕子楼[3]空，暗尘锁[4]、一床弦索[5]。想移根换叶，尽是旧时，手种红药[6]。　　汀洲[7]渐生杜若[8]，料舟依岸曲[9]，人在天角。谩记得、当日音书，把闲语闲言，待总烧却。水驿春回，望寄我、江南梅萼。拼今生、对花对酒，为伊泪落。

【注】〔1〕辽邈：遥远渺茫。〔2〕《战国策·齐策》载："秦昭王尝使使者遗君

王后玉连环，曰：‘齐多知，而解此环不？’君王后以示群臣，群臣不知解。君王后引椎破之，谢秦使曰：‘谨以解矣。’”〔3〕燕子楼：唐张建封（一说张愔）的宠妾关盼盼在主人死后守节不嫁，居彭城燕子楼十余年以终。〔4〕尘锁：尘土盖满。〔5〕弦索：琴瑟之类有弦的乐器。〔6〕红药：红色芍药。〔7〕汀洲：水边沙洲。〔8〕杜若：香草名。〔9〕岸曲：岸边。

古来有“弃妇”之诗，而周邦彦在这里却写了一首“弃男”之词。这首词对这个男子被弃之后那种“怨怀无托”的感情进行了盘旋反复的描绘，很能表现周邦彦在钩勒感情方面的特点。

浣溪沙

楼上晴天碧四垂，楼前芳草接天涯，劝君莫上最高梯。 新笋已成堂下竹，落花都上燕巢泥，忍听林表杜鹃啼。

这首小词有一种敏锐的感受和淡淡的忧愁，风格很像秦少游。

玉楼春

桃溪[1]不作从容住。秋藕绝来无续处。当时相候赤栏桥，今日独寻黄叶路。 烟中列岫青无数，雁背夕阳红欲暮。人如风后入江云，情似雨余粘地絮。

【注】〔1〕桃溪：《幽明录》载，刘晨、阮肇沿桃溪入天台山遇仙女。

这首小词用美丽精致的语言和形象表现了很多的感情，有丰厚的余味耐人寻思。“烟中列岫青无数，雁背夕阳红欲暮”两句，和《兰陵王》里的“斜阳冉冉春无极”是一样的精神和笔法，你要是低吟它千百遍也可以“入三昧出三昧”。

第三十一课　李清照

李清照，号易安居士，是由北宋转入南宋的杰出女词人。中国古代女作家很少，因为古代女子没有读书受教育的机会。李清照之所以能有文学上的成就，与她的家庭有很大关系。她生在一个幸福的家庭，父亲李格非是著名的学者和散文家，写过《洛阳名园记》，母亲也很有文学修养。而且李清照后来嫁给太学生赵明诚，二人志同道合。李清照是幸运的，她有一个很好的生活环境，受到了很好的教育，所以才有机会发挥她的天才，成为中国文学史上一位杰出的女词人。

我们说过，词的特点是“要眇宜修”，本来就颇为女性化，李清照以女性来写女性化的词，不但写得婉约、温馨，而且还有一种骏逸之致。晚清学者沈曾植在《菌阁琐谈》中说：“易安跌宕昭彰，气调极类少游，刻挚且兼山谷。篇章惜少，不过窥豹一斑。闺房之秀，固文士之豪也……自明以来，堕情者醉其芬馨，飞想者赏其神骏。易安有灵，后者当许为知己。”这段评论是很确切的。李清照确实有一些非常女性化的作品，像“薄雾浓云愁永昼”（《醉花阴》），“才下眉头，却上心头”（《一剪梅》）等，然而她的好处却不仅仅在这一类词。

◎　李清照（1084—约 1155），号易安居士，济南（在今山东省）人。

李清照的词大致可以分为三类：第一类是婉约的；第二类是外表保持了柔婉芳馨，但精神上不知不觉间有一种健举的精神的流露；第三类是高远飞扬的，完全脱除了女性味道的词。

李清照早年写的一首小词《减字木兰花》最能代表她的第一类词。

减字木兰花

卖花担上，买得一枝春欲放。泪点轻匀，犹带彤霞晓露痕。　怕郎猜到，奴面不如花面好。云鬓斜簪，徒要教郎比并看。

这首词写得不但美丽，而且十分生动活泼：大清早在卖花人的担子上，买了一枝春天的花，那是正要开放又还没有开放的一枝花。如果把它比作一个美丽女子面颊的话，那么花上的露水珠，就好像女子面上的泪痕。这枝花是如此鲜艳美丽，生气勃勃，它不但带着清晨的露水，就连清晨那红色的朝霞也被它留在了自己的面颊上。接下来就说得更有情趣了——“怕郎猜到，奴面不如花面好。”词人唯恐丈夫觉得她的面颊不如花的面颊美丽。那么怎么办呢？她就“云鬓斜簪，徒要教郎比并看”，故意把这枝花在自己如云的鬓发上斜斜地插上，偏要让丈夫比一比，看到底是花美丽，还是人更美丽。你们看，这是多么女性化的词！写得又是多么通俗平易，多么真切！不像温、韦假托女性的口吻，而是女性在述说自己的真实感情。这当然是很不错的作品。可是实际上，要是讲到意境的深厚和高远，则这首词还有不够的地方。

李清照还有比这类词更值得注意的成就，尽管也是写实，但写得气象非常开阔，这就是她的第二类词。我们以她的一首《南歌子》作为代表。

南歌子

天上星河转，人间帘幕垂。凉生枕簟泪痕滋，起解罗衣，聊问夜何其？　　翠贴莲蓬小，金销藕叶稀。旧时天气旧时衣，只有情怀，不似旧家时！

这首词写的是秋天的天气，同时也感慨她自己平生的一些经历。李清照从北宋到南宋，身经了国破家亡的惨痛变迁，所以这首词的开头写得非常好："天上星河转，人间帘幕垂。"从天上到人间，大开大阖，这气象是多么开阔博大！天上的银河四季不停地转动，现在的位置方向已与夏天不同了，这是天上的变化；人间到了秋天天气变冷，夏天时打开的那些帘幕现在都垂了下来，这是人间的变化。而在这天上人间大自然的变化之中，隐然就暗示了人事的无常，暗示了那些国破家亡的变迁。如果我们读过这两句之后再看前面那首"卖花担上"，则那一首就显得过于小巧、过于纤细了。

然而接下来的一句却又非常女性化——"凉生枕簟泪痕滋，起解罗衣，聊问夜何其？""簟"是竹席。夏天很热，那时候睡在竹席上是很舒服的，可现在秋风带来了凉意，这种凉的感觉首先就来自枕席上。这个"生"字用得很好，因为那种凉意不但生于枕席，而且通过切体的接触侵入人的内心，化作了一种凄凉孤独的感觉，使词人无法入睡，所以才"起解罗衣，聊问夜何其"。"何其"二字出于《诗·小雅·庭燎》"夜如何其"。意思是：现在是夜里什么时候啦？古人用漏壶计算时间，但有的时候也看天上的太阳和星星。所以，这一句与开头的"天上星河转"起着相互呼应的作用。

"翠贴莲蓬小，金销藕叶稀"，起着两方面的作用：一方面使人联想到外面自然界的景物变化，一方面是实写衣服上贴绣的花样。秋天到了，"菡萏香销翠叶残"——池中美丽的荷花、荷叶都凋零了，而眼前这些旧衣服，上面用金线贴绣的荷叶、荷花也都磨损了，脱落了。那么人的生命呢？有时候还不如一件衣服存在的时间长！难道不是吗——旧时的衣服还在面前，秋天的天气也和当年一样，可现在已经人事全非，作者的心情已经永远不能再像当年那样幸福愉快了。我们看李清照所写的《金石录后序》，她说她当年和赵明诚一起收集金石书画，一起勘校、展玩，每到饭后两人烹茶赌书，得胜时就举杯大笑，笑得把茶水都洒到怀中。可是自从国破家亡之后，那种快乐的生活早就一去不复返了。这首词，表现了一种怀旧的感慨，写得通俗平易，但很深刻。

在李清照的词里还有一类，这一类不属于写实风格，而且完全脱除了女性味道，写得高远飞扬，带有一种象喻的意味。那就是她晚期的作品——《渔家傲》。

渔家傲

天接云涛连晓雾，星河欲转千帆舞。仿佛梦魂归帝所，闻天语，殷勤问我归何处。　　我报路长嗟日暮，学诗谩有惊人句。九万里风鹏正举。风休住，蓬舟吹取三山去。

“天接云涛连晓雾，星河欲转千帆舞”——清晨，当早霞还没有出现的时候，东方的天上布满了一层海浪一样的云雾，天地之间一片苍茫；抬起头来看，空中的银河还隐约可见，一朵朵白云飘过银河，好像是一片片白色的帆。这两句很可能是现实的写景，但晓雾迷茫本身就是一种能够引起象喻联想的环境，而云帆飞渡，就真的进入了那高远绝尘的想象境界。“仿佛梦魂归帝所”——天上是茫茫的云海，地上是茫茫的晓雾，再看看云彩在银河中飞动的样子，词人就觉得自己的精神感情恍惚之间提升到了另外一个境界。她说，我的精神好像也随着这转动的千帆飞到了天帝的所在！这真是写出了非常高远的一份追寻向往的心意。类似这种境界，在两宋男性词人中也是很少见的。“闻天语，殷勤问我归何处”——在这种高远的追求之中，我就仿佛听到了天上的声音，这声音是如此关怀、如此多情地问我，你所追寻的到底是什么？你所走的那条路最终是通向哪里去的？这几句，不但表现了丰富而高远的想象，同时里面也有一种人到中年或晚年之时对人生的体验。

“我报路长嗟日暮，学诗谩有惊人句”，这是作者对自己生命的一个反省：我现在已经衰老了，在我的一生中到底完成了些什么？我只是写诗，而且我在写诗上曾经是胜过别人的。李清照这个人，争强好胜的心特别强，写诗她要押险韵，写词她要连用十四个叠字，连和丈夫谈书论画也要赌输赢。可是现在——她说——这一切对我来说又有什么意义？“谩”，有徒然的意思。她说我白白地写下了那些惊人的诗句，但于事何补？我们这些从北方逃到南方的人，还有一天能够再次渡过淮水，回到家乡去吗？国家已经失去的半壁河山，还能够收复吗？

然而，“九万里风鹏正举，风休住，蓬舟吹取三山去”。这真的是李清照！她是不甘心失败的，在她的性格之中确实有着很豪放的一面。“九万里风鹏正举”是《庄子》中的典故，那上面说，“鹏之徙于南冥也，水击三千里，抟扶摇而上者九万里”。词人说，我虽然已经衰老了，我虽然还有那么多的理想和希望没有实现，可是我并不消沉，还要继续追求。她说，如果真的有那九万里的狂风吹起，我愿坐上一只轻舟，让风把我吹到我理想中的那一片海上仙山！这是李清照所写的非常有特色的一首词。在前面讲秦观《踏莎行》的时候我曾经提到，“雾失楼台，月迷津渡”并不是现实的形象而是一种象喻。值得注意的是，秦观的那首词还没有大胆到完全用象喻来表现，而李清照这首《渔家傲》完全用的是象喻。而且她的象喻又与现实结合得十分密切，这是非常难得的。在精神和感情上，这首词继承的是屈原《离骚》中那种追寻向往的传统，因而表现了一种高远飞扬的境界，与其他那些仅仅写出了一些生活中新鲜活泼情趣的作品有着层次上的不同。

李清照虽然是闺房女子，但从她的某些作品来看，就是放在男性作者之中也仍然是一个杰出的人物。她本来可以写出更多的前面讲过的第二、第三类作品，可是由于她受到“词别是一家”这一观点的限制，所以飞扬豪放的这一面在词中没有得到更多的发挥。这是很可惜的一件事。

〖作品选注〗

如梦令

昨夜雨疏风骤，浓睡〔1〕不消残酒。试问卷帘人〔2〕，却道海棠依旧。知否？知否？应是绿肥红瘦〔3〕。

【注】〔1〕浓睡：睡得很好。〔2〕卷帘人：指侍女。〔3〕绿肥红瘦：指经过风雨后，红花凋零，绿叶显得更繁茂。

一剪梅

红藕〔1〕香残玉簟秋。轻解罗裳，独上兰舟〔2〕。云中谁寄锦书〔3〕来，雁字〔4〕回时，月满西楼。　花自飘零水自流。一种相思，两处闲愁〔5〕。此情无计可消除，才下眉头，却上心头。

【注】〔1〕红藕：指荷花。〔2〕兰舟：木兰舟。〔3〕锦书：信。〔4〕雁字：雁在空中排成“人”字或“一”字形。〔5〕两处闲愁：双方都在为相思愁苦。

醉花阴

薄雾浓云愁永昼，瑞脑〔1〕消金兽〔2〕。佳节又重阳，玉枕纱厨〔3〕，半夜凉初透。　东篱〔4〕把酒黄昏后，有暗香〔5〕盈袖。

莫道不消魂，帘卷西风，人比黄花[6]瘦。

【注】〔1〕瑞脑：香料，也叫龙瑞脑。〔2〕金兽：兽形铜香炉。〔3〕纱厨：也叫蚊厨，方形木架蒙以纱，可以防蚊。〔4〕东篱：陶渊明《饮酒》诗有“采菊东篱下”句。〔5〕暗香：幽香。〔6〕黄花：菊花。

声声慢

寻寻觅觅，冷冷清清，凄凄惨惨戚戚。乍暖还寒[1]时候，最难将息[2]。三杯两盏淡酒，怎敌他、晚来风急。雁过也，正伤心，却是旧时相识。　　满地黄花堆积，憔悴损，如今有谁堪摘？守着窗儿，独自怎生得黑。梧桐更兼细雨，到黄昏、点点滴滴。这次第[3]，怎一个愁字了得。

【注】〔1〕乍暖还寒：气候变化不定，忽热忽冷。〔2〕将息：调养、休息。〔3〕这次第：指前面依次叙写的种种光景。

第三十二课　陆　游

在中国诗歌史上，陆游是写诗数量最多的一个诗人。他的《剑南诗稿》收录有九千三百多首诗，而他所留下来的词却仅有一百多首。可以想见，陆游并未专心致力于词，而仅是以写诗的余力作词。陆游的词大致可分为两类：第一是与诗的笔法及风格相近，如《汉宫春》（羽箭雕弓）就属于此类。这类词读起来虽有一种气势，但却缺少含蕴，不合于词的特质。第二类虽然也用诗的笔法，但由于受词调格式影响而与诗风格不同。这一类又可以分为两种情形：一种是颇具顿挫含蕴之致，虽然放在一般词作中也可以算是不错，但并非一般词人难以写出的作品，如《秋波媚》（秋到边城角声哀）即属此类。另一种具有逋峭沉郁之概——那是陆游平生许国之雄心与未酬之壮志在胸中冲击激荡而产生的一种美的体现。像他的《夜游宫（雪晓清笳乱起）》就属此类。一般说来，最后这一类词作最能代表陆游特殊的风格与成就，正如冯煦《蒿庵论词》所说的，其"逋峭沉郁之概，求之有宋诸家，无可方比"。

以上词作均选在本课作品选注里供大家参考，不再详细介绍。在

◎　陆游（1125—1210），字务观，号放翁，越州山阴（今浙江绍兴）人。

这里，我所要详细介绍的，乃是这位爱国诗人写他自己终生难忘的一段儿女之情的作品：《钗头凤》。关于陆游和他的表妹的爱情悲剧，大家都很熟悉：陆游初娶表妹唐氏，两人感情很好，但陆游的母亲不喜欢唐氏，逼迫陆游和她离了婚，陆游另娶，唐氏再嫁。几年之后，他们在会稽禹迹寺南的沈园偶然相遇，唐氏派人给陆游送来了酒和果馔，陆游十分感伤，于是就写了这首《钗头凤》。后来唐氏抑郁而死，陆游则终身怀念着他与唐氏的这段感情，直到他七十多岁的时候还写诗说，“此身行作稽山土，犹吊遗踪一泫然”！陆游是一个感情十分热烈执着的人，对国家民族如此，对儿女私情也是如此。而且值得注意的是：他对唐氏终生不忘的这一段感情在他的诗集中表现最多，而在词集中除了他早年写的这首《钗头凤》，几乎再也找不到另外的作品。一般来说，词这种体式最适合写男女相思离别之情，但陆游竟然没有把他唯一的这份终生难忘的悱恻之情写入词篇，这是为什么呢？我们以为，陆游本人对词中某些写男女情爱的作品是持轻视态度的。尽管他自己也曾写过这类作品，但都不是严肃之作。而他显然把自己怀念唐氏的这一份情感看得很严肃很郑重，因此宁可用抒情言志的诗体来表达它。至于这首《钗头凤》，我们以为它也并不是当时流行歌曲的词调，而是陆游因在沈园遇到唐氏，一时感情激荡不能自已，因而题写在园壁间的一首自创格式的新作。现在我们就看这首词：

钗头凤

红酥手，黄縢酒，满城春色宫墙柳。东风恶，欢情薄，一怀愁绪，几年离索。错，错，错！　　春如旧，人空瘦，泪痕红浥鲛绡透。桃花落，闲池阁。山盟虽在，锦书难托。莫，莫，莫！

什么是“红酥手”“黄縢酒”？“酥”本来是一种油，这里用来形容女子的手像油那样红润光滑。“縢”有缄封的意思，“黄縢酒”就是一种用黄纸封口的酒。但也有人认为应该是“黄封酒”，那是皇室专用的酒，唐氏再嫁的丈夫是宗室子弟，家里可能会有这种高贵的酒。但不管是“黄縢酒”还是“黄封酒”，总而言之它应该是在陆游心目中十分珍贵的一种酒。因为在沈园相遇时，唐氏派人给陆游送来了黄縢酒——也有可能就是她亲自拿着送过来的。这时候正是春天，柳树已经绿了。而且会稽在春秋战国时期曾是越国的都城，宋高宗在定都临安之前也曾以会稽为行在，在沈园附近也许就有一些宫殿建筑遗址。所以你看，“满城春色宫墙柳”，是多么美丽的景色！“红酥手，黄縢酒”，又是多么美丽多情的人物！假如这个时候唐氏仍然属于陆游，那真是良辰美景赏心乐事全都齐备了。

但事实上并非如此，春风带来了满城的春色，但春风也吹落了满树的花朵，所谓“林花谢了春红，太匆匆，无奈朝来寒雨晚来风”（李煜《相见欢》），这是大自然对春天的一种凶恶的摧残。大自然是这样，人世间也是这样的，“东风恶，欢情薄”，就是从大自然写到了人世间。他说，我现在满怀都是哀愁的情绪，在分离后的这几年里，我心中积下了多少悲伤难解的情思！在我们分别之后，我就知道，这件事情我们当初真的是做错了。在上阕的结尾，陆游一连用了三个“错”，那真是“聚九州之铁，成此大错”。也许他当初应该违背母亲的意愿把唐氏留下来，但那一切已经成为过去。现在，大错已经铸成，一切都无可挽回了！从这句话的口气来看，当年陆游在对母亲的孝顺和对妻子的爱情之间一定是经过了痛苦的挣扎之后才选择了前者的。

现在他们再次相见了。但是“春如旧，人空瘦”，这种重逢只能增加双方的痛苦。当年他们可能也曾一同到沈园游过春，因为沈园就在他们的故乡。现在春天仍像那时一样美丽，可是人却因悲哀痛苦而憔悴了，消瘦了。“人空瘦”在这里应该指的是唐氏。因为据说唐氏见到这首词后也曾和词一首，她一直很悲伤，在这次见面之后不久就死去了。所以当时陆游在沈园见到她那种憔悴消瘦的样子一定是很难过的。从“泪痕红浥鲛绡透”一句来看，在他们见面时唐氏一定哭泣过。“浥”是渍润的意思。但为什么要用“红浥”呢？这就涉及中国语言的多义现象了。这个“红”字的第一种含义是，因为女子脸上都敷有胭脂，所以流下来的泪水和胭脂混合，就成了“红泪”。第二种含义是“血泪”，当然不是说眼睛里真的哭出血来，而是指那种因极度悲哀痛苦而流出的眼泪。此外还有第三种可能，那就是引用了鲛人珠泪的传说。古代神话说海里有一种鲛人，能够织出最美最薄的“鲛绡”，而且它们哭泣的时候流出的眼泪会变成珍珠。“鲛绡”在这里指的是这种材料做成的手帕。陆游说，当唐氏哭泣的时候，红色的泪水浸透了红色的手帕，这“鲛绡”和“泪痕”等字样，就给人带来一种悲苦凄凉的感觉。

“桃花落”，是沈园写实的景色，是上阕“东风恶”的结果。但它还有更深一层的意思，就是他的表妹唐氏很快也就会像这桃花一样地飘落了，因为一个弱女子在这种无穷无尽的悲哀之中是挣扎不了几年的！“闲池阁”是什么意思呢？它是说，大自然中有东风对桃花的摧残，人世间有封建礼教对苦命女子的摧残，而沈园中那些美丽的池阁与这一切全不相干，它们依然故我，对自然界和人世间这些令人伤心的事情永远不会动一点儿感情。“山盟虽在，锦书难托”是说，当年他们两个在一起的时候曾经立过多少海誓山盟，那样的感情如今在两个人的心中仍然保存着，但现在不但再也不能像当年那样互相倾诉，而且连写一封信寄给对方也是办不到了。你想，在当时那种封建礼教的限制之下，两个人都各自婚嫁了，陆游怎么有资格、怎么有胆量给唐氏写一封信寄去！所以他在结尾又一连用了三个“莫”，意思是，不要，不要，再也不要有什么来往了！

这首《钗头凤》写感情写得十分真率，没有丝毫的掩饰和造作，把对前妻的一片深情以及他们被迫分离后的痛苦与思念表达得淋漓尽致。这一次的沈园相会之后不久，唐氏就死去了，以后又过了四五十年，陆游还是念念不忘。在他的诗集里光是纪念沈园的诗就有好几首，直到他临死前一年所写的《春游》四首之中，还在追怀悼念这一段往事。如果我们再结合看他临死前所写的那首著名的《示儿》诗，就会深深地体会到，陆游确实是一位有“真性情”的诗人，他的感情是那样深挚，那样专一，那样真实，那样坦率，无论是对国家的挂念，还是对前妻的悼念，都是萦回于心至死不渝。常言道，“无情未必真豪杰”，陆游可以算得一位真正的豪杰，他虽然壮志未酬，婚姻也未能如愿，但是那一份感人的深情却永远留在诗词里，拨动着后人的心弦。

陆游的词中还有一些旷达疏放或者用喻托之笔的作品。但评论诗词要探求其感发生命之本质，在陆游而言，旷达疏放只是他壮志未酬之后的一种反激，并不是本质，他主要的本质还是在他的性情之真和他以身许国的壮志盛气。至于他那些用喻托之笔的词虽然是少数，却往往是佳作。那是因为陆游盛于气而短于韵，常常缺少含蕴之美，而加上一层喻托，就多了一份深蕴。像大家很熟悉的那首《卜算子·咏梅》，就是一首寄情于物很有远韵的小词。这一点也是我们读陆游词时所不可不知的。

〖**作品选注**〗

汉宫春

初自南郑来成都作

羽箭雕弓，忆呼鹰[1]古垒，截虎平川[2]。吹笳暮归野帐，雪压青毡[3]。淋漓醉墨，看龙蛇[4]、飞落蛮笺[5]。人误许，诗情将略，一时才气超然。　　何事又作南来，看重阳药市，元夕灯山。花时万人乐处，攲帽[6]垂鞭。闻歌感旧，尚时时、流涕尊前。君记取，封侯事在，功名不信由天。

【注】〔1〕呼鹰：打猎时用鹰寻找目的物。〔2〕平川：平原。〔3〕青毡：帐篷。〔4〕龙蛇：指写的草字如龙蛇。〔5〕蛮笺：南方产的纸。〔6〕攲帽：戴帽不正的样子。

这首词因为词调多为成排的四字句，所以一口气读下来，只感到一种气势而缺少含蕴。它的句法不仅接近于诗，也近于文，像“忆呼鹰古垒，截虎平川”等句是一个领字带出两个四字偶句，与一般骈体文四六句之一呼一应的声律，可以说完全相同，因此整首词虽写得颇有气势，但却缺少了一种曲折含蕴之美。

秋波媚

七月十六日晚登高兴亭[1]，望长安南山[2]。

秋到边城[3]角声[4]哀，烽火[5]照高台[6]。悲歌击筑[7]，凭高[8]酹酒，此兴悠哉[9]。　　多情谁似南山月，特地暮云开。灞桥烟柳，曲江池馆，应待人来。

【注】〔1〕高兴亭：在南郑（即汉中）内城的西北。〔2〕南山：即终南山，横亘陕西南部。〔3〕边城：汉中这时临近宋金分界线上，故称边城。〔4〕角声：号角声。〔5〕烽火：边城上报警的烟火，代表边境的情势。〔6〕高台：指高兴亭。〔7〕筑：古乐器。《战国策·燕策》：燕太子丹，遣荆轲刺秦王，至易水上，其友高渐离击筑，荆轲和而歌。〔8〕凭高：依托高处。〔9〕悠哉：深长貌。

这首词虽然也有不少四字句，但它三句一排的四字句，基本声律是“平平仄仄，平平仄仄，仄仄平平”（不像《汉宫春》基本声律都是“平平仄仄，仄仄平平”）。于是在前二句平仄声律重复，与第三句平仄突然孤立的对比之间，形成了一种盘旋顿挫含蕴之致，使得陆游想要收复长安的豪情壮志，一变浅率质直而为曲折幽深，这是因为受了词的格式影响，形成了与诗不同的风格。

夜游宫

记梦寄师伯浑[1]

雪晓清笳乱起，梦游处、不知何地。铁骑无声望似水。想关河，雁门[2]西，青海际[3]。　睡觉寒灯里，漏声断[4]、月斜窗纸。自许封侯在万里。有谁知，鬓虽残[5]，心未死。

【注】〔1〕师伯浑：师浑甫，字伯浑，四川眉山人。陆游在成都常与他有诗文往还。〔2〕雁门：关名，在山西代县西北。〔3〕青海际：青海边。〔4〕漏声断：表示天快亮了。〔5〕残：此处说年已衰老，头发零落稀疏。

陆游在诗中写到雄心壮志时常表现为盛气，如同一江浩荡的流水。而这首词的格式使得这一江浩荡的流水突然遇到了无数峭壁的阻拦，于是产生了一种荡折横飞之美，使得陆游词不再有浅率质直的缺点，反而表现了一种盘折激荡的气概。这一类词最能够代表陆游特殊的风格与成就。

卜算子

咏　梅

驿外断桥边，寂寞开无主[1]。已是黄昏独自愁，更著风和雨。　无意苦争春，一任[2]群芳妒。零落成泥碾作尘，只有香如故。

【注】〔1〕无主：没有主人，这是说野外的梅花。〔2〕一任：听凭。

这首词寄情于物，颇有远韵。

第三十三课　辛弃疾

辛弃疾是中国文学史上一位伟大的词人，苏东坡虽也不失为一位伟大的作家，但就其词作而言，则他的词乃是在他政治上遭到贬谪、失意之后，才以“余力为之”的，而且苏词多以旷达的逸怀浩气为主，很少正面去写他用世的理想志意。而辛弃疾却不仅正面地表现了他忠心报国、收复中原的志意理念，而且艺术地再现了他心灵本质中的那一份深厚强大的生命力。一般而言，但凡伟大的诗人，他们都是用全部生命来写诗，并用全部生活来实践其诗篇的。像屈原、陶渊明、杜甫等都是如此。为此，我们在讲辛词之前，必须首先对辛弃疾的生命本质及其生活经历做一个大概的介绍。

辛弃疾生于宋高宗绍兴十年（1140），他出生时，其家乡山东历城已沦陷于金人之手达十几年了。而一个人生命本质的形成，一定是他的本性与他生活环境相结合的产物。作为一名热血男儿，还有什么能比天天看着家乡的骨肉同胞，在异族占领者的统治下遭受煎熬更痛苦、更刺激的，况且辛弃疾还生长在一个忠义奋发的家庭环境中。他的祖父具有强烈的民族观念，因南渡时未能脱身，无奈而仕于金，但

◎　辛弃疾（1140—1207），字幼安，号稼轩，历城（今山东济南市）人。存词六百余首。

对民族耻辱却耿耿难忘。据辛弃疾在《进美芹十论札子》中回忆，当年他祖父经常带着晚辈去观察地形、指划山河，鼓励晚辈们寻找机会起义抗金，以解君父不共戴天之恨。因此忠义之心与建功之志便成了伴随辛弃疾的天性，与身体一同发育成熟起来的生命之本源。辛弃疾在二十二岁时，曾召集忠义之士两千余人，结成义勇军。他不仅有慷慨激昂的勇气，还有足智多谋的韬略。他十分清醒地知道，这些一拥而上的“锄犁之民，寡谋而易聚，惧败而轻敌，不能坚战持久”；而另外一些有知识的“豪杰可与立事者”，却又因“尚气而耻下人”而“不肯俯首听命以为农夫下”（详见《备战》）。为了让知识分子与农民更好地结合起来，为了最终实现光复河山的千秋大业，辛弃疾甘愿放弃对这两千余人的领导权，毅然率军投奔了农民起义军的领袖耿京，并征得耿京的同意奉表南渡与王师联络。当辛弃疾完成联络任务、由南北归的途中，听说了叛徒张安国杀死耿京、率军投降金人的消息，立即带领一队人马冲入金营，活捉了正在饮酒庆功的张安国，连夜将叛徒押回南宋国君所在地建康，将其当众斩首。这是辛弃疾一生之中最为踌躇满志、痛快淋漓的一段回忆。他晚年写的《鹧鸪天》词中曾怀念这次壮举说：“壮岁旌旗拥万夫，锦襜突骑渡江初。燕兵夜娖银胡䩮，汉箭朝飞金仆姑。”

他本来正是带着这般壮怀激烈的光复之志投奔南宋的，但万没想到南渡以来的四十五年中，竟有二十余年被罢家居，弃置不用，所以上面那首词最后说：“追往事，叹今吾，春风不染白髭须。”当年满腹韬略、曾向皇帝献过“九议”“十论”的我，如今只能“却将万字平戎策，换得东家种树书”。尽管如此，辛弃疾仍不甘自弃，只要一有起用的机会，他总会不失时机地备战备荒，为反攻收复失地做准备，处处表现了他忧国爱民、有勇有谋、有胆有识的英雄才干。在湖南安抚使任上，他不惜花重金建造营房、购置军备，组建“飞虎军”。当有人以“聚敛”之罪上告他，并被皇帝降下金牌制止时，他的军营已即将完工，只缺屋瓦了。于是他一面机智地将金牌“藏而不发”，一面下令要他所辖地区的居民每人从自己家里献出两片瓦来，就这样待“飞虎军”军营竣工之后，他才公开了皇帝的金牌。又如他在江西安抚使任内时，曾遭遇饥荒，他便“尽出公家官钱银器”，召各阶层最能干的人到四处去购粮救饥，同时还下了一道严令：“闭粜（有粮不卖）者配，强籴（强买囤积）者斩。”结果由于他严厉打击粮食投机商，由于他动用国库资金救济灾民百姓而被人指控为“杀人如草芥，用钱如泥沙”，于是他被罢官斥逐，在江西上饶带湖附近筑室家居长达十年之久。十年后，他被起用为福建安抚使，其忠义奋发、图谋恢复的壮志丝毫未减。当他看到福建前枕大海，为贼之渊，而此地又无任何防范准备时，就马上筹备海防，修建“备安库”，还要“造万铠，招强壮，补军额，严训练”；这样一来，又被投降派弹劾为“残酷贪饕，奸赃狼藉”。于是，上任不满三年的辛弃疾就又被斥逐，筑居铅山县，一废又是八年。直到他六十四岁时，才又被起用知绍兴府兼浙东安抚使。他刚到任，就上疏奏陈，为百姓代言。其后又在被派去知镇江府时，屡次遣谍至金，侦探敌人的各种情报。由于镇江是长江南北交界的前线，所以他还在沿边一带招募士兵，筹置军需。此时距他南渡已有四十三年。他在此时写的《永遇乐·京口北固亭怀古》一词中说：“四十三年，望中犹记，烽火扬州路。……凭谁问，廉颇老矣，尚能饭否？”不仅流露出对当年甘冒烽火南渡之壮志义举的怀念，还表示了虽到垂老之年，仍想据鞍上马、冀求一用的不死之雄心。可惜不久，他竟又被论劾为“好色贪财，淫刑聚敛”而再度被罢家居，这时辛弃疾已六十六岁了。此后他身体日渐衰弱，终于在开禧三年（1207）他六十七岁时，怀着壮志未酬的满腔憾恨，在极度无奈与无望的悲慨中病逝于铅山。

也许有人要说，你既然屡遭谗毁，为什么不就此隐居，为什么还要固执地坚持自己的主张和作为？其实这与中国古代伟大诗人屈原的

“亦余心之所善兮，虽九死其犹未悔”；陶渊明的“托身已得所，千载不相违”；杜甫的“葵藿倾太阳，物性固莫夺”的精神是一脉相承的。不过辛弃疾不同于屈、陶者在于，屈原与陶渊明都准备了一条“独善其身”的退路，“进不入以离尤兮，退将复修吾初服”，“因值孤生松，敛翮遥来归”。而辛弃疾则实在是一个无法后退的人，他与杜甫一样，虽也偶然说到“尽西风，季鹰归未”（《水龙吟·登建康赏心亭》），及“不妨高卧，冰壶凉簟”，但这都是无可奈何的自嘲，其实他真正要表现的，则是那一份念念不忘的收复失地、统一河山的使命感，以及这一使命不得完成的悲慨抑郁之情。不幸的是，以辛弃疾这种义无反顾、激流勇进的天性，而生逢南宋朝政昏暗、主和派掌权的时代，就注定他终生都将挣扎在“天远难穷休久望，楼高欲下还重倚”这进退两难的悲苦之中。同时这种进退两难的激愤悲慨，也注定将成为辛词万变不离其宗的生命源泉。正如徐钪在《词苑丛谈》里引黄梨庄语云：“辛稼轩当弱宋末造，负管乐之才，不能尽展其用，一腔忠愤无处发泄……故其悲歌慷慨、抑郁无聊之气，一寄之于词。”一部《稼轩长短句》，几乎全是由两种相互冲击的力量汇聚而成，一是来自词人内心的带着家国之恨、忠义奋发的上冲之力；另外一种则是来自时代社会环境，即由于南人对北人的歧视及主战、主和两派斗争而加之于辛氏的谗毁、摒弃、排挤的下压之力。这两股力量互相冲击和消长，因而形成了辛词盘旋激荡、万变千殊的各种风姿。但是不管怎样变化，那由两股力量相互撞击而形成的英雄失志的悲慨却是不变的。不过辛稼轩很少对自己这份“欲说还休”的压抑悲慨作直接的表述，而总是凭借对自然景象和历史典故的兴发感触，借题发挥地予以艺术的表达，这就使他的词除了在气象意境上给人以强烈的感发之外，还在表现形式上给人以深沉悠远、蕴藉委婉的艺术美感。且看下面的词例。

水龙吟

过南剑双溪楼

举头西北浮云，倚天万里须长剑。人言此地，夜深长见，斗牛光焰。我觉山高，潭空水冷，月明星淡。待燃犀下看，凭栏却怕，风雷怒，鱼龙惨。　峡束苍江对起，过危楼，欲飞还敛。元龙老矣，不妨高卧，冰壶凉簟。千古兴亡，百年悲笑，一时登览。问何人又卸，片帆沙岸，系斜阳缆。

这是辛弃疾借自然景象与古典事象，将生命中的两种冲击力量表现得最为曲折和完美的一首好词。词题中的“南剑双溪楼”在今福建南平一带，宋时称作南剑州。此处因为有东西两条水从一座楼前合流，并汇成万丈深潭，因而将这楼称为“双溪楼”，潭曰“剑潭”，从剑潭流出去的水叫“剑溪”。要知道，中国的许多地名与古迹都与我们的历史文化有着密切的联系，只有了解了自己国家的历史文化及其背景，你才会真正欣赏、体会和感受到它们的特殊意义和价值，才会被那些并无知觉的山川草木、楼台亭阁所感动。《晋书·张华传》上就记载着一个与“南剑双溪楼”有关的历史故事：张华在晋朝曾官至宰相，他能诗文，博古今，著有《博物志》。传说每当他夜晚观察星象时，都看到斗宿和牛宿之间有一道光芒。他为此请教了当时对星象很有研究的雷焕。雷说这是宝剑之气上冲于天所射出的光芒，并推测这宝剑在豫章的丰城。张华听后就派雷焕做了丰城的县令。雷焕果然在丰城监狱的地下挖出了一对宝剑，一名为“龙泉”，一名为“太阿”。雷焕自己留下一把，另一把给了张华。后来张华在西晋“八王之乱”的政治斗争中被杀，他那把剑也丢失了。雷焕临死前把剑传给了儿子。一次雷焕之子携剑经过延平津，突然那把剑从腰间的剑鞘中跳出跃入水中，他立刻派人下水寻找。下去的人上岸说：下面根本看不到剑，只见两条身长数丈的巨龙在游，而且须臾之间，光彩照水，波浪惊沸，剑与龙都不见了。从此再也没有这两把剑的下落。辛词擅长用典故，这当然与他阅读广泛、学识渊博有关，但更重要的是，他对所读过的内容有真切、深刻和独到的感受和启发，所以当他偶然经过这富于传奇色彩的剑潭和双溪楼时，其内心所本有的满腔忠义之慨便立即与历史传说中那被遗失不得其用，而却气焰长存不息的宝剑融为一体，因而即兴开篇："举头西北浮云，倚天万里须长剑"，一开口就十分巧妙地借自然景象与历史典故为喻托。登楼远望，举目有山河之慨，这风雨江山之外使词人内心深深为之所动者，正是那"西北浮云"笼罩中的、沦陷于异族统治者铁蹄之下的北方故土。浮云要扫除，故土要收复，这就须有"倚天万里"之"长剑"。"长剑"象征着词人的豪情壮志，而"倚天万里"用夸张的描写表现出词人豪情壮志的雄杰不凡。按照文法，这句应是"须万里倚天长剑"，此处倒装来写，正是辛弃疾盘旋激荡的内在感情在表现形式上的艺术体现。

接着词篇紧扣题意写了有关此地的历史传说："人言此地，夜深长见，斗牛光焰。"像这样句读虽断、语气与语意不断的句法，也是辛词的一大特色，这使他内心的情意显得更加沉重、抑郁、激愤、盘旋。宝剑是一种象征，"光焰"也是一种象征，它喻示辛稼轩不甘罢休的一腔忠勇奋发之气。可是，宝剑哪里去了？西北浮云何日得扫？此时词人的处境是"我觉山高，潭空水冷，月明星淡"。举头仰视，则"月明星淡"，冷漠无情；低头下望，则水冷潭空，凄寒孤寂。这与前面的"人言此地"三句构成明显转折。但辛弃疾绝不会轻言放弃的，他要亲自找一找那神剑，偏要找到它不可，所以下面说："待燃犀下看，凭栏却怕，风雷怒，鱼龙惨。"这里又用了一个《晋书·温峤传》中的典故：一次温峤经过牛渚矶，听人说这里的水下有很多精怪，他就叫人燃犀下看，待火光一照，他就看见水中那些稀奇古怪的精怪。辛弃疾用典非常灵活，有时他用典故的全部故事，如上面关于宝剑的传说；有时他只是断章取义地用典故中的一段或一句，比如此句辛弃疾就只取用温峤的“燃犀下看”一句。传说宝剑落到水里，用普通灯光在水中照明不行，只有用犀牛角点燃在水中才不致被熄灭。那么宝剑是否找到了呢？不用说真的下水去找，他刚刚靠近栏杆向水里一看，就“凭栏却怕”，怕一旦惊起波澜，引起水族的震怒，就会掀起狂飙，响起霹雳，使鱼龙惨变。这表面看似乎在写深潭寻剑的艰难险阻，而其中喻示了词人在现实环境中只要稍有作为，就立即会遭到那些偏安一隅、非但自己不思抵抗还不允许别人抵抗的投降派的弹劾迫害。“鱼龙”“风雷”等在中国文学中，也是具有固定喻义的语码符号，李白《远别离》诗中就有“雷凭凭兮欲吼怒”“君失臣兮龙为鱼”等句，这里泛指恶势力对词人的谗毁迫害。至此，我们已清楚地看到了辛弃疾内心之中、生活之中以及词作之中那两种力量的相持、消长、激荡和盘旋：“倚天长剑”是忠义奋发的雄心壮志；“潭空水冷，月明星淡”是朝廷的冷落和摒弃；“待燃犀下看”是不甘罢休的挣扎努力，“风雷怒，鱼龙惨”是更加险恶的政治迫害。这两种力量互相对峙冲撞、此消彼长，在对景象和典故的交替描写中被表现得深沉强烈、淋漓尽致。

下半阕头三句是写现实景象，据地方志记载：东西两溪融汇沿途诸水而合流，其水势极为澎湃汹涌，而到此又骤然为山峡所阻约，因而当两水相对流入时，其相互冲击排荡的力量可想而知，故曰“峡束苍江对起，过危楼，欲飞还敛”，这不仅极生动地写出了双溪楼上所见到的两水聚合时的壮烈景观，同时也恰好是对前面所喻示的两种矛盾力量的形象化总结。“欲飞还敛”，这是多么顽强的奋发，多么痛苦而壮烈的挣扎！

接下去辛弃疾的笔锋陡然一转，以一种悠闲平静的情调写下“元龙老矣，不妨高卧，冰壶凉簟”，为全词又添了几分摇曳荡漾之姿。这三句见于《三国志·陈登传》：三国时的陈登（号元龙）本是一位关心天下大事、有扶世济民之志的高尚之士，他一生功绩卓著，可惜三十九岁就病死了。有一次许汜在与刘备共论天下人物时批评陈登是

“湖海之士，豪气不除”，刘备问许何出此言，许汜答道：有一次我拜访陈登，他居然不讲主客之礼，坐了半天，也不与我讲话；我留宿他家，他竟自上大床卧，让我卧下床。刘备听说，愤然道：方今天下大乱，有作为的人忧国忧民还来不及呢，你贪图安逸只顾求田问舍，居然还有脸计较主客之礼，如果换了我，就自上百尺楼头去卧，卧君于地，岂止是上下床之间耶！可见，“高卧”是陈元龙看不起许汜庸碌无为，对他表示鄙夷的行为；而这里辛弃疾反其意而用，是说纵然青年有为的陈元龙，如今老了，也不妨过几天“高卧”的生活，享受一下夏天一壶冷饮、一领凉席的舒适。这种把原来表示志在远大的“高卧”之士，转化为无所事事的闲居者的形象，就正好于反讽语气中透露出词人对自己壮志无成的嘲笑和悲慨。

接着“千古兴亡，百年悲笑，一时登览”，遂将典故中的古人古事，与现实中的今人今事做了一个综合的总结：得剑的张华、雷焕，燃犀的温峤，高卧的陈登，都已在千古兴亡之中消逝了，而这盛衰兴亡、天地沧桑的今古循环仍在继续着；三国与晋朝已成为历史，南宋又将以怎样的结局载入历史呢？人生不过百年，想我辛弃疾当年“壮岁旌旗拥万夫，锦襜突骑渡江初”，而今却只剩下“不妨高卧”了，这其中令人悲笑皆非的滋味，实在是“欲说还休”，而今天在这剑潭双溪楼的“一时登览”中，偏偏千头万绪一起涌上了心头。这里词人没有明写那触绪纷来的平生悲慨，而是把那“百年悲笑”的内容留在了言外。

而就在这“一时登览”定睛远眺之时，又一幕景象出现了——“问何人又卸，片帆沙岸，系斜阳缆”。不知何人又在日暮晖斜之际，把行进中的船帆卸下，将缆绳系在岸边的泊桩上了。这可能确是现实中的景象，但在全词多重喻示的衬托下，这个结尾也自然要引起读者更深的喻义联想：“片帆”喻示的是作者抗金报国、收复失地的不死之心；而卸帆与系缆则喻示了南宋朝廷苟且偷安、不思进取的颓废表现，尤其是这一“卸”一“系”，再次使人感受到恶势力对于辛弃疾这样忠心报国、志在收复者的残酷打击与无情压制！此外更妙的是，词人又一次点染了“斜阳”之景象，这就与他惯于描写的如“落日楼头，断鸿声里”（《水龙吟·登建康赏心亭》）、“斜阳正在，烟柳断肠处”（《摸鱼儿》）等词句一样，具有暗示着南宋国势已日薄西山、渐趋危亡的喻义。像这样通篇借自然景象和古典事象来抒情写志，并从中传达出如此深刻之喻义来的，在词人中唯辛稼轩一人而已。

另外，辛弃疾还是词人中作品最丰、题材最广、风格变化最多的一位。刘克庄说：“公所作大声鞺鞳，小声铿鍧，横绝六合，扫空万古。其秾纤绵密者，直不在小晏秦郎之下。”上述《水龙吟》所代表的是辛词中以高远博大之气象、矫健豪壮之形象来表现正负两种力量冲击下的激昂豪放、摧折压抑的所谓“大声鞺鞳”一类的风格。为了进一步说明辛词的“一本万殊”，我们还应对辛词这“万殊”之中的另一类“秾纤绵密”的所谓“小声铿鍧”之作给予简单介绍，请看他另一首《摸鱼儿》。

摸鱼儿

淳熙己亥，自湖北漕移湖南，同官王正之置酒小山亭，为赋

更能消、几番风雨，匆匆春又归去。惜春长怕花开早，何况落红无数。春且住。见说道、天涯芳草无归路。怨春不语。算只有殷勤，画檐蛛网，尽日惹飞絮。　长门事，准拟佳期又误。蛾眉曾有人妒。千金纵买相如赋，脉脉此情谁诉？君莫舞，君不见，玉环飞燕皆尘土！闲愁最苦。休去倚危栏，斜阳正在，烟柳断肠处。

表面看来，前半阕写惜春，后半阕写宫怨，这不但是词所本有之伤春怨怀的传统题材，还是词所独具的“要眇宜修”的正宗风味。然而这首词在内容境界上，在所传达出的感发生命以及其艺术表现方式上，都远不是词的正宗传统所能拘限的。

先看开端数句："更能消、几番风雨，匆匆春又归去。惜春长怕花开早，何况落红无数。"花开花落，来去匆匆，好不容易盼来的一个春天，我百倍珍惜它，不敢有片刻虚度，我爱惜花，甚至不愿让它早开，但没想到几番风雨之后，那尚未来得及充分盛开的生命之花竟又随着"匆匆春又归去"，又被无情葬送了！仅以一个诗人的多情善感、爱花惜春之情意而言，这也足够感人了，更何况身为伟大词人的辛弃疾，他所赋予这数句之中的含义还远不止这些。一个伟大的诗人，不管他写什么，怎样写，他的本质总是不变的，即一本万殊。这首词里表现出的一"本"，与前首《水龙吟》一样，还是那由正负两种力量对撞所激起的英雄失志的悲慨。所以他的伤春惜花完全是对故乡国土、对志在恢复难以忘怀的感情流露。词中"更能消、几番风雨"与他在《水龙吟·登建康赏心亭》词中的"可惜流年，忧愁风雨"中的"风雨"同意，不仅象征着他生活中所遭到的谗毁打击，还喻示了异族统治者对沦陷区人民的摧残蹂躏。我辛弃疾当年南渡来奔，为的就是有朝一日挥师北上，扫平敌寇，统一祖国，解救故乡的父老同胞。然而春去秋来，二十多年过去了，我的一腔热血仍无处抛洒，如今我虽雄心未已，却壮志难酬，眼看年命过半，"匆匆春又归去"，我还能再经受住几番"风雨"的摧伤打击？沦陷在水深火热中的父老兄弟还能经得起"几番风雨"的戕害侵袭？

辛弃疾词之所以能给人如此强烈的感发，最重要的是他对自己的国家、人民以及大自然中的一草一木，都充满着关切和同情，他有词道："一松一竹真朋友，山鸟山花好弟兄。"一个对松竹花鸟都充满爱心的人，可想他对山河破碎、同胞受辱又会是怎样地痛心。因此无论辛弃疾登南剑双溪楼，还是登建康赏心亭，不管是在湖南小山亭置酒抒怀，还是在京口北固亭怀古悲歌，他眼中所见、心中所想，全都带着浓厚而强烈的家国之恨和失志之慨。这和杜甫之无论是《登高》还是《登楼》，无论是《赴奉先县咏怀》还是《北征》，都在其所闻所见中倾注了深沉博大、浓厚强烈的忧国忧民之情一样。因而他们的伤春惜花，他们对于“春且住”，对于“传语风光共流转，暂时相赏莫相违”的呼唤希冀，完全是为了要实现收复河山“致君尧舜”的忠爱奋发之志。这就是同样写伤春惜花的传统题材，而竟会出现高下、优劣之别的缘故所在。

这首词的下半阕又是借典故中的人物事象写美女的怨怀无托。“长门事”，典出汉代：武帝幼时，其姑母有一女名阿娇，一天姑母和他开玩笑说：等你长大了，就把阿娇嫁给你好不好？武帝答：若阿娇嫁我，我当以“金屋贮之”。后来武帝果然娶了阿娇做皇后。但帝王后宫的三千佳丽使皇帝很快就三心二意了。当武帝爱上别的女子后，就把当年要“金屋贮之”的陈皇后冷落在常年得不到宠幸的长门宫里。后来陈皇后请当时很有文采的司马相如为她写了一篇《长门赋》，以期打动武帝，再获宠爱。辛弃疾此典用意在：我也希望找到像司马相如那样能替我向皇帝倾诉衷肠的人，以求感动朝廷，让我实现收复失地的夙愿。然而事实却是“准拟佳期又误”。写此词时，正值辛弃疾被调任湖南转运副使，他本以为朝廷能给他一些军政实权，可没想到这管理漕运事务的官职，离他的理想抱负相距更远，这使他极为失望，所以才说“准拟佳期又误”：我先前的美好期待竟会又一次落空了。因为“蛾眉曾有人妒”！“蛾眉”作为一个语码符号所具有的喻义，我们在讲温庭筠词时已介绍过了，天下只要有“众女嫉余之蛾眉”的小人，就会有“蛾眉曾有人妒”的事情发生，因此辛弃疾才说：“千金纵买相如赋，脉脉此情谁诉？”就算我能有千金买到一个能为我代言的人，可谁又能诉清我那满腔盘旋沉郁的九曲回肠呢？况且我该到哪里去寻找像司马相如那样的人呢？这千回百转、荡气回肠的寥寥数句，将辛弃疾英雄豪杰抑郁失志的悲哀感慨表现得委曲深切、淋漓尽致。

但接着笔调又陡然一转：你们不是“众女嫉余之蛾眉”吗？不是“风雷动，鱼龙惨”吗？可是，“君莫舞，君不见，玉环飞燕皆尘土”。你们不要太得意了，难道你们没看见，像杨玉环、赵飞燕这样被宠极一时的人也都化为尘土，而且都是不得好死的吗？辛弃疾坚信，政海波澜，朋党斗争，总是反复多变的，说不定哪一天你们也会落得与玉环、飞燕同等的下场。但辛稼轩所关心的还不是要与谁争胜争宠，而是关心在这种小人当道、英雄失志的境况下，宋朝的国家和人民会怎样？因此他才感到“闲愁最苦”。冯延巳有词道：“谁道闲情抛掷久，每到春来，惆怅还依旧……河畔青芜堤上柳，为问新愁，何事年年有？”这每每与春俱来，而又苦不堪言的“闲愁”，正是辛弃疾内心深处对于国家民族前途命运的担心和忧虑，所以结尾云：“休去倚危栏，斜阳正在，烟柳断肠处。”这与《水龙吟》中的“问何人又卸”三句有异曲同工之妙，真可谓一本万殊！在中国词的发展演变中，从来没有人能像辛弃疾这样，以隐约缠绵、纤秾绵密之形式，在以表现伤春悲秋、怨怀无托的传统题材中，如此挥洒自如地借自然景象和历史典故来表现出这么深刻严肃的主题，这么雄杰豪迈的志意，这么广阔幽远的意境，这么盘旋沉郁的情绪！难怪人们说“学稼轩者，胸中须先具一段真气奇气，否则虽纸上奔腾，其中俄空焉，亦萧萧索索，如牖下风耳”（谢章铤《赌棋山庄词话》）。

我们历来赞美辛词的豪放，要知道辛词之“豪”，绝非只是写几句豪言壮语式的口号，而是因为他首先具备英雄豪杰的理想志意，其次是具有英雄豪杰的胆识、气魄、才干和能力，同时还有一颗多情善感、宽广博大的仁爱之心。所以当他收复失地的志愿彻底落空后，遂将平生的志意怀抱、胆识理念全部寄托于词的创作，他那雄杰不凡的见识与才干虽未能在疆场征战中得以施展，却为中国词体的发展演变做出了巨大的成就和贡献。他的成就和贡献可以概括为两个方面：首先，他继苏东坡之后，又一次以雄奇豪迈的理性观念突破了词体“绮罗香泽”“剪红刻翠”的传统内容，使词在表现破国亡家、品格修养、秋士之悲、逸怀浩气的基础上，又有了抒发忠义之志和家国之忧的新天地。此外，他还以英雄豪杰的理念才略突破了词体艺术上的传统表现形式，即语言上既能用俗，又能用古，形象上既能取用自然景象，又能融会古典之事象。最为了不起和不可及者，是他能够将“诗之境阔”与“词之言长”这两种文体的优点合而为一，并且创造性地运用在词的创作实践中，在对词体传统进行突破性变革的同时，还成功地保持了词体“要眇宜修”、婉约含蓄的特点。所有这些，都足以证明辛弃疾确实是中国古代文学史上最为伟大而杰出的词人。

〖作品选注〗

水龙吟

登建康赏心亭〔1〕

楚天千里清秋〔2〕，水随天去秋无际。遥岑远目，献愁供恨，玉簪螺髻。〔3〕落日楼头，断鸿声里，江南游子〔4〕，把吴钩看了〔5〕，栏杆拍遍，无人会，登临意。　　休说鲈鱼堪脍，尽西风，季鹰归未？〔6〕求田问舍，怕应羞见，刘郎才气。〔7〕可惜流年，忧愁风雨，树犹如此！〔8〕倩何人唤取红巾翠袖，揾英雄泪〔9〕！

【注】〔1〕建康：今江苏省南京市。“赏心亭”是建康一处古迹，据《景定建康志》云:“赏心亭在（城西）下水门城上，下临秦淮，尽观览之胜。”一作“伤心亭”。〔2〕楚天：泛指江南地区；清秋：凄凉冷落的秋天。〔3〕“遥岑”三句意谓：放眼望去，远山如同美人头上的玉簪或螺髻，然而它们带给人们的却是愁和恨。遥岑：远山，指长江以北沦陷区的山，所以才说它是“献愁供恨”。〔4〕江南游子：指客居江南的自己。〔5〕吴钩：宝刀名，看吴钩，是希望有机会用它立功之意。〔6〕“休说”三句，写自己也有恋乡之情，却不

能学张季鹰那样忘情时事、弃官回乡。《晋书·张翰传》："翰（字季鹰）因见秋风起，乃思吴中菰菜、莼羹、鲈鱼脍，曰：'人生贵得适志，何能羁宦数千里以要名爵乎？'遂命驾而归。"意谓：人家张季鹰有故乡可归，而我辛稼轩如今仕宦不得志，也想归乡，但却有家难回，因为我的故乡还沦陷在异族统治之下。〔7〕"求田"三句可详见本课的赏析部分。作者用此典是说，我辛弃疾不能像张季鹰一样回归故里，只好留在江南；但在这里"求田问舍"，又怕被贤者所耻笑。〔8〕"可惜"三句是说：可惜我的英勇有为的青壮年时代竟随着流逝的年光消逝了，我所遭到的都是谗毁、贬谪等仕途的凄风苦雨，树在风雨中都会凋零，何况我们有感情的人呢？〔9〕倩：使；红巾翠袖：指歌女；揾：擦、拭。

这是他在建康任通判时所作。他的一片收复故国的志意，在落日的高楼上，在失去同伴的孤独的鸿雁的叫声里，得不到共鸣和回应，得不到人们的重视。所以他说："江南游子，把吴钩看了，栏杆拍遍，无人会，登临意。"这词写得比较直接。在"可惜流年，忧愁风雨，树犹如此"数句中，明白地表现出英雄失志的沉痛悲慨。

永遇乐

京口北固亭怀古[1]

千古江山，英雄无觅，孙仲谋处。[2]舞榭歌台，风流总被，雨打风吹去[3]。斜阳草树，寻常巷陌，人道寄奴[4]曾住。想当年：金戈铁马，气吞万里如虎。　　元嘉草草，封狼居胥，赢得仓皇北顾。[5]四十三年，望中犹记，烽火扬州路。[6]可堪回首，佛狸祠下，一片神鸦社鼓。[7]凭谁问：廉颇老矣，尚能饭否？[8]

【注】〔1〕京口：今江苏省镇江市；北固亭：在镇江市东北的北固山上，面临长江，又名"北顾亭"。〔2〕孙仲谋：即孙权，三国时吴国的国君，他曾

建都在京口，并在此击败了北方的曹军。这三句是说，当年的英雄孙仲谋，如今已无处可寻了。〔3〕榭：台上的屋子；风流：指英雄事业的遗风影响。〔4〕寄奴：南朝宋武帝刘裕的小名，其先祖由彭城移居京口，他自己在京口起事平定桓玄的叛乱，并推翻了东晋，做了皇帝。〔5〕元嘉：刘裕之子宋文帝刘义隆的年号（424—453）。草草：草率、马虎。狼居胥：一名狼山，在今内蒙古西北部。《史记·霍去病传》载，霍去病追击匈奴来到狼居胥山，封禅而还。仓皇北顾：看到北方的敌兵追来而惊慌失措。赢得：落得。这三句是说宋文帝刘义隆不能继承父业，徒然好大喜功，草率出兵，最后竟落得北伐的惨败。〔6〕四十三年：指自作者1162年率军南归，至写此词时的1205年正好四十三年，但他仍然清楚地记着当年金兵在扬州一带烧杀掠夺的情况。〔7〕佛狸祠：佛狸是后魏太武帝拓跋焘的小名，他在击败王玄谟的军队后，统率追兵到达长江北岸的瓜步山，在山上建立了行宫，即后来的佛狸祠。这三句意谓：我不能忍受看到敌占区的庙宇里一派香火旺盛的景象！〔8〕“凭谁问”三句是说，自己虽然老了，但还与廉颇一样具有雄心，可是有谁关心我、重视我呢？《史记·廉颇蔺相如列传》载：“赵使者既见廉颇，廉颇为之一饭斗米、肉十斤，被甲上马，以示尚可用。赵使者还报王曰：‘廉将军虽老，尚善饭；然与臣坐顷之，三遗矢矣。’赵王以为老，遂不召。”

鹧鸪天

有客慨然谈功名，因追念少年时事〔1〕，戏作。

壮岁旌旗拥万夫〔2〕，锦襜突骑渡江初〔3〕。燕兵夜娖银胡觮〔4〕，汉箭朝飞金仆姑〔5〕。追往事，叹今吾，春风不染白髭须。却将万字平戎策〔6〕，换得东家种树书。〔7〕

【注】〔1〕少年时事：指作者青年时代率起义军抗金南归之事。〔2〕旌旗：军旗；拥万夫：统领众多的士兵。〔3〕锦襜突骑：指精锐的锦衣骑兵。襜：指衣服前面的围裙。〔4〕燕兵：指北方敌兵；娖：捉、握的意思。银胡觮：银色

或镶银的箭袋。〔5〕金仆姑：箭名。〔6〕平戎策：平定入侵者的策略，这里指作者所著《美芹十论》及《九议》等论述恢复中原的文章。戎：古时对西北少数民族的统称，这里泛指入侵的敌寇。〔7〕东家：东邻的农家。此二句，谓当年满腹韬略却落得现在被废家居、归耕陇亩的下场。

这首词通过对壮岁有为、虎穴擒敌等英雄壮举的回顾，感慨晚年时光空逝、壮志未遂的悲哀与无奈。

沁园春

灵山齐庵赋，时筑偃湖未成〔1〕。

叠嶂〔2〕西驰，万马回旋，众山欲东。正惊湍〔3〕直下，跳珠倒溅；小桥横截，缺月初弓〔4〕。老合投闲〔5〕，天教多事，检校长身十万松〔6〕。吾庐小，在龙蛇〔7〕影外，风雨声中。　争先见面重重。看爽气朝来三数峰。〔8〕似谢家子弟，衣冠磊落〔9〕；相如庭户，车骑雍容〔10〕。我觉其间，雄深雅健，如对文章太史公〔11〕。新堤路，问偃湖何日，烟水濛濛？〔12〕

【注】〔1〕灵山：在今江西上饶城北，山高千余丈，绵延百余里。偃湖：作者居上饶时开凿的人工湖。〔2〕叠嶂：重重叠叠的山峰。〔3〕惊湍：急速的水流。〔4〕缺月初弓：刚刚呈现出弓形的新月。〔5〕此句意谓老了应当过一种闲散的生活。合：合当、应当。〔6〕检校：检阅、管理。长身：身躯高大；这里是将松树比作军队。〔7〕龙蛇：指松树屈曲的枝干。〔8〕"争先见面"两句，指夜雾消散后，群峰先后显露出来，几座山峰间迎面吹送来一阵阵使人清心爽气的晨风。〔9〕东晋时谢家为大族，子弟很多，皆着黑色衣服，人称"乌衣郎"。这里用谢家子弟来比喻山容树色的佳美。衣冠磊落：衣帽服饰庄重大方。〔10〕相如：司马相如；庭户：家门之处。《史记·司马相如列传》:"相如之临邛，从车骑，雍容闲雅甚都。"此二句是比喻松树的姿容气派。

〔11〕韩愈评柳宗元文章的风格时说：其文“雄深雅健，似司马子长。”（《新唐书·柳宗元传》）司马迁，字子长，曾为太史令，自称太史公。〔12〕新堤路：偃湖的堤路。这三句写想象中偃湖筑成后的美妙景色。

此词通篇上下难以掩饰词人那一份抗金杀敌、收复失地的跃跃欲试的激情，特别是后半阕“争先见面重重”数句，字里行间充溢着词人意气豪迈、神采飞扬的雅兴奇趣，同时也不由得流露出英雄豪杰空有一腔壮志才情而终生不得用武之地的沉痛和悲哀。

西江月

遣兴[1]

醉里且贪欢笑，要愁那得工夫。近来始觉古人书，信着全无是处。[2]　　昨夜松边醉倒，问松“我醉何如？”只疑松动要来扶，以手推松曰“去！”

【注】〔1〕遣兴：排遣或消遣心中的意兴。〔2〕“近来”二句化用《孟子》中“尽信书，则不如无书”之句。意思不是菲薄古人、否定古书，而是针对当时政治上没有是非的社会现状，故意说出的激愤之词。词中写醉态、狂态，都是对政治现实不满的一种表示。

粉蝶儿

和赵晋臣敷文赋落梅[1]

昨日春如十三女儿学绣，一枝枝，不教花瘦[2]。甚无情，便下得，雨僝风僽[3]，向园林，铺作地衣红绉[4]。　　而今春似轻薄荡子难久。记前时，送春归后，把春波、都酿作，一江醇酎[5]，约清愁[6]，杨柳岸边相候。

【注】〔1〕赵不迂，字晋臣，官至敷文阁学士。辛弃疾寓居上饶时，与赵常有唱和之作。〔2〕“不教”句，指初学绣花者总是把绣线绣到花样的轮廓线以外来，使花显得很肥大。比喻春花开得很繁茂。〔3〕僝、僽：摧残、折磨的意思。又解为“排遣”。〔4〕地衣红绉：有绉纹的红色地毯，比喻落梅。〔5〕醇酎：浓酒。〔6〕约清愁：与清愁定个约会。约：相约。

丑奴儿[1]

书博山道中壁[2]

少年不识愁滋味，爱上层楼；爱上层楼，为赋新词强说愁[3]。　　而今识尽愁滋味，欲说还休；欲说还休，却道“天凉好个秋”。

【注】〔1〕丑奴儿：通称《采桑子》。〔2〕博山：《大清一统志·江西广信府》：“博山在广丰县西南三十余里，南临溪流，远望如庐山之香炉峰。”辛弃疾闲居信州（今江西上饶市）时，经常来往博山道中。〔3〕层楼：高楼；强说愁：没有愁而说愁，即无病呻吟。这首词借少年时代的“强说愁”，反衬如今“欲说还休”的难以言说的悲慨。

第三十四课　姜　夔

姜夔号白石道人，是南宋词人中的一位大家。他兼工诗词，早年写诗学江西诗派。宋代江西诗派讲究炼字炼句、清新奇峭，有自己的一套诗法。姜白石把这套诗法用来写词，形成了一种“清空骚雅”的特色。他的词写得很空灵，很典雅，只摄取事物的神理而不沾滞于事物的外貌，给人一种“野云孤飞，去留无迹”的印象。现在我们通过他的咏梅词《暗香》《疏影》来看一看这些特点。

暗香

辛亥之冬，予载雪诣石湖。止既月，授简索句，且征新声。作此两曲。石湖把玩不已，使工妓隶习之，音节谐婉，乃名之曰《暗香》《疏影》。

旧时月色，算几番照我，梅边吹笛。唤起玉人，不管清寒与攀摘。何逊而今渐老，都忘却、春风词笔。但怪得、竹外疏花，香冷入瑶席。　江国，正寂寂。叹寄与路遥，夜雪初积。翠尊易泣，红萼无言耿相忆。长记曾携手处，千树压、西湖寒碧。又

◎　姜夔（约1155—1221），字尧章，号白石道人，饶州鄱阳（在今江西省）人。

片片吹尽也，几时见得？

疏影

苔枝缀玉，有翠禽小小，枝上同宿。客里相逢，篱角黄昏，无言自倚修竹。昭君不惯胡沙远，但暗忆、江南江北。想佩环月夜归来，化作此花幽独。　犹记深宫旧事，那人正睡里，飞近蛾绿。莫似春风，不管盈盈，早与安排金屋。还教一片随波去，又却怨、玉龙哀曲。等恁时、重觅幽香，已入小窗横幅。

这两首词有一个小序，序中提到的“石湖”是南宋诗人范成大所居之处。姜夔没有做过官，终生过着游荡江湖、寄人篱下的生活。这段序就是他这种生活的一个写照。但是他与辛弃疾生在同一个时代，对国家的事情不可能无所关怀，只不过由于风格不同，他的一些忧国伤时的词写得比较含蓄，不像辛词那样钟鼓鞺鞳而已。姜夔平生有一件最难忘怀的事情，那就是他年轻时在安徽合肥遇到一个女子，两人相恋多年却始终未能结合。后来，他写了很多词来怀念这个女子。关于这件事，当代著名词学家夏承焘先生曾写过一篇《白石道人词考》，做过详细考证。需要强调的是，姜夔与那个合肥女子分开时是在正月梅花盛开的时候，所以姜夔的词中凡是写到梅花时，里边就常常蕴藏着他对这段往事的怀念，而《暗香》和《疏影》正是两首咏梅花的词。这两首词是姜夔自创的曲调，名字来源于北宋林逋的名句“疏影横斜水清浅，暗香浮动月黄昏”。古人认为，林逋那两句诗是诗之赋梅中最好的一联，而姜夔这两首词则是词之赋梅中最好的两首词。不过，如果你读过这两首词之后感到不懂，那一点儿也没有关系，因为连著名词学家王国维都说：“白石《暗香》《疏影》格调虽高，然无片语道着。”（《人间词话》）这话正好说中了姜夔的特点。《暗香》和《疏影》中用了很多涉及梅花的典故，还有一些我们提到过的“语码”，但处处都是围绕着梅花旁敲侧击，没有一点儿落到实处，使读者很难抓到他确切的主题。

"旧时月色，算几番照我，梅边吹笛"——月光的皎洁、暗香的清远、笛声的幽咽、寒意的萌生，构成了一个高洁凄清、典雅脱俗的背景。"玉人"指美丽的女子。可以设想，她就是词人心中念念不忘的那位合肥情侣。词人说，过去每当我在月下梅边吹笛的时候，笛声就唤来了那位玉人，她总是冒着夜晚的清寒去为我攀摘一枝梅花。可是现在呢？只有月色还是和当年一样美丽，玉人已经和我分别很久了，而且我也逐渐老去，不再有当年的情趣和才华。因此我就埋怨竹林外疏枝上的梅花，怪它们不该在我如此寂寞孤独的时候，把那种使人感到寒冷的幽香吹到座席上来！这里提到的何逊是南北朝梁代一位很有才华的诗人，他曾做过扬州法曹，写过一首咏早梅的诗《扬州法曹梅花盛开》，所以姜夔引他来自比。下面的"寄与路遥"也是一个与梅花有关的典故。据《太平御览》记载，三国时江南陆凯给他在北方的朋友路晔寄去了一首诗和一枝梅花，那首诗说："折花逢秦使，寄与陇头人。江南无所有，聊寄一枝春。"在这里，词人反其意而用之，说是现在隔着江水，已经很久得不到你的一点点消息，我们相离如此遥远，而且眼前又下起雪来，梅花上逐渐积满了白雪，我连像陆凯那样折一枝梅花给你寄去也办不到！由此，词人逐渐伤感，情绪也有些激动起来——"翠尊易泣，红萼无言耿相忆。""翠尊"是翠绿的酒杯，"红萼"是红梅的花瓣。他说，每当我在梅花前端起酒杯时就会流下泪来，因为那红梅的花瓣虽然默默无言，但它引起了我心中永远不能熄灭的一份感情的记忆。想当年我们携手同游时，西湖边盛开的千树红梅映得湖水都不显得那么寒冷了，那是多么欢乐的时光！可是现在梅花瓣又开始一片一片地被风吹落了，我什么时候才能够再见到你呢！

"千树压、西湖寒碧"说的是西湖，因为杭州西湖的孤山有很多梅树，是有名的赏梅胜地，但姜夔暗中怀念的那位情侣是在安徽的合肥，两个地点并不一致。不过这并没有什么关系——梅花，已经在词人的心中把它们连接起来了。

与《暗香》相比，《疏影》的主题更复杂一些，词中所用的典故也更多。“苔枝缀玉，有翠禽小小，枝上同宿”，就用了一个不大常见的关于梅花的典故。据曾慥《类说》卷十二引《异人录》记载，隋代赵师雄调任广东罗浮，于天寒日暮中遇一美人，共至酒店欢饮，有一绿衣童子歌舞助兴。师雄酒醉睡去，天明醒来时只见梅花树上有一绿色小鸟对着他叫个不停。原来美人是梅花所化，绿衣童子就是这只翠禽所化。姜夔在他的另一首小词《鬲溪梅令》中也有过“翠禽啼一春”的句子，那首词的内容是怀念合肥情侣的。由此可见，这首《疏影》很可能也含有怀念合肥女子的成分。

“客里相逢，篱角黄昏，无言自倚修竹”，指的还是梅花。《暗香》里有“竹外疏花”句，可见范成大庄园里的竹和梅都在一处。姜夔来到范成大家里做客，傍晚时在一个篱笆角处发现了竹旁的梅花，顿时觉得像见到老朋友一样，他是把梅花当成人来写的。“无言自倚修竹”化用了杜甫诗“天寒翠袖薄，日暮倚修竹”（《佳人》），用得很好，使人联想到杜甫笔下那位幽居空谷的美人形象，给人一种梅花就是美人的感觉。

“昭君不惯胡沙远，但暗忆、江南江北。想佩环月夜归来，化作此花幽独”，引用了汉代昭君出塞和番的典故。昭君和梅花又有什么关系呢？原来，唐诗人王建有一首《塞上咏梅》说：“天山路边一株梅，年年花发黄云下。昭君已没汉使回，前后征人谁系马。”这首诗的意思是说，天山路边居然有一株江南的梅花树，年年在塞外漫天黄沙中开花，现在昭君已经死了，汉朝使者也回去了，还有谁会注意到这株孤零零的梅树，还有谁会在这里停留一下？姜夔这几句的用意是：生在江南的梅花是受不了塞外风沙的，汉家女子昭君也不会习惯北地的生活。她的心里一定始终在怀念着故乡，虽然不能生还，但死后的魂魄也一定会在月夜归来，说不定就化作了我面前的这一树梅花！“想佩环月夜归来”，是化用杜诗“环佩空归月夜魂”（《咏怀古迹》五首之三），那是杜甫咏怀昭君故乡的一首诗。在我们的文化传统中，一提到昭君就会使人想到宫中女子沦落北地的悲哀。因此历代有不少词学家根据这几句，认为这首词是在慨叹北宋灭亡时随徽、钦二宗被俘虏北去的那些后宫嫔妃的悲惨遭遇。这是很有可能的。因为姜夔所用的“昭君”“胡沙”“深宫旧事”等字样确实都起着“语码”的作用，引导着读者向这一方面联想。更何况，徽、钦二宗被俘北去殂于五国城，对南宋朝野上下来说乃是一种奇耻大辱，不是一件很快就可以忘怀的事情。

“犹记深宫旧事，那人正睡里，飞近蛾绿”，又是一个关于梅花的典故。传说南朝宋武帝的女儿寿阳公主有一天躺在一株梅树下休息，一朵梅花正好落在她的额头，怎么擦也擦不下去，于是宫女们纷纷仿效，也在前额画上一朵梅花，叫作“梅花妆”。“莫似春风，不管盈盈，早与安排金屋”的“金屋”典出汉武帝“若得阿娇作妇，当作金屋贮之”。姜夔用这两个典故的意思是说，现在梅花已经开始飘落了，你不要像春风那样不懂得爱惜花朵，应该早早地筑好一个金屋把梅花保护起来！这个地方从表面看是词人爱惜梅花，但也可能有另一种感情的含义：当年我既然爱那个合肥女子，为什么没有早早安排金屋把她保护起来，以致永远失去了她！这种失误所造成的后果就是——“还教一片随波去，又却怨、玉龙哀曲。等恁时、重觅幽香，已入小窗横幅。”“玉龙”是笛子的名字，“玉龙哀曲”指笛曲《梅花落》。词人说，等到落花已随流水而去，我就只剩下用笛子来抒发我的悲哀。到那时，窗外再也不能够找到梅花的身影，只能坐在屋中欣赏梅花的画图了。

这两首词的确写得很美，虽然没有像一般咏物词那样对梅花的形态做直接和具体的描摹，但是写出了梅花清虚淡雅的气质。它多么像一个绰约幽怨的丽人，在一片暗香疏影之中乍隐乍现，引起读者无限的联想……在这两首词里，姜白石使用了很多典故，还化用了不少前人的诗句，处处不离梅花和美人，但又很难说清他到底是在写梅花还是在写美人。他的梅花只是作为贯穿情事的一种点染或线索，他的感慨也全在虚处，含蓄不露。这就是姜白石的清空骚雅。这种特色使他的词在写爱情的时候能够避免柳永一派的侧艳软媚；在写感慨的时候也能够避免苏辛末流的粗豪叫嚣，从而在词的发展史上又开出了一个新境。因此，后来写词的人学姜夔的很多，在清代甚至形成了以姜夔和张炎为宗的浙西词派。

然而应该注意的是，“清空骚雅”仅仅是一种艺术风格或手法，如果过于追求，有时就会损伤了作品中感发生命的本质。南宋词人张炎在《词源》中曾提出“词要清空，不要质实”的观点，他所举“清空”的代表就是姜白石，“质实”的代表是我们下一课要讲的吴文英。但姜白石的清空有时缺乏感受的力量，完全用思想来安排，显得骚雅有余而真正的感发似乎不足。至于吴文英，由于他有一种敏锐多情的禀赋，同时又生在南宋亡国之祸已迫在眉睫的时代，在感发力量上确实有白石所不能及者。

〖作品选注〗

扬州慢

淳熙丙申至日，予过维扬[1]。夜雪初霁，荠麦弥望。入其城则四顾萧条，寒水自碧。暮色渐起，戍角悲吟。予怀怆然，感慨今昔，因自度此曲。千岩老人[2]以为有黍离[3]之悲也。

淮左[4]名都，竹西[5]佳处，解鞍少驻初程。过春风十里[6]，尽荠麦青青。自胡马窥江[7]去后，废池乔木，犹厌言兵。渐黄昏，清角吹寒，都在空城。　　杜郎[8]俊赏，算而今、重到须惊，纵豆蔻词工，青楼梦好[9]，难赋深情。二十四桥[10]仍在，波心荡、冷月无声。念桥边、红药[11]年年，知为谁生。

【注】〔1〕维扬：扬州又称维扬。〔2〕千岩老人：萧德藻号千岩老人，他的侄女嫁给了姜夔。〔3〕黍离：见《诗·王风·黍离》，周室东迁，周大夫行役经过西周旧都，见宗庙宫室长满禾黍，因而赋诗以吊之。〔4〕淮左：淮水以东。〔5〕竹西：扬州有竹西亭，因杜牧诗“谁知竹西路，歌吹是扬州”而得名。〔6〕春风十里：杜牧诗《赠别》：“娉娉袅袅十三余，豆蔻梢头二月初。春风十里扬州路，卷上珠帘总不如。”下阕“豆蔻词工”亦出此诗。〔7〕胡马窥江：宋高宗建炎三年（1129）金兵初犯扬州，其后屡次南侵。〔8〕杜郎：即晚唐诗人杜牧，他写过很多有关扬州的诗。〔9〕青楼梦好：杜牧《遣怀》：“十年一觉扬州梦，赢得青楼薄幸名。”青楼指妓馆。〔10〕二十四桥：扬州有二十四桥，杜牧《寄扬州韩绰判官》：“二十四桥明月夜，玉人何处教吹箫。”〔11〕红药：红色芍药。

踏莎行

自沔东来，丁未元日至金陵，江上感梦而作。

燕燕轻盈，莺莺娇软[1]。分明又向华胥[2]见。夜长争得薄情知，春初早被相思染。　　别后书辞，别时针线。离魂暗逐郎行远。淮南[3]皓月冷千山，冥冥归去无人管。

【注】〔1〕燕燕、莺莺：指所恋女子。苏轼诗有“诗人老去莺莺在，公子归来燕燕忙”之句。〔2〕华胥：指梦中。〔3〕淮南：合肥宋时属淮南路。

鹧鸪天

元夕有所梦

肥水东流无尽期，当初不合种相思[1]。梦中未比丹青见，暗里忽惊山鸟啼。　　春未绿，鬓先丝，人间别久不成悲。谁教岁岁红莲[2]夜，两处沉吟各自知。

【注】〔1〕种相思：红豆又名相思子，其树即相思树。〔2〕红莲：指元宵节的花灯。

我曾经说周邦彦的长调开创了以思索安排为主的南宋词，但那只是指的长调。至于他们所写的小令，大多还是五代北宋风格。姜夔的这首《鹧鸪天》和上面那首《踏莎行》就都是五代北宋风格，这两首词的内容是怀念那位合肥女子的。

第三十五课　吴文英

吴文英号梦窗，是一位以作品晦涩闻名的南宋后期词人。历代对他的词颇多訾议，流传最广也最久的评语就是张炎在《词源》中所说的："吴梦窗词如七宝楼台，眩人眼目。碎拆下来，不成片段。"意思是，梦窗词是用很多美丽辞藻堆垛起来的，其中没有一点儿内在联系。有的人早年读词时不喜欢梦窗词，但后来对梦窗词作细心吟味后，就可能发现，吴文英的词有一种特殊成就，由现代眼光来看，他的词竟与一些现代文艺作品中所谓现代化的作风颇有暗合之处。他在叙述中喜欢用时空颠倒的手法，在修辞上往往只凭感性所得，不依循理性习惯。另外，由于吴文英用情比较深挚，所以他的词虽然是南宋风格，却常常带有北宋词那种直接感发的力量。对于梦窗词的这些特点，前人也曾有所议论。例如清代词学家周济就曾说："梦窗奇思壮采，腾天潜渊，返南宋之清泚，为北宋之秾挚。"(《宋四家词选序论》)他说得过于简单概括，但的确是吟味有得之言。

下面我们就通过一首长调来看一看梦窗词到底有什么样的"奇思壮采"，又是怎样"腾天潜渊"的。这首词是吴文英陪他的朋友登禹

◎　吴文英（约1200—1260），字君特，号梦窗，四明（今浙江宁波）人。

陵之后所写。禹陵，在浙江绍兴的会稽山，离词人的家乡四明不远。现在我们就先把这首词抄下来一看：

齐天乐

与冯深居登禹陵

三千年事残鸦外，无言倦凭秋树。逝水移川，高陵变谷，那识当时神禹？幽云怪雨，翠蓱湿空梁，夜深飞去。雁起青天，数行书似旧藏处。　　寂寥西窗久坐，故人悭会遇，同剪灯语。积藓残碑，零圭断璧，重拂人间尘土。霜红罢舞，漫山色青青，雾朝烟暮。岸锁春船，画旗喧赛鼓。

在中国古代帝王之中，最值得纪念的就是夏禹了。他栉风沐雨治平大地上的洪水，为苍生赢得了生存环境。可是自禹王逝去之后，三千多年来人世间又增添了那么多远过于洪水的苦难，三千多年来可还有第二个禹王吗！“三千年事残鸦外”，一开口就带着这样的感慨，把读者的视线从天边鸦影推向远古苍茫，取境高远开阔，感情忧郁悲怆。“无言倦凭秋树”的“倦”字有两层含义：第一层是词人因登山跋涉而倦，是身体上的“倦”；第二层是三千多年来人类忧患劳生的苦恼一时之间涌向词人心头所引起的“倦”，是心中的“倦”。当此身心交倦之际，他所能依靠一下的是什么？只是一棵在寒风中瑟缩的“秋树”而已！这两句带有很强烈的直接感发力量，与一般南宋词的风格颇有不同。

但吴文英在“钩勒”上也是很见功夫的，“逝水移川，高陵变谷”，就是对“三千年事”的进一步钩勒。三千多年来，河水已经改了多少次河道，高山也已变成低谷，禹王治水的痕迹一点儿也找不到了，现在谁还能想象出当年禹王的英雄风采！吴文英一生同姜白石一样过着曳裾豪门的游客生活，但是他生活在南宋快要灭亡的时代，比白石又多了一份对国家命运的关怀。“无言倦凭秋树”和“那识当时神禹”

就隐含着一种托身无所的凄凉和当世无人的悲哀。

禹王治水的痕迹已经在世间消失了，可是人们希望禹王的精神能够在世间长存。“幽云怪雨，翠蓱湿空梁，夜深飞去”隐隐写出了禹王飞动的精魂，暗示了人们的这种希望。可是由于这几句所用典故过于偏僻，难以索解，所以很多选本都不选这首词。其实这个典故对吴文英本人来说算不得偏僻，因为那就是他的家乡四明附近的一个神话传说，在《四明图经》和南宋的一本《会稽志》里可以查到。原来，传说会稽禹庙有一根梅木做的屋梁叫作“梅梁”。每当夜里有大风雨的时候，梅梁就变作一条龙飞出去，与镜湖里的龙相斗，第二天早晨飞回来，依旧化作屋梁，但上面水迹淋漓，还沾着镜湖里的水草。后来人们用铁锁把梅梁锁上，但仍不能阻止它在夜间化龙飞去。这个记载本身蒙有一层怪异的色彩，吴文英又用他的独特笔法使这层色彩更加鲜明。首先，“蓱”其实就是水里的萍草。他之所以不用“萍”，而要选择这么一个不常见的怪字，为的就是增添怪异色彩。《楚辞·天问》中有“蓱号起雨，何以兴之”，如果读者能联想到这个出处，就更能加深那种幽云怪雨一时并起的感觉。其次，按照时间顺序，本应该先有梅梁的“夜深飞去”，然后才有清晨的“翠蓱湿空梁”。可是吴文英偏要把屋梁上沾满水草这件引起悬念的怪事放在前边，这种颠倒时间与因果的写法也进一步渲染了迷离幽怪的气氛，使读者不禁对会稽山上这座充满了神话色彩的古庙产生出无穷的想象。

据《大明一统志·绍兴府志》记载，禹陵附近有个石匮山，禹王治平洪水之后曾藏书于此。也有一些其他古籍记载，说是禹王治水之时在这儿得到了藏书。得书也罢，藏书也罢，总之是远古荒忽，传闻悠邈，那个地方如今已没有任何踪迹可寻了，现在抬头只能看到空中的大雁在青天上摆下了一行行文字，好像是在传递远古的某种消息。“雁起青天，数行书似旧藏处”，是一个突然的跳跃，从神话中深夜的“幽云怪雨”，一下子就跳回了白昼登临时所见的“雁起青天”，但其中却也结合了远古的传说。

这种跳跃往往成为人们读不懂梦窗词的主要原因。在下阕，他的跳跃更为频繁也更为突兀："寂寥西窗久坐，故人悭会遇，同剪灯语。"从白昼禹陵一下子跳到晚间在家中与故人西窗共话；然后"积藓残碑，零圭断壁，重拂人间尘土"，又毫无承接痕迹地从西窗灯下跳回白昼禹陵！这种腾天潜渊的跳跃使人眼花缭乱，但我们也应该注意到，在这跳跃之间并不是毫无理路可寻的。在上阕中，吴文英的感慨全是对三千多年沧桑而发，取境十分高远，有一种飞扬的神致；而在下阕中，他引入了自己的朋友冯深居，无形中又使作品产生了一种沉郁的力量。冯深居名去非，与吴文英相交甚久，在南宋理宗宝祐年间（1253—1258）曾做过学官，因反对当时的权臣丁大全而被免官，是一个很有气节的人。由此可见，这首词是很有一些言外之慨的。同时，引入冯深居也呼应了题面《与冯深居登禹陵》，在章法上显得十分严谨。

至于"积藓残碑"和"零圭断壁"，当然不会是词人家中所有，实际上它们都是禹陵的古物，是他们白天登山时看到的东西。据《大明一统志》记载："窆石，在禹陵。旧经云：禹葬会稽山，取此石为窆，上有古隶，不可读，今以亭覆之。"又说："宋绍兴间，庙前一夕忽光焰闪烁，即其处劚之，得古珪璧佩环藏于庙。"吴文英与冯深居白天同登禹陵时可能确实曾拂去残碑断壁上的尘土进行辨认和鉴赏，并有过一番古物徒存、禹王何在的感慨。现在当他们在西窗下剪灯共话的时候，那些历尽三千多年沧桑的古物也就成了他们共同的话题。这两句如果只做这样的解释当然也是可以的，不过我们还要注意词人在这里的口吻：所谓"人间尘土"，就不会仅仅指古物上的尘土；所谓"积藓残碑"和"零圭断壁"，都带有一种强烈的感伤情绪。要知道，人的一生之中也会有不少往事旧梦和理想热情，但由于现实的打击和岁月的消磨，它们也会逐渐在记忆里被蒙上一层厚厚的灰尘。故人重逢，灯前话旧，往往能打开这些尘封的记忆。然而世事推移，年华不返，往日的旧梦其实也就是词人心中的一份“残碑断壁”了，它们与白天在禹陵所见的那些实物的残碑断壁实在并没有什么两样！吴文英具有敏锐的感受能力，此时此地，这二者之间的时空隔阂在他的感觉之中早已泯灭，所以不加任何承接和理性说明就跳了过去。随着他的跳跃，故人离合的今昔之感与三千多年历史的沧桑之慨蓦然之间结合成了一体，于是，故人离合之感就因融入了三千多年历史显得意境更为深广，而三千多年历史的悲慨也因融入了故人灯前夜话显得更为亲切了。这首词写到这里，在意境上又深入了一步。

接下来，“霜红罢舞，漫山色青青，雾朝烟暮”三句又以飞扬之笔开出了另一个新境界。苏东坡曾在《赤壁赋》中说，“自其变者而观之，则天地曾不能以一瞬；自其不变者而观之，则物与我皆无尽也”，那是对人世间变化与永恒的一种理性说明。吴文英的这几句恰好是那一理性说明的感性再现。“霜红”就是“其变者”，它与前边的“秋树”隐隐相呼应，指的是经霜之后变红的树叶。霜叶在生命结束的时候还保持着美丽的色彩并且做最后一次飘舞，这是一个十分哀艳的形象，意味着美好的东西是不能长存的。而那青青的山色和每天的朝朝暮暮则是“其不变者”，它们是无情的，并不为那些美丽生命的消失所感动。千古历史兴亡也是如此，那是一种永恒的推移，谁也无法抗拒，谁也无法改变。

于是，在结尾两句就有了一个更大的跳跃：“岸锁春船，画旗喧赛鼓”，从禹陵的秋天直接就跳到了春天。这个跳跃表面上看起来似乎很突然，但如果仔细体会一下就会明白：“无言倦凭秋树”固然是登禹陵当天的事情，而“霜红罢舞”就已经包含了秋季山中的全部变化，不完全是当天的事情了。到“山色青青，雾朝烟暮”，则更明显地透露出时移节替之意。词人说，到了来年春天，这里就不会再这么凄清了，水边将有很多游船，到处是一片画旗招展和赛鼓喧哗。那是怎么一回事呢？据嘉泰《会稽志》中记载，俗传三月五日是禹王生日，每年到了这天，人们便倾城而出举行祭神赛会，禹王庙前特别繁华热闹，很多人都不惜拿出一年的积蓄来参加这次盛会。所以你看，这个“春”字也不是随便用上的，吴文英虽然喜欢凭感性跳跃，但是他几乎字字都有来历！

这首《齐天乐》通篇都以秋景为主，所用词语如“残鸦”“秋树”“寂寥”“霜红”等，都带有寥落凄凉的情调，但结尾这一个“春”字突然改变了气氛，好像是可以因来春赛会的美盛繁华而忘记今秋的凄凉寥落。然而仔细想来，春日的美盛过去之后不可避免仍是秋日的凄凉。何况，来春这里纵有美盛繁华的场面，词人和他的朋友那时又将在天涯何处呢？对于永恒来说，三千多年历史也不过就是一瞬之间而已，更何况短短的人生！所以，结尾这两句表面上看似乎与前边不相衔接，实际上仍然是对人间沧桑的感慨，而且用笔悠闲，余波荡漾，有不尽的言外之意留给读者去慢慢回味。

此外，这里还有一个需要注意的地方，那就是“画旗喧赛鼓”的“喧”。画旗怎么能“喧”？“喧”的应该是赛鼓才对！但那是理性的思路。吴文英所要传达给读者的却是自己的一份直觉感受而不是理性说明。在那热闹的祭神赛会上，无数的画旗招展于喧天的赛鼓声中，使人的视觉和听觉都应接不暇。一个“喧”字，把画旗和赛鼓结合起来，使色彩和声音汇成了一片，进一步烘托了整体的盛美之感。

像这种不依循理性的修辞方法和前面所说的那些时空跳接的叙述手段，在现代文艺作品中已经比较常见，但在古代作品中却很少见，这就是梦窗之所以不能得到古人欣赏和了解的地方。但他为什么也不能被现代人所欣赏和了解呢？那是因为他的词仍然穿着一件被现代人视为殓衣的古典式服装，使一般现代人远远地就望而却步，不愿意花费力气去进行探索，所以也就无从发现其中蕴玉藏珠之富了。梦窗本来兼有古典与现代之美，却不幸落入了古典与现代的夹缝之中，东隅已失，桑榆又晚，这对他来说实在是一个悲剧。如果我们真正动手拆碎梦窗的“七宝楼台”就会发现，它并不像张炎所说的那样“不成片段”，而是具有神奇精密的钩连锁接和幽微丰美的包涵蕴蓄。梦窗的很多被人视为晦涩堆垛的地方，原来也就是他“腾天潜渊”，焕发出“奇思壮采”之处，这正是梦窗词的特色之所在！

〖作品选注〗

八声甘州

陪庾幕[1]诸公游灵岩[2]

渺空烟四远，是何年、青天坠长星[3]。幻苍崖云树，名娃[4]金屋[5]，残霸[6]宫城。箭径[7]酸风射眼，腻水[8]染花腥[9]。时靸[10]双鸳[11]响，廊叶秋声。　宫里吴王沉醉，倩五湖倦客[12]，独钓醒醒[13]。问苍波无语，华发奈山青。水涵空[14]、阑干高处，送乱鸦斜日落渔汀[15]。连呼酒，上琴台去，秋与云平。

【注】〔1〕庾幕：指转运使的僚属。〔2〕灵岩：灵岩山，在江苏吴县，春秋时吴王夫差曾在这里为西施修建馆娃宫，至今山上还有琴台、响屧廊等吴宫遗迹。〔3〕长星：指灵岩山，此系梦窗神奇想象。〔4〕名娃：美女，指西施。〔5〕金屋：此处是借汉武帝金屋藏娇的典故来指西施所居的馆娃宫。〔6〕残霸：指吴王夫差。〔7〕箭径：即采香径，亦馆娃宫附近古迹。〔8〕腻水：杜牧《阿房宫赋》：“渭流涨腻，弃脂水也。”〔9〕花腥：这是梦窗凭他自己的感觉独创的新词。〔10〕靸：拖鞋，这里用作动词。〔11〕双鸳：女鞋，这里指响屧，“屧”是中空的木屐。馆娃宫有响屧廊，以楩梓铺地，西施走在上面发出很好听的声音。〔12〕五湖倦客：指范蠡。〔13〕醒醒：十分清醒。读平声。〔14〕水涵空：灵岩山上有涵空阁，此处既写景又暗寓阁名。〔15〕汀：水边平地。

“渺空烟四远，是何年、青天坠长星”——这吴文英写景真是高远，想象也真是奇妙！他说，是远古的哪一年，从天上掉下一个流星变成了灵岩山？由于有了这灵岩山，才有了人世的盛衰，才有了吴越的兴亡！结尾也同样高远——“秋与云平”，从大地到天边全是无边的秋色！这一句的境界几乎可以和杜甫《秋兴八首》的“江间波浪兼天涌，塞上风云接地阴”媲美。周济《介存斋论词杂著》说他“意思甚感慨，而寄情闲散，使人不易测其中之所有”，指的就是这一类句子。另外，我们还要注意他的“酸风射眼”“腻水染花腥”等词语，它们同“画旗喧赛鼓”一样，传达的都是他自己的一份直觉感受而不是理性说明。

宴清都

连理海棠

绣幄〔1〕鸳鸯柱〔2〕，红情密〔3〕、腻云低护秦树〔4〕。芳根兼倚，花梢钿合，锦屏〔5〕人妒。东风睡足〔6〕交枝〔7〕，正梦枕瑶钗燕股〔8〕。障滟蜡、满照欢丛〔9〕，嫠蟾〔10〕冷落羞度〔11〕。　人间万感幽单，华清〔12〕惯浴，春盎风露。连鬟〔13〕并暖，同心共结，向承恩处〔14〕。凭谁为歌长恨〔15〕，暗殿锁、秋灯夜语。叙旧期、不负春盟，红朝翠暮。〔16〕

【注】〔1〕绣幄：花之繁盛如锦绣帷幄。〔2〕鸳鸯柱：连理树干如同支撑绣幄的双柱。〔3〕红情密：喻花之繁盛与多情。〔4〕秦树：秦中有双株海棠。此句是用陆游诗“乞取春阴护海棠”之意。〔5〕锦屏：指繁盛的海棠。〔6〕东风睡足：《太真外传》载，唐明皇召杨太真，而太真卯酒未醒，明皇曰：“此海棠花未睡足耳。”〔7〕交枝：连理海棠枝柯相交。〔8〕瑶钗燕股：钗有两股如燕尾。〔9〕此句暗用苏轼海棠诗“只恐夜深花睡去，故烧高烛照红妆”之意。〔10〕嫠蟾：指天上孤月。〔11〕此句意为月光羞于从花上照过。〔12〕华清：

骊山华清池。〔13〕连鬟：女子所梳的双髻。〔14〕此处仍暗用唐明皇与杨太真的故事。〔15〕长恨：指白居易《长恨歌》。〔16〕此句暗用《长恨歌》中“在地愿为连理枝”的盟誓来喻指题中所咏的连理海棠。

张炎推崇白石词的“清空”，反对梦窗词的“质实”，这首《宴清都·连理海棠》正属于被张炎目为“七宝楼台”的那种质实之作。其实，姜词的写法是“不沾滞于物”，而吴词的写法是以物为主，用秾丽之笔对之进行钩勒，这正是从表面上看起来姜词显得清空而吴词显得质实的缘故。然而，在姜词中，其所写之物往往只是作为贯穿情事的一种点染或线索，所以虽然显得清空，却缺乏深浑的气象；而吴词则是表面虽为对物之钩勒描绘，而其精神感情则往往能透出所写之物以外，因此于形式的质实之中，反而在精神方面显出一种“空灵”的意致。如果你能耐心地把吴文英这首“典雅奥博”的词看懂，相信一定能对这一点有所体会。

唐多令

何处合成愁？离人心上秋。〔1〕纵芭蕉、不雨也飕飕。都道晚凉天气好，有明月，怕登楼。　年事梦中休。花空烟水流。燕辞归〔2〕、客尚淹留。垂柳不萦裙带〔3〕住，漫长是、系行舟。

【注】〔1〕这两句是拆字，心上加秋为愁。〔2〕燕辞归：表面写燕子秋日南归，但梦窗有姬人名燕，故此处亦暗喻人之离去。〔3〕裙带：指代姬人。

这首词缺乏曲折含蕴之美，就词的特质而言并非佳作，但它的风格却有另一点值得注意之处，就是它已经显示出南宋后期词向曲转化的端倪。首先，“纵芭蕉、不雨也飕飕”中的“也”是衬字，两宋词人不常在词中增加衬字，直到元曲中才盛行衬字；其次，开端二句用的是拆字之法，这也是元曲中流行的现象。吴文英原以“典雅奥博”见称，而今竟留有一首受俗曲影响的小词，这是一个值得研究的现象。

第三十六课　王沂孙

王沂孙，号碧山，生于宋元易代之际，是以咏物词著称的一位作者。他传世的词作不多，大部分是悲凉凄苦的亡国之音。而且，他有一部分咏物词涉及元朝初年一段特殊的历史事件：当时有一个总管江南浮屠的胡僧杨琏真伽奉命发掘了会稽南宋皇陵，以所得金宝去修建寺院。据宋人和明人笔记记载，发墓者们曾把宋理宗的尸体倒挂在树上沥取水银，挂了三天三夜，最后竟失去了头颅。还有人在孟后陵墓拾到一团女人发髻，头发有六尺多长，发根上还留有一支金钗！南宋遗民对此敢怒而不敢言，他们所能做到的，只是偷偷收葬了暴露于荒野的诸帝后遗骨，并在冢上种下冬青树以志对故国的怀念。

王沂孙的故乡就在会稽，很可能曾目睹这些惨状。后来他和十几位南宋遗民一同结社吟词，用五个不同词调分咏龙涎香、白莲、莼、蝉、蟹五物，留下了一部题为《乐府补题》的咏物词集。现在我们就来看这部词集中所收王沂孙咏蝉的一首《齐天乐》，看看他是如何在咏物之中表现寄托的。

◎　王沂孙，字圣与，号碧山，又号中仙，绍兴（在今浙江省）人。

齐天乐

蝉

一襟余恨宫魂断，年年翠阴庭树。乍咽凉柯，还移暗叶，重把离愁深诉。西窗过雨，怪瑶珮流空，玉筝调柱。镜暗妆残，为谁娇鬓尚如许。　　铜仙铅泪似洗，叹移盘去远，难贮零露。病翼惊秋，枯形阅世，消得斜阳几度。余音更苦。甚独抱清高，顿成凄楚。谩想薰风，柳丝千万缕。

这首词比较难懂，因为作者使用了不少关于蝉的典故。据崔豹《古今注》记载，齐王后怨恨齐王而死，死后尸化为蝉，每天在庭前的树上“嘒唳而鸣”，使齐王听了感到悔恨。所以，蝉又有一个别名叫作“齐女”。“一襟余恨宫魂断”就来源于这个典故。“宫魂”指齐王后的魂；“一襟余恨”指她永远不能消除的那一腔怨恨；“断”是因悲哀而魂欲断的意思，也暗示了齐王后在化蝉之后凄苦飘零的生活。“年年翠阴庭树”是说，齐王后化蝉之后，年年只能在庭树的翠阴中栖息。从表面上看，这本是一件聊可欣慰的事，其实却不然，因为这一句暗用了李商隐的咏蝉诗“五更疏欲断，一树碧无情”，意在描写庭树上那凄凉的生活环境：树木是无知无识的，哪怕蝉叫得悲痛欲绝，也不会得到任何同情与慰藉。然而，在这样的环境下，这只断魂所化的蝉并不住嘴，它“乍咽凉柯，还移暗叶，重把离愁深诉”——有时在寒冷的高枝上呜咽，有时在浓暗的树叶下呻吟，不论在哪里，还是没完没了地诉说着它的哀怨。在这里，作者把蝉的生态和齐王后的遗恨很自然地结合在一起，使蝉进入了人类感情的世界。

“西窗过雨”本是大自然中小小的变化，可是对蝉来说就不是一件小事了。作者并不直接写蝉遭到雨打时的惊恐，却要借窗内之人的感觉来写出蝉的动静——“怪瑶珮流空，玉筝调柱。”“瑶珮”和“玉筝”都是写蝉被惊起时振翅飞去的声音。“瑶珮流空”是说那声音像女子身上的玉珮互相敲击着从空中划过，“玉筝调柱”是说那声音又像是女子在调弄筝上的弦柱。接着，词人在章法上做了一个极大的转折——“镜暗妆残，为谁娇鬓尚如许？”这句话显然是把蝉完全想象成了一个哀伤憔悴的女子。作者问道：既然你已经很久不再梳妆，为什么鬓发还能够如此繁盛娇美？既然已经不再有人赏爱你，你这繁盛娇美的鬓发保留下来又有什么价值？在这里我们要注意到，“为谁娇鬓尚如许”从表面看来好像是离开蝉去写女子，其实不然，他仍然是在写蝉。因为这里又用上了另一则关于蝉的典故。据《古今注》记载，魏文帝的宫人莫琼树发明了一种叫作“蝉鬓”的发型，样子很像蝉翼，后来文人们就经常用“玄鬓”来喻指蝉。骆宾王有名的《在狱咏蝉》诗中就有“不堪玄鬓影，来对白头吟”之句。所以碧山的这一句词非但不是离开了蝉去写人，而且他用的典故出于魏文帝宫人，又正好与宫廷中齐王后尸化为蝉的传说互相呼应。周济所谓“隶事处以意贯串，浑化无痕，碧山胜场也”（《宋四家词选目录序论》），就是指的这一类地方。

下阕“铜仙铅泪似洗，叹移盘去远，难贮零露”，把典故和想象结合，为断魂的蝉又写出了另一番悲苦的境界。“铜仙铅泪”用了李贺《金铜仙人辞汉歌》中的典故，汉武帝在汉宫中筑有一尊手擎承露盘的金铜仙人，曹魏篡汉之后，魏明帝派人把它迁到洛阳。据说，在拆下铜人时它的眼睛里流下泪来。这个典故初看似乎和蝉没什么关系，可是要知道，相传蝉是以餐风饮露为生的。词人由铜人和承露盘被抢走联想到今后再也不能贮存天上落下来的露水，从此蝉的生路也就被断绝了，它那病弱的薄翼肯定受不了秋天的来临，快要枯干的身体也难以再经受季节转换时的冷暖骤变，在这样的环境下，它还能活得了几天呢？

最可悲伤的是，这只蝉虽然生命即将完结，可是还在剩下的几声哀吟中对自己的一生做最后的一次回顾。“甚独抱清高”，有的选本作

“清商”，我以为还是“清高”更好一些。因为蝉栖身高树，餐风饮露，不食人间烟火，确实可用“清高”二字来形容。骆宾王《在狱咏蝉》诗有“无人信高洁，谁为表余心”；李商隐《蝉》诗有“烦君最相警，我亦举家清”，都是用蝉来象征一种清高的人品。然而，蝉的清高丝毫不能改变世间的龌龊，也无法抵挡肃杀秋风的来临。在生命即将终结的时候，它发现自己这一辈子活得实在是毫无价值。“甚独抱清高，顿成凄楚”，还有什么比这更为痛苦的事情呢？

写到这里，蝉的悲苦可以说已经无以复加，可是接下去词人忽然笔锋一转，蓦然抛开了眼前的悲苦，转而回忆夏日的温馨。“谩想薰风，柳丝千万缕”，这个出人意料的大转折给全词留下了低回荡漾的余波。“薰风”，指夏天的东南风，它带来了树木的繁茂。夏天是蝉一生中最幸福的日子，那时候千万缕柳丝在飘拂，到处都有蝉可以栖身的地方。“薰风”是有出处的，帝舜曾作《南风歌》说：“南风之薰兮，可以解吾民之愠兮。”这个出处的作用是使人联想到儒家理想的尧舜时代。可惜的是，这只断魂所化的蝉再也看不到那美好的时代了，它将在回忆中渐渐地僵枯、死去。

我们可以感觉到，这首词中含有一种感发的力量。它向我们提示：作者在写作时必然怀有一种表面文字之外的感动——这种感动才是写寄托之词的基本要素。那是一种什么样的感动呢？如果联系当时的背景，再结合词中所用的典故、词汇、意象，我们完全可以由此来做一些感发的自由联想。比如说，从齐王后尸化为蝉的传说，可以联想到暴露在荒郊的那些后妃遗骨；从“为谁娇鬓尚如许”可以联想到在孟后陵墓发现的那一团女子发髻；“铜仙铅泪”数句或许是对南宋很多宗室重器被元人迁掠有感而发；“病翼惊秋，枯形阅世”和“甚独抱清高，顿成凄楚”也许就是作者自己的痛苦和忏悔；“斜阳几度”令人想到临安陷落、帝㬎被虏、端宗流亡、帝昺蹈海这一幕幕亡国惨剧；“薰风”二句则令人想到两宋升平时期都市的繁荣……

需要说明的是，我们的这些联想完全是以这首词本身所具有的感发力量为依据的，并不是在“猜谜”。胡适先生在其《词选》中曾对碧山这首咏蝉词加以讥评说：“作者不过是做了一个‘蝉’字的笨谜，却偏有这班笨伯去向那谜里寻求微言大义。”我以为这话有些片面。因为灯谜只是一种机智的游戏，它不是文学，不需要任何情意的感动。咏物词则不然，作者心中先要有一份情意上的感动，同时对所咏之物也要有所了解，有所感动，然后设法实现二者的完美融合。在这一点上，王沂孙做得相当成功。因此周济在《宋四家词选目录序论》中赞美他说：“碧山餍心切理，言近旨远。”又说：“碧山思、笔，可谓双绝。”他的意思是说，碧山的情意足以给人感动，而碧山的技巧又足以完美地表达出他的情意，这种结合使他的词显得沉郁顿挫，对读者产生一种兴发感动的力量。

王沂孙的咏物词在用字、用典、句构、章法和托意上都是极有层次和法度的，因此很多学词的人都喜欢从碧山词入手。但应该指出的是，正由于碧山词用心太过，有时就难免有伤自然真率之美。因为咏物词用典故来铺写所咏之物已是一层隔膜；又要透过所咏之物来寓写所托之意，则又是一层隔膜。虽然碧山能够把它们结合得很巧妙，但这两层隔膜对作品本身的感发力量不可能不造成一定的限制和损伤。事实上，这个问题已不仅仅是咏物词中存在的问题，它涉及对北宋词和南宋词的优劣评价。周济在其《介存斋论词杂著》中有一段话说得很好：“北宋词，下者在南宋下，以其不能空且不知寄托也；高者在南宋上，以其能实且能无寄托也。”他的意思是，下等的北宋词不如南宋词，因为它写诗酒歌舞便只是诗酒歌舞，并不能像南宋词那样可以有超于表面之外的另一层托意；而上等的北宋词高于南宋词，因为它所写的虽然都是眼前真实感受，并不曾有心寄托什么寓意，但却自然而然地给予读者一种深远的联想。这就是思索安排和直接感发两种不同的写作途径所造成的不同结果，了解了这一点，我们就能初步把握住南宋词的优点和缺点，从而能够对南宋词的作者们有一个比较公正的评价了。

〖作品选注〗

天香

龙涎香〔1〕

孤峤〔2〕蟠烟〔3〕，层涛蜕月〔4〕，骊宫〔5〕夜采铅水〔6〕。汛〔7〕远槎〔8〕风，梦深薇露〔9〕，化作断魂心字〔10〕。红瓷〔11〕候火〔12〕，还乍识、冰环玉指〔13〕。一缕萦帘翠影，依稀海天云气。〔14〕　几回殢娇〔15〕半醉，剪春灯、夜寒花〔16〕碎。更好故溪飞雪，小窗深闭〔17〕。荀令〔18〕如今顿老，总忘却、樽前旧风味。谩惜余薰，空篝〔19〕素被。

【注】〔1〕龙涎香：抹香鲸肠内分泌物制成的香料。旧时不知它的来历，以为是龙涎所化，故名龙涎香。据《岭南杂记》记载："龙涎香于香品中最贵重，出大食国西海之中，上有云气罩护，则下有龙蟠洋中大石，卧而吐涎，漂浮水面，为太阳所烁，凝结而坚，轻若浮石，用以和众香，焚之，能聚香烟，缕缕不散。"又云："鲛人采之，以为至宝，新者色白……入香焚之，则翠烟浮空，结而不散。"〔2〕孤峤：指传说中龙所蟠伏的大石。〔3〕蟠烟：指传说中石上罩护的云气。〔4〕层涛蜕月：写鲛人在海上采取龙涎时的夜景，用"蜕月"来形容月光在波涛中的闪动，想象奇妙，用字妥帖。〔5〕骊宫：骊龙所居之地。〔6〕铅水：指龙涎。〔7〕汛：潮汛，亦通"讯"。〔8〕槎：见张华《博物志》："有人居海上，年年八月见浮槎来去不失期。"〔9〕薇露：指蔷薇水，是制造龙涎香时所需要的一种重要香料。〔10〕心字：一种篆香的形状。〔11〕红瓷：指存放龙涎香的红色瓷盒。〔12〕候火：指焙制龙涎香时所需等候的适当慢火。〔13〕冰环玉指：指制成后的龙涎香的各种形状。〔14〕这两

句指龙涎香被焚爇时“翠烟浮空，结而不散”的样子。〔15〕殢娇：娇慵之态。〔16〕花：灯花。〔17〕小窗深闭：据《香谱》载，焚爇龙涎香当在“密室无风处”。〔18〕荀令：三国荀彧曾为尚书令，以喜爱薰香著名，据习凿齿《襄阳记》载：“荀令君至人家坐幕，三日香气不歇。”〔19〕篝：薰香用的薰笼。

这首词也是《乐府补题》中的咏物词之一。其中“龙涎香”和“骊宫夜采铅水”等，使人不免联想到宋理宗的尸体被掘出后倒挂在树上沥取水银一事。“孤峤”“槎风”“海天云气”等字样，也可能含有对宋室在海上崖山最终覆亡的哀悼之情。

眉妩

新　月

渐新痕悬柳，澹彩穿花，依约破初暝。便有团圆意[1]，深深拜[2]、相逢谁在香径。画眉[3]未稳，料素娥[4]、犹带离恨。最堪爱、一曲银钩[5]小，宝帘挂秋冷。　千古盈亏休问，叹谩磨玉斧[6]，难补金镜[7]。太液池[8]犹在，凄凉处、何人重赋清景。故山[9]夜永，试待他、窥户端正[10]。看云外山河[11]，还老尽、桂花影[12]。

【注】〔1〕团圆意：牛希济《生查子》：“新月曲如眉，未有团圆意。”〔2〕深深拜：唐代妇女有拜新月的风俗。〔3〕画眉：喻新月。〔4〕素娥：嫦娥。〔5〕一曲银钩：喻新月。〔6〕谩磨玉斧：《酉阳杂俎》载，郑仁本表弟与一王秀才游嵩山，遇见一人，言月乃七宝合成，有八万二千户修之，予即一数，因开襆有斤凿数事。后遂相承有修月之说。〔7〕金镜：喻月。〔8〕太液池：在汉长安建章宫北，此处乃借用。陈师道《后山诗话》载：“太祖夜幸后池，对新月置酒，问当值学士为谁，曰：‘卢多逊。’召使赋诗，请韵，曰：‘些子儿。’其诗云：‘太液池边看月时，好风吹动万年枝。谁家玉匣开新镜，露出清光些子儿。’”

〔9〕故山：即“旧山”。温庭筠诗：“唯向旧山留月色。”〔10〕这句指等待月圆。〔11〕云外山河：《酉阳杂俎》载：“佛氏言，月中所有，乃大地山河影也。”〔12〕桂花影：相传月中有仙人、桂树，桂树要在月圆时才能看到。

这是一首咏新月的词，但诸如“千古盈亏”“难补金镜”“太液池犹在”等句子，都暗含有亡国的悲慨。

叶嘉莹作品精选

我亲自体会到了古典诗歌里面美好、高洁的世界，我希望能为年轻人打开一扇门，让大家能走进去，把不懂诗的人接引到里面来。岁月不居，时节如流，只有内在的精神和文化方面的美，才是永恒的……

——叶嘉莹

《迦陵谈词》

叶嘉莹第一本谈词的书。从王国维《人间词话》的三种境界谈起，继而赏析温庭筠、韦庄、冯延巳、李后主、晏殊和吴梦窗等各位词人的风格特色。作者素养丰厚，所书所论均为读词时真正的心得和感动，以诗词解读生命，用生命感悟诗词。

《清词选讲》

词的微妙，在于它有一种特别的美学特质，即以曲折深隐富于言外之意为美；让读者阅读后可以引起很多联想，词以这样的作品为好。而清朝正是词的复兴时代，借这种深婉曲折的文体，“道出贤人君子幽约怨悱，不能自言之情”。全书涉及清代词人十余位，从时代背景、个人性格、生活际遇、才华短长等诸方面，带领读者一起，邂逅最美的清词，欣赏清词的美好。

《红蕖留梦：叶嘉莹谈诗忆往》

叶嘉莹第一本口述传记，在“谈诗忆往”之间，对自己一生的诗词创作、学术研究、人生经历和师友交游作了细致的梳理和深入的叙述。作者一生与古典诗词绵密交会，她不仅以古典诗词为业，更在古典诗词中所蕴含的感发生命与人生智慧的支撑下度过了种种忧患与挫折。

叶嘉莹作品精选

诗与词不同，诗是要言志的。诗既然要表现自己的情志，那么你的内心首先就要真的有一种“摇荡性情”的感动。所谓“情动于中”，那个“动”字是最重要的。

——叶嘉莹

《迦陵谈诗》

叶嘉莹第一本谈诗的书，随处可见作者细密的诗情与诗心，对诗的独到见解和深刻体会。诗歌最重要的，是感发生命之本质，而不仅仅是其中的知识和文字。对诗歌的评赏，当以其所传达之感发生命的浅深薄厚为标准，评论者则当于知性与感性的结合中，以引发读者达至生生不已的感动为要务。

《迦陵谈诗二集》

《迦陵谈诗》的姊妹篇，同为叶嘉莹研究中国诗歌多年的心得，书中可见作者从主观到客观，从感性到知性，从欣赏到理论，从为己到为人的赏诗历程。书后有“后叙”长文，总结“谈诗”的脉络之外，亦总结了自己感性阶段之外知性的三方向：传记的，史观的，现代的——无论哪个面向，均服务于自己真诚的感受。

《好诗共欣赏：陶渊明、杜甫、李商隐三家诗讲录》

撷取陶渊明、杜甫、李商隐三位诗人的诗作，从物象、心境、结构等角度切入，带领读者贴近作家的生命历程，体会诗作的美感特质。书中三位诗人的诗作特点不同，带有不同性质不同形式的丰美的感发作用，但都同样具有感动人心的效果，都是“真正的好诗”。